RIBES HALLEY

DANCE OF BULLS 1

Tempo siderale

Sperling & Kupfer

Pubblicato per

Sperling & Kupfer

da Mondadori Libri S.p.A.

DANCE OF BULLS I - TEMPO SIDERALE

ISBN 978-88-200-7384-8

I Edizione settembre 2022

Anno 2023-2024 - Edizione 9 10

Ci sono balli che iniziano con una nota stonata, altri si fermano con un passo sbagliato e altri ancora non partono affatto perché si ha troppa paura di inciampare.

Questa storia è per quelle persone che, nonostante tutto, non smettono mai di ballare.

1
Il toro

Hyade

Quando il toro scende nell'arena non ha più via di scampo, il suo destino è segnato. C'è solo una cosa che gli resta da fare: ballare.

La pallacanestro è un po' come la corrida, è fatta di attacchi possenti e veloci come quelli di un toro, che, anche se ha ridotte possibilità di vincere, non si arrende mai.

Quando si arriva alla *faena de muleta*, l'ultimo quarto della pallacanestro per intenderci, il toro fa fatica, le sue cariche sono meno decise e le ferite imposte dal torero l'hanno ormai sfiancato. La testa bassa presagisce una morte certa.

Il toro però non cede. Più tempo impiega il torero per finirlo, più il pubblico si spazientisce; nessuno fa il tifo per lui.

E se allo scadere della partita il toro non è ancora morto, allora potrà essere proclamato vincitore, ma sarà comunque troppo ferito per sopravvivere e verrà ucciso dopo la sua vittoria.

Forse avrei dovuto scegliere di giocare in una squadra con il simbolo di un animale destinato a vincere, che non china il capo nemmeno quando è stanco, ma non avrebbe reso allo stesso modo quello che sono sempre stato.

La fragilità e la potenza del toro, durante la corrida, si mischiano e lo rendono una belva. Il suo corpo forte non ha resistenza, vive di attività aerobica e l'acido lattico lo strema ancor prima che possa arrivare alla fine della partita, tanto che si ritrova così a combattere non solo contro il torero, ma anche contro la sua stessa natura.

Eppure, ci sono volte in cui il toro è in grado di lottare tanto maestosamente da ottenere il plauso del pubblico. E quelle poche volte che accade, può permettersi qualcosa che non capita spesso: il lusso di vivere.

Io scendevo in campo per questo.

Come un toro, la vittoria era diventata per me una questione di vita o di morte.

Non si poteva dire lo stesso dei miei ex compagni di squadra: in passato era colpa loro se non avevo mai stretto tra le mani il trofeo che in una qualsiasi altra squadra sarei stato in grado di guadagnarmi, ma da quando la stagione era ricominciata avevo avuto modo di fare conoscenza con dei nuovi tori. Compreso il coach.

I Taurus avevano passato tutto settembre ad allenarsi e da contratto era stato stabilito che io dovessi presentarmi abitualmente e in perfetto orario a ogni allenamento, partita o intervista.

Le regole in campo non mi impedivano di essere ribelle in ogni altro ambito della vita, ma, del resto, avevo ventitré anni, ero il capitano di una delle squadre di pallacanestro più forti d'America e possedevo tutto eccetto un titolo. Che fossi però senza speranze lo aveva capito anche il pubblico da casa, in questo mondo l'unica routine che contava era la mia.

Anche se mi piaceva dare il massimo durante le partite, non ero nato per sottostare agli ordini impartiti da un coach o da un qualsiasi altro essere vivente, per quel che valeva.

Ero perso in un limbo, fatto di continue distrazioni e desideri che non si completavano a vicenda, ma che tutte le notti mi facevano scivolare inevitabilmente dentro il letto di una sconosciuta che si presentava solitamente come una grande fan della squadra e poi finiva per rivelarsi incapace di comprendere la differenza tra un *pick and roll* e un *pick and pop*.

Per fortuna che c'erano l'alcol e il fatto che mia madre abitava ancora dall'altra parte del mondo, altrimenti i sensi di colpa mi avrebbero travolto. Che poi… sensi di colpa per cosa?

Non ero di certo l'unico ad approfittarsi della fama, ma chissà per quale ragione ogni volta mi ripromettevo speranzoso che sarebbe stata l'ultima. Eppure, le ultime volte non facevano proprio per me.

Quella mattina avevo giurato a me stesso che sarei arrivato in orario all'ultimo allenamento prima dell'inizio del precampionato. Un'altra cosa importante su di me: non mantenevo mai le promesse, era un dato di fatto. Su di me non si poteva contare. Ma sapete che c'è? Che non me ne importava proprio nulla.

Quindi anche se la sveglia aveva preso a suonare assiduamente, mi ero concesso qualche minuto di tempo per osservare le gambe nude della sconosciuta nel letto e per cercare di ricordare che cosa fosse accaduto la sera precedente. Sicuramente avevo passato una bella nottata, a giudicare dal peso dei miei pensieri probabilmente era stata più lunga del solito, ma a parte questo non avrei saputo nemmeno dire se mi fossi divertito particolarmente o se fosse stata, anche questa, l'ennesima ricerca dell'oblio.

Sbuffai, con gli occhi ancora assonnati, e mi convinsi che era arrivato il momento di ingranare la marcia e dare il via alla prima di una lunga serie di giornate faticose. O forse all'ultima delle giornate più leggere, dipendeva solo dai punti di vista. A ogni modo, mi preparai e uscii di casa, senza degnarmi di salutare la ragazza.

Il nuovo coach mi avrebbe sicuramente rimproverato per via dei miei quarantacinque minuti di ritardo, ma anche di questo me ne importava poco e niente, perché sapevo che quei quarantacinque minuti a rincorrere i miei compagni di squadra non avrebbero migliorato la mia prestazione in campo. Magari la loro, ma di certo non la mia.

Il Centro, la palestra ufficiale dei Taurus, era diventato praticamente la mia seconda casa, quindi non mi ci volle molto per catapultarmi nello spogliatoio e infilare la divisa. Ero ancora intento a indossare la canotta, camminando a passo svelto, quando nel corridoio vuoto che portava al campo non fui per poco atterrato da una ragazza che, troppo impegnata a fissare la macchina fotografica stretta tra le mani, non mi aveva visto arrivare.

Avevo avuto giusto il tempo di tirare giù la canotta rossa con il numero diciotto stampato sopra, prima di afferrare un paio di polsi talmente sottili che sarebbero potuti entrare in una sola delle mie mani. Le sue dita gracili si agganciarono alla mia divisa per sorreggersi, lasciando ricadere la macchina fotografica appesa al suo collo contro il petto. Emise un singulto innocente e tenero, come se si aspettasse di tutto, tranne me.

Ero pronto a sbraitare. Il modo incurante in cui aveva semplicemente alzato i suoi occhi blu e mi aveva guardato sfacciatamente, come se io non fossi il capitano della squadra che possedeva quel posto, mi aveva fatto alterare talmente tanto che avevo già trovato una lunga serie di imprecazioni da lanciarle addosso come pietre.

Tuttavia, mi bloccai, presi fiato e un secondo dopo rimasi a bocca aperta, perché la ragazza, evidentemente consapevole del fatto che sarei esploso di lì a poco, alzò un sopracciglio scettica e scivolò via dalla mia presa con uno strattone, prendendo le distanze e concedendomi una migliore visuale del suo volto.

Probabilmente la prima ragione per cui non dissi niente fu che era bella da fare paura. E non lo dico tanto per dire: a contornare gli occhi colore blu oltremare c'erano ciglia naturalmente lunghe e un paio di sopracciglia folte che le intensificavano lo sguardo a tal punto da farla sembrare quasi autoritaria mentre mi squadrava dalla testa ai piedi. Solo in un secondo momento notai le labbra gonfie e rosse, in contrasto con le guance morbide e il viso dal taglio dolce e dai lineamenti gentili. I suoi capelli del colore del grano, disordinati e annodati sulle punte, mi ricordavano stranamente il profumo dei cereali con cui facevo colazione la mattina.

La seconda ragione per cui non le gridai addosso, come avrei sicuramente fatto in altre circostanze, fu la sorpresa. Trovare una ragazza al Centro non era solo insolito, era un evento unico. Probabilmente fu questo pensiero a farmi sfuggire un ghigno.

«Guarda dove metti i piedi.» Alla fine non riuscii a trattenermi, anche se ero certo di aver riservato in passato quel modo gentile solo a mia madre o a mia sorella maggiore.

L'espressione sul suo volto si trasformò fulminea, lo sgomento divenne rabbia e quelle sopracciglia scure si aggrottarono, mentre lei mi squadrava con veemenza.

«Guarda tu dove metti i piedi.» Mi tenne testa e ne rimasi sorpreso, solitamente bastava indurire la mascella e guardare qualcuno dall'alto verso il basso per metterlo a tacere.

La sconosciuta sembrava raggiungere a stento il metro e settanta, ma non perse tempo a ricambiare il mio sguardo come se fosse lei la più alta tra i due. Notevole.

«Sono un giocatore di pallacanestro, penso di sapere più che bene come coordinare i piedi», mi difesi, alzando l'angolo della bocca in un sorriso derisorio nei suoi confronti.

La ragazza rimase impassibile, trattenendosi probabilmente dall'istinto di schiaffeggiarmi per il semplice fatto che indossavo la divisa.

«Ne dubito. Magari è proprio per questo che ancora non avete vinto niente.» Tenne lo sguardo puntato nel mio e il suo modo di ruggire quelle parole mi fece pensare a un leone che difende il proprio territorio, mentre i suoi occhi mi ricordarono vagamente il mare notturno.

Ma ancora prima che potessi aggiungere altro, si voltò, tornandosene da dove era venuta. Avrei voluto controbattere e metterla a tacere, ma il fatto che quei jeans bianchi che stava indossando fossero così aderenti fu abbastanza per convincermi che poteva anche continuare a credere di avermi appena messo i piedi in testa.

Arrivai agli allenamenti con un'ora di ritardo e quando coach Millais mi riprese, gli altri ragazzi si fermarono un attimo per godersi lo spettacolo.

«Coach, ho avuto un contrattempo!» mi giustificai, guardando l'uomo con il fischietto al collo lanciare sulle panchine alle sue spalle la cartella delle strategie che solitamente teneva sotto il braccio.

Non avevo paura di Phil Millais, prima di tutto perché eravamo alti uguali e poi perché la squadra, senza di me, valeva meno di zero.

«Già, sarà cascato per sbaglio sulla donna delle pulizie», mi schernì Chase King, uno dei miei compagni, il quale sfuggì a un mio pugno solo perché il coach riprese a parlare.

E poi, poteva capitare che una volta o due si facesse tardi, no?

«È la quinta volta questo mese, Diciotto.»

Okay, magari non ero stato precisamente inappuntabile, però giuro che non era stata colpa mia. Negare fino all'evidenza, funziona così.

«Coach, è che sono finito contro una ragazza fuori dagli spogliatoi e l'ho dovuta aiutare a rialzarsi e tutte quelle cose da gentleman. Che facevo? La lasciavo con il culo per terra?»

«Non dire stronzate, Reyes. Non ci sono ragazze in giro per il Centro», mi ammonì il coach, evidentemente più furioso di prima, mentre si portava i capelli brizzolati all'indietro con una mano.

«Be', una c'era. E sono sicuro che quelle gambe non me le sono sognate.»

«Reyes», fu di nuovo King a interrompermi, questa volta poggiandomi una mano sulla spalla, probabilmente per invitarmi a chiudere la bocca. Purtroppo non compresi subito il suo messaggio.

«Andiamo, Chase! Sta' zitto!» sbottai.

Millais sembrò improvvisamente risvegliarsi, come se avesse appena collegato tra loro dei fattori fondamentali che evidentemente io stavo ignorando.

«Già, Sessantanove.» Il coach si era fatto più vigile, la sua espressione era di gran lunga più dura adesso. «Lascia che Hyade ci spieghi quanto era attraente il suo inconveniente.»

«Meno male che lei mi dà retta, coach!» esclamai, contento di poter finalmente dar voce ai miei pensieri. «Era un po' bassa per i miei gusti, ma diciamo che compensava con tutto il resto.»

Non credevo che si sarebbe potuto arrabbiare più di così, ma quando strinse i pugni lungo i fianchi, i suoi occhi parvero sprizzare scintille, suggerendomi che avessi sorpassato il limite, ma proprio non capii la ragione per cui si fosse alterato tanto. Voglio dire… mi capitava spesso di fare apprezzamenti su una ragazza in sua presenza, anche se ancora non eravamo entrati eccessivamente in sintonia.

Quella volta, però, non fu tollerante come le altre e l'evidenza del perché arrivò qualche istante più tardi, camminando su un paio di gambe lunghe strette nei jeans bianchi e con gli occhi blu oltremare nuovamente puntati sullo schermo della macchina fotografica, la testa così persa tra le nuvole che non si rese nemmeno conto della tensione del momento.

Si avvicinò immersa nel silenzio, calpestando lo stemma dei Taurus disegnato al centro del campo, sotto lo sguardo sbigottito dei dodici giocatori presenti. Solo il coach era ancora intento a osservarmi nel tentativo di incenerirmi. Che fossi confuso era un eufemismo, ero allibito, sconvolto, incapace di comprendere che cosa avessi detto di tanto malvagio.

Poi, la sua voce melliflua e innocente mi sfrecciò nei timpani, facendomi pompare il cuore talmente forte da costringermi a trattenere il respiro nel tentativo di rallentarlo anche solo per un breve momento.

La ragazza si accostò al coach per mettergli sotto il naso lo schermo luminoso. «Ehi, papà! Guarda… credo di aver scattato alcune foto interessanti.»

Papà?

2
La figlia del coach

Chloe

CHICAGO sapeva di foreste verdi come l'acqua stagnante del laghetto che papà aveva fatto costruire quando ero bambina, nel giardino della nostra casa di Los Angeles.

Mi piaceva vedere i ranocchi saltellare, coi girini che nuotavano liberi come un banco di pesci nell'oceano.

Mi mettevo sempre a guardare le stelle di nascosto sdraiata accanto al laghetto.

A papà non piaceva che me ne stessi fuori in piena notte a osservare il cielo, ma prima era diverso. Aveva paura che scomparissi da un momento all'altro, che il buio mi inghiottisse avvolgendomi nel vuoto. O forse prima ero io a essere diversa.

Mi piaceva saltare giù dal balcone, afferrare il ramo della quercia possente ben piantata fuori dalla mia cameretta e poi, quando i piedi nudi si impigliavano nell'erba bagnata, mi sembrava di vivere un'altra vita. La sentivo, la vitalità, la grazia di poter dire che questo era abbastanza per essere felice.

Tutte le volte papà sospirava dalla finestra socchiusa, mi fissava di nascosto per tutta la notte perché aveva paura che mi accadesse qualcosa. All'inizio si arrabbiava sempre e mi costringeva a tornare in camera a dormire, poi quando aveva capito che non avrebbe potuto trattenermi si era arreso e aveva semplicemente accettato che, a volte, avevo bisogno di restare sola a guardare le stelle e ad ascoltare i ranocchi gracidare.

Los Angeles era dolce e fresca come la frutta estiva, non c'erano le luci scure dei grattacieli di Chicago. Lì, le nuvole erano fatte d'acqua limpida. Mi ero sempre soffermata a osservarle muoversi seguendo il vento: semplici particelle volatili che trasportavano il profumo del mondo.

Il mondo per me si alzava la mattina, si passava un po' di cipria e si spruzzava un po' di nuvole addosso. Il mondo… che posto magico diventava per me quando la vestaglia si alzava per via della brezza e le cosce mi si riempivano dell'acqua degli irrigatori che papà aveva acceso durante il pomeriggio.

A Los Angeles faceva sempre caldo ed era bello quando la sera rinfrescava la città, perché mi sentivo più leggera.

Chicago invece era un tornado di luci fluorescenti, quando la notte calava, la luna si impiumava di nuvole fitte e bianche che nemmeno le stelle riuscivano a fendere.

Mi faceva sentire come una palla da pallacanestro, strattonata da una parte all'altra del campo, trascinata in un continuo di carichi, azioni e passaggi. Rotonda e vuota, una scatola priva di contenuto.

Le nuvole in quella nuova città erano diventate fumo tossico e la sigaretta da cui il fumo evaporava era il mio corpo, acceso dalla morte che piano piano avanzava. Acceso a perder cenere, mentre sognavo irrigatori d'acqua di Los Angeles, a spegnere la vita prima che potesse farmi troppo male.

Scattai una foto, seduta sugli spalti: papà Phil di profilo, con i capelli brizzolati e ordinati e l'espressione inviperita, mentre a mezz'aria stringeva il filtro di una sigaretta consumata pescato da uno dei cestini del Centro.

«Chi è stato?» chiese in un sussurro, guardando i ragazzi osservarsi con aria imbarazzata.

Non avrebbero parlato, tutti sapevano chi era stato, ma nessuno avrebbe detto niente. Erano una squadra e anche se lui era il coach, non rientrava nella loro cerchia. Queste sono cose che ti scordi quando diventi adulto, quando sei tu a fare le regole, per questo non c'era ancora arrivato come invece avevo fatto io. Eppure anche papà era stato un campione, avrebbe dovuto rammentare come ci si sentiva a essere uno di loro. Ricordavo ancora quando ero piccola e doveva correre per andare agli allenamenti. Forse per questo non mi era mai piaciuta la pallacanestro, perché mi aveva sempre portato via quella parte di lui a cui tenevo di più e che poteva condividere solo con quei ragazzi tanto grossi, quanto forti. «Sono stato io, coach.» Fu il numero diciotto a parlare, il ragazzo con cui mi ero scontrata durante l'allenamento precedente. Si mosse tra la massa di divise rosse e si tirò dietro l'orecchio un riccio che gli era sfuggito dalla crocchia di capelli scuri e lunghi che teneva sulla nuca.

Lo osservai, per comprenderne meglio i lineamenti, e mi bastò guardare i suoi occhi vacillare per capire che stava mentendo. Non era stato lui, stava difendendo uno dei suoi compagni.

Però l'espressione dura sul suo volto sembrò convincere mio padre e questo fu abbastanza per fargli perdere il controllo. Scattai un'altra foto: al numero diciotto.

La fascia tra i capelli, il corpo irrigidito pronto ad affrontare il putiferio, le spalle possenti ricurve. Non sembrava uno che solitamente stava zitto ad ascoltare le sfuriate senza reagire, ma quando il coach prese a urlare non fece altro che annuire passivamente.

Non avevo ancora ben capito per quale ragione mio padre se la prendesse tanto per cose come sigarette o alcol, ma sapevo che lo faceva perché voleva il massimo dai giocatori, eppure… erano pur sempre affari loro. Perché impuntarsi così tanto su qualcosa che non avrebbe comunque potuto cambiare?

Certo, fumare una sigaretta negli spogliatoi era un vero affronto, ma il colpevole lo avrebbe fatto comunque una volta tornato a casa o quando il coach non fosse stato presente a guardare. Insomma, erano pur sempre uomini che sapevano badare a loro stessi. Negargli dei vizi, alla fine, li rendeva solo più propensi a fare di testa loro. Ma ehi… era lui il coach!

«Non posso credere che tu non abbia limiti! Giuro su Dio, Reyes, che se continui così tra noi due non potrà funzionare.»

Mi ritrovai a osservare lo scatto che gli avevo fatto, stringendo la macchina fotografica tra le mani.

La luce non era delle migliori, ma lui era affascinante, con le sopracciglia che creavano una piccola fossetta sopra il naso, le ciglia lunghe e le gote ampie scavate a far risaltare la sua mascella particolarmente indurita per via della furia che stava tentando di nascondere. Le sue labbra carnose erano strette in una linea, probabilmente nel tentativo di trattenersi.

Quando rialzai lo sguardo, mio padre era ancora intento a parlare, ma non lo stavo più ascoltando. Reyes adesso guardava per terra e stringeva le mani dietro la schiena.

«Non è stato lui, papà», mi intromisi, aggrottando le sopracciglia quando tutti gli sguardi si puntarono su di me. Non avrei saputo dire per quale ragione mi impicciai, probabilmente se non lo avessi fatto mi sarei risparmiata gran parte dei guai che passai in seguito, però mi sembrò giusto farlo. Perché sebbene non facessi parte della squadra, anche io ero una ragazza che agli adulti proprio non voleva dare ascolto.

Mio padre cambiò espressione, strinse le braccia contro il petto pompando i suoi quadricipiti e fece scorrere l'attenzione tra me e il capitano dei Taurus per qualche istante.

«Che cosa ne vuoi sapere tu?» Reyes mi ringhiò contro, i pugni distesi lungo i fianchi, il suo sguardo a tagliare l'aria per trafiggermi con rimprovero.

«Non parlare in questo modo a mia figlia!» mi difese mio padre, credendo ingenuamente che avrebbe fatto abbassare la cresta al ragazzo. Alzai gli occhi al cielo, non avevo bisogno di fare la cocca di papà, ero lì per lavorare.

«No, mi spieghi, coach. Per quale motivo sua figlia è qui? Perché io, sinceramente, non ne vedo l'utilità», sbottò, facendomi sorridere per l'affronto.

Il Sessantanove, che aveva già avuto modo di presentarsi alla sottoscritta con il nome di Chase King, tentò di calmarlo stringendogli il braccio, ma non funzionò: il Diciotto si liberò dalla presa con uno strattone tanto violento che mi fece sussultare.

Mio padre era pronto a esplodere in una delle sue tipiche sfuriate che non avrebbero divertito neanche me. Solitamente mi piaceva guardarlo arrabbiarsi con gli altri, ma capitava che certe volte si facesse prendere la mano. Temevo che in questo caso sarebbe successo: a suggerirmelo era proprio il fatto che stringeva la cartella delle strategie con tanta forza da avere le nocche bianche. Sapevo che non sarebbe andata a finire bene.

Sbuffai infastidita. Ah, uomini, sempre pronti a sfoderare la loro virilità tossica.

«Sono stata io.» Scrollai le spalle, tentando di metter fine a quella stupida messinscena.

Mio padre mi guardò di sbieco. «Stai dicendo la verità, Chloe?» mi chiese.

Che cos'era la verità se non una bugia ben costruita? Qualsiasi cosa che per me fosse vera, avrebbe potuto non esserlo per qualcun altro. La realtà era solo un insieme di dimensioni percepite differentemente, l'incapacità dell'uomo di guardare oltre le sue possibilità lo rendeva solo un ingranaggio difettoso. Magari non avevo fumato una sigaretta negli spogliatoi maschili di una squadra di pallacanestro, però magari l'avevo fatto e non me lo ricordavo, o c'era sicuramente una Chloe Millais in un'altra dimensione che lo aveva fatto. Qual era quindi la verità?

«Certo», confermai. E sapevo che papà non ci avrebbe creduto nemmeno per sbaglio, ma fece comunque finta di sì, scuotendo la testa nel tentativo di cancellare quella scena dalla sua mente.

Buttò il mozzicone nel cestino accanto alla panca e decise di lasciare perdere. «Avanti, iniziamo.» Suonò il fischietto e dieci dei giocatori si disposero in due squadre, pronti a giocare. E io ero pronta a scattare.

Avevo imparato a riconoscere alcuni di loro dalla volta precedente, quando il numero diciotto aveva fatto tardi e lo avevo incontrato nel corridoio. Non era di certo stato gentile, ma poco mi interessava, dopotutto nonostante rientrasse tra i suoi cinque favoriti, mio padre non aveva speso tempo per informarmi del suo nome completo. Era anche vero però che quando la squadra mi era stata presentata lui mancava all'appello.

Quando la palla venne afferrata per dar inizio alla partita, i miei occhi furono calamitati dai cinque titolari e li puntai subito su James Norton.

Numero trentatré, gambe massicce e un petto da far paura. Lui era il playmaker, un Taurus con il fine di guidare l'attacco della squadra. Il suo controllo del pallone era così calcolato e assoluto, che riuscì presto nel suo compito principale: far partire lo schema al momento giusto.

Scattai una foto, mentre deviava uno degli avversari con una giravolta e continuava il palleggio verso il canestro avversario. I capelli biondi erano lucidi e luminosi, gli ricoprivano la fronte in modo disordinato, e aveva lo sguardo alla ricerca del suo prossimo passaggio. Individuò una testa scura, un ragazzo dalle braccia tatuate scolpite che attendeva la palla. La afferrò, la trattenne con forza e poi, prese a correre.

Zack Reed. Numero novantuno. Avevo sentito papà chiamarlo Flash perché correva talmente veloce che una volta aveva fuso le sue scarpe da gioco, sapevo che non era un semplice giocatore. Era un patito di pallacanestro e tutto quello che faceva in campo, lo faceva come tributo ai compagni del passato.

La squadra rivale gli rubò la palla trascinandola sotto l'anello, ma Reed si impegnò a placcare uno dei Taurus avversari che tentava di fare canestro. Gli scattai una foto mentre era di spalle, intento a evitare che il concorrente facesse centro. Dovetti prendermi qualche istante per inquadrare per bene la sua figura stretta nella divisa bianca, perfettamente in armonia con il colore olivastro della sua pelle e con i capelli rasati che facevano risaltare un grosso tatuaggio sulla sua testa. Principalmente ala grande, si impegnava a giocare vicino al canestro per aiutare il centro nella conquista dei rimbalzi.

Alla fine, l'avversario tentò di fare canestro, ma non ci riuscì. Il centro individuò la palla e se ne impadronì. Lui era il più alto, il più muscoloso e il più forte. Era lui che avrebbe fatto partire la rissa in campo e avrebbe spaccato la faccia all'avversario che si era illuso di poter fare punto.

Ben Presley. Numero ventiquattro. Scattai una foto mentre scacciava via la palla in direzione del prossimo compagno. Mi ricordava un po' mio padre quando aveva la sua età. I capelli biondo cenere, le sopracciglia folte, la fronte spessa aggrottata e intenta ad accompagnare lo sguardo verso il palleggio successivo ancor prima di aver terminato il precedente.

Lanciò la palla all'ala piccola, forse il più basso tra tutti, ma secondo solo a Reed per la velocità. Il numero sessantanove, Chase King, si poteva dire che fosse piccolo quanto agile, una furia nell'evitare gli avversari. Prima te lo ritrovavi a destra e poi ti passava sotto le gambe, intento a fare canestro se ne aveva la possibilità. Più spesso, trovava sempre il suo sovrano. Dopo tutto, era pur sempre la sua spalla destra.

Ci vollero pochi secondi a Chase King per passare la palla e ne approfittai per scattare una foto di sfuggita, la sfera tra le sue mani a mezz'aria, come se la stesse tenendo sollevata nel vuoto per magia. L'espressione concentrata, ma piacevolmente sorpresa di poter raggiungere il punto della questione: la guardia tiratrice.

Reyes. Numero diciotto. Aveva un paio d'occhi verdi e i capelli ondulati come quelli di una principessa, ma quando tirava aveva tutt'altro che l'aspetto di una giovane fanciulla indifesa. Non conoscevo ancora il suo nome, ma avevo sentito una leggenda riguardo il suo numero. Era il miglior cestista della sua generazione, cresciuto in una squadra di perdenti. Praticamente fino a quel momento aveva giocato contro due squadre contemporaneamente: quella avversaria e quella di cui faceva parte. Mio padre mi aveva assicurato che lui fosse la chiave che gli avrebbe fatto vincere il titolo, necessitava solo dei giusti compagni e anche di una bella sculacciata.

Principessa Reyes afferrò la palla con la grazia di una ballerina, ma con la forza di un Minotauro. Non era solo un giocatore, era il giocatore. Si librava in aria come se le rondini che aveva tatuate sul petto ce le avesse in realtà sotto i piedi. Lui non sbagliava mai.

Non dovette neanche guardare il canestro per fare centro, trattenne la palla giusto il tempo di darle la spinta adatta e fece tre punti. La prova tangibile che lo schema funzionava, che i suoi compagni erano quelli giusti e che lui era un eroe della pallacanestro. Un maleducato, ma pur sempre un eroe.

Scattai una foto, mentre si voltava a osservare orgoglioso la palla che attraversava l'anello, prima di esultare con un pugno in aria. Grazie, Diciotto, ci vediamo al prossimo canestro.

Poi la palla tornò in mano agli avversari, ma sapevo che non l'avrebbero trattenuta ancora per molto.

L'allenamento lasciò dodici ragazzi sudati a inghiottire litri d'acqua come se fossero stati quaranta giorni nel deserto, le divise erano diventate appiccicose e mio padre era evidentemente scosso dalla loro incapacità di comportarsi a dovere. Immaginai che questa fosse una delle ragioni per cui mi aveva voluta lì con lui, per metterli in difficoltà sotto lo sguardo di un'estranea. Stava insegnando loro che sarebbero sempre stati giudicati, anche mentre facevano una cosa tanto semplice come bere dell'acqua.

E io non ero solo un'estranea, ero anche una fotografa, questo li avrebbe quantomeno dovuti intimidire; era evidente che mio padre si sbagliava. In fondo, un animale non sa di essere tale.

Mi soffermai così a guardare le foto che avevo scattato, cancellando quelle che per via dei movimenti erano uscite sfocate e ammirando quelle che invece sembravano essere più nitide ed espressive.

«Vado a darmi una ripulita e ce ne andiamo», mi avvertì papà, abbandonando il campo per raggiungere il suo spogliatoio privato.

Alzai lo sguardo annuendo a malapena, solo per vederlo andarsene via nella sua tuta grigia e con l'andatura sicura, ma stanca. Mi resi presto conto di essere rimasta sola, nel silenzio dell'arena, a osservare foto che nessuno avrebbe probabilmente mai visto.

Mi misi in piedi, in attesa che mio padre si rifacesse vivo, e poggiai la macchina fotografica su uno dei posti a sedere degli spalti, accanto al resto delle mie cose. Dopo essermi sistemata i jeans che erano leggermente calati, decisi di raggiungere il centro del campo, dove, sopra lo stemma dei Taurus, era rimasto incustodito il pallone.

Mi piegai per afferrarlo. Mio padre ci aveva provato a iscrivermi in una squadra di pallacanestro femminile, aveva anche provato a insegnarmi qualche regola base, ma chissà perché mi ritrovavo a guardare le partite senza capirci niente. L'unica cosa che sapevo era che da più lontano si faceva canestro, più punti si prendevano.

Mi rialzai con la palla tra le mani, la lasciai scorrere da un palmo all'altro mentre mi posizionavo più vicina all'obiettivo. Diamine, se era alto. Non sarei riuscita ad arrivarci nemmeno con una scala.

Feci un palleggio, che riecheggiò intorno a me come un'onda magnetica. Ero pronta a provare un tiro che sapevo non sarebbe mai entrato, ma che, chissà per quale ragione, avevo voglia di fare.

Mi bloccai, ancor prima di tirare, perché fui interrotta da una voce roca e profonda che risuonò per tutto il campo. «Se tiri in questo modo, la palla non arriverà nemmeno sopra la tua testa.»

Sussultai, presa alla sprovvista, voltandomi poi verso l'origine di quella voce suadente. Principessa Reyes se ne stava lì con un ghigno tra le labbra, ancora grondante di sudore, e stringeva le braccia al petto così tanto da far risaltare le sue spalle prorompenti. I suoi capelli adesso erano sciolti e si liberavano in lunghe onde mosse, fatte di spiragli e riflessi che gli contornavano il volto furbo.

Lo guardai accigliata, mentre mi raggiungeva per posizionarsi al mio fianco. I suoi occhi verdi mi ricordarono per qualche istante l'acqua stagnante del laghetto di Los Angeles, mentre mi scrutava da capo a piedi, e poi mi rubò la palla dalle mani senza il minimo sforzo. Eppure credevo di stringerla forte…

«Mio padre ci ha provato a insegnarmi a giocare», ammisi, «ma non sono mai stata molto propensa a capirci qualcosa.» Feci una smorfia, percependo alcune ciocche dei miei capelli ricadermi sul volto.

«Sei bassa, quindi devi fare il doppio del lavoro.» L'angolo della sua bocca si alzò, mentre, da venti centimetri sopra di me, mi osservava curioso, ma allo stesso tempo indifferente, creando una miscela di emozioni dentro di me che avrebbero dovuto intimidirmi, ma che non fecero altro che farmi sentire in dovere di dimostrarmi degna del suo rispetto.

Diciotto mi guardò ancora, si inumidì le labbra e poi con uno sbuffo trattenne un sorriso per poter parlare in modo sicuro e affabile. «Si vede che non hai mai maneggiato palle in vita tua.» Sottolineò il doppio senso con l'ennesimo ghigno derisorio.

«Di solito mi piace sgonfiarle per dispetto», gli sorrisi fintamente, sentendo le mie guance accaldarsi per via della sua sfacciataggine, ma troppo orgogliosa per lasciarlo prevalere senza almeno ribattere.

Reyes rise, scosse la testa e poi tornò a fissare il canestro, certo di avere la mia attenzione.

«Schiena dritta, fondoschiena in fuori e ginocchia piegate.» I movimenti del suo corpo seguirono le parole, mentre lui assumeva la posizione per tirare. Nel sentirlo parlare così a lungo mi accorsi che il suo accento aveva una cadenza inglese poco accennata, probabilmente per via del fatto che viveva ormai a Chicago da tempo. «La palla la devi tenere con leggerezza, come se fosse una piuma. E poi, lancia, muovendo il polso e non l'intero braccio.» Fece il gesto di tirare per mostrarmi la rotazione del polso, ma senza dare la spinta per allontanare la palla. Poi me la sferrò contro il petto, ridendo di me quando mi ritrovai ad afferrarla impreparata e in modo impacciato, barcollando sulle mie stesse gambe. «Avanti, prova», mi suggerì.

Così piegai le gambe, allungai la schiena e… «Mi stai fissando?» gli chiesi, quando, nel reindirizzare lo sguardo verso di lui per controllare che stessi facendo le cose nel modo giusto, lo trovai sporto con il busto verso le mie spalle e più concentrato a studiarmi il fondoschiena che le capacità atletiche.

Aggrottai le sopracciglia notando il modo in cui si inumidì le labbra, per poi ricomporsi con tranquillità, come se non lo avessi appena colto in flagrante a osservarmi. «Chi, io? No, certo che no.» Scrollò le spalle.

Ignorai il suo affronto e mi concentrai nel lancio della palla, seguendo la spiegazione che mi aveva concesso e ritrovandomi, stranamente, a fare canestro. La palla rimbalzò contro il parquet, rotolando poi via.

Guardai il ragazzo al mio fianco, con un sorriso vittorioso per via del fatto che avevo appena fatto centro. Lui strinse le braccia contro il petto, il suo sguardo adesso non era né derisorio né divertito o affabile. Mi stava letteralmente squadrando con cattiveria e questo bastò per porre fine al mio attimo di gioia.

«Ascoltami bene, Leoncina», disse, facendosi così vicino che mi ritrovai a storcere il naso per via della puzza del suo sudore. «Non immischiarti più negli affari dei Taurus. Non so per quale ragione tu sia qui, se per le tue foto o per tuo padre. Non mi importa. Ma non permetterti più di prenderti la colpa per qualcosa al posto nostro, per noi resti sempre la figlia del coach.»

E poi si allontanò e andò a recuperare una felpa che aveva evidentemente dimenticato sugli spalti, probabilmente la ragione per cui era tornato indietro e mi aveva trovata tutta sola. Lo osservai allibita andarsene via senza guardarsi indietro.

A quanto pare Diciotto non era solo una principessa, era *la* principessa. Sì, quella sul pisello.

3
Tonya e i suoi orsetti gommosi

Chloe

QUANDO avevo deciso di seguire mio padre fino a Chicago, avevo immaginato che la mia vita sarebbe rimasta immutata, dal momento che non avevo mai avuto amicizie importanti e l'unica ragione che mi tratteneva in California mi aveva già abbandonata da un po'.

La ragione in questione era Derek Sullivan ed era il motivo per cui avevo lasciato il mio lavoro come redattrice e mi ero decisa a seguire mio padre in quell'avventura che aveva creato un mucchio di ragazzi infuriati perché non avevano nemmeno più la possibilità di respirare senza il suo permesso.

Invece, in breve tempo, la mia vita era cambiata in meglio: anche se mi era dispiaciuto abbandonare Los Angeles e il suo mare caldo, così come il mio lavoro sudato, il mio nuovo impiego non era male.

Inoltre, prima di essere ingaggiata da Tom Gillies, il manager della squadra, avevo lavorato per il *Time Journal* per tutta l'estate. La collaborazione con una delle dipendenti era sfociata in una prima pagina molto interessante e in una grande amicizia. Probabilmente la più importante che avessi mai avuto.

Tonya Cooper aveva gambe chilometriche, la carnagione color dell'oro e una folta chioma riccia; se ci fosse stata una super modella nei paraggi si sarebbe probabilmente vergognata mettendosi a confronto con la mia migliore amica.

I suoi ricci erano il suo marchio di fabbrica: per quanto fossero selvaggi, li teneva sempre perfettamente in ordine; era esattamente l'opposto di me sotto questo punto di vista. Anche se non avevo i capelli ricci come i suoi, mi ritrovavo una montagna di onde indomabili a cui avevo imparato a non prestare attenzione o avrei rischiato di finire in una crisi esistenziale senza fondo ogni qualvolta avessi tentato di trascinarci un pettine in mezzo.

Nonostante fossimo alquanto diverse, Tonya era così bella che, quando le stavo accanto, mi sentivo bella anche io. Inoltre era il mix perfetto di pura intelligenza, audacia e confidenza. Lei era decisamente il tipo di persona che animava le feste.

Bussai alla porta del suo ufficio all'ultimo piano dell'alto grattacielo in cui lavoravamo entrambe, irrompendo subito dopo nelle sue quattro mura colorate di un rosa acceso, pronta a mostrarle il mio bottino.

Se ne stava con le gambe accavallate, con i piedi nudi poggiati sulla scrivania, i tacchi alti lasciati incustoditi per terra e la gonna stretta che le fasciava le cosce. Tra le mani aveva un pacchetto di caramelle che mangiucchiava compiaciuta mentre osservava chissà cosa sul computer.

«Ehi, Hermione. Che si dice a Hogwarts?» mi prese in giro, per via dei miei capelli disordinati. I suoi quel giorno erano perfettamente legati in una mezza coda. Mi richiusi la porta alle spalle e mi avvicinai per lasciarle un caldo bacio sulla guancia come saluto.

«Che guardi?» le chiesi, prendendo posto sulla poltrona di fronte alla sua scrivania in vetro.

Lei non disse nulla, allungò la mano ben curata con le unghie laccate di rosso e girò lo schermo, sporcandolo con il residuo appiccicoso di caramelle che le si era sciolto tra i polpastrelli. Osservai interdetta l'oggetto del suo sguardo sognante.

«Partite di pallacanestro? Ti sei finalmente decisa?» sorrisi, poggiando la cartellina accanto alla tastiera del suo computer. Avevo sperato così tanto che accettasse l'incarico di seguirmi in quel piccolo viaggio che la speranza mi illuminò gli occhi nel vederla interessata a qualcosa che si era categoricamente rifiutata di prendere in considerazione.

Lei e io eravamo un'ottima squadra e sapevo che nessun altro sarebbe stato capace di accostare alle mie fotografie delle descrizioni più appropriate delle sue. Per questa ragione la volevo nel progetto, oltre al fatto che avere accanto una ragazza di ventun anni proprio come me, in mezzo a tutti quegli uomini, mi rendeva più sicura.

«Oh, tesoro», ammiccò, leccandosi le labbra con la lingua rosa. «Adesso sì che mi sono decisa.» Le sue sopracciglia si alzarono ritmicamente, mentre con un *clic* sulla tastiera fermava l'immagine su un personaggio in particolare.

Compresi allora che stava guardando la prima partita di precampionato che i Taurus avevano giocato il fine settimana precedente; evidentemente la mia amica era più concentrata su un paio di braccia tatuate che sulla palla.

«Tonya... non dirai sul serio!» piagnucolai, non realmente contrariata dal suo atteggiamento.

«Che c'è? È un gran bel ragazzo.» Fece spallucce.

«Allora credo proprio che ti piacerà questa.» Trattenni a stento un sorriso, mentre tiravo fuori dalla cartellina che avevo portato con me la foto che avevo scattato a Zack Reed durante gli allenamenti solo una settimana prima.

Tonya la afferrò, rimise le gambe a terra e saltò in piedi con gli occhi spalancati. Sorrisi soddisfatta, quasi orgogliosa.

«Questa non esce di qui!» ordinò, ingoiando tutto insieme quel che restava del suo pacchetto di orsetti gommosi.

«Oh... ce ne sono parecchie altre qui...» la presi in giro, facendo finta di dare un'occhiata attraverso la cartella semiaperta. Si rimise seduta, curiosa, afferrando le diverse immagini che gli porsi.

«Dio, sono tutti così...» biascicò, ritrovandosi ad ammirare anche gli altri componenti della squadra.

«Già, be'... il manager ha detto che queste possono essere pubblicate, ovviamente ne avrò altre da fare quando giocheranno fuori casa, puoi sempre aspettare, no?»

«Wow!...» sospirò, ancora una volta sognante, trascinando gli occhi tra le varie foto che custodiva tra le mani. Mi resi allora conto che era realmente presa da quell'avventura. E pensare che fino a qualche giorno prima non ne aveva neanche voluto sentire parlare, perché lei era una giornalista di attualità, arte e, a volte, anche di moda, non di certo – cito testualmente – di stupidi sport nei quali un branco di idioti si impegna a inseguire un pallone.

Rimasi in silenzio ad attendere che terminasse di analizzare tutte le foto, nella speranza che avrebbe accettato veramente di scrivere una lunga serie di articoli a riguardo per l'anno a venire, rinunciando al resto del suo lavoro.

«Dai... lo sai anche tu che potrebbe essere una grande opportunità», la pregai.

«Giuro che queste foto mi stanno facendo rivalutare la questione e non lo dico solo per il fondoschiena sodo di Reed. Sei brava, Chloe. Diamine, guarda questa!» fece scivolare sulla scrivania la foto che avevo fatto a Reyes durante gli allenamenti, lui ancora sospeso in aria, con le spalle rivolte al canestro e il pallone che era sul punto di entrare nell'anello. Era nitida, precisa e messa a fuoco, nonostante il movimento. La luce era perfetta.

La afferrai, ritrovandomi a guardare il suo volto concentrato. Sembrava veramente ferino, con le narici allargate e le guance indurite a far risaltare la mascella. Aveva l'aria di essere un toro all'attacco. Sorrisi. Poi mi ricordai della ragazza che mi stava scrutando dall'altro lato della scrivania.

«Ma?...» la esortai a continuare, riponendo la foto insieme alle altre. Non ero realmente pronta ad ascoltare il suo ennesimo rifiuto.

Fece un respiro profondo, si lasciò andare contro la sedia alle sue spalle e mi guardò con serietà. «Lo sai anche tu che sono poche le giornaliste sportive prese sul serio, soprattutto se sono nere e hanno poco più di vent'anni. Scrivere di sport, di pallacanestro e del campionato... potrebbe distruggere la mia carriera», ammise affranta.

«Lo capisco.» Non riuscii a darle torto, del resto anche io avrei probabilmente avuto un riscontro maggiore per le mie foto se al mio fianco ci fosse stato un giornalista di sesso maschile. «Però, se rinunci, non cambierà niente», tentai. «Puoi restare nella tua zona confortevole e continuare a scrivere di cose sicure, ma poi, Tonya? Quante possibilità avrai di nuovo come questa? Capisco che tu abbia paura, ma se non rischi adesso, non lo farai più.» Scrollai le spalle, lasciandomi andare contro la poltrona.

Osservai la mia amica afferrare tra le mani un'altra foto, ripescandola distrattamente dalla cartellina rimasta incustodita sulla sua scrivania. «Dio, avrei così tante cose da dire…»

«Andiamo! Scommetto che sai persino chi è il playmaker», ammiccai.

Tonya rise di gusto. «Certo. Il playmaker fa partire gli schemi. James Norton, un gran bel bocconcino. Capelli eccessivamente biondi e due spalle che… mamma mia!» annaspò, afferrando la foto in cui lo avevo immortalato intento a giocare. Sorrisi fiera. C'ero quasi. «Ti odio», borbottò e compresi allora che l'avevo convinta, lasciandomi sfuggire un sorriso talmente grande che avvertii la pelle tirare.

«Bene. Sono felice di sentirtelo dire», ridacchiai e lei rise a sua volta, più leggera. Restammo in silenzio ancora un po', con l'adrenalina di dover affrontare quel percorso insieme. Ero certa che lei avesse tante idee, proprio come le avevo anche io.

«Dimmi solo una cosa», mormorò maliziosamente, riponendo le foto accuratamente dentro la cartellina. «Ti sei già intrufolata negli spogliatoi?»

Alzai gli occhi al cielo. «Sei matta? Mi ucciderebbero, è già una tortura dover star lì seduta a far finta che la mia presenza non gli dia fastidio.»

«E come potrebbe?» Alzò un sopracciglio, adesso più curiosa. «Sono uomini. Non potresti dar loro fastidio nemmeno se ti ci impegnassi», rise.

«Un po' maschilista, non trovi?» aggrottai le sopracciglia.

Tonya sbuffò sommessamente, facendo una giravolta sulla sua sedia con le rotelline. «Forse. Ma sono uomini a cui tuo padre ha vietato un po' di cose, averti sotto il loro naso non dovrebbe infastidirli», tentò di recuperare.

Scrollai le spalle. «E invece pare proprio che sia così», sospirai, ricordando la ragione per cui avevo deciso di non seguire mio padre nella prima partita.

Tonya si bloccò, probabilmente rendendosi conto che ci fosse qualcosa di più. Mi maledii mentalmente per essermi esposta in quel modo, non volevo davvero farle sapere che mi ero sentita tanto a disagio, ma era stato così e, forse, confrontarmi con lei l'avrebbe reso meno terribile di quanto pensassi. Ancor prima che potesse fare domande scomode, mi decisi a raccontarle del mio breve incontro con il numero diciotto.

La mia amica ascoltò interessata, mentre gli spiegavo del modo in cui mi aveva ammonita per essermi presa una colpa che non avevo. Omettendo volutamente il fatto che mi avesse guardato il fondoschiena senza ritegno, consapevole che non avrebbe fatto altro che distrarla dal punto focale della situazione.

Alla fine, quando alzai gli occhi sul suo volto e terminai di spiegarle brevemente quello che mi frullava per la testa, lei ricambiò lo sguardo con malizia. «Hyade Reyes.»

«Si chiama... Hyade?» chiesi in un sussurro, mentre mi rendevo conto di aver appena scoperto il suo nome.

La dottoressa Cooper annuì fermamente. «Non lo sai? Non si parla altro che di lui... ovunque.»

Be', non stavo molto a vedere la televisione e a guardare giornali che non riportassero i miei scatti, non mi era sinceramente importato di cercare il suo nome o le sue foto, ed ero entrata da così poco tempo in quel mondo che avevo ignorato fino a quel momento, che a parte fare il mio lavoro, non mi ero interessata a conoscere i dettagli su tutto il resto; ma Tonya sembrava voler supplire a questa mia mancanza, perché prese a digitare sullo schermo insistentemente, tirando fuori dal suo cassetto un altro pacchetto di caramelle.

«Dio, ma non mangi altro?»

Mi guardò truce a quella mia domanda, mentre liberava il contenuto del pacchetto sul tavolo, suggerendomi di favorire. «Mi aiutano a mantenere la libido a un valore accettabile, ti consiglio vivamente di mandarne giù qualcuna, perché sto per mostrarti qualcosa che non andrà via dalla tua testa tanto alla svelta.» Il suo sorriso malizioso era convincente, ma preferii comunque evitare di mangiare quegli orsetti che solo a guardarli mi facevano venire il voltastomaco.

Quando però Tonya girò lo schermo, arrossii e il voltastomaco fu l'ultimo dei miei problemi.

Soddisfatta, la ragazza si portò alla bocca quelle schifezze, mentre io osservavo lo schermo sconcertata. Le mie labbra si dischiusero e il mio sguardo si incatenò alla foto del ragazzo che solo una settimana prima mi aveva insegnato a fare canestro e poi se l'era presa per qualcosa di evidentemente sciocco.

Hyade Reyes era stato immortalato durante uno shooting: i capelli ricci gli ricadevano fino al collo indomati, mentre sul volto sfoggiava un ghigno malizioso. Ma non finiva qui: era nudo, con solo una palla da basket a coprirgli l'inguine.

Il mio sguardo scorse sugli addominali e sul petto tatuato, i muscoli delle gambe e delle braccia erano così definiti da permettermi di immaginare la loro forza senza doverli necessariamente vedere in azione.

Tonya non disse niente quando allungai la mano verso gli orsetti gommosi lasciati sulla sua sudicia scrivania, cercò di trattenere una risata compiaciuta, mentre mi guardava ingurgitarne una manciata tanto grande che, ero certa, la pancia mi avrebbe fatto male. Sperai solo che il dolore durasse abbastanza a lungo per permettermi di cancellare dalla memoria i miei apprezzamenti per quella foto così eccessiva a cui, ancora non lo sapevo, mi sarei presto ritrovata a pensare più spesso di quanto avrei voluto.

Quando rientrai a casa, un'ora dopo, mio padre e la sua compagna, Marla, erano intenti a preparare il pranzo.

Lo compresi dal profumo che mi arrivò dalla cucina, mentre abbandonavo le mie cose all'entrata e mi affrettavo a raggiungerli per salutarli. Non ero mai stata realmente propensa a ospitare Marla Jones a casa nostra, prima di tutto perché lei e mio padre facevano tira e molla da quando si erano conosciuti dopo il nostro trasferimento, e poi perché era pur sempre la compagna di mio padre, e anche se mi dimostravo gentile e disponibile, era difficile negare la piccola gelosia che mi cresceva dentro tutte le volte in cui li vedevo insieme.

A ogni modo, Marla non sembrava male, con i suoi lunghi capelli neri sempre tenuti in una treccia o una crocchia, la sua espressione dolce e il suo corpo minuto.

«Sono a casa», annunciai, inoltrandomi nella cucina, solo per bloccarmi un attimo dopo nel notare che mio padre e Marla non erano soli.

Dovetti trattenere il respiro per evitare di sussultare, mentre, oltre agli occhi chiari di mio padre e quelli scuri di Marla, si posavano su di me un paio d'occhi celesti selvaggi.

«Ciao, Chloe», mi salutò James, alzando la sua mano in aria e dedicandomi un sorriso così grande da farmi sentire meno a disagio di quanto mi ero sentita entrando.

James era probabilmente il più simpatico e socievole dei Taurus, ma mi sembrò comunque strano vederlo a casa mia e senza la divisa addosso. Il commento che Tonya aveva fatto sulle sue spalle si ripeté nella mia testa e dovetti trattenermi dal fissarlo troppo: se ne stava poggiato con un braccio sul bancone, stretto in una maglia bianca.

«Ciao, tesoro», mi salutò Marla, destandomi dai miei pensieri e porgendomi una tazza con una tisana.

Le sorrisi falsamente. Odiavo quando mi chiamava «tesoro» e odiavo le sue stupide tisane amare.

«Ehi, toro. Che ci fai qui?» risposi al ragazzo, ignorando Marla, mentre mio padre ai fornelli si impegnava a cucinare il pranzo. Papà e io non ci salutavamo mai, era la routine.

Mi presi una certa confidenza con James perché lui sembrava il più felice di avermi in mezzo ai Taurus e durante gli allenamenti mi salutava sempre appena ci vedevamo e ogni volta che ce ne dovevamo andar via. Non ci eravamo mai fermati a scambiare due chiacchiere sincere, ma il suo sorriso e il suo modo aperto di parlarmi mi avevano spinta a comportarmi come lui.

«Oh, stavo cercando di convincere quel vecchio di tuo padre a venire a festeggiare con noi la vittoria. Sai, spogliarelliste, alcol, movida… nulla di cui tu debba preoccuparti, Marla», replicò lui. Io ridacchiai quando lei storse la bocca, per poi strofinarsi le mani con il panno da cucina prima di tornare ad apparecchiare.

«Resti a pranzo?» gli chiese semplicemente e non fui sorpresa di vedere una certa intesa con il ragazzo; Marla era stata molto a contatto con i Taurus, più di quanto lo fossi stata io, ed era inevitabile che sapesse come prenderli.

«Mi piacerebbe, ma ho promesso ai ragazzi che sarei passato qui e poi li avrei raggiunti a casa di Chase per i dettagli di stasera», sospirò, guardando poi il suo orologio e rivolgendosi al coach. «Andiamo, Phil! Un po' di sano divertimento!»

Mio padre scosse la testa, degnandoci finalmente della sua attenzione mentre metteva in tavola degli stuzzichini. Ne rubai uno sotto il suo sguardo di rimprovero.

«Domani ci sono gli allenamenti», disse, fulminando sia me sia James, seppure per ragioni diverse.

Il numero trentatré sbuffò, scuotendo la testa, e iniziò a muoversi verso l'uscita con passo sconsolato, ormai arresosi. Le sue spalle ricurve mi fecero sorridere, mentre si avvicinava per salutarmi. «Andiamo, James. Che potresti mai farci con un vecchio come Phil Millais?» lo presi in giro.

Il ragazzo si bloccò e sembrò illuminarsi tutto d'un colpo. «Ma certo!» Tornò a sorridere raggiante, facendomi perdere il mio, di sorriso, quando reindirizzò il suo sguardo entusiasta su di me. «Ho chiesto al Millais sbagliato!»

Restai in silenzio per qualche attimo, realizzando ciò che aveva appena detto e dichiarandomi immediatamente contraria alla sua proposta. «Non verrò a festeggiare con un mucchio di ubriaconi una partita che non ho nemmeno visto.» Incrociai le braccia al petto, rifiutandomi a prescindere.

«Andiamo, Chloe!» mi pregò. «È scaramanzia, bisogna festeggiare la prima vittoria con il coach come buon augurio per quelle a venire. Se lui non vuole partecipare, sicuramente andrà bene anche la figlia.»

«Adesso che so che mi vuoi solo per scaramanzia, puoi essere ancora più certo che non verrò», sbuffai. I capelli mi coprirono le guance mentre mi lasciavo ricadere su uno degli sgabelli in ferro al bancone.

Mio padre e Marla si lanciarono un'occhiata che sembrava dirla lunga e mi tremarono per qualche attimo le gambe, mentre mi rendevo conto di cosa stessero pensando.

«Potrebbe essere un'ottima idea, tesoro...» mi suggerì lei, facendo finta di farlo in modo distratto.

Chiusi gli occhi, presi un respiro profondo. Odiavo quando mio padre e Marla si preoccupavano di organizzarmi la vita, odiavo che Phil le avesse raccontato del mio cuore spezzato e che avevo smesso di uscire di casa, odiavo che si prendessero la libertà di giudicarmi come asociale e noiosa. Io volevo stare sola, non avevo bisogno che qualcuno mi spingesse a uscire e a divertirmi. Perché io non mi divertivo a festeggiare, a ballare o a bere. Mi piaceva stare a casa a guardare film e a immaginare un amore impossibile. Erano utopie, che però mi facevano sognare e andava bene così. In fondo, non sarei mai stata capace di trovare qualcuno come lo volevo io e la maggior parte dei ragazzi era troppo diversa da me perché fossimo compatibili.

Inoltre, la mia unica amica era Tonya e lei capiva quando le dicevo che non avevo voglia di uscire. Avevo paura, era vero, ma era una paura legittima e chi non la capiva non poteva permettersi di costringermi a espormi in quel modo. Eppure, lo sguardo di mio padre fu una coltellata al petto: sapevo che voleva incoraggiarmi a ritrovare me stessa, ma la verità era che ero fin troppo me stessa, in questo momento.

«Andiamo, Chloe... giuro che ti voglio. Non è solo scaramanzia, ci divertiremo, vedrai. Ci saranno anche delle nostre amiche. Prometto che ti riporterò a casa entro il coprifuoco e che non mi ubriacherò.» James sembrava sincero mentre parlava a raffica e forse fu proprio la sua predisposizione nei miei confronti a farmi sentire propensa ad accettare.

Mio padre mi dedicò uno sguardo eloquente, non gli piaceva che i Taurus si lasciassero andare, era la regola; ma ogni tanto si poteva fare uno strappo, che in questo caso avrebbe avuto due benefici: da una parte sapeva che coinvolgendomi mi avrebbe tenuta lontana da casa per riscoprire il mondo, dall'altra la mia presenza avrebbe tenuto i ragazzi sotto controllo senza che dovesse per forza essere lui a preoccuparsene. Sospirai. «Va bene.» Alzai gli occhi al cielo, beccandomi un bacio sulla guancia dal Taurus trentatré.

«Ti passiamo a prendere alle dieci!» mi informò, prima di richiudersi la porta alle spalle.

Guardai Phil Millais e Marla Jones osservarmi con un certo sorrisetto, quello di mio padre era evidentemente spensierato, quello di Marla, sembrava di chi la sapeva lunga.

Digrignai i denti dalla frustrazione, mentre mi rendevo conto di aver appena accettato l'invito di un gruppo di ragazzi che, in realtà, non mi volevano affatto tra di loro. Ripensai così alle parole di Tonya, a come mi aveva rassicurata sul fatto che non avrei dato poi così tanto fastidio alla squadra e decisi che, in fondo, sarebbe stata una serata come un'altra e non avevo nulla di cui preoccuparmi.

Mi ritrovai invece molto presto a preoccuparmi. Quando avevo chiamato Tonya al telefono per raccontarle della serata e per chiederle alcuni dettagli riguardo il nostro progetto, mi aveva egregiamente fatto notare che non potevo presentarmi in mezzo ai Taurus con degli stracci addosso, dato che potevano esserci dei paparazzi. Così, avevo rubato il numero di James dal telefono di mio padre e lo avevo chiamato, chiedendogli dove saremmo andati e se le loro amiche si sarebbero messe in tiro.

Mi aveva spiegato che avevano prenotato un privé in un'importante discoteca e che le loro amiche si sarebbero sicuramente messe in tiro. Dopo che mi ero lamentata per via del fatto che non sarei stata molto a mio agio, James aveva riso e mi aveva rassicurata.

Poi eravamo finiti, chissà come, a parlare di una gran quantità di cose inutili che mi avevano resa più tranquilla.

Avevo scoperto che aveva ventidue anni, che il suo colore preferito era l'arancione e che era irlandese. Io gli avevo raccontato che una volta c'ero stata in Irlanda, quando papà e io viaggiavamo ancora, quando la mamma era ancora viva, particolare, questo, che però non gli avevo rivelato. James era stato così carino e socievole con me che mi era sembrato naturale pensare che mi sarei potuta divertire, tutto sommato. Che tra me e lui sarebbe potuta nascere una bella amicizia se mi fossi impegnata a coltivarla.

Dopo un po', Tonya aveva preso a chiamarmi insistentemente, ero stata così costretta ad abbandonare la chiacchierata con il biondino e ad accettare la videochiamata della mia amica per scegliere un vestito che lei approvasse. Alle dieci meno cinque minuti, mi ritrovai a osservarmi allo specchio nella speranza che mio padre, vedendomi conciata in quel modo, avrebbe dato voce alla sua gelosia e mi avrebbe obbligata a restare a casa o almeno a cambiarmi.

Il vestito che Tonya aveva approvato, dopo lunghi battibecchi, era probabilmente uno dei più costosi che avessi mai comprato, che solitamente usavo per le occasioni importanti. Indossavo infatti un tubino color prugna, di raso e con lo scollo squadrato. Avevo abbinato alle scarpe con il tacco nere, una pochette e un cappotto del medesimo colore, ma sapevo che in ogni caso non sarei stata in grado di sentirmi accettabile. Sperai solo di aver azzeccato il dress code.

James mi mandò un messaggio alle dieci in punto, così salutai mio padre e Marla che sembravano sul punto di litigare nuovamente e mi accinsi ad andarmene. In effetti, una cosa che mi faceva più paura dell'uscire di casa era restare a casa con mio padre e la sua compagna nel pieno di una crisi. Con la luna crescente che illuminava il cielo, sospirai, sconsolata, mentre mi richiudevo la porta d'entrata alle spalle e realizzavo che c'era un fuoristrada posteggiato proprio di fronte al vialetto.

La casa che papà aveva comprato a Chicago era una piccola

villetta fra tante a schiera, non era eccentrica ed eccessiva come quella di Los Angeles, per questo era inusuale trovare dei macchinoni nel quartiere; ma fu la conferma che fosse James.

Notai il biondino scendere dall'auto, ma dal sedile del passeggero, quindi, probabilmente, la macchina non era la sua.

«Ciao, piccola Chloe», mi salutò, arruffandomi i capelli. Lo osservai, stretto in una camicia azzurra e un paio di pantaloni beige. Era proprio un bel ragazzo.

Gli sorrisi. «Ciao, James», e lasciai che mi aprisse la portiera posteriore.

Quando mi resi conto di chi fosse il proprietario della macchina, dovetti trattenere il respiro. Sapevo che al guidatore la mia presenza avrebbe dato fastidio. Mi costrinsi a mantenere la calma, mentre Hyade Reyes stringeva il volante con le sue mani piene di anelli massicci. Sospirai, quando James chiuse lo sportello e si accinse a tornare al suo posto.

«Ciao, Hyade», sussurrai timidamente, mentre osservavo i suoi occhi verdi scattare nello specchietto retrovisore per fissarmi.

«Leoncina», mi salutò, con un cenno del capo, impassibile e sfoggiando la sua mandibola indurita. James entrò un attimo dopo, blaterando qualcosa su quanto facesse caldo nonostante fossimo in pieno autunno.

Ma quando Hyade Reyes mise in moto l'auto, fui presto distratta dai suoi capelli legati in una crocchia dietro la sua nuca e dalla camicia bianca che indossava. Nonostante non potessi vederlo bene, il modo in cui aveva tirato su le maniche e lasciato gli avambracci sodi e flessi scoperti, a muoversi tra volante e cambio, fu abbastanza per farmi tornare in mente la foto che Tonya mi aveva mostrato solo quella mattina. Rabbrividii, distogliendo lo sguardo e puntandolo fuori dal finestrino nel tentativo di trovare una via di fuga, cercando di riconoscere la strada che stavamo percorrendo, ma non servì a molto.

Maledissi mentalmente mio padre per aver deciso di lasciare la California, maledissi Marla perché lo convinceva sempre a immischiarsi nella mia vita e maledissi Derek Sullivan per avermi fatto credere che non meritassi niente. Ma più di tutto maledissi me stessa, per aver pensato anche per un solo secondo che non mi sarei sentita a disagio in mezzo a un mucchio di ragazzi famosi e pieni di vita.

Perché io ero morta dentro e questo non sarebbe mai cambiato.

4
Mondo di regole infrante

Chloe

MI fu difficile non sentire un certo grado di indisponibilità nei confronti della situazione in cui ero finita, soprattutto quando scesi dalla grossa macchina con un salto. Con uno sbuffo sconsolato a stento trattenuto, mi resi conto che ero molto bassa rispetto ai ragazzi che mi avevano dato un passaggio.

Il numero diciotto aveva appena abbandonato la sua auto a un parcheggiatore e in quel momento mi ritrovavo a seguire lui e James verso l'entrata di un alto edificio luminoso, con grandi vetrate limpide che lasciavano trasparire una lunga serie di lampi di luci artificiali. Anche se la musica non si avvertiva per nulla, ero certa che una volta messo piede all'interno mi avrebbe frantumato i timpani.

L'aria era calma, il caldo serale piacevole e un fresco venticello trasmetteva una certa quiete, sebbene sentissi il petto implodere per l'agitazione e le dita fremere per via del bisogno di tornare nella mia zona confortevole: il mio letto. Purtroppo, ormai ero lì e sapevo che non sarei tornata a casa molto presto, quindi mi costrinsi a seguire i due ragazzi e a ignorare i miei tacchi che si schiantavano contro la strada sotto i miei piedi, passo dopo passo.

Guardai le loro spalle ricoperte dai cappotti leggeri: Reyes era leggermente più alto e la sua corporatura massiccia non aveva proprio niente da invidiare alle spalle prorompenti di Norton. Scorsi i volti del resto della squadra ad attenderci dietro le due figure che avevo davanti e tirai un sospiro di sollievo. Mi sarei presto potuta nascondere in mezzo a tutti quei ragazzi e passare la serata anonimamente.

Quando annullai la distanza che mi separava dai due ragazzi che mi erano passati a prendere, questi si erano già lanciati in una serie di saluti derisori e spiccatamente ironici.

«Giuro che domani agli allenamenti ti faccio il culo.» Riconobbi la voce di Ben e, bloccandomi qualche passo indietro, lo osservai stringere la mano di James con una stretta amichevole a mezz'aria e scontrare poi la spalla con la sua.

Vedere quei cinque ragazzi, vestiti elegantemente e non stretti nelle loro divise, mi fece improvvisamente rimpiangere di aver lasciato la mia macchina fotografica a casa.

«Col cazzo», borbottò James, in risposta.

Poi continuarono a salutarsi, Chase diede un pugno a Hyade che ricambiò con uno scappellotto e uno sguardo truce. L'unico un po' in disparte fu Zack, che se ne stava a chiacchierare al cellulare con una sigaretta tra le labbra, ma non appena chiuse la chiamata si precipitò a salutare i nuovi arrivati.

«Allora», disse Chase, passandosi la lingua sui denti in un gesto istintivo e tastandosi il cappotto alla ricerca di qualcosa. «Entriamo o no?»

Mi guardai attorno: eravamo evidentemente rimasti solo noi. Mi resi conto che quello era un ingresso adibito appositamente per la squadra. D'un tratto, Reyes si voltò a osservarmi, interrompendo le mie riflessioni; mi incantai a guardarlo e realizzai di essere stata in disparte tutto quel tempo a rubare tratti della loro quotidianità.

Sistemai la pochette sotto il braccio, mentre i miei occhi intimoriti ricambiavano il suo sguardo, scottandosi nel restare incatenati a quell'intesa tacita che si creò tra me e lui, l'unico del gruppo a badare alla mia presenza. Cambiai così all'istante traiettoria, osservai il resto dei ragazzi irrigidirsi sotto il peso della mia attenzione e l'allegria che li aveva animati fino a quel momento si affievolì. Mi strinsi nelle spalle e percepii lo stomaco ingarbugliarsi nel notare tutti quegli occhi focalizzati su di me, ma quando mi soffermai su James, mi resi conto che lui sfoggiava ancora un sorriso spensierato sul volto, per niente turbato da quell'atmosfera. Questo fu abbastanza per non farmi sentire un'intrusa.

Mi ritrovai così a fare un passo avanti, affiancando di poco Hyade che aveva lasciato un piccolo spazio per me. «Ciao», soffiai, con il vento che aveva preso a scompigliarmi un po' i capelli e le gambe nude quasi tremanti.

Mi guardai i piedi, consapevole del fatto che la mia presenza non fosse stata prevista e che li avrebbe probabilmente annoiati per tutta la serata. Rimpiansi di non aver quantomeno avuto l'idea di portare con me Tonya, anche se non ero certa che avrebbe cambiato molto la sorte dell'uscita, dal momento che quel posto sembrava proprio il tipo di location che solitamente adocchiava lei stessa per andare a caccia di ragazzi e per questo, anche in tal caso sarei rimasta comunque sola.

«Ehi, Millais. Ce l'hai almeno l'età per bere?» mi prese in giro Ben. Forse la sua frecciatina avrebbe dovuto in un qualche modo infastidirmi, ma il fatto che riempì la distanza che ci separava con due grosse falcate per venirmi a salutare mi fece comprendere che stava solo cercando di allentare la tensione che con molta probabilità sprigionavo. Allo stesso tempo mi aiutò a ridestarmi da quel garbuglio di cattive sensazioni che mi avevano tirato giù il morale.

Gli sorrisi sinceramente, mentre si avvicinava con fare amichevole. «Pare di sì», farfugliai, un po' presa dall'emozione che qualcuno, oltre James, avesse deciso di rendermi parte integrante di quel gruppo.

Quando Ben si allontanò, fui presto travolta da una serie di saluti, come quello di Chase che non perse tempo a scompigliarmi i capelli giocosamente e a schernirmi con un «non ti facciamo entrare se tieni il broncio in questo modo», seguito poi da Zack che si limitò ad ammiccare quasi imbarazzato. Gli concessi allora un sorriso a labbra strette, mentre le mie guance si coloravano e il peso del disagio iniziava a farsi nuovamente grande.

E fu James a riempire quel piccolo attimo di silenzio. «Andiamo?» chiese, infilando le mani nelle tasche dei suoi pantaloni e incamminandosi verso l'entrata senza accertarsi che lo stessimo seguendo, con una camminata così sicura e sfacciata da farmi trattenere a stento un'espressione divertita.

Mentre i ragazzi lo seguivano, il mio sguardo si spostò al mio fianco come richiamato da una calamita, dove Hyade era rimasto a osservarmi curioso.

Tenne gli occhi su di me anche quando lo colsi in flagrante a fissarmi e mi ritrovai presto intimorita dalla forza che sembrava quasi emanare intorno a sé, un mix di sicurezza e persuasione; era un manipolatore narcisista che conosceva alla perfezione i suoi tratti taglienti e non attendeva mai troppo prima di scagliarli con veemenza contro la preda. Tremai in modo impercettibile, sentendo il freddo gelido della sua indifferenza scorrermi nelle arterie come ossigeno congelato. Mi irrigidii e il mio flusso di pensieri venne interrotto dalla sua prepotenza che si irradiava intorno a lui senza che avesse il minimo bisogno di aprir bocca.

Lui era un sovrano, il mento alto e la mandibola dura ricordavano il portamento di un re e il suo regno era ammantato da una scia di terrore che si lasciava dietro a ogni passo, inebriando e allo stesso tempo inibendo i miei sensi dalla paura che potesse esplicitare il suo risentimento nei miei confronti. Sapevo che non mi voleva lì, lo compresi dai suoi occhi verdi illuminati da una certa ferocia e mi persi in loro, tentando di restare a galla. Erano un fiume in piena dove galleggiavano dei rami in fiore, sentivo le foglie strusciarmi contro la pelle candida e il legno spingermi sotto l'acqua in tempesta. Senza fiato, avvertivo una voragine nel petto, come se qualcuno mi avesse infilzato il cuore con una freccia.

Allungò la mano a mezz'aria, senza tradire alcuna emozione sul suo volto, mentre le iridi verdi rimanevano ghiacciate su di me. «Prego», aggiunse e lo precedetti.

Quando l'aria asfissiante dell'entrata iniziò a lambirmi le gambe nude, mentre i buttafuori ci scortavano verso un grosso ascensore, compresi che non mi era mai capitato, nemmeno una volta in tutta la vita, di trovarmi in un posto del genere. Non che non mi fosse mai successo di andare a ballare o di prendermi un paio di sbronze, ma di solito accadeva con i piedi immersi nella sabbia e un costume da bagno addosso, con il sottofondo di musica allegra e trascinante, e non martellante e opprimente come quella che avevo iniziato a udire mentre mi impegnavo a varcare la soglia dell'ascensore senza sembrare troppo goffa.

Fui l'ultima a salire prima di Hyade che era rimasto alle mie spalle per tutto il tragitto e non aveva proferito parola, esattamente come me. Gli altri quattro ragazzi non avevano perso tempo a conversare con i due uomini che ci stavano accompagnando, che continuavano a ripetere quanto non vedessero l'ora di vederli giocare in campo nuovamente e quanto fossero entusiasti della stagione che stava per iniziare.

Mi ritrovai a sospirare, fremendo dal desiderio di recuperare il mio cellulare per chiamare un taxi e tornarmene a casa di nascosto; ma non ebbi neanche il tempo di completare tale pensiero, perché l'ascensore, che intanto aveva preso a salire, si aprì su un grosso balcone chiuso che affacciava su una pista da ballo incasinata. La musica, adesso, era così forte da scuotermi le ossa.

Seguimmo i due energumeni incravattati, passando accanto ad alcuni tavoli occupati sul limitare della balconata che saliva in una lunga scalinata sulla sala, per poi inoltrarci tra una serie di tende scure che sotto i colori delle luci fluorescenti sembravano essere l'unico richiamo di pace per i miei occhi non abituati a quell'ambiente. Le tende delimitavano quello che immaginai essere il privé e si aprivano lì dove la ringhiera marmorea permetteva di affacciarsi sul mare di corpi danzanti.

Fu mentre i due omaccioni scostavano le tende per lasciarci entrare che James si decise a dedicarmi un'occhiata, probabilmente nel tentativo di accertarsi che tutto andasse bene anche per me. Ma niente andava bene e l'ansia mi stava già divorando; mi costrinsi però a rassicurarlo con un sorriso a cui rispose con un occhiolino, prima di seguire gli altri ragazzi oltre il drappo che limitava lo spazio adibito apposta per loro.

Trattenni un gemito di sorpresa non appena varcai la soglia, notando due ragazze sconosciute che tenevano tra le mani un paio di bottiglie di champagne.

Nessuno sembrò badare a me, mentre, incerta, le guardavo sedute sul tavolino posto al centro della piccola sala a gioire delle attenzioni dei ragazzi che non avevano perso tempo ad allungare le mani verso le bottiglie. Una di loro aveva i capelli rossi e labbra accese, mentre l'altra aveva lunghi capelli neri, talmente lisci che forse qualche tempo fa l'avrei invidiata. Tuttavia, ormai avevo perso interesse nel paragonarmi ad altre ragazze come avevo perso interesse nell'attirare l'attenzione degli uomini. Si poteva dire che questo fosse l'effetto collaterale al mio cuore spezzato che mi era tornato più utile.

Fu proprio mentre ero pronta a raggiungere James, che mi aveva fatto cenno con la mano di prendere posto accanto a lui, battendo due colpetti sul divanetto in pelle, che sentii qualcuno scontrarsi con la mia schiena.

Mi resi conto allora che Hyade, che aveva chiuso la fila per tutto quel tempo, non si era accorto che mi ero bloccata sconcertata ad analizzare la situazione e mi era quindi venuto addosso, facendomi percepire distintamente la potenza del suo petto contro le mie scapole. Trattenni il respiro, mentre mi voltavo e alzavo gli occhi per incontrare il suo sguardo indagatore; l'ansia prese a punzecchiarmi lo stomaco quando lui mi osservò con un ghigno sul volto che mi suggeriva che pensasse che non fossi decisamente adatta a quella serata.

Non si scompose, mentre tornavo a girarmi per evitare di dovermi soffermare sulla sua espressione derisoria. Il suo petto gonfio rimase contro la mia schiena mingherlina attraverso il cappotto, sfiorandola appena, ma trasmettendo la sua possanza.

D'un tratto, lo sentii chinare la testa per sfiorarmi l'orecchio con il naso.

La sua voce rauca e profonda, dal tono basso e irrisorio, mi fece tremare le gambe e mi ritrovai presto ad annaspare alla ricerca d'aria mentre il suo respiro sbatteva contro il mio collo. «Se vuoi, ne chiediamo uno apposta per te», mi propose, consapevole della mia evidente ingenuità e con l'unico fine di indispettirmi.

Avrei voluto rispondergli a tono, ma non ci riuscii perché lui si allontanò alla svelta, seguendo i suoi amici con una risata, e poi perché, anche se ne avessi avuto il tempo, non ero certa che quello che sarebbe uscito dalle mie labbra lo avrebbe minimamente scalfito. Mi arresi a me stessa, raggiungendo James e mi liberai di tutte le paure e le ansie che avevo sentito, mentre abbandonavo il mio cappotto da qualche parte lì vicino.

«Sai, quando mi hai detto che ci sarebbero state altre ragazze, non credevo intendessi questo», dissi a James, con ironia, non realmente arrabbiata perché si era permesso di ingannarmi in quel modo subdolo.

James rise, riempiendo un bicchiere di champagne per porgermelo, mentre io mi sistemavo meglio accanto a lui e lasciavo che l'alcol mi concedesse un po' di coraggio, fornendomi una corazza fatta di spine, che avrebbe respinto ogni tipo di inadeguatezza che sarebbe presto tornata a scombussolarmi.

Abbandonai il bicchiere sul tavolo di fronte a me, accavallando le gambe, mentre sorridevo alla ragazza seduta lì accanto. Lei mi fece un occhiolino, mentre i suoi capelli scuri le lasciavano la spalla per abbandonarsi lungo la sua schiena. All'improvviso, il mio sguardo si levò sul resto dei presenti e mi ritrovai improvvisamente immersa in uno scambio di occhiate sconcertate.

James, al mio fianco, non sembrava curarsene, troppo intento a ingurgitare champagne, ma gli occhi celesti di Chase che mi squadravano, con quelli di Ben al suo fianco e poi di Zack, che sembrava incominciare a sentire così caldo da doversi sbottonare la camicia, mi fecero comprendere che fossi l'attrazione principale del momento. E quando mi concentrai su Hyade, mi sfuggì per la prima volta quasi intimorito, compresi che dovevo aver fatto qualcosa di sbagliato, ma non avrei saputo dire se fosse stato per via delle gambe accavallate o se mi era bastato togliere il cappotto per attirare tutta quell'attenzione.

Guardai allora di nuovo la ragazza vestita succintamente. Lei si mosse sul tavolo per rivolgersi nella mia direzione e poggiare poi il suo tacco a spillo accanto alla mia coscia nuda, proprio sul divanetto sotto di me. La osservai timidamente, mentre mi faceva segno con la mano di avvicinarmi a lei. Scivolai in avanti e il vestito mi risalì di più lungo le cosce.

La ragazza mi dedicò un sorriso malizioso, poi le sue labbra piene si mossero verso la mia guancia e fui certa che chiunque dei presenti stesse ascoltando ciò che aveva da dirmi, perché nonostante la musica fosse ancora forte, era calato un silenzio imbarazzante. «Mi piace il tuo vestito», si complimentò, facendomi improvvisamente avvampare. In quel momento, dopo il commento di quella sconosciuta, mi resi conto davvero di quanto Tonya mi avesse reso attraente.

«Grazie», replicai in risposta, con il petto che mi si alzava in cerca d'aria e gli occhi lucidi per via del fremito che il suo modo di guardarmi mi fece sentire.

Le mie labbra gonfie tremarono per l'imbarazzo travolgente e fui lieta della risata prorompente di James, il quale prese a raccontare qualcosa sulla partita che avevano vinto che distrasse immediatamente tutti i presenti. Sospirai sollevata, impegnandomi a ricompormi e a tirare giù l'orlo del vestito di nascosto. La ragazza tornò a chiacchierare con Hyade e Chase, seduti dall'altro lato del tavolo, e fui grata che non aggiunse altro e che si impegnò a calamitare l'attenzione su di sé.

Nel frattempo, allungai la mano verso il cappotto posto al mio fianco, in caso avessi sentito la necessità di coprirmi. Poi afferrai il mio bicchiere ancora pieno e mi costrinsi a buttarne giù il contenuto.

James aveva promesso che non mi avrebbe fatta annoiare e sapevo che ce la stava veramente mettendo tutta, ma non era comunque abbastanza. Mi ritrovai presto a osservare lui e Ben chiacchierare distrattamente, senza realmente interagire a mia volta.

Dopo un po', Ashley e Sandy – probabilmente ero l'unica a ricordarsi i nomi delle ragazze – si alzarono per concederci più spazio sul tavolino per via delle bevande che i ragazzi avevano ordinato e per andare a intrattenere altri ospiti su di giri. Quando Ashley, la ragazza dai capelli scuri che mi aveva confessato di adorare il mio vestito, fece per allontanarsi fu presto trattenuta per il braccio da una mano con una lunga serie di anelli.

Le mie labbra si impigliarono sull'orlo del bicchiere e il mio respiro pesante lo appannò per via dell'agitazione. La foto che Tonya mi aveva mostrato quella mattina mi tornò in mente, mentre Ashley, con una risata sguaiata, si lasciava ricadere sulle gambe di Hyade e, divertita, gli afferrava il colletto della camicia.

Guardare Hyade Reyes baciare una ballerina in uno squallido locale da superstar fu stranamente una delle cose più travolgenti a cui potessi mai assistere e mi fu impossibile concentrarmi su qualcos'altro che non fosse il modo magnetico in cui lui fece scorrere la mano sulla coscia nuda della ragazza e spinse le sue labbra contro quelle di lei con tanta violenza e frenesia che dovetti trattenermi dal sussultare.

Rimasi in silenzio, agognante, con gli occhi illuminati da una sensazione che non ricordavo di aver mai vissuto prima. Hyade intensificò il bacio e le infilò la lingua in bocca. Magari avrei dovuto osservare anche l'altro lato della medaglia, ammirando le dita lunghe della ragazza inoltrarsi sul suo petto e le sue labbra rosee scontrarsi con la pelle ispida di lui. Ma non ci riuscii.

Mi persi a guardare la guardia tiratrice in preda a un'eccitazione frivola, tradita dal modo in cui le sue dita solleticavano l'orlo del vestito rosso della ragazza, quasi cercando di sembrare pudiche quando era evidente non si sarebbero fermate se non ci fossero state altre persone nella stanza. La sua bocca si muoveva con così tanta forza da farmi rabbrividire e il pensiero che riuscisse a mantenere il controllo, nonostante la ragazza fosse sopra di lui, mi fece tremare le gambe. Improvvisamente aveva iniziato a fare caldo, ma per fortuna Ashley si sollevò, salutò tutti e uscì dalla stanza, non prima però di aver ricambiato il sorriso malizioso del giocatore di pallacanestro.

«Altro champagne?» mi chiese James, notando che mi ero

persa tra i miei pensieri e passavo la lingua sul bordo del bicchiere, quasi alla ricerca di rimasugli di gocce capaci di appagare la mia sete improvvisa.

Sospirai, con il cuore in gola, e abbandonai il bicchiere sul tavolo. «No», gli sorrisi. «Vado a fare un giro», annunciai, alzandomi e raggiungendo la tenda scura.

Per la seconda volta cadde il silenzio tra i ragazzi, ma non riuscii a prestare loro la dovuta attenzione, perché improvvisamente mi mancava l'aria e avevo solo bisogno di allontanarmi.

Mi richiusi la tenda alle spalle e presi ad attraversare la balconata con l'intento di raggiungere il piano sottostante e perdermi tra le persone almeno fino a quando anche i ragazzi non fossero stati pronti ad andarsene.

Il mio cuore prese a tamburellare così pesantemente da sovrastare il rimbombo della musica, mentre le immagini di Hyade e la ballerina stretti in un bacio fugace e intenso mi tornarono in testa, offuscandomi la vista. Mi mossi a fatica con l'intento di raggiungere la scalinata che portava alla pista sottostante. Affannata, cercai con tutta me stessa di capire quale fosse la ragione della mia improvvisa agitazione. E poi realizzai: avrei voluto trovarmi al posto di Ashley. Con un sospiro tra due labbra estranee, un anello conficcato nella carne, la voglia di mandare a farsi benedire ogni logica. Eppure, ero ancora io, Chloe Millais. Come potevo trovare interesse in un bacio che non era stato rivolto a me?

La verità è che, all'epoca, non sapevo ancora che quello era il primo scorcio di vitalità che riprendeva a farmi respirare.

Mi affrettai a raggiungere l'apice della scalinata, alla ricerca di una via d'uscita. Avevo ancora bisogno d'aria e di metabolizzare le emozioni. Mi ritrovai per qualche attimo bloccata davanti alla ringhiera a osservare dall'alto alcune ballerine che si muovevano divinamente su dei cubi e incantavano i presenti.

In quel momento, abbandonai l'idea di raggiungere la pista sottostante perché non avrebbe fatto altro che catapultarmi in un ambiente ancora più tossico per la mia natura e soprattutto senza evidenti vie di fuga. Per mia fortuna individuai alcune persone risalire la scalinata su cui mi trovavo e deviare il loro cammino verso un'uscita alle mie spalle che non avevo notato prima e che sembrava portare all'esterno.

Mi trascinai con forza attraverso la balconata per raggiungere quell'uscita, la quale rivelò un piccolo terrazzo rialzato che affacciava su un panorama di luci e notte fonda, dove la musica non si sentiva più e c'erano alcuni tavoli eleganti occupati da poche persone. Con un respiro profondo, scostai la porta a vetro, che si richiuse alle mie spalle, e mi avvicinai alla ringhiera di marmo dalla quale si vedevano Chicago e il lago che la bagnava; da lì sopra ero abbastanza in alto da poter intuire dove si trovasse casa mia, anche se si perdeva tra le luci lontane e l'orizzonte offuscato.

Il cielo era limpido, non c'era alcuna nuvola a impolverarlo e, nonostante la forte luminosità, intravedevo alcune costellazioni familiari. Questo fu abbastanza per calmarmi definitivamente, mentre afferravo il marmo e lasciavo che il freddo mi pungesse i palmi come tanti piccoli aghi pressanti. Rabbrividii per il piacere di poter respirare.

Poi, quando il respiro si regolarizzò del tutto, poggiai i gomiti sulla spessa ringhiera marmorea e incrociai i piedi. Nonostante non fossi granché coperta, l'aria fresca della sera non mi disturbava e ne fui piuttosto lieta dal momento che avevo dimenticato il resto delle mie cose dentro.

Non ero mai stata una ragazza facilmente impressionabile, né tantomeno una guastafeste, ma gli ultimi anni della mia vita mi avevano cambiata inesorabilmente e seguire mio padre in una nuova città era stata una scelta che avevo fatto nella speranza di lasciarmi scivolare addosso la pesantezza della mia relazione con Derek Sullivan. Mi rendevo conto, però, che c'erano cose a cui non mi sarei abituata tanto facilmente.

Smisi di guardare le stelle e puntai gli occhi sulle mie dita intente a giocare con il bracciale che avevo al polso. Sospirai e presi a mordicchiare le labbra secche per via dell'alcol. Ero così intenta a chiedermi che cosa ci fosse che non andava in me, che mi ci volle qualche attimo per rendermi conto che qualcuno mi aveva affiancata.

Alzai lo sguardo sul ragazzo che aveva poggiato un gomito sulla ringhiera e ci aveva allungato il fianco, osservandomi dall'alto con quello che intuii essere un pizzico di rimprovero.

Non lo studiai come facevo di solito con le persone. Gli dedicai un'occhiata e poi puntai nuovamente gli occhi sulle mie mani, sulle unghie che non erano sistemate come quelle di Tonya o delle ballerine che ci avevano servito lo champagne poco prima, ma erano banali e corte. Adatte a poter afferrare la macchina fotografica in qualsiasi situazione scomoda.

Hyade si mosse al mio fianco, ma non me ne curai né tantomeno mi impegnai a cercare di capire che cosa volesse da me, mentre si tastava la giacca leggera che portava sulle spalle. Poi, quando allungò sotto il mio naso una sigaretta stretta tra le sue dita lunghe, l'immagine dei suoi anelli premuti contro la carne di Ashley mi tornò in mente e mi ritrovai con i polpastrelli tremanti che afferravano la sua offerta e la voce insicura che biascicava un «grazie» appena udibile.

Sospirai ancora, ancora e ancora. Mi portai la sigaretta tra le labbra e poi mi decisi a guardarlo di nuovo, mentre tirava fuori l'accendino dalla sua giacca e allungava la mano verso il mio volto, per accendermela.

Fui costretta a volgermi nella sua direzione, mentre avvertivo il fuoco che lui aveva acceso. Il fuoco che era lui.

I suoi occhi verdi corsero lungo tutta la mia figura e sapevo che la mia posizione gli concedeva una gran visuale del mio fondoschiena, non si poteva però dire che me ne importasse qualcosa. Ero ancora troppo scossa per rendermi conto che non mi dava fastidio avere la sua attenzione famelica addosso. Gli stessi occhi con cui aveva guardato le due ballerine.

«Non puoi andartene in giro da sola», mi riprese, accendendo la sua sigaretta con il viso rivolto verso il panorama, anche se però rimaneva sempre girato con il corpo nella mia direzione.

Distrattamente abbandonò il pacchetto di sigarette dentro la tasca della sua giacca.

Risi. «Certo che posso», e mi sembrò assurdo dover sottolineare un'ovvietà così sciocca.

Hyade indurì la mascella e aggrottò le sopracciglia con fare minaccioso. Annegai ancora nelle sue iridi, persa in quel colore magnetico, e mi chiesi come fosse possibile poter apparire così belli senza nemmeno impegnarcisi.

«Non qui», ribatté, facendo un tiro dalla sua sigaretta.

Annuii impercettibilmente. Non me ne importava proprio niente di quello che aveva da dire e non mi sarei fatta problemi ad andare in giro per quel locale se avessi desiderato farlo, ma discutere con Hyade Reyes mi sembrava una perdita di tempo così feci finta di dargli ragione. Feci un tiro dalla sigaretta che mi aveva offerto e trattenni un sorriso compiaciuto contro il filtro.

Lui sembrò leggermi nel pensiero e sorrise a sua volta quando capì che io non avevo intenzione di controbattere. Mi chiesi se la sua bocca avesse il sapore di Ashley o se aveva bevuto altro champagne per coprirne l'odore.

«Ti facevo più tosta», mi riprese.

«Lo sono, ma solo quando so che ne vale la pena», replicai.

«Sei sotto la nostra responsabilità. Tuo padre potrebbe tagliarci le palle se ti dovesse accadere qualcosa, e non intendo quelle da basket», si giustificò, lasciandomi intendere che non gliene importasse granché di me, ma solo del coach.

«Sì, be', mio padre ha smesso di badare a me da un bel po' ormai, direi che non c'è bisogno che lo faccia tu al posto suo.» Stizzita, distolsi lo sguardo dal suo viso, puntandolo verso l'orizzonte scuro e aspirando ancora dalla mia sigaretta.

Il nostro fumo si intrecciò nell'aria, confondendosi con lo smog e inoltrandosi verso il cielo scuro. Lui si prese qualche attimo per assaporare la nicotina, poi si decise a contrattaccare.

«Questo è quello che ti lascia credere. Chloe Millais, tu non sai di cosa sono capaci gli uomini», mi ammonì.

«Oh, be'. Sono certa che tu non sia tanto diverso dagli uomini da cui cerchi di salvarmi», gli feci notare, alzando l'angolo della mia bocca in un sorriso.

Hyade rise, si lasciò sfuggire uno sbuffo mentre i suoi occhi si illuminavano riflessivi nei miei, trascinandomi in una meravigliosa estasi di insicurezze e complicità.

«È per questo che sei qui?» mi chiese. «Per spifferare le nostre bravate al capo?»

Ridacchiai, terminando la mia sigaretta e spegnendola contro il marmo della ringhiera. «Beccata», ironizzai; ma Hyade non sembrò cogliere l'ironia, perché si fece immediatamente più serio. «Sto scherzando», precisai.

Annuì flebilmente, poco sicuro. «Mio padre non ha bisogno di me per sapere che vi rovinate il fegato e i polmoni con alcol e fumo.»

Poi d'un tratto l'intensità del suo profumo mi colpì e compresi che si fosse fatto più vicino, così vicino che il mio gomito, ancora poggiato sul marmo, adesso toccava il suo braccio e il suo petto sfiorava la mia spalla. I miei capelli biondicci vennero spolverati dal suo respiro che, intransigente, mi colpiva la fronte fino a scorrere sulle mie labbra.

Gelsomino. Era probabilmente gelsomino con un retrogusto di muschio. Annaspai senza darlo a vedere, tentando di inebriarmi il più possibile di quel dolce odore pizzicante.

La sua vicinanza mi fece trasalire e mi costrinsi a non degnarlo del mio sguardo, che rimase fisso oltre la ringhiera, mentre lui terminava la sua sigaretta e la lanciava poi giù dal balcone. Sentii la sua bocca immergersi tra i miei capelli e mi domandai se lui potesse percepire il mio profumo floreale così come io avevo sentito il suo. Però le sue labbra morbide si inoltrarono così tanto tra le ciocche dorate che dovetti trattenere il respiro. Arrivarono a toccarmi l'orecchio e ci parlarono contro, quasi a simulare un bacio.

«Non fare quella faccia.» La sua voce mi fece fremere le gambe, mentre il cuore continuava a scoppiettarmi nel petto. «Siamo qui per divertirci.» Si allontanò di colpo e mi voltai a guardarlo, alzando un sopracciglio di fronte al suo ghigno divertito, quasi alludesse al teatrino di poco prima con Ashley.

«Non fanno per me, queste cose», fu tutto ciò che dissi, alzando un muro che delimitava ciò che ero e tracciava i miei limiti; aveva le sue risposte: la mia indisponibilità al suo mondo di regole infrante. «Forse è ora di tornare dagli altri», sibilai e fui felice di percepirlo ritirarsi; tirai un sospiro di sollievo che sembrò non sfuggirgli.

Dopo avermi lanciato un'ultima occhiata scaltra, Hyade si allontanò, senza aspettare che lo seguissi. Tornò dentro, per permettermi di riprendermi da quel suo atteggiamento.

Non mi interessava di cosa pensasse Hyade Reyes, perché sapevo bene quali fossero le mie priorità.

Eppure… eppure… ero di nuovo sepolta sotto fiumi di rami verdi a gridare aiuto, a sperare che qualcuno potesse tirarmi fuori dalle sabbie mobili, in cui sprofondavo insieme alle mie paure.

5
L'effetto di Chloe Millais

Hyade

CHLOE Millais. Chloe Millais e il suo vestito. Chloe Millais e le sue gambe. Chloe Millais e i suoi tacchi alti. Chloe Millais e suo padre che era il coach.

Persino la ballerina che avevo baciato convinto che fosse stata lei a farmi risvegliare era stata gelosa di Chloe Millais e delle sue labbra gonfie. Tanto che l'aveva usata per riportare l'attenzione su di sé.

A ogni modo, l'avevo trovata, dopo aver fatto una sfuriata a James per averla lasciata andare in giro tutta sola.

James era stato un cretino, un immaturo a lasciare che lei venisse con noi, per poi mandarla a girovagare in mezzo a un mucchio di gentaglia come se niente fosse.

«Amico, calmati», aveva tentato di intervenire Reed, cercando di farmi rasserenare; ma non era servito a niente. Sembravo l'unico che si fosse reso realmente conto di cosa significasse avere portato la figlia del coach in quel postaccio.

Improvvisamente ero diventato il più responsabile tra tutti e ritrovarla a guardare le luci della città mi aveva quasi fatto credere che potesse essere interessante, dopo tutto, avere delle responsabilità.

Poi lei mi aveva guardato con un cipiglio da menefreghista e i suoi occhi blu mi avevano trafitto così a fondo da farmi perdere quasi il controllo. Adesso che la osservavo seduta nuovamente accanto a James, incurante del mio sguardo su di lei, sapevo che c'erano state poche cose nella mia vita a farmi perdere la testa come le sue labbra.

Le prendeva tra i denti e le tirava, mentre rideva per qualche battuta di Chase, poi le liberava dalla sua morsa con frenesia e sbattevano contro l'aria come se fossero sul punto di librarsi. Rosee, pressanti, gonfie, piene, trascinanti.

«Amico, un altro?» Ben richiamò la mia attenzione. Io annuii e afferrai il cocktail che mi stava porgendo.

Lanciai la cannuccia da qualche parte sul tavolo di fronte a me e buttai giù più di quanto riuscissi a tenere in bocca, sbrodolandomi come un bambino. Mi pulii poi con il braccio libero, mentre gli occhi erano ancora intenti a ritrovarla.

Non sapevo per quale diavolo di ragione Chloe Millais avesse delle labbra così attraenti – e tutt'ora non lo so –, ma mentre le muoveva per raccontare a James qualcosa riguardo i tempi da giocatore di suo padre, mi resi conto che la loro immagine non avrebbe abbandonato i miei pensieri tanto presto. Mandai giù un altro sorso, sbottonai un altro bottone della camicia e mi appoggiai contro il divanetto alle mie spalle.

Avevo bisogno di scopare. Decisamente. E il fatto che la figlia del coach fosse seduta di fronte a me con un vestito corto che continuava a sollevarsi nonostante i suoi sforzi di abbassarlo non aiutava affatto.

Non ero l'unico a subire il suo fascino: avevo visto Zack guardarla di nascosto e Chase un po' meno discretamente. E lei se n'era accorta e aveva spinto giù l'orlo dell'abito, intimorita.

Eppure, ne avevo viste di ragazze, le avevo viste in tutti i modi e con ogni genere di abbigliamento. Ma lei mi faceva pizzicare le mani, così tanto che fui costretto a far finta di giocare con i miei anelli per tenere a bada il fremito delle dita. Ero certo che fino a quando non si fosse concessa a me non sarei stato capace di mettere a freno le mie fantasie.

Solitamente andava così: se una ragazza era bella, me la portavo a letto e poi poteva anche levarsi dai piedi. Lei, però, non me la potevo permettere. Proprio non potevo. Fui costretto a trascinarmi una mano sul volto, esasperato, consapevole che dovessi distrarmi qualche attimo.

Era così… acerba. I capelli biondi scompigliati a solleticarle le guance, le ciglia così lunghe che quando sbatteva gli occhi le toccavano le gote e le mani aggraziate che si muovevano di continuo.

Gesticolava in maniera così ingenua. Ascoltavo appena quello che la sua voce melliflua stava dicendo, qualcosa su una porta e una serratura.

«Amico, smettila di guardarla così o la metterai a disagio.» Chase mi diede una gomitata e fui costretto a distrarmi dal mio spettacolo personale, grato che qualcuno mi avesse risvegliato.

«Non so di cosa parli», negai, con la voce che mi moriva in gola.

«È la figlia del coach, non puoi portartela a letto. Fattene una ragione», mi ammonì in un sussurro e fui contento che fossero tutti troppo distratti per rendersene conto.

Il mio sguardo tornò su Chloe, che si allungò oltre il tavolo per afferrare il suo bicchiere e involontariamente mi regalò una visuale completa della sua scollatura. Non se ne accorse, sembrava veramente non rendersi conto di quanto fosse provocante con i suoi modi di fare.

«L'hai vista?» chiesi a Chase. «Ti prego, dimmi che l'hai vista e che non me lo sono sognato.»

Chase tossicchiò, schiarendosi la gola, mentre alzava una mano e si grattava distrattamente la nuca. «L'ho vista», ammise, scuotendo la testa.

Afferrai di nuovo il mio bicchiere e ne mandai giù un altro lungo sorso, chiedendomi che fine avesse fatto la ballerina di prima e per quale cavolo di ragione la mia mano profumasse di fiori.

«Ehi, Hyade!» mi richiamò James, costringendomi così a voltarmi verso di lui. «Ti ricordi quella volta che abbiamo rinchiuso Trevor negli spogliatoi e ci siamo dimenticati dove fosse la chiave?»

Deglutii a fatica, quando notai che oltre agli occhi celesti di James, anche quelli blu oltremare di Chloe mi erano addosso. Ecco perché parlavano di chiavi e maniglie.

«Sì, è rimasto chiuso per una giornata intera», ghignai, divertito.

Chloe assunse un'espressione stizzita. «Lo avete lasciato chiuso dentro? Senza motivo?» Le sue labbra si dischiusero sorprese e dovetti seriamente trattenermi dal commentare in proposito.

«È uno stronzo», dissi solo, liquidando la questione. Trevor si meritava questo e altro.

«Ha ragione», mi diede manforte James.

La vidi rabbrividire al pensiero che potessimo lasciare qualcuno chiuso dentro uno spogliatoio tanto a lungo. Sbuffai infastidito. Era stato solo uno scherzo, che male c'era? E poi, perché mi sentivo così tanto giudicato?

«Ha sbagliato tre tiri nel giro di cinque minuti, se lo meritava.» Scrollai le spalle e fui felice per l'interruzione di un cameriere che poggiò sul tavolo una serie di dessert che avevamo ordinato, chiudendo definitivamente quella conversazione.

«Che vanitosi», commentai, guardando la serie di cupcake posti sul tavolo a imitare il numero cinquantatré: i punti che avevamo fatto per vincere la prima partita del precampionato. «La metà di quei punti li ho fatti io», aggiunsi, agguantando uno di quegli stupidi dolcetti e senza ringraziare il cameriere che si dileguò subito dopo aver abbandonato una bottiglia di liquore.

«Fai poco lo stronzo, senza di noi non saresti riuscito a farne nemmeno uno.» Ben mi tirò l'elastico dai capelli e mi ritrovai a imprecare sottovoce mentre sentivo la chioma liberarsi sulle mie spalle.

«Sì, certo. Te la stavi per fare addosso quando hai visto il loro centro, era due volte te», replicai, ficcando il dolcetto in bocca senza ritegno, nella speranza che colmasse il vuoto nel mio stomaco causato dalla strana attrazione che avevo iniziato a sentire per la figlia del coach.

«Mi pare che sia finito in infermeria, che dici, me li merito o no un paio di ringraziamenti?» E a quel punto risi, mentre anche lui rubava un cupcake e se lo portava alla bocca con molta meno grazia di quanto avessi fatto io.

«Ben Presley, sei un fottuto bastardo», lo rimbeccai, terminando di mangiare il mio cupcake, mentre mi pulivo le mani con un tovagliolino e rialzavo lo sguardo di fronte a me. Se anche per un solo secondo avevo pensato che quei cupcake erano stati una buona idea, in quel momento, quando Chloe Millais, sorridente, allungò le dita affusolate per afferrarne uno, dovetti ricredermi.

Restai a bocca aperta a causa della concentrazione che mi travolse nello studiarla, con gli anelli sporchi di crema e le dita appiccicate al fazzoletto che stringevo, mentre la figlia del coach si tirava indietro i capelli con una risata dedicata come al solito a James e tentava di evitare che le si sporcassero con la crema.

Non mi persi nemmeno a fare domande a Chase o a indagare se fossi l'unico in fissa per lei, perché in effetti lo eravamo tutti. Chloe strinse la base del cupcake nella sua mano, mentre distrattamente lo portava verso le sue labbra.

A quel punto avrei voluto guardare altrove, giuro che ci misi ogni cellula del mio corpo a tentare di distogliere lo sguardo e c'ero quasi. C'ero quasi.

Ma poi persi quella battaglia: rimasi incantato a osservarla mentre tirava fuori la lingua rosa e umida e la lasciava scorrere sulla crema in un gesto così innocente da farmi rabbrividire. Chloe si lasciò andare a un'espressione di piacere, si ritrovò a sporcarsi il labbro superiore senza accorgersene. Rise di nuovo, con gli occhi ancora mezzi socchiusi e le guance arrossate dall'alcol.

Innervosito, allungai la mano verso la bottiglia di liquore e agguantai una serie di bicchierini, mettendoli in fila nel tentativo di distrarmi. Mi impegnai a riempirli, mentre quello stronzo di Chase chiedeva all'unica ragazza presente se le piacessero i cupcake che avevamo ordinato e se si stesse divertendo.

«Siete un po' rudi, ma nulla a cui non abbia già assistito», ci prese in giro con una risata tanto sincera quanto profonda, facendomi alzare l'angolo della bocca in un ghigno. Oh, non sai quanto, Leoncina, non sai quanto.

Afferrai due bicchierini alla volta, porgendoli prima ai miei compagni di squadra nel tentativo di distrarli dallo spettacolo davanti a noi, e poi, dopo aver preso per i bordi gli ultimi due, mi allungai sul tavolo per consegnarne uno a Chloe, tenendo l'altro per me.

Lei sollevò le palpebre, mi squadrò sinceramente grata del mio gesto, ma poi scosse la testa. «Salto», farfugliò, passandosi la lingua tra le labbra e togliendo via ogni residuo di crema, senza interrompere il contatto visivo con me.

Sapevo che non lo faceva apposta, avevo visto una miriade di ragazze fare la stessa identica cosa in circostanze più equivoche e con intenzioni poco velate, ma forse era il fatto che lei fosse più piccola, che fosse la figlia del coach, che fosse inarrivabile a farmi andare fuori di testa. Chloe incarnava alla perfezione tutto ciò che non potevo fare e che non potevo avere, ma che non faceva altro che spronarmi a ottenerlo. Avvertii un colpo dritto nella parte più irrazionale del mio animo, così tanto che il bicchierino nella mia mano tremò e fece cascare un po' di liquido.

È crema. È solo crema. Uova, latte, vaniglia. Crema. Era solo crema quella che aveva leccato via con voracità dal suo labbro e l'aveva fatto perché era crema e niente di più. Crema.

Lei non sembrò comunque notare il tremore delle mie dita.

«Andiamo, Leoncina, ci devi già una giustificazione per l'assenza alla partita, non puoi rifiutarti di bere», le sorrisi incoraggiante, tentando di nascondere l'agitazione che aveva inconsapevolmente suscitato in me.

Mi guardò timidamente, in un modo così infantile che feci fatica a ricordare quando era stata l'ultima volta che una ragazza mi aveva dedicato uno sguardo del genere. Poi afferrò timorosa il bicchiere dalla mia mano e le dita che fino a poco prima avevano stretto il cupcake mi sfiorarono, facendomene avvertire la morbidezza. Tenne saldamente il bicchierino pieno del liquido scuro e io levai il mio a mezz'aria, proponendole un brindisi mentre mi sedevo.

«Ricorda che devi riaccompagnarmi a casa», mi ammonì, scontrando il vetro del suo bicchiere contro il mio e facendomi ridere come uno stupido. Che idiota che ero.

«Ehi, Chloe. Perché non sei venuta alla partita?» chiese James, riprendendo il discorso di prima.

Bevvi un sorso del liquore e Chloe Millais fece lo stesso. Poi il suo sguardo si posò imbarazzato sul ragazzo al suo fianco, mentre il resto dei presenti attendeva una risposta proprio come me.

La ragazza, evidentemente in difficoltà, fece un lungo respiro e poi lasciò lo shot sul tavolo, incrociando le mani e pizzicandosi i polpastrelli nel tentativo di temporeggiare. Solo quando i suoi occhi corsero per tutta la stanza, poggiandosi infine su di me, compresi cosa l'avesse trattenuta dal presentarsi al match.

Ero stato io, con la mia minaccia velata. Sorrisi soddisfatto, mandando giù un altro sorso del liquore.

«Avevo un impegno con un'amica.» Fece un sorriso che convinse tutti e, se non fosse stato che io sapevo la verità, ci avrei probabilmente creduto a mia volta.

«Be', alla prossima devi esserci», le fece un occhiolino James.

«Anche perché ho bisogno di aggiornare l'immagine del profilo sui social», intervenne Ben, facendola ridere.

«Allora verrò», disse sorridente, probabilmente compiaciuta di aver guadagnato un po' di rispetto. Mi trattenni dal fare battute sconce nella mia testa, perché lei fortunatamente riprese a parlare un attimo dopo. «Contro chi giocherete?» chiese.

«Gli Aquarius», risposi io, scolando il liquore e lasciando il bicchiere vuoto sul tavolo. «Dovremo volare fino a New Orleans.»

Sembrò un po' più incerta a quella notizia. «È lontano», replicò.

«Due ore e mezza circa di aereo, nulla di impossibile. Una notte in hotel e poi si riparte», spiegai brevemente, lasciandomi andare contro il divanetto alle mie spalle, consapevole che dovevo proprio smetterla di bere o avrei rischiato di salire in auto troppo brillo per guidare. E se per caso ci fosse stato il coach ad aspettarmi fuori dalla porta di casa...

«Vedrò di fare del mio meglio per esserci», promise.

Scossi la testa divertito, mentre le sue labbra rosee chiedevano particolari sul viaggio e sull'hotel che ci avrebbe ospitati nel fine settimana.

Mi ritrovai presto a dover cercare di nuovo una distrazione, così accettai subito la proposta di Chase di andare a farci un giro in pista e di abbandonare quelle quattro tende che avevano iniziato a farsi troppo strette.

Chase era probabilmente l'unico con cui potevo parlare di certe cose, Zack e Ben erano troppo educati e James non si rendeva conto di una bella ragazza nemmeno quando gli veniva piazzata sotto il naso. Chase era la spalla perfetta e io, quando si trattava di donne – e non di basket –, ero la sua spalla a mia volta.

Ci fiondammo in pista senza rimuginarci troppo sopra e fui contento quando ritrovammo nella folla le ballerine che ci avevano accolti nel privé, intente a muoversi in modo seducente su due cubi; puntai la mora e lasciai a Chase l'altra.

«Ehi, chi si rivede!» gridò lei tentando di sovrastare la musica. Ignorò gli uomini che la circondavano e che evidentemente non le interessavano quanto me.

Afferrai la sua mano, solo per baciarle il dorso in un gesto fintamente gentile. Poi, salii sul grosso cubo, deciso a farle compagnia. Lei sembrò apprezzare il gesto e rise di gusto, afferrando il colletto della mia camicia per avvicinarmi a sé non appena fui stabile sulle gambe.

«Allora, a che ora finisci di lavorare?» le chiesi persuasivo, afferrandole i fianchi morbidi e seguendola nel suo ballo provocante.

Si mostrò timida, impacciata sotto il mio tocco, ma si intuiva che era molto esperta, capace di comprendere cosa gli uomini volessero. Tuttavia, ero disposto a credere alla sua farsa pur di togliermi dalla testa Chloe Millais.

«Quando lo decidi tu», mi sorrise, liberando la lingua tra le labbra e invitandomi, inevitabilmente, a baciarla. La finzione della ballerina cadde. Avevo pur sempre bisogno di divertirmi.

Dopo un paio di canzoni, andai ad avvisare James che ce ne saremmo andati prima di quanto gli avevo promesso. Sapevo che vedermi arrivare al parcheggio con una ragazza come Alison lo avrebbe messo a tacere presto.

Afferrai in fretta e furia le mie cose, posando sulle spalle il mio cappotto oversize e trascinando Alison per una mano fino all'uscita, dove James e Chloe mi aspettavano e sembravano sempre molto in sintonia. Chissà che avevano avuto da dirsi per tutta la serata. Le ragazze e io di solito non avevamo molto di cui conversare.

Salii in macchina e, sebbene mi fossi aspettato un'occhiataccia da parte della figlia del coach per essermi portato dietro qualcuno, questa non arrivò. Solitamente venivo giudicato per come trattavo le donne, ma lei sembrò proprio non badarci.

James prese posto sul sedile del passeggero e le due ragazze dietro, Chloe con più fatica perché era la più bassa del gruppo. Dovetti trattenermi dallo scendere per aiutarla, forse perché Alison continuava a guardarmi consapevole di quello che sarebbe accaduto di lì a poco e sapevo che dedicare attenzioni ad altre l'avrebbe solo indispettita e reso il mio finale di serata meno piacevole.

«Dio, mi scoppia la testa», farfugliò James, mentre mettevo in moto.

«E pensare che mi avevi promesso di restare sobrio», lo prese in giro Chloe, sporgendosi nei sedili anteriori per dedicargli un sorriso.

Alison alle mie spalle rise, ma me ne accorsi appena perché il viso di Chloe arrivò vicinissimo al mio. Poi tornò al suo posto, ma solo dopo che James le ebbe arruffato i capelli amichevolmente.

«Già, be', anche io ho bevuto parecchio», ci informò Alison con una smorfia.

«Spero non troppo da non ricordarti dove abiti, Alison.» Mi meravigliai del silenzio che calò quando pronunciai quelle parole.

In un primo momento pensai che fosse stata la mia richiesta velata a gettarci in quello strano imbarazzo, ma poi Chloe mi dedicò uno sguardo di rimprovero dallo specchietto retrovisore e mi disse: «Ashley, si chiama Ashley».

Le mie mani presero a sudare improvvisamente e per qualche attimo mi sembrò di essere tornato bambino, quando ancora facevo fatica a interagire con le ragazze e mi vergognavo del mio corpo. Avrei voluto sprofondare nel mio stesso sedile, ma mi costrinsi a tenere a bada il disagio mentre James scoppiava nell'ennesima risata fragorosa.

«Sì, è Ashley», sentii la voce cinguettante della ballerina alle mie spalle e dovetti impegnarmi per ammorbidire le spalle, mentre cambiavo marcia.

«Allora, Ashley», fu Chloe a liberarmi dall'imbarazzo e probabilmente se non fosse stato per lei non avrei mai concluso niente quella sera. «Sei di Chicago?»

Ashley sorrise appena. «Sì, ma mia madre è di Santa Monica e l'estate di solito la passo lì.»

«Santa Monica? Davvero?» chiese Chloe meravigliata. «Io vengo da Los Angeles!»

«Ma non dirmi!... E come mai sei finita qui a Chicago? Giuro che se potessi ci andrei a vivere in California.»

«Be'», disse Chloe con una piccola smorfia. «Sai... il lavoro e queste cose qui.» Mi ritrovai a pensare che stesse probabilmente mettendo da parte un particolare importante della sua vita.

Dopo un po', ci ritrovammo di fronte alla casa del coach, buia e spenta. Come se non ci fosse nessuno dentro. Tirai un sospiro di sollievo.

«Bene, io sono arrivata», disse Chloe. «Grazie, Hyade, per il passaggio. James, ricordati di mandarmi quell'e-mail di cui stavamo parlando prima e... Ashley, fai in modo che questo ragazzo si ricordi il tuo nome prima di domani», aggiunse con così tanta energia che fui costretto a trattenere il fiato per via della sua sfrontatezza. Nonostante ciò, non riusciva a liberarsi di quell'aria innocente.

Mi voltai a fulminarla con lo sguardo, mentre James continuava a ridere come uno scemo. Avrei voluto davvero che cadesse come un'allocca nello scendere dall'auto, perché mi aveva appena messo in imbarazzo di fronte a una ragazza e a uno dei miei più cari amici, come se ne avesse avuto il diritto o la confidenza.

Mi pentii di quel pensiero alla vista delle sue guance rosse, che mi fecero comprendere che aveva bevuto più del necessario e alla fine, quando mi fece un occhiolino prima di chiudersi la portiera alle spalle, mi resi conto che probabilmente avrei dovuto solo ringraziarla.

Perché chissà come poi, Ali... no, Ashley aveva acquisito un po' di spensieratezza e di sincera innocenza quasi per osmosi. Non abbastanza da essere paragonata a Chloe Millais, ma quel poco da farmi scordare per una notte di essere un uomo che non aveva realizzato i suoi desideri.

Forse era questo l'effetto che faceva Chloe Millais alle persone. Chloe Millais e il suo vestito. Chloe Millais e le sue gambe. Chloe Millais e i suoi tacchi alti. Chloe Millais e suo padre che era il coach.

Chloe Millais e la sua sfrontata innocenza.

6
Il primo raggio

Chloe

Era tremendamente stressante: meno volevo metter piede fuori dalla mia camera, più mi ritrovavo a doverlo fare.

Alla fine, mi ero decisa a mantener fede alla promessa fatta ai Taurus mentre non ero nel pieno delle mie facoltà mentali, ovvero quella di seguirli per la partita a New Orleans, così avrei avuto la scusa con Tonya per evitare non una, ma ben due serate fuori con le sue amiche, che lei amava definire «nottate da donne».

Non fraintendetemi, io adoravo Tonya e il suo mondo selvaggio di vitalità e colori, ma le sue amiche proprio non le reggevo. E non le reggevo perché erano il mio opposto. Mi risultava in effetti difficile comprendere persino per quale ragione Tonya e io andassimo tanto d'accordo, viste e considerate le nostre provenienze differenti.

Comunque, dal momento che quel venerdì sera ci sarebbe stata la partita e che il sabato sarei stata troppo stanca per via del viaggio, avevo accettato di buon grado l'idea di sostituire la mia stanza a casa con quella di un hotel se questo avesse significato evitare due serate estenuanti tra battibecchi futili e occhiate giudicanti.

Così avevo preso il mio trolley e ci avevo messo dentro lo stretto indispensabile, consapevole che in ogni caso avrei trascorso la maggior parte del tempo sul campo da basket.

Inoltre, sapevo che il manager, Tom Gillies, prenotava l'intero hotel solo per la squadra e il resto del team e questo sembrava abbastanza rassicurante da permettermi di curarmi poco e niente persino dei vestiti che avevo scelto di portare con me.

Mi ritrovai quindi presto ad aspettare i Taurus al completo di fronte a un grosso aereo privato che potesse contenerci tutti e fui grata che quel pomeriggio, nonostante il cielo fosse pieno di nuvole chiare e che quindi i raggi del sole non fossero eccessivi, avessi deciso di indossare i miei occhiali da sole, perché il modo in cui il mio sguardo stralunato prese a tremare quando l'intera squadra fece capolino ero certa mi avrebbe messa in imbarazzo.

Non era la prima volta che mio padre accettava un ingaggio come coach per una squadra importante, ma era sicuramente la prima volta che coinvolgeva anche me e una delle ragioni per cui gli avevo dato retta era stata proprio la speranza di poter comprendere cosa lo entusiasmasse così tanto di quel mondo, di quello sport che io non ero ancora stata in grado di afferrare a pieno. Inoltre, mi aveva permesso di immischiarmi in una parte della sua vita che ci aveva sempre tenuti separati.

Forse perché era la prima volta che vivevo quell'euforia, che rimasi così tanto meravigliata nell'osservare quei ragazzi massicci, alti, con il petto gonfio e le gambe lunghe, farsi avanti a suon di risate, in vestiti casual e cappellini sportivi. Stavo, piano piano, imparando a conoscerli tutti; sorrisi con mio padre al mio fianco mentre i Taurus s'imbarcavano in contemporanea ai loro bagagli, e io aspettavo di prendere posto a mia volta.

Alcune delle riserve della squadra si fermarono a salutarmi. Scott Jensen mi fece un occhiolino, John Doomsey si prese la briga di borbottare un «coach, Chloe» a mo' di saluto e Denny Tyron lo imitò più allegramente, così come la maggior parte di loro. Blake Davis mi batté il cinque e lo accontentai con piacere.

L'aria si era riempita così tanto di adrenalina, gioia, carica per la partita, che all'istante si riversò tutta dentro il grosso jet privato alle mie spalle sotto forma di muscoli e corpi massicci.

Gli ultimi ad arrivare furono probabilmente quelli più abituati alla competizione, quelli più capaci di trattenere le loro emozioni, quelli che avrebbero più di tutti calpestato il campo. Quelli che non avevano fretta di mettersi in viaggio. Sapevo che papà li definiva i suoi preferiti di nascosto, nonostante i loro atteggiamenti superficiali e la loro incapacità di seguire le regole, ma restavano i più forti e, dopo la serata in discoteca, avevo stretto con loro abbastanza confidenza da non sentirmi a disagio per via del loro modo estroverso di salutarmi.

James fu il primo che accolsi con un sorriso così grande da mostrare tutta la mia emozione, dovuta principalmente all'aver trovato qualcuno così disponibile nei miei confronti dopo tanto tempo; avevamo avuto modo di sentirci nei giorni precedenti, nonostante non fossi stata presente agli allenamenti; lui mi aveva mandato una e-mail con alcuni scatti che aveva fatto durante la carriera e io lo avevo chiamato per discuterne.

«Ehi, piccola Chloe!» mi salutò, scompigliandomi i capelli e facendomi ritirare come un gattino indifeso.

Storsi il naso, percependo le mie ciocche bionde mischiarsi in un uragano di nodi, poi gli afferrai la grossa giacca di pelle per strattonarlo via. Lui non si scompose e passò a salutare Phil Millais, che ricambiò e, quando James fu salito sul velivolo, mi dedicò una delle sue occhiate eloquenti.

Lo ignorai. Ignorai mio padre e le sue supposizioni, anche se non avevano nulla di malizioso o cattivo, mi facevano comunque sentire estremamente fuori luogo.

Mi strinsi nel mio cappotto e, uno dopo l'altro, arrivarono: Zack, che si era ammorbidito incredibilmente rispetto alla volta precedente e abbracciò distrattamente sia me sia mio padre; Chase, già troppo euforico, probabilmente più per il dopo partita che per altro, che mi rivolse un ampio sorriso e un ammiccamento ambiguo, ma evidentemente ironico; Ben, che era il più gentile nonostante fosse il più grosso, con le sue spalle enormi e le sue braccia lunghe, e mi cinse con un braccio contro il suo petto e mi picchiettò l'altra spalla in un saluto amichevole e gentile, rispettando i miei spazi. Fece lo stesso con mio padre.

A quel punto, mi sembrò che fossero arrivati tutti, ma chissà perché mio padre ancora non si decideva a salire. Al che lo guardai stranita, chiedendogli implicitamente che cosa stessimo aspettando. Ero sicura che fossimo già al limite del tempo prestabilito: dovevamo partire al più presto se non volevamo fare tardi.

Phil Millais lanciò uno sbuffo indispettito, diede un'occhiata all'orologio da polso e imprecò a bassa voce. Non si accorse nemmeno che io lo stavo osservando curiosa ed esclamò «il solito ritardatario!» Fui certa allora di chi stessimo aspettando.

E infatti lo vidi arrivare, con una mano che copriva appena il grosso sbadiglio assonnato e poi trascinava i lunghi capelli mossi all'indietro, facendoli scorrere tra le dita senza anelli, ma... con le unghie dipinte da smalto nero. Avrei voluto lanciare un'occhiata alle mie di mani, solo per capire in che condizioni fossero le mie unghie, come al solito al naturale, ma fui troppo presa a guardare un paio d'occhi verdi arrossati dalla stanchezza.

Era evidente che Hyade si fosse appena svegliato, mentre faceva una smorfia per via del sole e le palpebre pesanti lo rendevano quasi selvatico. Hyade lasciò ricadere la mano lungo il fianco, mentre con l'altra stringeva un borsone evidentemente molto costoso.

La sua camminata lenta e misurata fece imprecare mio padre diverse volte, ma Hyade, con un ghigno sul volto, riuscì persino a rallentare un po' solo per infastidire il coach e regalarmi la possibilità di analizzare meglio la sua figura.

Trovai particolarmente elegante il grosso cappotto color cammello che stava indossando, così grande da fargli sembrare le spalle il doppio, mentre al di sotto sfoggiava una felpa oversize. Notai di sfuggita i pantaloni della sua tuta abbinati o le sneakers dorate ai suoi piedi, perché fui distratta dal suo modo di schernire mio padre con un: «Ci sono, coach», che gli fece alzare gli occhi al cielo. Poi Phil si allontanò per riferire all'equipaggio che eravamo finalmente al completo e io mi ritrovai a trattenere il respiro per via del fatto che Hyade si era voltato nella mia direzione con un'espressione quasi sorpresa, come se si fosse accorto della mia presenza solo in quel momento.

Scrollai le spalle, nella speranza che la rigidezza che ne aveva preso possesso non appena mi ero resa conto che lui si era fatto più vicino sarebbe quantomeno diminuita. Le mie spalle non si ammorbidirono come avevo sperato, mentre i miei occhi si posavano sulle sue labbra soffici contornate da un lieve accenno di barba. Hyade era così vicino che riuscii a notare il neo sul suo mento.

Restammo qualche attimo a fissarci, lui forse ancora sorpreso, io un po' imbarazzata e intimorita perché le nostre conversazioni erano sempre colme di disagio, a differenza di quelle con gli altri ragazzi. Quindi ero presa dalla lieve ansia sociale scaturita dal fatto che non avessimo ancora acquisito abbastanza confidenza per abbracciarci o baciarci sulle guance.

Mentre io me ne stavo accanto alla scaletta in piedi ad attendere un suo segnale su come comportarmi, lui si inumidì le labbra e mi degnò della sua voce così profonda che prese a vibrarmi con un'eco nei polmoni. «Hai mantenuto la promessa», disse, facendomi per un attimo perdere in quelle parole.

«La promessa?» chiesi in un sussurro.

«Sì», annuì. «Sei venuta», mi sorrise flebilmente.

Sì, ero lì, anche se dovevo ammettere a me stessa che più e più volte avevo preso in considerazione l'idea di non accompagnare i Taurus a New Orleans per una partita che valeva poco e niente, ma alla fine non ero riuscita a trattenere i sensi di colpa per via della parola data. Sapevo che a loro non sarebbe importato molto se io ci fossi stata oppure no, non ero fondamentale e avrei avuto modo di fare tante altre fotografie in occasioni più importanti, ma questo sarebbe andato contro il mio spirito. Non mi piaceva non mantenere le promesse, solitamente quando prendevo un impegno mi sforzavo di onorarlo.

Mi sorprese comunque il fatto che avesse prestato attenzione a una cosa tanto insignificante.

«Una promessa è una promessa, no?» mormorai, ricambiando appena il sorriso.

«Già.» Hyade scosse la testa, facendo ballare un po' i capelli mossi sulle sue spalle, poi si ritrasse e mi sorpassò per raggiungere l'interno dell'aereo, salendo la piccola scaletta.

Sentii le guance colorarsi per come forse mi ero esposta, perciò mi ripresi mentalmente per aver preso troppa confidenza con lui e feci un sospiro sconsolato.

Fu mio padre a farmi destare dai miei pensieri. «Sei pronta?» mi chiese, di ritorno dalla chiacchierata con alcune hostess.

«Sono pronta», risposi, precedendolo sugli scalini ed entrando così nel grosso aereo che ci attendeva.

New Orleans si rivelò di una bellezza senza tempo, il clima più caldo rispetto a Chicago e l'ambiente accogliente ostentavano una certa aria poetica che ricordava quella degli anni Venti. Riuscii a sentire le note di jazz uscire dalle finestre di alcuni vecchi locali del centro, mentre tiravo giù il finestrino dell'autobus e mi perdevo a osservare i colori caldi degli edifici e la moltitudine di piante che ne abbellivano i balconi.

L'arena della città sembrava leggermente più modesta rispetto a quella di Chicago, ma fu comunque la prima, se non la più importante, fermata di quel viaggio.

Notammo subito una lunga serie di persone, con cartelli poco amichevoli nei confronti dei Taurus, circondare l'edificio in attesa di accedervi e questo bastò a tirarmi un po' giù il morale. Essendo ovviamente estranei in quel luogo, i ragazzi non sarebbero stati carichi del tifo del pubblico e questo avrebbe sicuramente influito sulla loro prestazione.

Presi la macchina fotografica dalla borsa, tolsi gli occhiali da sole e mi sistemai il cappotto, seguendo mio padre fino agli spogliatoi dove, per la prima volta, mi fu concesso entrare.

Mettere piede lì dentro fu probabilmente una delle cose più magnetizzanti di quel prepartita, perché riuscivo per la prima volta a comprendere la pressione e l'emozione di vivere un momento come quello.

Erano tutti una tempesta di aggressività, virilità e aspettative, tanto che persino mio padre, solitamente contrario quando ammiravo qualche petto nudo di troppo, non si era opposto a lasciarmi passare, ma mi aveva invece incoraggiato.

Comunque, quando arrivai i giocatori erano ormai tutti vestiti; quindi, in ogni caso non ci sarebbe stata alcuna gelosia da parte di Phil Millais, che poteva così trascinarmi nel pieno della sua passione senza preoccuparsi. Stava condividendo con me ciò che contava per lui di più al mondo e questo mi fece sentire estremamente grata di aver avuto la fortuna di averlo come padre.

I ragazzi erano tutti seduti sulle panche: chi si allacciava le scarpe, chi finiva di sistemarsi i capelli in modo tale che non gli avrebbero dato fastidio durante il gioco, chi si tirava su la zip della felpa bianca.

Io rimasi nascosta dietro le spalle di mio padre, un uomo che riusciva ancora a essere accattivante e affascinante. La sua postura eretta e le sue mani ferme a stringersi le braccia conserte lo resero ai miei occhi un vero leader. Tuttavia, per mia sfortuna non riuscii a scattare una foto in quel momento, perché fui presa alla sprovvista da quello che accadde in seguito.

La posa assunta dal coach aveva attirato infatti per primo il capitano della squadra, come un richiamo animalesco, e lui si era alzato a fronteggiarlo con lo sguardo alto e l'aria molto più sveglia rispetto a qualche ora prima. Hyade lo raggiunse a pochi passi di distanza, con il volto solenne e le gambe forti. Dietro di lui seguirono Chase, Zack, Ben, James, Blake, Harvey, Scott e tutti gli altri, che, uno dopo l'altro, si misero in piedi ad accerchiarlo.

I loro sguardi, le loro braccia prorompenti e le posture fiere erano ciò che li contraddistingueva mentre attendevano le parole di mio padre.

Sapevo che Phil Millais non era un grande chiacchierone, che preferiva poche frasi e coincise, ma quello che disse a quei ragazzi mi mostrò fino a che punto fosse esigente. Li ammirava, voleva per loro e da loro il meglio, si stava impegnando a farli crescere come giocatori.

«Fate in modo che sia vostra.» Scandì le parole con serietà e lentezza, quasi in una cantilena misurata. «Vostra la fatica, vostra la partita e vostra la vittoria.»

E poi si voltò, lasciando ai ragazzi gli ultimi minuti per caricarsi a dovere. Li guardai stringersi uno accanto all'altro, mentre mio padre abbandonava gli spogliatoi, e fui sorpresa del modo in cui il numero diciotto allungò la mano, puntandola come il cardine di un compasso di fronte a sé, e il suo sguardo si levò sui compagni.

Avevo già visto Hyade giocare agli allenamenti, lo avevo visto scolarsi una moltitudine di cocktail indecenti e lo avevo anche visto baciare una ballerina senza farsi troppi problemi. Non lo avevo mai visto però prendere in mano la situazione in quel modo e mi ero in effetti chiesta più e più volte cosa lo avesse reso il culmine di quella piramide di braccia forti; però, ora che lo osservavo assumere quell'atteggiamento responsabile e incitante, comprendevo a pieno perché era il capitano.

Le sue iridi verdi richiamarono a sé il resto del branco, il portamento solenne e le mani febbricitanti pronte a combattere lo resero ai miei occhi un uomo con un obiettivo. Un uomo pronto a sacrificarsi per i suoi compagni.

Si presero per mano fino a stringersi in un cerchio di carica inaudita. Il silenzio dello spogliatoio a librarsi intorno ai loro corpi massicci, caldi come macchine pronte a partire.

Hyade allungò il collo al di sopra degli altri, il suo sguardo catturò il mio, meravigliato, per qualche istante. Poi, con la crocchia sulla testa che tirava le ciocche di ricci scuri in modo tale che non gli dessero fastidio, schiuse le labbra e gridò verso il cielo: «Che ore sono?» La voce mascolina e profonda riempì l'aria e i suoi compagni risposero all'unisono.

«È ora di giocare!» ringhiarono tutti insieme. «Taurus!» E le loro mani si separarono in una cascata di braccia.

I Taurus iniziarono poi a correre in fila indiana fuori dagli spogliatoi, verso il campo, per raggiungere la partita. Per raggiungere la vittoria. E ancor prima che potessi rendermene conto, avevo scattato una fotografia fatta di adrenalina.

Gli Aquarius erano alti, così alti che quando li vidi attraversare il campo, seduta sulle panche, dovetti trattenere un sussulto. Ero certa che se mi fossi messa accanto a uno di loro, sarei sembrata una bambina di dieci anni, ma ciò che più mi destabilizzò fu il fatto che, oltre che alti, erano anche grossi.

L'arena, nel frattempo, era esplosa in richiami animaleschi, grida di supporto, applausi tanto forti da stordirmi, pronti a ricevere la squadra di casa e i giocatori che a testa alta sfidavano i nostri tori, che di certo non avevano ricevuto lo stesso entusiasmo.

Era stato triste guardare i Taurus essere quasi fischiati, ma non appena li vidi fronteggiare la squadra di New Orleans con la stessa audacia dimostrata dagli avversari, sapevo che c'era ancora molto in cui sperare.

L'inizio della partita fu colorato dalla musica proveniente dagli altoparlanti e dalle urla degli spettatori impazienti, che avevano riempito l'ambiente con il blu e l'oro. Poco distante da me, c'era mio padre, troppo nervoso per stare seduto accanto a me e pronto a prendere in mano la situazione con gli schemi stretti sotto il braccio.

Quella non era una partita importante, ma nel momento in cui ti ritrovi a vivere quei pochi attimi prima dell'inizio, qualsiasi partita diventa una questione di vita o di morte. La competizione si fa sentire non appena il nemico posa il suo sguardo su di te, l'adrenalina prende a farti muovere nonostante la fatica e i muscoli fremono per agire, per mettere in pratica tutto quello che sanno.

Dopo il lancio iniziale, la palla cadde per prima tra le mani dei nostri avversari, che presero a muoversi tra i Taurus come se fosse un gioco da ragazzi. Le loro mani si passavano la sfera fulminee, mentre i tori facevano fatica a stare loro dietro.

I primi ventiquattro secondi terminarono in un lampo: gli Aquarius fecero canestro con una maestria imparagonabile. Per niente modesti, erano già pronti a fare gli onori di casa.

Dopo aver incassato il canestro, i Taurus persero nuovamente il possesso in un attimo. Fu Denny Tyron a lasciare la palla al nemico e allora mi resi conto che papà coach aveva deciso di lasciare in campo solo un paio dei suoi preferiti: Norton e Reed.

Mi risultò difficile capirne la ragione, soprattutto quando il secondo quarto terminò a favore degli Aquarius con ben dieci punti di vantaggio sui Taurus. Tuttavia, quando arrivò la pausa di metà partita e quindi il cambio campo, osservai Hyade, Chase e Ben mettersi in piedi e mi venne quasi da ridere perché persino loro, che erano estremamente alti, risultavano piccoli accanto agli Aquarius. Mi chiesi ingenuamente se avessimo mai avuto possibilità di vincere, mentre mio padre si faceva accerchiare dai suoi cinque favoriti, con il resto della squadra che prendeva posto di fronte a me.

Ascoltai, curiosa, per captare cosa avessero in mente. «Siete pronti?» chiese loro, mentre il modo in cui si muovevano sul posto presagiva quanto fossero non solo pronti, ma impazienti. «Bene. Partite con il solito.» Mio padre allungò uno sguardo eloquente a James, che annuì prima di bere dalla bottiglia che gli veniva offerta da uno dei suoi compagni, per poi risputare l'acqua subito dopo.

Quando i cinque tori entrarono in campo, mi sembrò di avere un déjà-vu: gli Aquarius li avevano scherniti a inizio partita, trattenendo la palla tra di loro per il semplice gusto di farlo, ma, adesso, le parti erano invertite.

C'era un sorriso tagliente sul volto del Diciotto, mentre allungava la palla verso il Novantuno, che la afferrava per fare una finta a uno degli avversari e poi la sferrava contro il Trentatré. E quando la palla entrava tra i palmi del Trentatré, sapevo che era arrivato il momento.

James Norton palleggiò fino al canestro, schivando alcuni Aquarius perché più minuto rispetto a loro. La palla si mosse ancor prima che potesse posare il suo sguardo sul compagno di squadra e in un attimo compresi la ragione per cui mio padre aveva atteso.

Aveva dato la possibilità a James di comprendere come attivare gli schemi, giocando e riscaldandosi per attaccare; a Reed la capacità di immischiarsi distrattamente tra gli avversari, difendendo i compagni mentre si avvicinavano all'anello sospeso; e agli altri tre, rimasti seduti, di osservare come si muovevano.

Ora, dovete sapere che era usanza prima di una partita che tutti i Taurus, soprattutto i cinque più importanti, si impegnassero a studiare le mosse degli avversari e a cogliere le loro dinamiche, guardando alcuni incontri più recenti; ma un conto era vederli giocare su uno schermo e un altro era vederli dal vivo.

Inoltre, Hyade, Chase, Zack, James e Ben si conoscevano tra di loro, avevano una memoria muscolare che li richiamava l'uno all'altro in modo automatico e avevano familiarità con il resto della loro squadra. Per questo, osservare i loro avversari giocare con i loro compagni, di cui conoscevano mosse e contromosse, difetti e pregi nel gioco, li aveva resi più consapevoli di come agire.

E questo non era solo evidente, ma era tremendamente e sfacciatamente intelligente. Gli Aquarius erano stati convinti di avere in mano la partita fino a quel momento, ma non sapevano che in realtà si stavano solo facendo prendere in giro.

La palla fu captata dal Sessantanove e guardai i Taurus spostarsi sul campo. Norton e Presley erano intenti a tallonare gli avversari, mentre Reyes prendeva la palla che gli lanciava King e la reindirizzava a Reed, il quale trovava nuovamente Chase, ancora una volta l'angolo di un triangolo che si muoveva verso l'anello avversario.

Reyes afferrò di nuovo la palla, camminò all'indietro contro uno degli avversari che tentava di fermarlo, poi, tra un palleggio e l'altro, scattò in un salto verso il canestro e fece centro. Due punti.

Adesso ne mancavano solo altri otto per pareggiare.

Otto punti arrivarono in fretta, con quattro canestri da due. E un attimo dopo, i Taurus avevano già recuperato con uno da tre, mentre gli Aquarius chiamavano invano tempo e cercavano uno schema adatto al contrattacco.

Riuscirono a fare un altro paio di canestri, ma poi l'arbitro chiamò fallo e King si ritrovò a centrare un paio di tiri liberi. Eravamo di nuovo in vantaggio.

E poi, ancora e ancora. Un canestro dopo l'altro, una spinta a seguire un placcaggio, i rimbalzi che venivano ripresi e alla fine l'ennesimo canestro da tre da parte di Reyes.

Il terzo quarto era andato, la folla aveva iniziato a tifare per i Taurus e gli Aquarius non sapevano nemmeno più dove mettere le mani. Un attimo sembrava che avessero il possesso palla e l'attimo dopo dovevano trattenersi dall'imprecare, perché Reed l'aveva rubata e già ceduta a King.

Ancora, il ritmo calzante dei palleggi riprese a risuonare, le suole delle scarpe a stridere contro il parquet. Mi ero talmente fomentata e immersa a guardarli muoversi che mi fu difficile recuperare la macchina fotografica e scattare qualche foto. Reyes che segnava l'ennesimo canestro, Reed che tirava via uno degli avversari, King che si impegnava a rispettare lo schema chiamato dal coach.

E il loro era diventato un ballo, improvvisamente. Sembravano danzare coordinati e seguire i passi di un valzer, che a tratti diventava un tango per via dell'intensità e della maestria con cui facevano scorrere la palla tra le loro mani. Ginocchia piegate a rialzarsi, salti più alti degli avversari e una palla che tra le loro mani pareva moltiplicarsi. Il sudore scivolava sulle tempie, i capelli erano bagnati, le guance rosse dalla fatica. Le braccia pulsanti a riprendere la palla, le dita storte a piegarsi per lanciare, le scarpe colorate, le suole bruciate dall'attrito, il battito del mio cuore che pulsava a ritmo del tabellone che si aggiornava.

I Taurus non possedevano solo la palla, possedevano il campo e tutta la squadra avversaria. Un tiro dell'ultimo secondo segnò tre punti, Reyes non perse nemmeno tempo a esultare quando la palla entrò nel cesto, perché erano già in vantaggio ormai.

Vinsero contro gli Aquarius di ben sette punti. Hyade Reyes aveva fatto dieci canestri in soli due quarti e non c'era vittoria più dolce di quella fuori casa.

Urla, grida di vittoria, i giocatori che festeggiavano sul campo tra spinte e abbracci; mio padre che mi afferrava dai fianchi e mi prendeva in braccio. E io che ridevo, persa, immersa nelle spalle forti del coach. Era mio padre, l'uomo della mia vita e stava condividendo con me la sua gioia. Ero estasiata. Felice. E per un attimo mi sembrò di non sentire più la mancanza della mamma.

Mi affrettai ad afferrare la macchina fotografica, mentre papà mi rimetteva giù e raggiungeva i ragazzi. I dodici giocatori sfogavano la fatica in schiamazzi animaleschi, saltavano come bambini, si complimentavano un po' a modo loro tra insulti e pacche violente. Io, in disparte, stavo a guardare. A immortalare.

A rinchiudere in una foto quella gioia, nella speranza che fosse solo il primo raggio del sole che ci attendeva.

7
Boccioli di brividi

Chloe

LA conferenza dopo la partita aveva impegnato tanto mio padre e il resto della squadra e io avevo avuto modo di sistemarmi nella mia stanza d'hotel senza che facessero la loro comparsa.

Dopo la partita, infatti, l'euforia si era consumata negli spogliatoi e poi la squadra si era dovuta fermare a rispondere alle domande dei giornalisti, ma io potevo permettermi di non assistere necessariamente anche a questa parte del loro lavoro. Così avevo deciso di tornare in hotel da sola, preferendo aspettarli lì piuttosto che fuori dall'arena.

Sapevo che, in ogni caso, non saremmo andati a cenare tanto presto, perciò, mi presi tutto il tempo necessario per darmi una sistemata e quando scesi nella hall poco dopo per bere qualcosa, rimasi meravigliata nel vedere che il proprietario aveva già allestito la sala ristorante con tovaglioli e tovaglie rosse e bianche, per richiamare la vittoria dei Taurus.

Decisi di prendere posto in sala e mi sedetti a un tavolo scelto a caso. Ero pulita e profumata, per via della lunga doccia che mi ero appena fatta, e indossavo un paio di jeans leggeri e una maglietta a maniche corte dal momento che, nonostante fosse ottobre, faceva ancora caldo lì a New Orleans. Ero parecchio affamata e per ingannare l'attesa feci partire una videochiamata a Tonya, nella speranza che non fosse ancora uscita con le amiche e che avesse del tempo da dedicarmi.

Tonya mi rispose raggiante, mostrandomi il fisico stretto in un vestito nero e facendomi ridere per via dei suoi movimenti convulsi da una parte all'altra della camera. Si stava ancora preparando per la serata.

«Allora, come è andata?» mi chiese, mentre si infilava un orecchino.

«Bene, hanno vinto», mormorai, poggiando il telefono in equilibrio sul tavolo con un sorriso.

«Cos'è quella faccia? Ti sei già pentita di essere partita e di non poter passare una serata con me?» rise e io storsi le labbra in una smorfia.

«Ho fame», ammisi, ridacchiando.

«Be'...» Tonya non fece in tempo a iniziare la frase, che una serie di borbottii e tonfi di passi prese a risuonare nella grande sala.

Mi voltai e vidi i Taurus entrare, mentre chiedevo a Tonya di dirmi ciò che non avevo capito per via del casino che si era venuto a creare. Ignorai i ragazzi, reduci da una doccia dopo aver rilasciato interviste, e non trattenni un sospiro di sollievo visto e considerato che il loro arrivo stava a significare che avremmo mangiato presto.

«Volevo dire che sei molto fortunata.» Tonya mi fece l'occhiolino dallo schermo, mentre tornava a non prestarmi attenzione e a prepararsi. La vidi smanettare con la pochette, infilandoci dentro le chiavi di casa, soldi e tutte quelle cose che amava sempre portarsi dietro: lucidalabbra, fazzoletti, disinfettante per le mani.

«Chi è molto fortunata?» sussultai nel sentire la voce bassa di Zack Reed al mio orecchio, mentre prendeva posto accanto a me e osservava curioso lo schermo del mio cellulare. Trattenni il respiro nel sentirlo farsi così vicino da poter respirare la sua stessa aria.

Imbarazzata, mi schiarii la gola. «Sai...» Tonya riprese a parlare, inconsapevole che ci fosse anche Zack ad ascoltarla adesso. «Hanno aperto un locale con dei ballerini davvero... bravi. Vicino alla scuola di teatro di Jennifer, quando torni potremmo a...» Si bloccò non appena lanciò un'occhiata allo schermo del cellulare e vide lo sguardo scuro di Zack in pieno contrasto con le mie iridi azzurre.

Ormai avvolta dal suo profumo, lo sentii ridere a poca distanza da me.

«Ciao!» salutò Zack, sventolando la mano a Tonya.

Tonya fece un'espressione imbarazzata – Tonya imbarazzata!? –, poi si ricompose e tirò fuori uno dei suoi sorrisi migliori, mentre smetteva di fare quello che stava facendo per dedicare la sua massima attenzione al ragazzo al mio fianco.

«Ciao», ricambiò. «Sono Tonya», sorrise furbamente. Trattenni a stento una risata.

«Io sono Zack, sono invitato anche io alla serata con i ballerini?» chiese scherzosamente, facendomi tingere le guance di rosso per via dell'imbarazzo. A quel punto rimasi a osservarli, incapace di proferire parola.

Poi, quasi mi strozzai con la mia stessa saliva, quando Tonya afferrò il cellulare e cambiò inquadratura per mostrare meglio la sua scollatura. «Non so, ti piacciono i ballerini?» chiese maliziosamente, fingendosi disinteressata; conoscendola bene, sapevo che lo stava stuzzicando ed era incredibile quanto fosse brava: era quasi indifferente e tratteneva il suo imbarazzo in maniera efficiente.

Guardai Zack al mio fianco e mi portai una mano alla bocca per trattenere una risata, mentre lui restava semplicemente imbambolato a guardare lo schermo. Improvvisamente senza parole.

Eppure, ero certa che fosse abituato a quel tipo di attenzioni, ma Tonya era riuscita a catturare il suo interesse con una semplice videochiamata. In fin dei conti, Tonya Cooper se lo meritava uno come Zack Reed. Tuttavia, Zack Reed non sarebbe mai stato all'altezza di Tonya Cooper, perché lei era stravagante e trascinante, immensa, bellissima, piena di vita. E avresti anche potuto essere uno dei ragazzi più attraenti sulla faccia della terra, uno dei giocatori di basket più bravi del momento, uno dei personaggi più conosciuti nel mondo dello sport, ma Tonya Cooper sarebbe comunque riuscita a farti sentire del valore di un moscerino.

«Tonya, l'hai rotto», bofonchiai, scuotendo una mano davanti agli occhi incantati di Reed.

«Be', allora questo numero novantadue non è poi così forte

come dicono.» Zack si risvegliò all'improvviso, facendomi ridere mentre Tonya tornava a inquadrarsi in maniera più discreta.

Sapeva perfettamente che il numero di Zack era novantuno, non novantadue, ma mi divertì il fatto che attirasse la sua attenzione con un banale trabocchetto come quello; mi fece pensare che il ragazzo che avevo visto giocare in campo quello stesso pomeriggio non poteva assolutamente essere il medesimo che si lasciava abbindolare in quel modo.

«È novantuno», borbottò Zack, guardandola male, ma ancora affascinato, per poi distanziarsi appena, permettendomi di terminare la chiamata. Tonya rise, consapevole di averlo tra le grinfie.

«Adesso devo andare, domani ti mando le foto. Cerca solo di non bere troppo, questa sera non ce la faccio proprio a venirti a prendere», la avvertii.

Tonya mi fece un sorriso sornione. «Ciao, fortunata!» e chiuse la chiamata, permettendomi di tornare alla realtà.

Quando alzai lo sguardo, vidi James che si sedeva distrattamente accanto a me, sul lato non occupato da Zack, e in seguito lo raggiungevano Chase, Ben e Hyade.

In un attimo venni accerchiata da voci, commenti sulla partita e risate così forti da coinvolgermi anche se non capivo a pieno cosa stessero dicendo. Ero sicura che mio padre si sarebbe seduto accanto a me, ma, quando fece il suo ingresso solitario, deviò verso un altro tavolo, accanto ad altri Taurus e ignorò semplicemente il fatto che ero immersa in un gruppo di ragazzi enormi ancora pienissimi di energie, nonostante la partita che avevano giocato.

Io, invece, mi sentivo stanca e non avevo neanche mosso un muscolo.

James richiamò la mia attenzione, domandandomi cosa pensassi della partita, intanto che rimettevo a posto il cellulare; poi, mentre i camerieri prendevano a servirci e la tavola si riempiva di una serie di gustose pietanze, iniziammo a parlare di come lo avevo visto rotolarsi per terra per schivare un avversario o di come era stato bravo a far partire ogni schema di quella partita. Mi sentii più tranquilla e serena, meno imbarazzata all'idea di essere, ancora una volta, l'unica ragazza.

«La cena dopo la partita è sempre una gioia», commentò Zack al mio fianco, facendomi ridacchiare tra un boccone e l'altro. Ero davvero affamata e stavo divorando i miei spaghetti.

«Giuro che se servono del pollo me ne vado a mangiare un hamburger da qualche parte», aggiunse Ben, riempiendosi il bicchiere di vino. Mi resi conto in seguito alle parole di Ben che tutti i piatti dei ragazzi erano riempiti di pietanze che solitamente non li vedevo mangiare.

«Sembra che non mangiate da una vita», constatai, mentre Ben versava un po' di vino anche a me.

«Be', la dieta, la prestazione fisica, i frullati energetici... quando giochi a questi livelli devi sfruttare ogni singola goccia di energia che entra nel tuo corpo», replicò Chase.

Ogni aspetto della loro vita girava intorno alla pallacanestro e dovevano calibrare la dieta in maniera tale che gli desse l'energia giusta, rendendoli ancora più forti in campo. Non si poteva però dire che non venissero pagati a sufficienza per potersi permettere di farlo.

«Quindi vi è concesso mangiare come vi pare e piace solo dopo la partita? Ma vi ho visti mangiare un sacco di cupcake...» bofonchiai, alludendo alla serata in discoteca.

Hyade rise e mi soffermai a guardarlo, mentre si sistemava meglio il tovagliolo dentro lo scollo della camicia a fargli da bavaglino. Sembrava un bambino innocente, ma sapevo che fino a poche ore prima avrebbe spaccato la faccia volentieri a uno degli avversari in campo. Aveva i capelli umidi e sciolti e le sue iridi mi scrutavano a fondo, inchiodandomi con un semplice sguardo. Mi ci volle, ancora una volta, una gran forza d'animo per allontanare dai miei pensieri quella sua famosa foto.

«Era un evento speciale. Mangiamo quello che ci pare solo quando si tratta di festeggiare, non che comunque di solito non mangiamo, anzi, abbiamo sempre un sacco di scelta», intervenne

Ben. «Solo che alcuni giorni diventa un po' triste dover mangiare polli interi piuttosto che una bella pizza.»

Assunsi un'espressione divertita, terminando di mangiare i miei spaghetti. «Buona la pizza», dissi sognante, mentre mi rendevo conto che della miriade di pensieri che avevo in mente quello fosse il meno adatto da esprimere. «Non so proprio come fate», ammisi poi. «Io non credo di essere mai stata a dieta in vita mia. Mi piace troppo mangiare.»

Pensavo che quel discorso fosse un modo come un altro per fare conversazione, per entrare ancora più a contatto con loro, ma mi resi presto conto invece di averli incuriositi perché mi ritrovai cinque paia di occhi a osservarmi sorpresi. «Tu non fai diete?» mi chiese distrattamente Chase.

Scossi la testa.

«Però vai in palestra?» tentò Ben, al che mi sembrò assurdo che fossero così ficcanaso per una cosa tanto futile.

Li guardai imbarazzata. «Dovrei?» domandai, con gli occhi che schizzavano da una parte all'altra della tavolata.

Hyade rise e poi mi rivolse un ghigno talmente sarcastico che dovetti trattenermi dal guardarlo male. Così mi voltai verso James al mio fianco, che era sempre mio alleato.

«Non dovresti, Chloe. Stai bene così», mi rassicurò. Annuii appena, sorridendogli per ringraziarlo di essersi esposto in quel modo nei miei confronti.

«Sei la prima ragazza che incontro che non fa diete o palestra», intervenne Chase. «Dimmi, qual è il tuo segreto per un fisico da urlo, Chloe?»

Li guardai divertita. «Il mio segreto?»

Poi fui attirata ancora una volta da Hyade che alzava gli occhi al cielo, spazientito, e si levava il tovagliolo dalla camicia per posarlo sul tavolo con un gesto elegante.

«Sta mangiando, lasciatela in pace.» La sua voce roca mi arrivò con un tono indispettito, probabilmente era alterato dal modo di porsi dei suoi compagni di squadra.

«Non abbiamo detto nulla di male», gli fece notare James.

«Non mi sembra il caso di fare certe domande, comunque», li ammonì, come se fosse la cosa più normale del mondo.

Boccheggiai, guardando il resto dei ragazzi timorosi di dire qualcosa. Incapace di starmene buona, replicai alle parole di Hyade con tranquillità. «Non fa niente, non siete i primi che me lo fanno notare. Credo sia solo il mio metabolismo veloce», tentai, mentre il cameriere mi riempiva il piatto con la seconda portata e lo ringraziavo flebilmente.

«Avvisaci quando ingrasserai improvvisamente», mi prese in giro James, scompigliandomi i capelli e tornando poi a buttarsi sul cibo. Tirai un sospiro di sollievo quando la tensione a tavola si allentò, ma mi fu difficile ignorare lo sguardo che, ancora una volta, mi dedicò Hyade.

Era la prima volta che qualcuno non approfittava dell'argomento per farmi notare quanto fossi magra, e che invece ritenesse quei commenti sul mio fisico fuori luogo. Commenti che per me erano sempre stati la normalità.

Alla fine della serata, i camerieri sistemarono un tavolo centrale e ci posizionarono sopra una grossa torta con i colori dei Taurus, con tanto di panna, ciliegie e ripieno al cioccolato. Al solo vederla sentii il mio stomaco brontolare di nuovo, nonostante avessi mangiato parecchio.

Scattai una serie di foto dei dodici Taurus dietro la grande torta, con mio padre al centro. Hyade e Chase per infastidirlo continuavano a riempirgli il volto di panna. Ero certa che foto del genere non fossero incluse nel mio contratto, ma immortalavano una parte integrante della vita dei Taurus e scattarle fu per me un grande onore, perché oltre che come giocatori, li rappresentavano come persone.

Più tardi, ci accomodammo sui divanetti della hall a mangiare un secondo pezzo di torta che ci era stato offerto dopo che i giocatori avevano fatto alcune foto insieme ai dipendenti dell'hotel. Mio padre aveva abbandonato presto la serata per tornare in camera e sentire Marla dopo una giornata estenuante di lavoro; non mi aveva salutata, ma sapevo che era contento del fatto che passassi del tempo con i ragazzi, perché solitamente mi riteneva una persona troppo chiusa in se stessa e che necessitava di nuove amicizie.

Dopo un po', anche molti dei Taurus se ne andarono: chi uscì a fare una passeggiata; chi invece decise di andare a dormire, troppo stremato per resistere oltre. Io pure ero stanca e mi abbandonai sotto il braccio di James che mi circondava le spalle, ingurgitando la panna avanzata della torta senza ritegno con le sue risate nelle orecchie.

Oltre a James, erano rimasti seduti con me anche Ben e Zack, mentre Hyade e Chase si stavano preparando ad andare a farsi un giro per New Orleans.

Sbadigliai distrattamente, mentre Zack giocava con il cellulare e Ben al suo fianco lo prendeva in giro perché continuava a perdere.

«Che stupidi che siete», li riprese Hyade, pizzicando le orecchie di Zack e facendolo sussultare dal dolore.

Mi strinsi le ginocchia al petto e osservai Chase e Hyade, che si stavano sistemando tra le tasche dei loro giacconi enormi un pacchetto di sigarette, l'accendino, il portafoglio, il cellulare.

«Allora, sicuri di non voler venire?» chiese Hyade, ignorando i lamenti sentiti della sua spalla destra.

James poggiò la guancia sulla mia testa in modo rassicurante, mentre Zack continuava a osservare il suo cellulare e Ben scuoteva la testa distrattamente. «Dove andate?» domandai, alzando il mio sguardo sui due ragazzi, ma ritrovandomi catturata solo da uno di loro.

Hyade si inumidì le labbra e poi si passò una mano tra i capelli. «Non vuoi veramente saperlo», mormorò, incapace questa volta di guardarmi negli occhi.

Alzai un sopracciglio nella sua direzione. «Ti ho visto portarti a casa una ballerina, non credo mi scandalizzerei se mi dicessi che stai andando in un locale a luci rosse. Non c'è bisogno di trattarmi come una bambina.» Strinsi le braccia al petto, alzando il mento con aria di sfida.

«Non credo tu abbia nemmeno l'età per entrare in certi posti», mi ammonì, mentre Chase al suo fianco mi guardava divertito.

«Be', possiamo sperimentare stasera stessa», lo provocai.

Hyade sbuffò, irritato. «Non provarci nemmeno, il capo mi ammazzerebbe.» E questo mi impedì di dimostrarmi più audace di quanto volessi sembrare ai loro occhi, perché in effetti non ci sarebbe stato altro modo per loro di vedermi se non come la figlia del coach.

«Me ne torno in stanza», bofonchiai, mettendomi in piedi e sistemandomi i jeans che si erano allentati lungo i miei fianchi. «Buonanotte.» Sorrisi a James e gli diedi un bacio sulla guancia.

Quando mi voltai per salutare gli altri, fui sorpresa dallo sguardo insistente di Hyade e dovetti un attimo trattenere il respiro per calmarmi al pensiero che il mio precedente gesto avesse in un qualche modo potuto attirare la sua attenzione. «Divertitevi», borbottai e mi diressi verso l'ascensore, lasciandoli alle loro cose da ragazzi.

«Ti prego dimmi che l'hai visto anche tu», fu l'ultima cosa che sentii dire da Hyade, ma ero troppo stanca persino per impegnarmi nel cercare una ragione a quelle parole.

Ero così stremata che non appena arrivai di fronte alla mia stanza, ci impiegai più di qualche secondo per strisciare la carta magnetica e tirare giù la maniglia. Quando il calore della camera mi colpì il volto, tirai un grosso sospiro di sollievo di fronte alla consapevolezza di poter finalmente dormire.

Mi impegnai giusto a cambiare i jeans con un paio di pantaloncini elastici e la maglietta con una canottiera, per poi infilarmi sotto le coperte e lasciarmi andare completamente al sonno.

Probabilmente avrei dormito fin quando qualcuno non fosse venuto a chiamarmi per partire; il viaggio, la partita e i festeggiamenti mi avevano sfinita tanto da trascinarmi in un sonno così profondo che in un primo momento nemmeno me ne accorsi quando una serie di tonfi presero a risuonare nella stanza.

La porta della camera prese a vibrare sotto il peso di alcuni pugni e fu allora che mi svegliai. Controllai l'orologio appeso al muro e mi stropicciai gli occhi. Trattenni a stento uno sbadiglio. Chi bussava alle quattro del mattino? Fui costretta ad accertarmi che non fosse un sogno, ma l'ennesimo colpo contro il legno mi spinse ad alzarmi e andare a vedere chi fosse.

Mi incamminai a piedi nudi verso la porta, ancora stordita, sentendo le mie gambe rabbrividire per via del freddo causato dal cambio di temperatura nella stanza. Poi, dovetti cercare a tastoni la maniglia prima che potessi trovarla e tirarla giù.

La luce forte del corridoio mi costrinse a portarmi una mano agli occhi per coprirmi e un forte lamento mi scivolò fuori dalla gola.

Alla fine, quando mi abituai alla luminosità in netto contrasto con il buio della camera alle mie spalle, ciò che mi ritrovai di fronte mi mise sull'attenti. La prima cosa che notai furono i ricci ribelli, lasciati indomati lungo il volto spigoloso. La mascella contratta e le narici divaricate per il respiro affannoso. Sembrava quasi furioso e il modo in cui le sue iridi verdi corsero sulla mia figura mi fece rabbrividire così tanto che mi tolse il respiro. Hyade era poggiato con le mani sui lati della porta, come se stesse per fare una serie di flessioni, mostrandomi i bicipiti pulsanti sotto la sua camicia bianca.

I miei occhi, da veri ladruncoli, percorsero il suo corpo, rubarono qualche attimo per bearsi dei tatuaggi nascosti appena sul suo petto, per scorrere poi su quelli delle sue braccia lasciate nude dalla camicia arrotolata sui gomiti.

«Spero tu non faccia quell'espressione quando sei in intimità con un ragazzo.» Il suo tono roco era più lento e trascinato del solito, si perse a balbettare l'ultima parola. Dovetti veramente metterci tutte le mie forze per rendermene conto, perché ero ancora stupita di vederlo, soprattutto in quelle condizioni.

«Che vuoi, Hyade?» gli chiesi, con la voce incrinata e con un pugno che si allungava sul mio volto per trascinare via dagli occhi gli ultimi residui di sonno, che ero certa, ora che lui mi aveva svegliata, non sarebbe tornato tanto presto.

«Devo nascondermi», mi disse e mi trattenni appena dal guardarlo storto, cercando di mantenere la calma con un sospiro.

«E non potevi andare da uno dei tuoi compagni di squadra?» replicai, con il petto che prendeva a muoversi più velocemente alla ricerca d'aria.

«È... complicato», farfugliò quasi imbarazzato, abbassando gli occhi verdi e dandomi modo di notare le occhiaie scure al di sotto.

Sbuffai, infastidita. «Stavo dormendo, mi hai svegliata senza motivo. Credo di meritarmi una spiegazione, tu che dici?»

Hyade grugnì rudemente, rialzando poi il volto e staccandosi dalla porta, mentre poi si passava le dita tra i capelli per sistemarseli meglio. «C'è una ragazza nella mia stanza», spiegò brevemente e io rimasi in attesa, sperando che continuasse, ma quando compresi che aveva terminato mi ritrovai a fulminarlo ancora.

«E?...» lo esortai.

«E...» si interruppe e, quando i suoi occhi si levarono ancora nei miei, capii dal modo in cui luccicavano che era ubriaco; le guance rosse ne furono la conferma. «E lei continua a parlare di cose stupide e io ho bevuto troppo e volevo veramente portarmela a letto, ma...» la sua voce si incrinò verso la fine, mentre evitava il mio sguardo.

Non riuscii a realizzare subito la ragione del suo atteggiamento. Rimasi qualche momento confusa a guardarlo, cercando di collegare le sue frasi sconnesse. Forse perché mi aveva svegliata nel bel pieno della notte ci misi più di qualche istante a connettere, ma quando compresi che fosse impossibilitato ad andare a letto con lei per via di questioni tecniche, dovetti portarmi le mani alle labbra per trattenere la fragorosa risata che mi uscì involontariamente.

Hyade mi guardò male, poi il suo volto rassegnato si fece arrabbiato. «Va bene, lascia perdere. Me ne vado.» Fece per voltarsi, ma gli afferrai il braccio sentendomi improvvisamente in colpa per averlo deriso in quel modo. Lui si irrigidì sotto il mio tocco.

«Scusa», gli dissi e lui parve diffidente. «Mi dispiace, giuro che non rido più. Puoi entrare.» Mi feci da parte, costretta a mordermi le labbra per evitare di ridere ancora, e non appena lui fu dentro la stanza richiusi la porta alle mie spalle.

«Bene.» Si guardò intorno, mentre io camminavo verso il letto per celare la sorpresa di averlo lì e accendevo l'abat-jour accanto. «Tu che facevi prima che arrivassi?» mi chiese distrattamente, osservandomi forse un po' timoroso. Non mi sembrò per niente lo stesso ragazzo di qualche ora prima. Restava comunque tremendamente affascinante, con i capelli mossi e la camicia disfatta lungo il suo torso possente e muscoloso.

Sul serio, avrei voluto trattenere la mia lingua lunga, ma fu più forte di me. «Quello che facciamo sempre noi altri comuni mortali durante la notte: dormivo», ribattei, mettendomi seduta sul letto matrimoniale, mentre afferravo il bicchiere sul comodino e lo riempivo con dell'acqua.

«Giusto», mi rispose in un sussurro, in modo tanto leggero da essere quasi impercettibile, poggiandosi poi appena sul bordo del letto, dandomi le spalle.

«Non potevi mandarla semplicemente via?» Rimisi il bicchiere al suo posto, mi sedetti sul materasso e incrociai le gambe. Hyade si voltò verso di me a quella mia domanda.

«Non è così semplice quando sei un giocatore di fama mondiale», ammise.

Al che compresi cosa stesse passando e questo mi fece un po' intenerire, mi decisi allora a dargli una mano. «Puoi venire qui, non mordo», dissi, picchiettando con il palmo il posto accanto a me.

«Be', immagino di non avere poi molto altro da fare al momento…» Scrollò le spalle, poi si tolse le scarpe e strisciò all'indietro fino a raggiungere la testiera del letto con le spalle.

Si sistemò il cuscino dietro la schiena e, anche se non avrei dovuto, non riuscii a impedirmi di constatare quanto fosse bello anche ridotto in quello stato. Hyade sembrò attirato dal mio sguardo, si volse verso di me, mentre i suoi occhi scorrevano sulla mia figura. Pronti a trafiggermi come mille frecce di fuoco.

Tossicchiai, schiarendomi la gola. «Allora…» sussurrai. «Che cosa ha detto questa ragazza che proprio non riuscivi a sopportare?»

Si lasciò sfuggire un sorriso, tornando poi a guardare di fronte a sé. «Ha detto che i tiri liberi che ci hanno dato non erano giustificati», rispose.

«Cosa?» Alzai di qualche tono la voce. «Ma non è vero.»

«Esatto! Ma lei insisteva e... Oh, Dio.» Si coprì il volto. «Non mi sento per niente bene.»

«Tieni un po' d'acqua.» Gli porsi il secondo bicchiere che era stato posto sul comodino dai dipendenti dell'hotel e glielo riempii.

Lui non mi ringraziò, ma accettò volentieri la mia offerta e si scolò l'acqua. «Per quale ragione ti sei ridotto in questo stato?» La domanda mi uscì in modo istintivo, mi pentii di avergliela posta l'istante dopo averlo fatto, quando lui irrigidì la mandibola.

Hyade fece una smorfia. «È solo routine.» Scrollò le spalle, porgendomi poi il bicchiere perché potessi rimetterlo a posto.

«Non ti causa problemi bere così tanto?» Ancora una volta, non riuscii a trattenere la mia curiosità. Non avrei saputo dire per quale ragione lui avesse risvegliato in me tanto interesse, ma ero certa che per ridursi costantemente in quello stato si provasse una grande sofferenza di fondo. «Voglio dire... il lavoro e tutto il resto.»

«So badare a me stesso. Più o meno da quando ho lasciato la casa in cui sono cresciuto in Inghilterra.» Le sue labbra si mossero nella luce fioca della stanza e dovetti deglutire la saliva un paio di volte prima di riprendere a parlare, soprattutto quando le inumidì con la lingua in attesa della mia reazione. Mi sembrarono così belle e morbide che per un momento quasi mi venne voglia di fotografarle.

«Non volevo dire questo, io...»

«Quando tutti si aspettano il massimo da te, l'unico modo per allentare la pressione è deluderli», mi interruppe prima che potessi aggiungere altro. Quelle parole, seppur pronunciate con noncuranza, sembravano tradire i suoi incubi più di quanto gli sarebbe piaciuto ammettere. Rimasi per qualche lungo secondo a rifletterci sopra e fu inevitabile per me intristirmi alla consapevolezza che qualcuno dovesse sentirsi così oppresso dalle aspettative da dover dimostrare a chi lo circondava di non poter realmente contare su di lui.

«Forse dovresti smetterla di pensare a quello che si aspettano gli altri», gli dissi ingenuamente, incontrando un paio di pozzi smeraldini. La maniera in cui mi osservò a sua volta, perso nei lineamenti del mio viso, mi fece comprendere che non avrebbe mai veramente preso in considerazione ciò che gli stavo dicendo, non tanto perché non possedeva la piena coscienza di sé in quel momento, quanto perché era evidente che era animato da altre convinzioni ormai radicate dentro di lui.

«Vorrei che potesse essere così semplice», mormorò, lasciandomi confusa per qualche istante. Poi si decise a tornare al punto della questione. «Sai, magari un giorno ci penserò su», ammise, ancora alterato per via dell'alcol. Io annuii distrattamente, consapevole che non spettava a me fargli notare altri punti di vista sulla sua vita, che probabilmente non avrei mai compreso abbastanza.

Il silenzio si fece spazio tra di noi, avvolgendoci di una strana patina rassicurante. E allora mi fu impossibile non chiedermi per quale ragione avesse raggiunto me e non uno dei suoi compagni. Mi risposi che forse il terrore del giudizio dei suoi amici avrebbe potuto metterlo in imbarazzo e questo giustificava la scelta di svegliarmi nel bel mezzo della notte. Tuttavia, una piccola parte di me temeva che quello fosse solo un pretesto per tentare di dimostrarmi inconsciamente che lui era una persona di cui non fidarsi. Come se per qualche assurdo motivo avrei mai potuto avere bisogno del suo aiuto.

«È meglio che vada, prima che la situazione degeneri.» Lo osservai mettersi in piedi e tastarsi distrattamente le tasche dei pantaloni per assicurarsi di non dimenticare nulla, fu più un gesto usuale che necessario.

«Se vuoi puoi restare.» Mi affrettai a scendere a mia volta dal letto per poterlo raggiungere mentre lui si dirigeva verso l'uscita, tentando di accompagnarlo. «Non è un problema per me.»

Lui con leggerezza aprì la porta in modo tale da far passare un piccolo spiraglio di luce. Solo a quel punto si voltò a guardarmi e realizzai che eravamo talmente vicini che percepivo il suo respiro scontrarsi con la mia fronte.

«Buonanotte, Leoncina.» Hyade piegò il collo per raggiungere il mio volto e mi lasciò un leggero bacio sulla guancia; fu soffice e fugace, ma abbastanza improvviso e irrazionale da farmi battere il cuore a mille.

Non riuscii a trovare il tempo di rispondere, sia perché presa alla sprovvista da quel gesto, sia perché lui sgattaiolò immediatamente oltre la porta richiudendosela alle spalle e lasciandomi nuovamente sola nella mia stanza.

A quel punto, ero così accaldata che, quando mi rimisi a letto, dovetti liberarlo di tutte le coperte che lo componevano. Annaspai, contorcendomi nel buio della stanza alla ricerca dei lati freschi; quando giunsi su quello che aveva occupato poco prima lui, il profumo di gelsomino mi avvolse come boccioli di brividi, radicandosi nei miei polmoni, e mi fu difficile non ripensare al suo bacio.

Quella notte non chiusi più occhio.

8
La propria natura

Chloe

AVEVO fatto giusto in tempo a scendere dall'aereo prima che Tonya iniziasse a tartassarmi di chiamate, chiedendomi disperatamente di mandarle le foto che avevo scattato, richiesta che soddisfai non appena rientrata a casa.

Il breve viaggio a New Orleans era stato per me così stancante che decisi di prendermi una piccola pausa dai Taurus, anche forse per via della breve chiacchierata scambiata con il numero diciotto nel mezzo della notte.

Ignorai una serie di allenamenti e un paio di partite giocate in casa, di cui una tragicamente persa, ma non sentii il bisogno di rimettere piede al Centro. Passavo gran parte del mio tempo rinchiusa in casa, uscendo solo per raggiungere Tonya al lavoro, e il mio atteggiamento non era visto di buon occhio da mio padre che, dopo tutto, cercava ancora di coinvolgermi chiedendomi di seguirlo.

Ma io ero sempre troppo stanca, anche se le mie giornate si riducevano allo scrivere semplici didascalie per le foto da mandare a Tonya o a fare shopping su internet. Praticamente ero diventata così apatica che non me ne importava nemmeno più di impegnare il mio tempo in qualcosa di produttivo, a parte fare la spesa e tutte le faccende di casa che mio padre e io ci dividevamo equamente.

Tuttavia, quel sabato di metà ottobre, quando Tonya mi chiese se avessi avuto qualcosa da fare per la serata imminente, non riuscii a trovare una scusa plausibile per liquidare la sua ennesima richiesta, dal momento che avevo già usato un malanno l'ultima volta e alcune commissioni impellenti la volta precedente ancora. Lei, ovviamente, non aveva minimamente creduto alle mie giustificazioni, ma aveva rispettato il mio bisogno di andare a dormire presto e vivere le mie giornate in piacevole solitudine.

Mi rendevo conto, però, che ero ormai al limite e che dovevo in un qualche modo riguadagnare punti per la mia vita sociale, così quando mi fece pressione per uscire con lei, alla fine dovetti accettare, pur consapevole che me ne sarei presto pentita. Il fatto però che non ci sarebbero state le sue amiche, ma che saremmo state solo lei e io, mi rassicurò, almeno in parte.

Ma non del tutto, perché l'idea che fossimo solo noi due mi faceva temere l'evenienza che ci saremmo potute trovare in difficoltà in presenza di qualche sconosciuto.

Così, nonostante fossi consapevole che il mio modo di vestirmi non avrebbe in alcun modo cambiato le carte in tavola, decisi comunque di risultare il meno vistosa possibile. Mi impegnai a nascondere le gambe in un paio di pantaloni aderenti in pelle e ci abbinai un top che mi lasciasse scoperte solo le braccia e le clavicole, infilandosi poi all'interno dei pantaloni e lisciandosi sulla mia pancia per via del tessuto elasticizzato. Ero femminile, ma non troppo appariscente.

Quando Tonya passò a prendermi con la sua auto, fui lieta di vedere che anche lei non aveva ecceduto come faceva di solito, infatti aveva optato per una gonna che anche se corta veniva compensata dalla camicetta accollata. I suoi capelli erano perfettamente raccolti in una coda alta, mentre i miei restavano indisciplinati lungo le mie spalle, a sottolineare ancora una volta il contrasto tra noi.

«Andiamo all'*Orbital*, non accetto lamentele», mi disse, mettendo in moto la sua auto e sfrecciando presto tra le strade luminose di Chicago.

Chicago era bella, questo non glielo si poteva negare, con il lago che lambiva una lunga serie di grattacieli alti e i parchi verdi che spezzavano l'ambiente caotico della città. Però mi mancava sempre casa e, anche se cercavo di negarlo, era per me difficile non sentire il mare infrangersi tra i miei pensieri malinconici.

Il panorama, tuttavia, non mi distrasse dal fatto che l'*Orbital* non faceva per me.

Sicuramente, era di un certo livello rispetto al locale in cui ero stata insieme ai Taurus, non proponeva ballerine indecenti a riempire i calici ed era un'ottima alternativa al posto accanto alla scuola di teatro di Jennifer che avevano appena aperto e che Tonya aveva già tentato di propormi.

Quando entrammo, il ticchettio delle mie scarpe sul pavimento marmorizzato si perse immediatamente e venni travolta dalla meraviglia dei colori luminosi con cui era stato adornato. Il programma della serata, che lessi velocemente su un volantino appeso all'ingresso, prevedeva uno spettacolo di drag queen e, anche se non lo avrei mai ammesso né a me stessa né tantomeno a Tonya, fui contenta di aver accettato quell'uscita.

C'erano, in fondo, poche cose che mi entusiasmavano. E gli spettacoli, quelli veri e belli, rientravano decisamente nella lista.

Rimpiansi unicamente di non aver portato con me la macchina fotografica, ma mi convinsi presto che non c'era bisogno di immortalare ogni momento della mia vita per paura che potesse sfuggirmi via e decisi che avrei tenuto la serata tra i miei ricordi, quelli che a forza di percorrerli mentalmente avrebbero perso il loro significato.

«Wow», commentai, quando prendemmo posto a un tavolo e la musica iniziò a salire di volume.

Tutt'attorno a me vi era una lunga serie di lucine appese al muro, a formare cascate di neon incandescente che richiamavano una notte stellata. Era passato un bel po' di tempo da quando eravamo state lì l'ultima volta, si poteva dire che la nuova atmosfera mi aveva piacevolmente sorpresa.

«Dai.» Tonya si scostò dalla spalla la coda alta. «Credevi davvero che ti avrei delusa?» Mi fece l'occhiolino, afferrando poi uno dei menu, mentre io tentavo di captare ogni singolo dettaglio del locale.

«Come facevi…»

«È stata una vera odissea recuperare una prenotazione all'ultimo minuto, la compagnia è una delle più importanti del momento, ma sono pur sempre Tonya Cooper, no?»

«Dio, devo davvero averti fatta preoccupare.» Fu come dirle che le ero grata per quella serata, poi allungai la mano sul secondo menu e iniziai a cercare attentamente qualcosa che avrebbe reso ancora più piacevole la nostra uscita.

«So che non vuoi parlarne, ma a volte è spaventoso come ti chiudi in te stessa, Chloe. Restare in casa per giorni... io non voglio metterti pressioni, lo sai. Però...» Sospirò e sapevo che il modo in cui la mia espressione era cambiata l'aveva probabilmente intimorita, ma non riuscii a fare a meno di sentirmi attaccata da quelle sue affermazioni. Certo, a volte esageravo, ma era una cosa che non riuscivo a controllare. Tuttavia, mi rendevo conto che lei lo stava facendo per il mio bene, così sorrisi e ammorbidii il mio sguardo per spronarla a continuare. «Però voglio che tu sappia che puoi sempre contare su di me. Se qualcosa ti tormenta, se vuoi sfogarti, io ci sono.» Le fui semplicemente grata per quelle parole, perché mi accorsi che c'era qualcosa in realtà che gravava sul mio petto al punto tale da farmi vergognare di mettere piede fuori casa.

Per me non era facile confidarmi: ero cresciuta sola con mio padre, una leucemia acuta mi aveva portato via mia madre quando avevo solo sedici anni, ancor prima che potessi raccontarle del mio primo bacio, della mia prima volta, del college e del mio primo lavoro. Forse se ci fosse stata lei, le cose con Derek sarebbero state diverse, forse sarei ancora a Los Angeles, ma... non avrei incontrato Tonya.

Ero felice di avere Tonya. «Grazie», le dissi ed ero sinceramente contenta di averla nella mia vita, perché lei mi capiva e, anche se a volte mi sentivo di non fare abbastanza per lei, sapevo che ci completavamo a vicenda.

Un cameriere mi interruppe per chiederci l'ordinazione. Prendemmo due Long Island, che si materializzarono davanti a noi a tempo di record. Non avevo più scuse: sapevo che era ormai arrivato il momento di parlare.

«Credo di aver dato troppa confidenza a uno dei ragazzi», ammisi, con gli occhi bassi. Tonya aggrottò le sopracciglia, invitandomi a continuare, ma dovetti prima prendere un lungo sorso del mio drink per trovare la forza necessaria per andare avanti. «Hai presente Hyade Reyes?»

«E come no?» La sua espressione ammiccante mi fece rabbrividire all'idea di cosa le sarebbe potuto saltare in mente.

«Quando eravamo a New Orleans, si è presentato alla mia porta alle quattro del mattino perché… ecco… non voleva stare con la ragazza che era nella sua stanza.» Scrollai le spalle.

«Non voleva?» Si allungò sul tavolo, squadrandomi a dovere.

Le mie guance si arrossarono di colpo, facendomi improvvisamente sentire estremamente a disagio nel ricordare quel momento. «Non… riusciva fisicamente, per via dell'alcol», bofonchiai alla fine. E Tonya fu costretta a portarsi i palmi delle mani contro le labbra, tentando di trattenere la sua immensa risata e facendo ridere un po' anche me.

«Andiamo, non ridere. Non si ride di queste cose», tentai di trattenermi, consapevole che non era corretto.

«Lo so, scusami», si giustificò immediatamente. «Non è questo, è che lui è così… sicuro di sé. È inevitabile ridere se pensi all'idea che tutti hanno di lui. E poi stai ridendo anche tu!» mi riprese, mentre scuotevo la testa cercando di togliermi dai pensieri l'immagine di lui di quella sera.

La mia risata si spense però non appena realizzai che si sarebbe presto ritrovata a farsi beffe anche di me, ma Tonya era intelligente e comprese subito il mio cambio d'umore. «Che cos'è successo?»

«Io…» Tonya mi guardò premurosamente e allora abbassai lo sguardo. «Gli ho permesso di nascondersi nella mia stanza per un po' e abbiamo parlato.»

«Di cosa?»

«Di niente, in realtà.» Scrollai le spalle. «Ma mi ha dato un bacio sulla guancia, prima di andar via.»

La osservai timidamente, mentre i suoi occhi scrutavano il mio volto e tentavano di comprendere il punto della questione. «E questo è un problema perché?...» chiese indagatrice, consapevole che fosse quella la ragione del mio imbarazzo.

Mi ritrassi contro la sedia, sospirando rumorosamente. «Giuro che non lo so, è stato solo molto strano», risposi, balbettando appena e deglutendo a fatica il groppo nella mia gola. E non avrei nemmeno saputo dire se fosse normale essere imbarazzati per un gesto tanto banale, ma ero fatta così, ogni cosa per me aveva più rilevanza di quanta ne avrebbe avuta per una qualsiasi altra persona.

«Magari era solo il suo modo di ringraziarti, ma anche se così non fosse... va bene lo stesso, Chloe.»

Afferrai il mio cocktail e ne mandai giù un sorso. «Già...» mormorai, puntando i miei gomiti sul tavolo.

«Dico solo che potresti farci un pensierino», suggerì compiaciuta, mentre beveva il suo drink fino a prosciugarlo.

«Tonya... non è così semplice. E poi lui non mi interessa.»

«Oh, andiamo!» mi riprese. «Non rifilarmi queste stronzate.»

«Va bene. Sono una povera stupida che crede alle cene romantiche e ai ragazzi per bene, e ti assicuro che Hyade Reyes è tutto tranne che questo.»

«Questo non significa che non puoi divertirti con lui», mi fece notare.

«Vuoi un altro cocktail?» le chiesi allora, bisognosa di spostarmi dal mirino di quella sua parlantina che non mi risparmiava mai.

«Scappa pure, tesoro, per adesso. Comunque, voglio un Margarita.» Annuii flebilmente alla sua richiesta, alzandomi per raggiungere l'angolo bar e ordinare altri due cocktail.

La massa di gente accalcata lungo il bancone in granito mi rese quasi difficile giungere fino a un punto da dove mi fosse possibile fare l'ordinazione, ma non mi lamentai visto e considerato che avrebbe richiesto il doppio del tempo e mi avrebbe tenuta lontana dalle grinfie di Tonya abbastanza da soffocare i suoi pensieri riguardo la mia vita sentimentale.

Osservai il barman servire diversi clienti e attesi pazientemente che mi notasse per potergli riferire cosa volessi. Vidi di sfuggita che aveva i capelli scuri e gli occhi azzurri, ma più che altro mi persi a osservare la miriade di bottiglie costose che erano riposte accuratamente alle sue spalle.

Solo dopo che ebbe servito un grosso boccale di birra ad alcuni ragazzi poco lontani, il suo sguardo si puntò su di me e io raddrizzai la schiena con l'intento di farmi notare, allontanando quindi la possibilità che potesse ignorarmi e servire qualcun altro.

«Un Margarita e un Appletini», dissi a gran voce.

Le mie parole vennero però sovrastate da una seconda voce proveniente dal mio fianco. «Due whisky!» Per poco mi strozzai avvertendo il tono profondo e persuasivo che aveva abitato i miei incubi negli ultimi tempi.

Istintivamente mi voltai e la prima cosa che vidi fu una mano ingioiellata a mezz'aria richiamare il barman con le dita che si muovevano in una cascata ordinata; poi, in tutto quel baccano di luci, le iridi verdi di Hyade Reyes corsero su di me e mi parve che ci fossimo solo lui e io, in quella stanza piena di persone. Ci fissammo con un misto di sorpresa e senso di vergogna che ci piombò addosso come una pioggia incandescente, pronta a corrodere le nostre corazze che si erano ispessite stando l'uno lontano dall'altra per tutto quel tempo.

Hyade si voltò. «Due whisky, un Margarita e un Appletini. Può mettere tutto sul conto del tavolo tredici, anche gli ordini successivi», disse imperativo, sotto il mio sguardo sbigottito, poi annuì soddisfatto al barman, che abituato a tali atteggiamenti, non perse nemmeno tempo a cercare un mio consenso.

«Non puoi fare così», lo rimproverai non appena il ragazzo si girò, incrociando le braccia al petto e fulminandolo con lo sguardo; ma la mia espressione arrabbiata andò in fumo di fronte alla camicia con motivo animalier che stava indossando e ai capelli ricci che gli incorniciavano il volto, tanto che mi fu impossibile fare altro se non restare a bocca aperta ad ammirarlo.

Si fece più vicino, mentre il barman alle sue spalle prese a preparare i cocktail. Il suo volto arrivò a una spanna dal mio e dovetti trattenermi dal perdermi ancora nei suoi occhi, così intensi da costringermi a immergermi nel mare verde di cui erano fatti, annegandoci dentro felicemente. Mi impegnai allora a guardare il resto del suo volto, illudendomi che mi avrebbe permesso di riacquistare lucidità, solo per rendermi poi conto che i suoi zigomi alti e le guance scavate non facevano che destabilizzarmi ulteriormente.

«Prendila come una richiesta di scuse», disse, con una sicurezza disarmante a imbrattargli le parole. Mi sentii cedere sulle mie stesse gambe.

Fui costretta ad afferrare con una mano il bancone, nella speranza che, se fossi caduta, avrei avuto un punto d'appiglio.

«Scuse per cosa?» gli chiesi allora, con la voce che mi uscì più tremante di quanto avessi voluto. Le sue narici si dilatarono appena.

«Lo sai per cosa», ribatté sicuro, accennando all'episodio nella mia camera di New Orleans.

«N-non...» balbettai come una ragazzina alle prime armi, ma era questo l'effetto che lui aveva su di me. Per questo presi un respiro profondo prima di riformulare la frase. «Non c'è bisogno che tu mi chieda scusa.»

«Sei scomparsa, credevo di averti offesa.» Scrollò le spalle.

«Ho avuto... da fare», farfugliai, mentendo nel miglior modo che mi riuscisse.

Il suo sguardo corse poi oltre le mie spalle. «Con la tua amica?» mi domandò e così mi voltai a osservare Tonya intenta a chiacchierare al telefono.

«La conosci?» gli chiesi appena.

«Zack», disse semplicemente e allora annuii consapevole. «È carina.» Il suo sorriso si allargò maliziosamente, mostrandomi la sua fossetta sinistra a incavargli la guancia e dovetti resistere alla tentazione di infilarci il dito dentro per quanto era profonda.

«Carina?» chiesi di rimando, alzando un sopracciglio per evidenziare il mio scetticismo nei suoi confronti.

«Scommetto che è brava a letto», sorrise sornione, convinto di infastidirmi con il suo commento piccante. Aveva probabilmente realizzato che non ero propensa a intavolare discorsi del genere e aveva deciso di usare questo mio debole per colpirmi, per riacquistare la virilità che aveva perso di fronte ai miei occhi e proclamarsi predatore.

«Ecco il Margarita e l'Appletini.» Il cameriere dai capelli scuri fece scivolare verso di me i cocktail e sospirai sollevata nel sentire il freddo dei bicchieri scontrarsi con i miei palmi.

Li afferrai e, una volta certa di aver saldo l'equilibrio e di essere in grado di muovermi agilmente, mi voltai lentamente verso Hyade e incatenai i suoi occhi ai miei in una morsa maliziosa. Avrei avuto un sacco di battute spiacevoli riguardo l'ultima volta che ci eravamo incontrati e che lo avrebbero messo a tacere senza problemi, ma sapevo che non sarebbe stato soddisfacente, perché colpire le persone in questo modo era a mio parere di una bassezza unica e non rientrava certamente nel mio stile.

Così, con gli occhi pieni di lui e della sua aria selvaggia, mi morsi le labbra e ponderai bene le parole giuste da usare, mentre la musica continuava a fare da sottofondo a quel nostro continuo battibecco.

«Oh, Hyade», dissi nella maniera più sensuale che potessi riuscire a simulare. «Lo è. Lo dico per esperienza», gli feci un occhiolino prima di voltarmi e iniziare poi a incamminarmi verso il mio tavolo.

«Aspetta, cosa?» lo sentii chiedere in lontananza. «Cazzo, non puoi dire queste cose e poi andartene via.» Invece era proprio quello che avevo fatto.

Consegnai il Margarita a Tonya, che dopo aver chiuso la sua chiamata aveva probabilmente notato il fatto che mi fossi intrattenuta con Hyade Reyes più di quanto mi sarebbe piaciuto ammettere. Mi sedetti sulla sedia e, senza preoccuparmi di darle spiegazioni, afferrai il menu.

«Allora, Tonya...» esordii. «Ti va una porzione extralarge di nachos?»

«Ma sei matta? Costa metà del mio stipendio», disse in tono sconcertato.

«Bene. È proprio quello che volevo sentirti dire», sorrisi.

«Prendiamo anche i fiori fritti.» Poi, chiamai una cameriera che passava di lì.

Non avrei saputo dire se accadde dopo il terzo cocktail o il quinto fiore fritto, fatto sta che a un certo punto della serata, mentre Tonya e io continuavamo a ridere come matte per come avevo liquidato Hyade poco prima, il display del mio cellulare, posto sul tavolo, si illuminò richiamando distrattamente la mia attenzione.

E non ci volle molto perché le risate smettessero di abbellire il mio volto e i miei occhi si rattristassero dallo sconforto, mentre leggevo l'anteprima sullo schermo e mi ritrovavo a tuffarmi in una miriade di sensazioni che avevo tentato a lungo di mettere da parte.

Derek
Mi manchi più di quanto vorrei.

E il mio cuore prese a battere così forte, quando afferrai il telefono per controllare meglio e assicurarmi che non stessi sognando, che persino Tonya capì che era meglio non dire nulla mentre la rabbia prendeva a trascinarmi prima su verso il cielo e poi di nuovo a terra, pronta a sfracellarmi contro il suolo.

Sospirai disperata, portandomi i palmi contro gli occhi e iniziando a sentire un forte bisogno di andarmene via da quel posto, di rinchiudermi nella mia camera e cancellare quel numero per sempre. Il suo numero. Della persona che non mi aveva più cercata e, adesso, invece lo stava facendo.

Lasciai che il telefono ricadesse sul tavolo senza curarmi di graffiare gli angoli e mi preoccupai piuttosto di riprendere a respirare tranquillamente. Tuttavia, ero incapace di riuscirci in quell'ambiente pieno di musica e persone, con luci soffuse e colori che improvvisamente erano divenuti caleidoscopici.

«Chloe, tutto bene?» tentò Tonya, afferrando la mia mano per stringerla contro il suo palmo. La assecondai e cercai di riacquistare l'equilibrio, fermando l'entropia che mi stava divorando.

Avevo atteso così tanto un suo messaggio, le sue scuse, i suoi occhi scuri che mi guardavano di nuovo e le sue mani che mi toccavano di nuovo, che mi sembrava irreale poter dire che lui lo avesse fatto. Mi ero prosciugata dalle lacrime, mi ero ritrovata raggrinzita come una foglia in autunno e avevo perso la mia voglia di vivere a causa sua.

Non aveva il diritto di farmi sapere che gli mancavo, non aveva il diritto di costringermi a pensarlo, non aveva il diritto di ricevere una risposta.

Avrei voluto dire a Tonya che avevo bisogno di allontanarmi, di andare via da quel posto e raggiungere l'aria aperta, ma non ci riuscii. Non feci in tempo nemmeno a schiudere le labbra per parlare che in un attimo un braccio corse alle mie spalle e vidi Zack Reed precipitarsi a sedere sulla sedia vuota accanto a Tonya.

Con uno dei Taurus che monopolizzava l'attenzione della mia amica, mi voltai e vidi le dita longilinee di Hyade allungarsi verso i fiori di zucca avanzati per afferrarne uno.

«Nachos e fiori di zucca. Mi sarei aspettato una lunga serie di cocktail, ma tu sai sempre come sorprendermi, Chloe Millais», ghignò soddisfatto, mordendo sfacciatamente il fritto e inchiodandomi con il suo sguardo possente.

Allungai la mano verso il mio cellulare, per voltarlo ed evitare che qualcuno potesse leggere cosa c'era scritto. Poi, i miei problemi passarono in secondo piano quando mi resi conto che Hyade era arrivato a condividere la mia stessa aria. Riuscivo addirittura a sentire il suo braccio sfiorarmi le spalle e il suo profumo invadere il mio spazio vitale.

«Che cosa stai facendo?» gli chiesi sottovoce, notando che Tonya e Zack avevano iniziato a parlare escludendoci dalla conversazione. Sospirai.

Lui piegò la testa, coi ricci che si muovevano coordinati. Per quanto irritante ed estremamente menefreghista fosse il suo atteggiamento, non riuscii a fare a meno di notare quanto tutto di lui fosse affascinante.

Il modo in cui la camicia animalier si apriva a mostrare il suo petto con tatuaggi annessi, le sue unghie colorate e gli anelli massicci, le sue labbra piene che si socchiudevano lentamente e quasi intimidatorie, anche a causa del suo accento inglese. Queste erano tutte cose che, improvvisamente e inspiegabilmente, mi fecero andare su di giri.

«Faccio da cupido», sorrise maliziosamente, ammiccando verso Tonya e Zack. «E poi qui si vede meglio lo spettacolo.» Scrollò le spalle, terminando di mangiare il fiore di zucca.

«Sì, certo, lo spettacolo», borbottai, afferrando la cannuccia del mio cocktail per buttarne giù una gran quantità. Per fortuna l'apparizione di Hyade mi aveva distratta e questo era stato abbastanza per non permettere al mio ex ragazzo di rovinarmi la serata. Sapevo che fosse molto più semplice avere a che fare con lui piuttosto che con le mie emozioni.

All'improvviso, la sua espressione mutò, mi sembrò quasi offeso per il fatto che avessi insinuato non fosse realmente lì per lo spettacolo. «Zack e io siamo venuti apposta», ammise.

«Vi piacciono le drag queen?» chiesi, sorpresa.

Hyade alzò gli occhi al cielo e si passò la mano libera tra i capelli lunghi, poi mi tolse il bicchiere dalle mani e ne rubò un sorso sotto il mio sguardo torvo.

«James non te l'ha detto?» fu la sua domanda, probabilmente per invitarmi a ripensare a qualche sprazzo di conversazione con il ragazzo; lo avevo sentito di meno negli ultimi giorni, anche se eravamo rimasti in contatto nonostante non andassi agli allenamenti, ma ero certa che, se mi avesse parlato di drag queen, me ne sarei ricordata.

«No», ammisi.

«Lo fa per passatempo, ci ha invitati e siamo venuti», spiegò brevemente.

«Aspetta, quindi mi stai dicendo che James si travestirà stasera e ballerà?» chiesi piacevolmente sorpresa da quella notizia.

«Già, è forte. Lui e la sua compagnia dovrebbero interpretare *La Tempesta*, se non sbaglio a lui tocca Ariel… giusto, Zack?» Si rivolse all'amico, poggiando poi il bicchiere sul tavolo e lanciandogli un calcio contro il piede. Tonya rise e dovetti mordermi il labbro per evitare di fare lo stesso.

«Ciao, Chloe!» mi salutò allora Zack, che era stato evidentemente troppo preso da Tonya per prestarmi attenzione. «Come sta il coach?»

«Lo abbiamo visto poco più di tre ore fa, come vuoi che stia?» lo prese in giro Hyade, lanciandogli addosso un nachos. A quel punto ridacchiai, incapace di trattenermi di fronte all'espressione offesa del giocatore.

«Ciao, Zack. Sta bene. Conosci già la mia amica Tonya, no?» lo salutai.

Tonya lanciò un'occhiata furba a Hyade, poi sorrise. «Sì, be', Novantadue e io stavamo giusto parlando della videochiamata dell'altra volta.»

Annuii divertita quando Zack alzò gli occhi al cielo, probabilmente indispettito per via del fatto che Tonya Cooper si ostinasse a sbagliare il suo numero volontariamente.

E fu proprio mentre li osservavo tornare a parlare degli affari loro che avvertii una certa spensieratezza piacevole. Come se non avessi ricevuto alcun messaggio.

«Leoncina.» Sentii un paio di labbra umide farsi spazio tra i miei capelli, richiamandomi alla realtà, mentre fremevo dal desiderio di potermi allontanare dal corpo tonico al mio fianco. «Spero tu sappia bene quale sia il mio numero, non potrei accettare un tale affronto da parte tua.»

Mi voltai pronta a fronteggiarlo e me ne pentii immediatamente, perché Hyade e io ci ritrovammo così vicini che dovetti trattenere il respiro.

Mi inumidii le labbra, imbarazzata. «Diciotto», dissi semplicemente.

«Bene», sorrise.

«Perché, Hyade? Perché proprio il diciotto?» Lui si irrigidì sotto il peso di quella domanda, facendomi pentire immediatamente di averla posta.

«Per le ragioni per cui mi chiamano il Minotauro», rispose flebilmente, distogliendo lo sguardo dal mio per reindirizzarlo oltre le spalle di Tonya e Zack.

«E quali sono?» mi azzardai a chiedere, timorosa, ma curiosa.

Hyade si mosse adagio, i suoi occhi tornarono su di me con una lentezza esasperante. L'attesa della sua risposta mi mozzò il respiro.

«Non vuoi saperlo sul serio.» Fu il suo modo criptico di nascondermi la verità e allo stesso tempo mettermi a tacere. «Comunque mi dispiace davvero per quello che è successo a New Orleans, sono stato un incosciente a venire a cercarti in quelle condizioni. È che mi sembravi la mia unica via di fuga.»

Annuii appena. «Non fa niente, Hyade. È acqua passata.» Gli sorrisi flebilmente, allungando il braccio per afferrare il cocktail e buttare giù l'ultimo sorso rimasto, nel tentativo di placare la sete improvvisa che aveva preso a seccarmi la gola.

«Bene», disse più morbido, con i muscoli meno tesi e il volto più leggero. «Amici?»

Lo guardai un po' incerta, il petto che mi si riempiva della speranza che forse diventare sua amica sarebbe stato piacevole.

«Solo se posso venire a bussare alla porta della tua camera in piena notte», gli proposi allora, strappandogli una risata divertita, mentre prendevo a mordere nervosamente la cannuccia del mio drink.

«Certo, nessun problema.» Allungò il braccio per aria con fare teatrale, quasi a imitare un inchino. Risi a mia volta e mi dimenticai di Derek Sullivan e del suo messaggio.

«Allora amici», acconsentii.

Lui sorrise soddisfatto e questa fu l'ultima cosa che vidi, prima che le luci si spegnessero per dare il via allo show.

James si presentò sul palco con un abito di tulle decorato da balze di seta, per impersonare lo spirito Ariel di Shakespeare. Il trucco eccentrico, le movenze sensuali e il suo carisma incontrollabile resero lo spettacolo di una bellezza ineguagliabile, forse anche grazie alla lunga serie di cocktail che continuammo a ordinare.

Inutile dire che vedere *La Tempesta* rivisitata in chiave rock da una compagnia di drag queen, di cui faceva parte un noto giocatore di basket che conoscevo bene, fu abbastanza per farmi dimenticare tutte le emozioni che solitamente mi spingevano a chiudermi in me stessa.

Perché certe volte spegnere tutto non basta, certe volte bisogna solo imparare ad accettare la propria natura e permettere al mondo di farti bene, dopo averti fatto tanto, troppo male.

9
Il rituale

Chloe

Se ci fosse stata una buona ragione per non prendere in mano la macchina fotografica e racchiudere un momento della mia vita in un ricordo tangibile, l'avrei ignorata e avrei probabilmente trovato almeno altre mille buone ragioni per cui valesse la pena farlo.

Non solo, lo spettacolo di James nelle vesti di Ariel mi aveva completamente incantata, tanto che mi ero ritrovata a discutere con Tom Gillies i termini del nostro accordo e dopo tante, troppe lamentele ero riuscita a convincerlo a permettere a Tonya Cooper di pubblicare anche foto dei Taurus fuori dal campo, con l'unica condizione che ne fossero al corrente e che non avessero nessuna obiezione al riguardo.

E dopo la lunga serie di preghiere al manager della squadra, mi ero ritrovata a pregare James di indossare di nuovo i suoi vestiti da Ariel e permettermi di fotografarlo a casa mia in un photoshoot inusuale e accattivante. Lui me lo aveva concesso, ma solo a patto che ci saremmo divertiti e che tenessi le foto per me, cosa che avrei volentieri fatto.

Così, avevo ritratto James nella natura del piccolo giardino sul retro di casa mia e avevo adornato la sua figura con dei fiori colorati, incastrandoli tra le pieghe del vestito appariscente. La notte faceva da cornice e una serie di lucine e stelle filanti lo illuminava, imitando giocosamente l'isola sperduta ricoperta dalla magia nera.

Era stato bello vedere James in vesti diverse da quelle di giocatore di basket, ma l'arrivo di Halloween aveva presto fatto passare in secondo piano il suo hobby e dato spazio alla regular season.

L'inizio del campionato aveva reso piuttosto agitati tutti quanti, me compresa, perché si cominciava a fare sul serio. Era importante affrontarlo nel modo giusto per permettere ai Taurus di raggiungere i play-off, che sarebbero cominciati ad aprile.

I play-off funzionavano così: si stilavano due graduatorie, una per la costa occidentale e una per la costa orientale; ognuna di esse comprendeva sedici squadre chiamate come le costellazioni e le partite si giocavano in maniera tale che le due squadre più forti – quelle al primo e al secondo posto – si scontrassero solo alla fine; quindi, avrebbero prima giocato contro squadre meno forti.

La squadra vincitrice dei play-off della costa orientale avrebbe poi affrontato nella finale di campionato la squadra vincitrice della costa occidentale. Quel match avrebbe poi decretato il campione.

Ma era inutile parlare di play-off, bisognava prima conquistarsi la regular season e mio padre era deciso a vincere. Persino io, che di basket ancora faticavo a capirci qualcosa, avevo compreso la pressione che era piombata addosso ai ragazzi tutta d'un colpo.

Infatti, si sarebbero presto ritrovati ad affrontare squadre che avevano lavorato sodo quanto loro e che erano più consolidate rispetto al nuovo team dei Taurus, il che rendeva tutto eccessivamente pesante.

Io avevo deciso di fare il tifo per loro e di provare a catturare i giocatori anche in momenti di piena ansia come l'inizio della stagione.

Dovevo ringraziare Tom Gillies e mio padre se mi era stato concesso di entrare persino negli spogliatoi a mio piacimento. Tonya avrebbe fatto carte false per trovarsi al mio posto, ma io mi ero sempre e solo limitata a invadere gli spazi dei giocatori il meno possibile, tentando invece di instaurare con ognuno di loro un certo livello di confidenza e amicizia che mi avrebbe permesso di catturare foto naturali e spensierate.

Il pomeriggio del trentuno di ottobre fui costretta a mettere piede negli spogliatoi dei Taurus. Mentre la folla iniziava a premere sulle entrate in vista del match imminente, io girovagavo tra i corridoi del Centro alla ricerca di mio padre. Non lo trovavo da nessuna parte – né nell'arena, né nel suo ufficio, né nel suo spogliatoio personale.

Gli spogliatoi erano enormi, pieni di panche in legno e armadietti in acciaio alti quanto me. Mi incamminai dunque oltre la soglia, guardandomi discretamente intorno nella speranza di poter incontrare se non mio padre, qualcuno che potesse dirmi che fine avesse fatto.

Sicuramente era impegnato a occuparsi delle ultime problematiche, magari risolvendo i diverbi nella squadra e studiando bene le strategie e gli schemi da far partire durante l'incontro, ma lì dentro non lo vidi. Lo spogliatoio era vuoto, perciò avanzai sulla moquette rossa e con gli occhi vispi esaminai attentamente l'ambiente.

«C'è qualcuno?» mormorai, guardandomi intorno.

Ci fu un breve attimo di silenzio, poi, come in un film dell'orrore, sentii il rumore sordo del ferro contro altro ferro. In un attimo venni tirata all'indietro e trascinata con forza da un paio di bicipiti dentro un inquietante spazio ristretto e solo quando tentai di prendere aria per gridare dallo spavento compresi che c'era una mano contro la mia bocca a soffocare i lamenti.

Quando riaprii gli occhi, serrati per via dello spavento, la prima cosa che mi trovai davanti furono un paio di labbra a cuoricino che si stringevano tra loro per mormorarmi un flebile «shh!» che mi scompigliò i capelli, colpendomi appena la fronte.

Hyade era schiacciato contro di me, o meglio, io ero schiacciata contro il suo petto, e quello in cui ci trovavamo era evidentemente uno degli alti, ma stretti, armadietti degli spogliatoi, che lui si era premurato di richiudere una volta che mi aveva costretta a seguirlo all'interno. Fortunatamente non avevo portato la macchina fotografica o sarebbe probabilmente finita in frantumi.

Solo quando il ragazzo di fronte a me fu certo che non avrei alzato la voce, si decise a lasciar andare la presa del suo palmo contro la mia bocca, obbligandomi ad alzare lo sguardo per osservarlo meglio.

Il ghigno divertito sul suo volto era diventato per me un suo tratto distintivo, così accattivante e derisorio da farmi perdere qualsiasi tipo di sicurezza che avessi riposto in me stessa.

«Che cosa succede?» chiesi flebilmente, mentre tentavo di prendere distanza dal suo corpo tonico.

Fu impossibile: ero letteralmente spiaccicata tra due superfici solide, la parete in acciaio dell'armadietto alle mie spalle e il petto di Hyade contro il mio. Percepivo persino i suoi pettorali, stretti in una maglietta bianca a mezze maniche che liberava i tatuaggi sulle sue braccia, abbassarsi e rialzarsi per i suoi respiri.

Scorsi a malapena la tuta grigia che gli fasciava morbidamente i fianchi, ma riuscivo a sentire le sue cosce premere contro le mie e l'idea di inquadrarle sotto il mio sguardo per più di qualche attimo mi fece rabbrividire. Puntai così i miei occhi sul suo volto furbo, rischiarato dalla fioca luce proveniente dai tre spiragli della porticina dell'armadietto.

«Che diavolo ci fai qui?» La sua voce roca uscì in un sussurro di rimprovero, facendomi sussultare per via della sua vicinanza.

«Stavo cercando mio padre, potresti gentilmente spiegarmi perché siamo rinchiusi qui dentro?» gli chiesi allora, tentando di incrociare le mie braccia al petto.

Non ci riuscii per via del poco spazio, arrivando solo a piegare i gomiti e poggiare gli avambracci sul petto di Hyade. Le sue lunghe dita si torsero a stringermi i polsi e io dovetti aggrapparmi con i polpastrelli alla sua maglia. Sentii il corpo irrigidirsi e il respiro rallentare a causa della poca distanza tra di noi, che mi faceva temere che il minimo movimento avrebbe potuto intaccare ulteriormente il mio spazio vitale. Allo stesso tempo, però, sentivo crescere dentro di me il desiderio inconscio di restargli vicina quanto più possibile.

«Stiamo facendo uno scherzo al capo, ti ho tirata via dalla traiettoria giusto in tempo», spiegò brevemente, facendomi aggrottare le sopracciglia.

«Giusto in tempo?» domandai allora flebilmente.

«Sì.» La sua mandibola si indurì. «James e Ben sono pronti con la vernice spray e Chase e Zack hanno le uova e la farina, un passo in più e saresti stata pronta per essere fritta come un pollo.» Il ghigno sul suo volto tornò a fare capolino e dovetti mordermi il labbro per evitare di scoppiare a ridere.

«Mio padre si arrabbierà», commentai, scuotendo la testa divertita.

Quando tornai con lo sguardo su Hyade, lui mi stava osservando non più divertito, ma solo immerso probabilmente nei suoi pensieri. I suoi occhi vibrarono su di me in un caleidoscopio di emozioni di cui nemmeno io riuscivo a capacitarmi, mentre il suo profumo al gelsomino riempiva l'aria e i suoi capelli ricci si mischiavano ai miei.

«E tu che fai?» gli chiesi poi.

Inizialmente Hyade sembrò ignorare la mia domanda, perché troppo preso a fissarmi, solo in seguito prese un breve respiro per rispondere.

«Io mi assicuro che tu non venga presa di mira», rise appena, riportando il suo palmo sul mio polso.

«Quindi adesso… aspettiamo?» mi informai allora.

«Già.»

«È un'ora che lo cerco, come farete a farlo venire qui?»

«Gli abbiamo dato un appuntamento per risolvere un problema inventato sul momento.» Scrollò le spalle.

«Peccato non abbia la mia macchina fotografica con me», sospirai, un po' triste per non poter immortalare uno scherzo tanto divertente.

«Tranquilla, ho il cellulare nella tasca della tuta.»

«Avete pensato proprio a tutto, eh?» risi, mentre i miei polmoni prendevano ad abituarsi all'idea di dover condividere l'aria insieme a Hyade.

«Ce la caviamo», mi sorrise appena.

E mi persi ad ammirare il suo volto spigoloso, ma allo stesso tempo dai lineamenti dolci e provocanti. Hyade era di una bellezza così disarmante, che solo guardarlo mi faceva perdere il fiato.

Era inevitabile che avesse tutte le ragazze del mondo ai suoi piedi.

«A cosa pensi?» La sua voce profonda mi fece sussultare.

«Io...» farfugliai, evitando il suo sguardo per riguadagnare un po' di dignità, sfumata dopo essere stata colta in flagrante a osservarlo. «Penso che era da un po' che non facevo qualcosa di così interessante ad Halloween.» Anche se suonava come una bugia, in effetti non lo era. A ogni modo, mi risultava imbarazzante l'idea di confessargli che trovavo il suo aspetto alquanto attraente.

I ragazzi come Hyade si nutrivano di attenzioni femminili e io non ero ancora certa che gli avrei concesso le mie, soprattutto perché avevo il cuore ancora troppo debole per poterlo regalare a una persona tanto irrequieta nella sua vita sentimentale. Lui e io non avremmo mai potuto essere nulla di più che amici.

Eppure, sentire i suoi fianchi scontrarsi contro il mio basso ventre, le cosce muscolose premere contro le mie gambe, i suoi addominali sodi contro la mia pancia piatta... se fossi stata Tonya Cooper non avrei perso un attimo di più e l'avrei sedotto. Ma ero Chloe Millais e non ero mai stata abbastanza forte per lasciarmi andare senza la paura di soffrire a frenare le mie azioni, sebbene mi venisse facile affezionarmi agli altri.

Hyade annuì flebilmente. «Verrai alla festa di James, dopo la partita?» domandò quasi speranzoso.

«Io... non credo», gli confessai, sinceramente troppo stremata da quella giornata di lavoro che sembrava non terminare più per potermi mettere un costume addosso e raggiungere una festa di Halloween. «Mio padre non arriverà mai», sbuffai, infastidita da quella situazione e dall'ambiente chiuso. Mi sfuggì un lamento profondo e gutturale.

«Andiamo, Leoncina.» Alzò uno degli angoli della bocca, arricciando la guancia in una fossetta profonda, mentre sussurrava per non farsi sentire da nessun altro se non da me. «Ci vuole pazienza per certe cose.»

La verità era che non vedevo l'ora di uscire da lì, non sapevo nemmeno cosa mi spingesse in effetti a restare intrappolata in quella scatola metallica, ma allo stesso tempo ero troppo magnetizzata da lui per poter andar via.

Perché Hyade era fatto così: riusciva ad attrarre a sé ogni cosa che lo circondasse. Come se fosse fatto di una gravità tutta sua, e non importava quanto lontano mi trovassi, sarei stata capace di percepire la sua persona a distanza di anni luce. Sapeva calamitarmi come un corpo celeste che richiama a sé l'universo.

«Si sta scomodi qui dentro», dissi allora. «Forse dovreste rivedere i vostri piani malefici, ma da quant'è che siete rinchiusi qui ad aspettare?»

«Cambia posizione, allora», mi suggerì, alzando un sopracciglio con aria prepotente, consapevole che non ci fosse in realtà spazio a disposizione per muoversi.

Così, indispettita, ancor prima che potesse aggiungere altro, decisi di prendere in mano la situazione. «Aspetta, mi giro.»

«Non...» tentò di dire Hyade, ma ancor prima che potesse aggiungere altro, mi ero liberata dalla sua stretta sui miei polsi e mi ero voltata a osservare il ferro dell'armadietto.

Sospirò pesantemente alle mie spalle e, quando fece per parlare, la consapevolezza di cosa avessi appena fatto mi colpì all'istante.

«Non credo sia una buona idea», pronunciò a denti stretti contro il mio orecchio, mentre io tentavo di ignorare la forma del suo corpo alle mie spalle.

Fu tutto inutile: il suo petto si muoveva contro le mie scapole, spiaccicandomi contro il ferro freddo e dandomi una sensazione di calore.

Entrambi eravamo incapaci di muoverci, di proferire parola. Immersi nella consapevolezza di un contatto così ravvicinato e intenso.

Hyade trascinò poi una mano accanto al mio volto, poggiando poco gentilmente il suo avambraccio contro la superficie solida in un tonfo che mi fece sussultare istintivamente. A quel punto il suo volto si fece più vicino all'incavo del mio collo.

Riuscivo a sentire il suo respiro pesante scontrarsi con la mia guancia e sapevo che se mi fossi azzardata a voltare di poco il viso, avrei probabilmente avuto un incontro ravvicinato con le sue labbra. Avvertivo la sua presenza con ogni singolo nervo del mio corpo, mentre trattenevo i miei sospiri, tentando di scomparire in quel minuscolo spazio che mi stava togliendo tutte le poche forze che mi ritrovavo.

Il suo profumo a invadermi la gola, i suoi muscoli tesi e tirati a bearsi del mio corpo, la sua mascella sbarbata che si impigliava ai miei capelli disordinati, i suoi ricci scuri che mi solleticavano il collo lasciato scoperto dalla maglietta e poi… e poi… lui era così intenso, così trascinante. Lui che incombeva su di me come una gabbia, che mi richiudeva sotto la sua forza, che mi lusingava con le sue languide attenzioni.

E io che ero pronta a sgretolarmi, che non potevo lasciargli il permesso di seccare la poca acqua umida che mi teneva in piedi come un castello di sabbia.

«Come faccio a uscire da qui?» tentai di tornare al punto della situazione. Sentii Hyade irrigidirsi alle mie spalle, le sue labbra poi presero a muoversi contro il mio orecchio, la sua voce bassa che mi graffiava. «Vuoi proprio andar via?» Sentii i miei capelli restargli attaccati alla bocca, che li tirava leggermente, mentre l'effetto delle sue parole si irradiava lungo il mio corpo in lievi scariche di agitazione.

Non riuscii a proferire parola, sopraffatta da quel momento intenso, la mia gola era diventata così secca che ero certa, anche volendo, non avrei potuto dire nulla.

Eppure, chissà come qualcosa uscì dalle mie labbra e fu un gemito talmente involontario e istintivo che me ne pentii immediatamente. Voltai il viso e ci guardammo, profondamente, per lunghi attimi.

La sua mano libera si perse poi sul mio fianco, fasciato da un paio di jeans, e percepii il suo pollice scorrere sotto l'orlo della maglietta, accarezzando lentamente la pelle della mia schiena che riusciva a raggiungere; ero certa potesse percepire con il polpastrello i brividi percorrermi il corpo fin lì.

«Chloe.» Pronunciò il mio nome tra i denti stretti, fuoriuscì dalle sue labbra con dolcezza, ma anche con una certa sensualità.

Probabilmente sarei svenuta da un momento all'altro, con il cuore che pompava così forte che temevo potesse sentirlo battere persino lui.

Lo osservai ancora, con gli occhi tremanti e le labbra dischiuse a prendere la sua stessa aria. Il suo volto era a un palmo dal mio, il suo sguardo intento a cercarmi, mangiarmi, divorarmi con le sue ciglia lunghe.

Hyade si mosse per affondare il suo volto tra i miei capelli profumati e disordinati, rinfacciandomi quanto lui fosse predatore.

«Sai, dovresti venire alla festa stasera», mi propose ancora, ma in quel tono non trovai secondi fini, mi sembrò solo una richiesta genuina.

«Non posso, domani devo svegliarmi presto per lavorare», mi giustificai.

«Facciamo una scommessa allora», replicò in un sussurro incandescente a bruciarmi le ciocche mentre le mie mani tremanti cercavano appigli inesistenti nel freddo metallo dell'armadietto.

«Che genere di scommessa?» Alzai un sopracciglio, pur consapevole che non potesse vederlo.

«Se riesco a fare almeno trenta punti nella prossima partita, verrai alla festa di James senza scuse.» Non avrei saputo dire per quale ragione gli interessasse così tanto che io fossi presente a quella maledetta festa, proprio per questo valutai la sua proposta con scetticismo.

La domanda fu quindi automatica. «E che cosa ci guadagnerei io?»

Il ragazzo alle mie spalle si lasciò andare per l'ennesima volta a un respiro profondo, muovendo il suo petto contro le mie scapole e facendomi vibrare di agitazione. «Possibile che non ci sia nulla che tu voglia da me?»

Ci pensai per un momento. Non sapevo molto di lui a dire il

vero e non ero il genere di persona a cui piacesse approfittarsi degli altri; tuttavia, una cosa forse c'era…

«Se vinco io, tu accetti un servizio fotografico con i miei termini e le mie condizioni», ribattei, mettendo implicitamente in dubbio la bravura del più acclamato cestista del momento. Anche se, in realtà, stavo mettendo in dubbio la sua capacità di vincere sempre e costantemente.

Il suo sbuffo divertito alle mie spalle mi fece comprendere che, in fondo, la sfida non gli facesse poi così tanta paura. «Tutto qui?» mi domandò allora.

«Accetti o no?» gli chiesi spazientita.

Hyade non perse l'occasione di una battuta. «Per quanto io frema dalla voglia di essere dipinto come una delle tue ragazze francesi, fossi in te inizierei a pensare a un bel vestito per la festa di James.»

Il modo in cui riusciva a essere costantemente sicuro di sé, come io neanche fingendo sarei mai stata in grado, era incredibilmente fastidioso. Tuttavia, comprendevo che un giocatore come lui doveva pur avere una certa autostima per potersi lanciare in campo per salvare la palla senza pensarci troppo.

«Trenta punti sono tanti», gli feci notare.

Hyade fu sul punto di rispondere alla mia provocazione, ma non fece in tempo a iniziare la frase, perché fuori dall'armadietto esplose un fracasso. Uscimmo per vedere cosa stava accadendo, interrompendo definitivamente quel momento di intimità che ci aveva sommersi.

Mi portai le mani alla bocca sorpresa, incapace di trattenere la mia risata spensierata, mentre Hyade afferrava il cellulare e scattava tempestivo una fotografia di mio padre, il coach, ricoperto di vernice spray arancione e viola, di uova puzzolenti e farina.

Per fortuna era troppo arrabbiato per via dello scherzo per rendersi conto che il capitano della sua squadra e io eravamo appena saltati fuori dallo stesso armadietto.

* * *

Avrei voluto dire che Hyade e io ci eravamo limitati a quella sciocca scommessa senza doppi fini. Ma quando mezz'ora più tardi, dopo che mio padre era stato preso abbastanza in giro da averne a sufficienza per il resto dei suoi giorni, fu proprio Hyade a chiedermi un favore che non mi sarei mai aspettata, mi fu impossibile rifiutarmi.

Così mentre il resto dei giocatori si impegnava a ripulire i residui dello scherzo appena compiuto, io mi sedevo su una delle panche negli spogliatoi e Hyade per terra tra le mie gambe.

Sapete, certe storie nascono così: prendendosi cura l'uno dell'altra. E in quel momento io mi presi cura di lui, forse nel modo più banale che ci potesse essere. Quando mi chiese di sistemargli i capelli, acconsentii, anche se non perdevo mai tempo nemmeno per sistemare i miei, figuriamoci quelli di qualcun altro.

Eppure, presi la spazzola portatile che tenevo nella mia borsa, due elastici uguali, e mi concentrai mentre immergevo le dita nella sua chioma.

E quello, in seguito, divenne un nostro rituale, con in sottofondo le sue imprecazioni poco velate quando per sbaglio tiravo troppo le ciocche scure, mentre mi afferrava le caviglie con le mani in un gesto confortante.

Quando un quarto d'ora dopo mi ritrovai a sedermi sugli spalti, sapevo che quell'anno sarebbe stato epico e sapevo che, molto probabilmente, il nuovo stile di capelli di Hyade avrebbe dato vita a una nuova moda in tutto il Paese.

Entrò più soddisfatto di quanto mi sarei aspettata, seguito dal resto dei Taurus, con un paio di treccine che io stessa avevo accuratamente fatto per tenergli a bada i capelli selvaggi e la divisa rossa che lo intimava a fare gli onori di casa. Adesso erano gli avversari quelli sul punto di essere fritti come polli.

Hyade Reyes era di nuovo un toro.

10
Ventinove punti

Chloe

VENTINOVE punti. Hyade aveva fatto ventinove punti tutti da solo nella partita contro i Virgo. Non uno in più e non uno in meno.

Per questo ero riuscita a saltare con gran gioia la festa di Halloween di James e attendevo, dopo un allenamento di inizio novembre, fuori dagli spogliatoi che si presentasse per permettermi di riscuotere la scommessa vinta.

Avevo già avvertito mio padre che avrei avuto da fare quel pomeriggio e che poteva tornare a casa senza di me, mi ero quindi ripetuta a mente le idee a cui avevo pensato nei giorni precedenti e sapevo che in un modo o nell'altro Hyade le avrebbe odiate tutte. Ma, in fondo, era stato lui a cercarsela, no?

Me ne stavo poggiata con la schiena contro il muro ed era snervante che tutti, praticamente tutti i Taurus, fossero già usciti e lui si ostinasse a temporeggiare. Ero certa che non ci volesse tutto quel tempo per farsi una semplice doccia ed ero ancora più certa che si fosse già lavato e asciugato da un po', probabilmente credendo che l'attesa mi avrebbe fatto cambiare idea.

Quando James e Blake Davis uscirono dalla porticina bianca, uno di fianco all'altro, mi ritrovai ad alzare gli occhi al cielo per via del fatto che, ancora una volta, non fosse lui.

«Anche io sono felice di vederti, piccola Chloe.» Come al solito il biondo allungò le sue dita tra i miei capelli, scompigliandoli più di quanto già non fossero. Il suo sorriso dolce mi contagiò.

Non appena si ritrasse, mi portai una ciocca di capelli dietro l'orecchio e lo osservai: tradiva la stanchezza dell'allenamento intensivo che avevano appena dovuto affrontare. Quantomeno ero sollevata di non dover più stare sola.

«Sto aspettando Hyade», bofonchiai, rendendomi conto solo in quel momento di avere uno sguardo in più addosso.

Blake Davis, numero ventisei, mi osservava un po' incerto, quasi timidamente. In quella squadra erano tutti dei bei ragazzi, ma dovetti comunque prendermi qualche secondo per ammirarlo. I suoi occhi scuri sembrarono ricambiare il gesto, mentre io mi soffermavo sulle sue guance spigolose e sui capelli scuri rasati ai lati. Il suo petto pieno era ben fermo, saldo, mentre tratteneva il borsone con la spalla e nascondeva i pugni nei pantaloni della tuta.

Non avevamo grande confidenza, perciò, sebbene avessimo già avuto modo di scambiarci diversi saluti, mi sentivo ancora un po' in imbarazzo in sua presenza.

«Quindi tu e Hyade...» tentò James, aggrottando le sopracciglia in modo ammiccante, facendomi scuotere la testa in uno sbuffo risentito.

«Non è come pensi, devo solo fargli un servizio fotografico», spiegai brevemente, non propensa a raccontare a loro due della scommessa. E a nessun altro sulla faccia della terra, a dire il vero.

«Hyade che si lascia fotografare... evento più unico che raro», scherzò Blake, facendomi ridere.

«Già, ci è voluto un po', ma sono riuscita a convincerlo», mi vantai, soddisfatta. Anche se in realtà avevo solo approfittato di una situazione in cui ero capitata. In cui lui mi aveva fatta capitare.

«E cosa bisogna fare per avere lo stesso trattamento?» Il ragazzo si inumidì le labbra, dedicandomi un sorriso sincero che mostrò in parte la sua dentatura perfetta. Rimasi a osservarlo qualche attimo, un po' interdetta per via della domanda che mi aveva appena posto.

«Basta essere un Taurus», replicai timidamente. Blake ricambiò con un'espressione maliziosa e mi sembrò di sentire lo stomaco ingarbugliarsi.

«Allora forse dovresti lasciarmi il tuo numero, così possiamo organizzarci», mi propose e feci una gran fatica a ignorare il fischio acuto di James, che, ancora in ascolto, aveva gli occhi trasognanti e un'espressione d'approvazione sul volto. Fu Blake a lanciargli un'occhiataccia, mentre io realizzavo solo in quel momento che mi aveva appena chiesto il numero.

Non conoscevo bene Blake Davis, ma papà me ne aveva sempre parlato dignitosamente e sapevo che era uno dei più bravi nella squadra. Anche uno dei più acclamati dalle ragazze, ma chissà perché non lo avevo mai visto in giro per i locali insieme agli altri.

«Certo», gli sorrisi e lui non perse tempo a tirare fuori dalla tasca il suo telefono, porgendomelo. Così lo afferrai e gli lasciai il mio numero nella rubrica, dopotutto era stato sempre gentile con me e si meritava una possibilità.

Non ero stupida, ero certa che non mi avrebbe mai cercata per il servizio fotografico e forse voleva da me più di una semplice amicizia, a differenza di James e di gran parte dei Taurus, ma sembrava un ragazzo per bene e forse era arrivato il momento per me di trovare qualcuno, come mi aveva consigliato Tonya, e di mettere da parte Derek Sullivan e i suoi messaggi.

Ora che ci pensavo, da quando la mia relazione era finita, era in effetti il primo ragazzo che mi chiedeva il numero di telefono. Mi ero così chiusa in me stessa, che avevo perso l'abitudine di flirtare e mi sentivo anche sinceramente in imbarazzo nel farlo. Era difficile credere di poter attirare l'attenzione di uno come Blake, ma il fatto che ci fossi riuscita senza accorgermene lo rese ai miei occhi come una sorta di segno del destino, che mi invitava a dargli una possibilità.

«Che diavolo fischi, stupido?» Solo quando sentii la sua voce impertinente compresi che Hyade era finalmente uscito dagli spogliatoi, dando uno scappellotto a James, il quale si lamentò indecentemente e sfoggiò una smorfia di dolore, mentre io restituivo il telefono a Blake.

Lui mi sorrise con dolcezza e mi sembrò per qualche istante che fosse troppo bello per una come me, poi il mio sguardo venne attratto da un paio di occhi verdi che mi osservavano curiosi. «Ce l'hai fatta, finalmente», lo apostrofai, pentendomene un secondo dopo, quando notai i suoi occhi pizzicare di rabbia. Hyade mi squadrò senza gentilezza da capo a piedi, le sue sopracciglia si aggrottarono e mi sentii tremare dentro vedendolo così indisposto nei miei confronti.

Era evidentemente furioso per aver perso la scommessa, ma restava comunque estremamente affascinante a livelli indecenti, con i capelli ancora umidi e lo sguardo acceso. Se non avesse emanato tanta furia, avrei sorriso compiaciuta: si era messo un paio di jeans chiari e una maglietta bianca come gli avevo suggerito, aggiungendo poi uno dei suoi cappotti extralarge color caramello che lo facevano sembrare il doppio più grande. Tra le dita stringeva il suo borsone d'allenamento.

«Andiamo?» ringhiò appena e mi ritrovai ad annuire, mentre lui guardava minaccioso James e Blake, facendomi quasi sentire di troppo.

«Allora, ciao, Chloe», mi sorrise Blake, che non aveva degnato Hyade di alcuna considerazione. Arrossii impercettibilmente quando poggiò delicatamente la sua mano sul mio braccio in un gesto di saluto. Fu un tocco gentile, carezzevole, una piuma capace di penetrare lo strato della mia felpa per raggiungere la pelle e solleticarla.

«Ciao, Blake. Ciao, James», li salutai, vedendoli voltarsi e andar via insieme. Osservai le loro spalle alte e le loro schiene dritte incamminarsi stancamente verso l'uscita.

Hyade e io restammo soli di fronte alla porta degli spogliatoi, entrambi consapevoli di essere gli ultimi. Mi sentii intimorita, mentre lui mi affrontò spavaldo, intrecciando le sue iridi alle mie con la tipica maestosità che caratterizzava qualsiasi movimento compiesse.

«Spero tu sappia che non ti avrei mai costretta veramente a venire alla festa, era una scommessa tanto per divertimento», dichiarò serio, mentre il suo ghigno divertito lo tradiva.

Per poco non scoppiai a ridergli in faccia. «Ho per caso scritto in fronte 'stupida'?» Alzai un sopracciglio nella sua direzione e non potei fare a meno di notare che fosse meno stanco rispetto ai suoi compagni.

Hyade allungò il collo, fece finta di osservarmi la fronte con un'espressione pensierosa e poi si ritirò divertito, passandosi una mano tra i capelli mossi. «Visto che hai appena lasciato il tuo numero a Blake Davis ti direi di sì, ma forse è solo un brufoletto.» Si mise il borsone in spalla e lo sistemò in modo tale da poter intraprendere il viaggio fino alla sua auto.

«Che cos'ha Blake Davis che non va?» chiesi cautamente.

«Vorrai forse dire: 'cos'ha che va'?» Prese a camminare senza darmi la possibilità di controbattere. Con uno sbuffo mi decisi a seguirlo, consapevole che avrei avuto ancora molto a che fare con lui e prima mi ci sarei abituata, prima avrei imparato a ignorare le sue battute.

Quando arrivammo al parcheggio sotterraneo, Hyade aprì lo sportello posteriore della sua auto per lasciare sui sedili il borsone; con un cenno mi fece segno di entrare e, sebbene avessi già avuto modo di mettere piede nella sua auto, occupare il posto del passeggero segnava tutto un altro livello di ansia sociale. In particolare, temevo potesse prendermi in giro per via del modo in cui faticavo a salire e a scendere dal fuoristrada enorme, cosa che avrebbe sicuramente intaccato la mia autostima. Non so come, riuscii a sedermi senza rendermi ridicola.

«Allora, dove siamo diretti?» mi chiese curioso, mentre io mi sistemavo la cintura di sicurezza e sentivo l'auto rombare sotto di me.

Quella sua domanda mi rallegrò improvvisamente, perché sapevo che la risposta lo avrebbe probabilmente preoccupato e fatto immaginare gli scenari peggiori. «Alla clinica veterinaria vicino a casa mia», risposi, stringendo la mia macchina fotografica tra le gambe.

Lo osservai con la coda dell'occhio e trattenni un sorriso quando scosse la testa rassegnato, con un sospiro profondo, realizzando probabilmente che avrei presto messo in discussione la sua reputazione.

Quando uscimmo dal parcheggio sotterraneo, il sole alto prese a pizzicarmi gli occhi e dovetti quindi concentrare la mia attenzione all'interno dell'auto, anziché ammirare una Chicago in un pieno pomeriggio autunnale.

Mi soffermai così sul ragazzo alla guida: i suoi capelli si erano asciugati completamente e si erano disposti in morbide onde fino alle sue spalle senza il minimo sforzo. Lo sguardo pensieroso e concentrato sulla strada mi fece sentire rassicurata – in effetti, stava guidando in maniera molto più responsabile rispetto alla volta precedente –, la sua mascella, invece, era indurita dall'espressione che aveva assunto e il suo naso a punta dava un tocco di armonia al suo profilo, rendendolo a tutti gli effetti di una bellezza mozzafiato.

«Non farò foto con i serpenti», mi avvertì. Le sue labbra parvero quasi timorose di aver pronunciato qualcosa di troppo, ma io lo realizzai con un secondo di ritardo, perché ero troppo impegnata ad ammirare le sue dita lunghe ricoperte dagli anelli destreggiarsi tra volante e cambio in mezzo al traffico.

Sorrisi, divertita. «Nessun serpente, Hyade», replicai e lui si lasciò sfuggire un sospiro sollevato. Il braccio tatuato si mosse, facendo guizzare uno dei suoi pettorali da sotto la maglietta e l'incavo tra di essi fu all'improvviso più evidente.

«E nemmeno con altri animali viscidi come le rane», commentò.

«Nulla di tutto ciò», sorrisi soddisfatta, gustandomi il modo in cui si stava facendo prendere dal panico per una cosa tanto banale.

Hyade rise nervosamente, ma evitò di aggiungere altro finché non arrivammo a destinazione.

Ci avevo messo più o meno un'intera giornata a trovare un posto adatto alla mia ispirazione artistica ed ero poi finalmente riuscita a trovare una clinica vicino a casa mia che permettesse di fare pet therapy; principalmente era indicata per persone affette da disabilità o patologie, ma anche a chiunque voleva semplicemente un po' di coccole. Visto e considerato che Hyade Reyes non sembrava affatto il tipico ragazzo da coccole, sapevo che, in ogni caso, mi sarei divertita da morire.

Mi ero informata in anticipo, ovviamente, e sapevo che tutti gli animali erano messi a disposizione dai loro padroni e che erano stati abituati a stare in compagnia delle persone.

La segretaria che ci accolse nella sua divisa nera non appena mettemmo piede sul parquet costoso aveva lunghi capelli biondo platino talmente lisci e ordinati da farmi invidia. I suoi occhi verdi non ci misero molto a passare da un sorriso di circostanza per me a un sorriso molto più veritiero rivolto al cestista che mi seguiva quasi timoroso. Inutile dire che Hyade fu presto più contento di essere lì, non appena fece spudoratamente caso alla ragazza.

«Salve, come posso aiutarvi?» ci chiese cortese, ovviamente più a Hyade che a me. Lui si inumidì le labbra compiaciuto e prese a guardarla insistentemente.

Una parte di me avrebbe voluto risponderle che avevo portato con me un animale da far visitare, ma decisi di evitare certi affronti, dal momento che sapevo Hyade me l'avrebbe fatta pagare. «Abbiamo un appuntamento. Il nome è Millais», intervenni, riacquistando l'attenzione dei presenti.

La ragazza annuì, scorse il registro che stringeva tra le mani e poi si voltò. «Seguitemi.» Il suo sguardo si posò per qualche attimo sul volto di Hyade, conferendole un'espressione decisamente concentrata, ed entrambi le obbedimmo, uno di fianco all'altra. Strinsi tra le mani la macchina fotografica che tenevo appesa al collo in un gesto automatico per darmi conforto.

Quando alla fine arrivammo al termine dell'ennesimo lungo corridoio, fummo scortati in una grossa stanza completamente bianca, abbellita in parte con alcuni giochi per animali e riempita di tanti piccoli cuccioli miagolanti, di molti colori e molte specie, che correvano dappertutto. Rimasi meravigliata nel vedere quei gattini giocare tra di loro, venni travolta dallo stupore e dalla tenerezza che iniziò ad animarmi le dita, le quali, febbricitanti, presero ad accendere la macchina fotografica in un gesto istintivo.

«Bene, vi lascio soli», ci sorrise la ragazza, fermando il suo sguardo un secondo più del dovuto su Hyade. Se non fosse stato per il fatto che ero già piegata sulle ginocchia per accarezzare alcuni gatti che si erano fatti coraggiosamente avanti, avrei probabilmente avuto qualcosa da ridire sul modo in cui si mangiavano con gli occhi, ma ero così persa nella dolcezza di quell'ambiente che nemmeno Hyade Reyes e i suoi comportamenti discutibili sarebbero riusciti a mettermi di cattivo umore.

Percepii la porta da cui eravamo entrati sbattere leggera, mentre con il sorriso che mi piegava le guance afferravo un gattino e me lo portavo al petto per accarezzarlo.

«Dimmi cosa devo fare e facciamola finita.» Solo quando mi ritrovai un paio di sneakers davanti, mi costrinsi a lasciar andare il gattino che avevo afferrato per potermi rimettere in piedi e guardare negli occhi il ragazzo scontroso che aveva un'espressione decisamente più scorbutica rispetto a quella che aveva dedicato alla segretaria bionda.

«Prima di tutto, smettila di fare lo stronzo. E poi mi sembra più che scontato quello che devi fare.» Poggiai le mie mani sui fianchi, osservandolo dal basso con le sopracciglia aggrottate, pronta a fronteggiare il suo malumore. Era ormai evidente che ero intollerante al suo atteggiamento burbero, sperai quindi che le mie parole fossero abbastanza dure per costringerlo quantomeno a far finta che si stesse divertendo.

Non era di certo colpa mia se il più grande giocatore di basket del momento non era capace di fare trenta punti in una partita, quindi, per quale dannato motivo dovevo pagarne le conseguenze?

«Non sto facendo lo stronzo», si difese.

Scossi la testa, ignorando le sue parole, e con una mano indicai un punto vuoto in mezzo ai gattini. Lui sembrò comprendere il mio ordine, perché prese a camminare attento tra i miagolii acuti e si mise seduto in mezzo a una marea di gattini che iniziarono a graffiargli i jeans con l'intento di giocare. Sorrisi divertita nel vedere la sua espressione scettica, quasi schifata e infastidita, e decisi di scattare una foto a sua insaputa, ritraendo le sue labbra storte in una smorfia e lo sguardo scocciato mentre allontanava con la mano un gattino che si era arrampicato sulla sua maglietta.

«Non ero pronto!» si lamentò e io scoppiai a ridere, piegandomi sulle ginocchia per raggiungere la sua altezza e avvicinandomi per fare delle foto più nitide.

Osservai pensierosa la scena. «Prendine qualcuno in mano e stringilo contro il petto», gli suggerii.

«Devo proprio?» Alzò un sopracciglio.

Schioccai la lingua contro il palato. «Ti servono per caso ventinove ragioni per farlo?» ghignai, fiera di avere il coltello dalla parte del manico. Così, Hyade afferrò malamente un mucchio di gattini e se li portò accanto al volto, piombando tra artigli affilati e baffi solleticanti, con un'espressione attraente che allontanava decisamente ogni indizio della sua intolleranza alla situazione.

Scattai una foto e poi un'altra, in cui la sua iride verde entrava in armonia cromatica con quella del medesimo colore del gatto che adesso gli leccava la guancia ispida. Rimise i felini tra le sue gambe incrociate, poggiandosi poi con le mani all'indietro e facendo in modo che la maglietta sul suo ventre si alzasse distrattamente, mostrandomi la forma di alcuni tatuaggi disegnati sulla pancia.

Mi presi qualche istante per calibrare la macchina fotografica mentre notavo che lui si stava ambientando e mettendo più a suo agio. Cercai così di individuare le impostazioni corrette per la luce e per mettere a fuoco l'obiettivo.

«Blake Davis non è il tipo per te.» La voce roca di Hyade interruppe il breve silenzio che si era venuto a formare tra noi due e, quando alzai lo sguardo mi meravigliai nel vederlo giocare con un micio che si era aggrappato con le unghie ai suoi anelli e tentava di mordergli le dita.

«Sono curiosa di sapere perché.» Ero sincera: volevo davvero capire se fosse un bene aprirmi con un ragazzo come Blake o se fosse meglio lasciar perdere; ero così insicura per quanto riguardava le relazioni che persino le parole di uno come Hyade avrebbero potuto contare qualcosa per me.

«Perché quando era fidanzato, credevo non venisse a ballare con noi per non dare fastidio alla ragazza, ma poi si è lasciato e ha comunque evitato i nostri inviti.» Scrollò le spalle.

«Non vedo come questo debba influire. Gli ho solo lasciato il mio numero.» Afferrai un gattino tra tanti che prese a pizzicarmi le ginocchia e lo portai contro il petto per accarezzargli il pelo. Erano così piccoli che scivolavano via dalla mia stretta senza che potessi farci nulla.

«Perché è un tipo da relazioni importanti sulle quali piangere una volta terminate», spiegò brevemente.

«E questo è un male perché?...» Aggrottai le sopracciglia, cercando i suoi occhi verdi.

«Perché fa soffrire, Chloe. Ti innamorerai e soffrirai, e poi? Che farai? Cercherai un altro ragazzo credendo che possa essere l'amore della tua vita per ripetere tutto da capo?» Il suo discorso mi sembrò per qualche attimo logico e mi resi conto che avrei probabilmente dovuto ascoltarlo, anche solo per applicare la sua filosofia alle ceneri della mia precedente relazione. «Sei giovane, potresti avere le nottate più belle della tua vita e uno come Blake Davis non farebbe altro che spegnerti.» Mi sentii per qualche attimo aggredita, attaccata, offesa. Perché era quello che mi era successo, mi ero spenta per una relazione che credevo fosse importante e che mi aveva rubato gli ultimi anni della mia vita.

Eppure, ero pur sempre Chloe Millais. «Non... non sono quel tipo di ragazza. Le nottate e le relazioni occasionali non fanno per me.» Storsi il naso, un po' indisposta nell'affrontare quell'argomento.

Hyade mi guardò intensamente per qualche attimo. «Per questo hai lasciato il tuo numero a Blake Davis e non a me?» mi chiese in un flebile sussurro, studiandomi di sottecchi.

«No», gli confessai. «Solo perché lui me lo ha chiesto, tu non lo hai fatto.» E questo sembrò meravigliarlo, come se non credesse che fosse tanto semplice ottenere il mio numero di telefono. Il che era la verità: se me lo avesse domandato, glielo avrei concesso senza problemi, ma questo non avrebbe significato che gli avrei permesso di avere da me più di una semplice amicizia.

Si liberò allora le mani dai gattini, tastandosi distrattamente le tasche dei pantaloni. Curiosa, osservai la sua mano estrarre il cellulare dalla tasca posteriore e porgermelo. «Lo faccio adesso, allora. Mi daresti il tuo numero?» Mi persi per qualche attimo tra le sue parole, chiedendomi dove mi avrebbe portato tutto questo. Hyade aveva detto che Blake non era il tipo di ragazzo per me, ma non poteva saperlo.

Afferrai tremante il suo cellulare ed evitai la sua espressione soddisfatta, mentre sbloccavo lo schermo e gli salvavo il mio numero nella rubrica, prima di restituirgli il telefono timidamente. «Tranquilla, non ci proverò con te. È solo nel caso avessi voglia di fare altre scommesse», mi prese in giro per allentare l'imbarazzo.

Alzai gli occhi al cielo, ritrovandomi ad arrossire per chissà quale ragione, mentre il suo sguardo mi sfiorava con delicatezza. Quasi prudente.

«Non farò altre scommesse con te, Hyade», lo avvertii e lui si mise a ridere.

Poi fece qualcosa di totalmente inaspettato, che mi lasciò con il cuore pesante: si tolse la maglietta bianca con un gesto violento e veloce, lanciandola poi lontano e liberando il suo petto muscoloso ricoperto da una serie di tatuaggi magnetici. Boccheggiai, esterrefatta, realizzando che vederlo a petto nudo dal vivo era tutta un'altra cosa rispetto a una semplice foto.

«Cerchiamo di infrangere qualche cuore, che ne dici?» Era chiaramente consapevole dell'effetto che aveva sulle ragazze, mentre si sdraiava tra i gattini e lasciava che giocassero con il suo addome nudo e i suoi capelli sparpagliati sul pavimento.

Mi alzai da terra silenziosamente, incapace di parlare, e feci l'unica cosa che mi suggerì il mio istinto, quella che mi risultò più naturale: afferrai la macchina fotografica. Camminai poi tra i gattini per divaricare le gambe sopra Hyade, intrappolando i suoi fianchi tra i miei piedi, mentre lui mi dedicava un'espressione decisamente sensuale e afferrava distrattamente le mie caviglie scoperte con i palmi, invitandomi a scattare una sua foto con il torso nudo, tra una serie di dolci micetti.

La sua mandibola era serrata a indurirgli il volto, l'espressione seriosa gli delineava le rughe tra le sopracciglia e sottolineava la pienezza delle sue labbra scure. Le ciglia lunghe ombreggiavano le sue gote grazie alla luce appesa al soffitto e il volto carico d'adrenalina, come quando entrava in campo, sembrava richiamare un vero toro furioso. Ad avvolgerlo c'era un'aria tenebrosa e oscura, travolgente e sensuale, con i gattini intorno a lui in completo contrasto con la sua ferocia animalesca.

Era così attraente che sentii le ginocchia diventare gelatina, mentre la pelle mi si raggrinziva in una mappa di brividi che aveva come croce del tesoro la presa salda delle mani di Hyade su di me. Gli anelli freddi spinsero contro i miei malleoli, le sue braccia piene di muscoli si contrassero e le vene sotto la pelle sottile erano visibili anche se ricoperte dall'inchiostro, mentre un gatto più coraggioso degli altri allungava la zampa per graffiargli la guancia. Scattai un'altra foto, mettendoci tutta la forza che avevo per mantenere saldo l'obiettivo ed evitare che la foto risultasse sfocata. E mi ritrovai, ancora una volta, a osservare inerme la vita muoversi intorno a me.

Per questo, mi resi conto all'ultimo momento che Hyade stava facendo forza sulle mie gambe deboli. Gli finii addosso con un grido sorpreso e in sottofondo il lamento rimbombante di un micio che si scansò giusto in tempo prima di essere preso dal mio ginocchio. Hyade fece la sua solita risata profonda e gutturale e io gli piantai gli avambracci contro il petto per sorreggere la macchina fotografica ed evitare che si sfracellasse a terra.

«Hyade!» mi lamentai, tentando di ristabilire l'equilibrio sulle mie gambe, ma lui fu più veloce e con una spinta mi fece ricadere a cavalcioni su di lui, trattenendomi poi con una mano sul braccio per evitare che mi allontanassi.

Mi sfilò la macchina fotografica dalle dita, per appropriarsene mentre ribaltava la situazione con una maestria lodevole e un ghigno sul volto. Mi scattò una foto, prima che potessi rendermene conto, e accigliata lo guardai sorridere soddisfatto dietro l'obiettivo.

«Ecco, una Leoncina tra i micetti», commentò, restituendomi poi la macchina fotografica. Rimasi sbigottita a osservarlo per qualche secondo, facendo fatica a comprendere a pieno cosa fosse appena accaduto, con il cuore che aveva preso a pompare così forte da stordirmi.

Hyade mi guardò spensierato, con il volto rilassato e meno teso del solito, mentre io mi rimettevo in piedi a fatica e tentavo di nascondere la vergogna di essere stata fotografata per la prima volta dopo tanto tempo.

Quando più tardi uscimmo dalla stanza piena di gatti, Hyade si era rimesso la maglietta e io avevo guadagnato una serie di scatti sorprendenti, che ero certa, se avessi avuto il suo consenso per pubblicarli, avrebbero fatto un certo clamore.

Riguardai le foto con gli occhi puntati sul piccolo schermo della macchina tra le mie mani, senza badare a dove stavo camminando e seguendo Hyade in modo automatico. Ma non appena arrivammo all'entrata, Hyade si bloccò al mio fianco e feci altrettanto per comprenderne la ragione.

Notai subito la sua espressione sognante, puntata sulla bella segretaria che avevamo conosciuto solo un'ora prima, ferma in una posa provocante accanto al bancone in marmo.

«Puoi aspettare un secondo?» mi chiese Hyade, come se avesse realmente voluto ascoltare la mia risposta.

«Devi chiederle il numero?» scherzai, sperando che non avrebbe flirtato con una sconosciuta sotto i miei occhi, non dopo averci spudoratamente provato con me.

«Qualcosa del genere.» Storse la bocca in una smorfia. Si mosse ancor prima che potessi ribattere, lasciandomi sola in mezzo a un mucchio di persone con le loro gabbie e i loro trasportini pieni di animali, a guardarlo, boccheggiante, mentre con passo sicuro si avvicinava alla ragazza poggiata al bancone. In cuor mio ero certa che lei avesse atteso tutto quel tempo di poterlo rivedere nella speranza di attirare la sua attenzione.

Il profilo alto di Hyade si piegò verso di lei, mentre il sorriso sghembo sul suo volto mi ricordava vagamente quello che aveva dedicato a me solo qualche minuto prima. Sperai che quella scenetta finisse presto. Non riuscivo a sentire cosa fosse intento a raccontare alla ragazza, ma il modo in cui lei reagì fu un evidente presagio di cosa sarebbe successo tra loro.

Le labbra della ragazza si piegarono in un sorriso, mentre spavalda affondava i polpastrelli nei suoi ricci e li toccava distrattamente, rigirandoseli tra le dita. E poi accadde qualcosa di totalmente inaspettato. O forse avevo sbagliato io a credere che mi avrebbe riaccompagnato a casa.

A ogni modo, d'un tratto, la ragazza si voltò e prese a camminare, afferrando discretamente la mano di Hyade per scortarlo dietro l'angolo, sparendo in un secondo corridoio che non avevamo percorso. L'ultima cosa che vidi furono le sue gambe lunghe muoversi veloci e fu allora che realizzai che non si era nemmeno degnato di avvisarmi di dove stava andando. Mi aveva semplicemente abbandonato a guardarlo andare via inerme e incapace di proferire parola, animata dall'ingenua speranza che avrebbe badato al fatto che io ero lì ad aspettarlo.

Lo attesi, tra un chihuahua e un pappagallo, una quantità di tempo sufficiente per rendermi conto che non potevo veramente lasciarmi umiliare in quel modo. Per questa ragione alla fine mi decisi a uscire dalla clinica per raggiungere a piedi casa mia, il che fu abbastanza per convincermi a rispondere al messaggio da parte di un altro cestista dei Taurus che mi tenne compagnia in quel momento di sconforto.

Blake
Pensavo che mi piacerebbe essere fotografato a un tavolo del nuovo ristorante che hanno aperto con vista Michigan. Magari venerdì sera alle otto, che ne dici?

11
Questione di vita o di morte

Chloe

PUÒ capitare, a volte, di perdere; questa era da sempre stata una mia filosofia di vita. Io, che avevo spesso affrontato le situazioni con la speranza di vincere, mai ero finita con il crogiolarmi nel fallimento, sapevo di essere capace di affrontare la sconfitta.

Per me, essere battuta non era ragione di umiliazione o di sconforto, ma mi aveva sempre impartito una lezione che avevo stretto tra le dita preziosamente.

Non si poteva dire lo stesso di Hyade, che sapevo essere così bisognoso di vincere a ogni costo da considerarla una questione di vita o di morte. Era evidente dal modo in cui si tirava su la fascia per capelli ed entrava in campo a riscaldarsi che desiderava essere il primo. Il migliore. L'imbattibile. Era un ragazzo che non aveva mai perso.

Mi ero così rassegnata al fatto che lui e io non saremmo mai potuti andare realmente d'accordo, in parte anche perché eravamo troppo diversi. Lui era un vincente, io ero una a cui bastava partecipare.

Per questo, quando il venerdì sera in cui saremmo dovuti uscire Blake mi aveva mandato una foto dal pronto soccorso della caviglia che si era slogato durante gli allenamenti, ero stata costretta a rimettere a posto il vestito che avevo scelto per il nostro appuntamento e tutte le buone intenzioni di aprirmi a qualcuno, ma senza sentirmi abbattuta; ero consapevole che, anche se era una bella batosta da digerire, per via di tutto il coraggio che avevo fatto fatica a tirar fuori per accettare quell'invito, non ero pronta a sentirmi persa per un appuntamento che non era nemmeno mai iniziato.

Blake era stato estremamente gentile con me, aveva continuato a mandarmi messaggi e, da quando si era slogato la caviglia, avevo preso l'abitudine di andare agli allenamenti solo per tenergli compagnia: mentre lui osservava il resto della squadra giocare immerso nello sconforto, io tentavo invano di risollevargli il morale.

Immaginavo che dovesse essere difficile per lui far parte di una squadra con giocatori formidabili come Hyade Reyes e oltretutto ritrovarsi persino a non poter nemmeno provare a eguagliarli per via di un infortunio. A dire il vero, Blake era così gentile e amichevole, che mi sembrava assurdo credere che quando scendeva in campo diventasse animalesco come il resto dei suoi compagni.

Inoltre, mi ero persa a guardarlo più volte, con il sottofondo dello stridio delle scarpe da ginnastica sul parquet e il rumore dei tonfi consumati della palla da basket, e non riuscivo a capacitarmi di come avessi potuto notarlo solo dopo che si era fatto avanti lui stesso. Solitamente ero il tipo di persona che si lasciava subito conquistare dalla bellezza del mondo, ero una fotografa dopo tutto, nonché un'osservatrice nata, ed era strano che non mi fossi accorta di lui. Insomma, uno come Blake Davis era difficile da mettere in ombra.

I capelli scuri e le sue guance morbide erano bastati ad addolcire l'amaro che mi aveva lasciato in bocca Hyade, aiutandomi a superare la rabbia causata dal suo affronto senza che avessi dovuto fronteggiarlo od offenderlo inutilmente, dal momento che ero certa non gliene importasse poi molto della reputazione che si era fatto con me. Si poteva quindi dire che con lui avevo mantenuto una certa indifferenza, ma era anche vero che avevo rifiutato i molteplici inviti da parte di James a eventi in cui sapevo ci sarebbe stato e mi ero limitata a interagire con lui solo quando non avevo scampo.

Succedeva infatti, prima delle partite, che Hyade venisse a cercarmi per chiedermi di legargli i capelli e sistemarli in trecce ben tirate, in modo tale che non gli dessero fastidio durante il match.

Non me la sentivo di negargli un favore tanto sciocco e banale e poi, se gli avessi rifiutato il mio aiuto, gli avrei sicuramente lasciato intendere che ci fosse qualcosa che non andava, quando l'unica cosa che volevo era semplicemente evitare di affezionarmi a lui più di quanto fosse necessario, dal momento che mi era perfettamente chiaro quanto fosse capace di spezzare i cuori. E io ero stanca di soffrire per ragazzi che non se lo meritavano.

Un appuntamento con Blake Davis sarebbe stato in grado di riportare la mia attenzione sui giusti obiettivi, ma lui aveva insistito per rimandare affinché prima potesse guarire, in modo tale da passarmi a prendere con la sua auto e concedermi una serata come si deve e io, che sentivo le farfalle allo stomaco alla sola idea che a qualcuno importasse così tanto di fare una buona impressione su di me, non ero riuscita a oppormi, trovando invece il suo pensiero premuroso e dolce.

Quindi ci eravamo limitati ad attendere, come se avessimo avuto a disposizione tutto il tempo del mondo, ed eravamo rimasti impigliati nel punto di inizio di una conoscenza fatto di lieve imbarazzo e continuo interesse per l'altro, anche guidato dalla curiosità di conoscersi meglio.

Tra l'altro, il mio rapporto un po' confuso con Blake aveva aumentato la mia popolarità nella squadra, così avevo stretto una forte amicizia anche con altri componenti della squadra, come Ben e Zack che spesso e volentieri venivano sostituiti proprio da Blake stesso e che lo conoscevano bene anche fuori dal campo. Nel giro di poco tempo, avevo intuito che Blake si ritrovava a rifiutare gli inviti solo quando nel gruppo c'erano anche Chase e Hyade e non me ne meravigliavo affatto, perché la sua personalità spensierata e gentile non aveva nulla a che fare con l'atteggiamento che avevo visto assumere da Hyade e che ero certa fosse ben alimentato dalla presenza di Chase King.

In quel momento, mi ritrovavo sugli spalti insieme a James che rideva in modo sguainato, in attesa che le ultime cose per la partita imminente venissero preparate. Lì accanto, Blake aveva occupato due sedie per poter tenere il piede sollevato e Ben e Zack continuavano a parlare di quanto fossero in ansia per la partita che doveva essere giocata quella sera.

In effetti, avevo sentito diversi pareri sui Gemini, ma tutti concordavano su una cosa: quando si giocava contro di loro, era facile ritrovarsi in ospedale con il naso rotto e sanguinante.

E mentre Blake osservava sconsolato i ragazzi parlare di una partita che sembrava essere un vero e proprio ostacolo, io non riuscii a fare a meno di sentirmi grata perché si era slogato la caviglia. Non avrei veramente saputo reggere la vista del sangue su una persona a cui stavo imparando a tenere e, anche se mi dispiaceva molto anche per James e gli altri ragazzi, con Blake era diverso.

Grazie alla sua altezza e al suo fisico possente, ero certa che fosse in grado di reagire in modo eccellente contro squadre come quella dei Gemini, ma non ero altrettanto certa di volerlo vedere in certe vesti. Gli uomini violenti mi intimorivano e temevo che vederlo picchiare qualcuno potesse far svanire tutta l'attrazione che provavo nei suoi confronti, spingendomi a interrompere le piccole attenzioni che avevo deciso invece di dedicargli nelle ultime due settimane.

Lo studiai attentamente, mentre tiravo i capelli dietro le spalle e lasciavo il viso scoperto e libero. Avrei avuto una serie di cose da dire riguardo il modo in cui se ne stava tranquillo contro lo schienale della sedia e fingeva di non essere triste per via del fatto di non poter giocare, come per esempio che gli rendeva onore il non far pesare la questione ai compagni e quanto fosse importante il continuo supporto emotivo che dava a Ben e Zack mentre chiacchieravano. Invece rimasi semplicemente in silenzio ad ascoltare James che interveniva per fare battute, trovando affascinante il modo in cui Blake prese a dare loro consigli. Un lato positivo nell'infortunio c'era: Blake si era ritrovato con un mucchio di tempo libero per analizzare le vecchie partite della squadra avversaria.

Fu mentre Ben parlava di come avrebbero potuto far entrare Chase in campo come esca e lasciare che facesse il playmaker, sostituendolo poi con James stesso per permettere un attacco a sorpresa, che Blake, probabilmente resosi conto del mio sguardo su di lui, lo ricambiò con occhi divertiti, tenendo pensieroso l'indice sulle labbra e lanciandomi un occhiolino che mi fece perdere la testa per qualche attimo.

Sentii le mie guance accaldarsi e la sua espressione sorpresa mi fece intuire che era rimasto piuttosto colpito dalla mia reazione innocente. Mi vergognai perché probabilmente sembravo una bambina e non mi resi nemmeno conto di Hyade quando si fece spazio tra i suoi compagni di squadra silenziosamente, con l'intento di raggiungermi.

«Leoncina», mi richiamò con tono burbero, costringendomi a distogliere lo sguardo da Blake per puntarlo sulla divisa rossa che indossava.

Infastidita che avesse interrotto quel momento, alzai gli occhi per guardarlo in volto. I suoi capelli erano una massa indefinita sulla sua testa, talmente scompigliati che sentii le dita prudermi all'idea di quanta fatica avrei dovuto fare per sistemarglieli e, siccome sapevo già quale fosse la sua richiesta, sospirai semplicemente e allargai le gambe per fargli posto. Ignorai il suo sorriso soddisfatto mentre si metteva seduto sotto l'espressione rassegnata degli altri.

Era diventata infatti un'abitudine che gli acconciassi i capelli, tanto che avevo preso a tenere un elastico al polso identico a quello che aveva lui. Abbandonai quindi la conversazione degli altri ragazzi e mi concentrai a districare la chioma di Hyade con la spazzola che mi aveva saggiamente portato, credendo che accontentarlo in quel modo bastasse a celare il fatto che lo stavo evitando.

Ma a Hyade non piaceva perdere, e non importava che si trattasse di una partita di basket, di una scommessa o di una ragazza. Questo mi fu evidente quando lasciò scivolare distrattamente le sue mani, spoglie dagli anelli che portava solitamente, sulle mie caviglie lasciate scoperte dalla tuta, catturandole in una presa ferrea che scatenò una lunga serie di brividi sulla mia pelle tanto che sussultai flebilmente.

E per qualche secondo, mentre affondavo le dita tra i suoi capelli e incrociavo le ciocche con concentrazione, mi sembrò che fossimo lui e io soltanto. Lui con la sua irrequietezza e incapacità di comprendere il dispiacere che procurava alle persone che lo circondavano con i suoi comportamenti, e io che cedevo alla sua presa salda. Eravamo così incompatibili e allo stesso tempo complementari da non riuscire a comprendere quale strana forza fisica ci teneva legati.

Mi persi mentre i suoi pollici scorrevano sulla mia pelle, poi mi alzò le cosce per far sì che l'incavo delle ginocchia ricadesse sulle sue spalle, tenendosi addosso le mie gambe penzoloni come un giubbotto salvagente, probabilmente convinto che fossi più comoda a portare a termine il mio lavoro così. Non fece invece altro che destabilizzarmi ulteriormente, poggiando il collo tra le mie cosce per mettersi comodo.

Ero certa che, se desideravo fare colpo su Blake Davis, ritrovarmi in quella posizione con Hyade sotto i suoi occhi non era propriamente la migliore delle cose da fare, ma non ebbi nemmeno la forza di lanciargli un'occhiata per vedere la sua espressione, perché ero troppo presa dal ragazzo tra le mie gambe che strusciò la sua guancia sul mio interno coscia, in un gesto apparentemente casuale. Quando poi posò le sue labbra distrattamente sulla stoffa sottile dei miei pantaloni, mi sembrò un miraggio poterne percepire la morbidezza nonostante il tessuto a separare la mia pelle dalla sua.

Al termine del lavoro, mi parve che Hyade si stesse prendendo qualche istante prima di rimettersi in piedi, dal momento che le sue mani rimasero salde sulle mie caviglie; infatti, non si mosse, se non per farsi spazio con la testa ulteriormente contro il mio ventre, per poi poggiare la nuca sulla mia pancia, così compresi che non si sarebbe spostato tanto presto. Prese invece a parlare con i ragazzi, come se trovarsi in quella posizione fosse per lui naturale e per niente fonte di imbarazzo, e io dovetti trattenere a stento il disagio che mi invase quando, rialzando lo sguardo, vidi Blake osservarmi leggermente confuso, probabilmente per chiedere spiegazioni riguardo l'atteggiamento più invasivo del solito di Hyade. Io, però, non riuscii a proferire parola, mi limitai a distogliere gli occhi e a lasciarmi andare contro lo schienale della sedia, mentre la mia tuta si impregnava di profumo al gelsomino e le mie mani prendevano a sudare a causa della mia incapacità di mandare via l'intruso tra le mie gambe.

Ultimamente, per via del fatto che avevo ormai una grandissima quantità di foto già scattate a disposizione, non avevo più avuto particolare interesse nelle partite, ma siccome sapevo che il match di quella sera avrebbe tirato fuori una grande ferocia da parte dei ragazzi e che Blake sarebbe rimasto a bordo campo insieme a me, mi sembrava assurdo abbandonare l'idea di assistervi.

La folla aveva riempito gli spalti regalando una carica di energia all'arena così elevata da farmi persino apprezzare il baccano che era venuto a crearsi, perché era trascinante a tal punto da annullare quasi il terribile arrivo della squadra avversaria che non prometteva nulla di buono.

Mio padre era l'evidenza che qualcosa non andava, perché continuava a ignorare la presenza mia e di Blake, e a camminare avanti e indietro in modo nervoso. Sapevo che ciò che lo tormentava era la paura di poter perdere un altro giocatore per un infortunio, ma conoscevo mio padre e sapevo anche che aveva solo bisogno di sbollire da solo la sua ansia e farsi carico della pressione e delle responsabilità per guidare i suoi ragazzi.

Nonostante ci fosse tutta la città di Chicago pronta a tifare per i Taurus, fu impossibile non provare terrore nel vedere i dodici grossi giocatori dei Gemini avanzare in campo con dei sorrisi tanto cattivi quanto derisori. Rimasi sconvolta di fronte alla scena, consapevole che non ci sarebbe stato molto altro da fare se non sperare che le cose potessero andare nel miglior modo possibile.

Mio padre non aveva avuto scrupoli e aveva schierato in campo i suoi cinque favoriti fin dall'inizio, lasciando intendere che c'era poco da scherzare. La tensione che si respirava, mentre lo sguardo di Hyade incontrava quello del capitano della squadra avversaria, aveva tutto un altro livello di carica rispetto a quella del pubblico incitante.

Non era difficile comprenderne la moltitudine di ragioni: tutti sapevano che una squadra del genere era imbattibile se affrontata con il medesimo modo con cui attaccava, ma era impensabile credere di battere i Gemini senza ritrovarsi a lanciare pugni in aria.

Il primo fallo arrivò dopo nove secondi dall'inizio della partita. James perse il possesso palla a causa di un grosso omaccione olandese che gli allungò un calcio in uno stinco. Osservai angosciata mio padre terrorizzato all'idea che James si fosse fatto male, e solo quando l'arbitro fece ripartire lo scontro realizzai di aver trattenuto il fiato dallo spavento.

Mi piegai su me stessa, poggiando i gomiti sulle ginocchia e nascondendo la bocca dietro le mani congiunte, nel tentativo di racimolare tutte le mie energie per affrontare lo sforzo mentale di dover assistere a quella partita che non si prospettava affatto vincente.

La palla fluttuò il più delle volte tra le mani avversarie, che segnarono canestri come se fosse un gioco da ragazzi, con i Taurus che invano tentavano di placcare i Gemini e di riprendersi la palla. Ma non bastava.

Non bastava Ben con il suo petto grosso che offuscava la vista a uno dei Gemini che provava a passare la palla; non bastava James che ponderava accuratamente il momento giusto in cui far partire lo schema; non bastavano Chase e Zack a inseguire Hyade per lanciargli la palla, perché anche volendo, il passaggio che veniva indirizzato a Hyade veniva intercettato ancor prima che potesse raggiungerlo.

Capii allora che i Gemini avevano escogitato uno schema piuttosto chiaro: sapevano che Hyade era il più forte, come dimostravano i suoi ventinove punti contro i Virgo, e avevano quindi impiegato tre dei giocatori sul campo solo per tenerlo a bada.

Alla fine del primo quarto, mio padre aveva capito che Hyade non avrebbe avuto modo di toccare palla e tentò di cambiare le carte in tavola. «Diciotto, devi fare l'esca. Voi altri lanciate la palla a Norton.» Hyade si lamentò spazientito per via del fatto che non poteva giocare come avrebbe voluto.

Quando tornarono in campo, l'idea di passare a James la palla, facendo finta invece di indirizzarla a Hyade, diede la possibilità ai Taurus di recuperare abbondantemente, tanto che la squadra pareggiò per la fine del secondo quarto.

In quel momento mio padre decise di ridare a Hyade la possibilità di tirare, ma solo cautamente. E quello fu l'inizio del disastro.

Studiai sospesa tra l'angoscia e il terrore la partita ricominciare, con i Gemini che avevano assunto delle espressioni talmente cattive che ero certa fossero pronti a mettere definitivamente in pratica tutto quello che sapevano del basket.

Zack tentò di raggirare sotto il canestro uno degli avversari, ma si beccò una gomitata nello stomaco e ciò regalò poco dopo due punti ai Gemini.

Nel giro di pochissimo, mi resi conto che non sarei riuscita a guardare un minuto di più quella partita e sarei stata incapace di scattare foto che avrebbero probabilmente avuto un valore commerciale stellare. Blake, seduto accanto a me, tentò di rassicurarmi con un flebile «vedrai che andrà bene», ma io ero troppo impegnata a fissare Hyade che si destreggiava tra due giocatori, i quali si passavano la palla tra di loro come se lui fosse un topino indifeso a tentare di raccoglierla.

Era ridicolo il modo in cui ci stavano stracciando, i Gemini erano prepotenti e sfacciati, e tradivano la fatica giusto durante le corse pesanti che erano costretti a fare da una parte all'altra del campo.

A quel punto, dopo il terzo canestro di fila da parte dei Gemini, era evidente che non ce l'avremmo fatta. E la situazione peggiorò: quando Ben si ritrovò sotto l'anello dei Gemini a difendere la palla che teneva Chase, pronto a lanciare, uno degli avversari gli diede una gomitata sul volto mentre saltava per raccogliere spazio.

A quel punto Ben, che era pur sempre il centro, gonfiò il petto e lo fronteggiò, incurante del fatto che il canestro di Chase era alla fine entrato.

Il ragazzo che aveva preso di mira Ben poco prima sembrò sussurrargli qualcosa tra i denti che fece scattare il Taurus, il quale gli sferrò un destro in pieno volto.

Il sussulto che mi scosse il petto venne calmato dal braccio di

Blake che mi strinse a sé; tuttavia, per quanto rassicurante e premuroso fosse, non bastò ad acquietarmi completamente, perché presto Ben ricevette a sua volta un altro pugno dallo stesso avversario e poi un altro ancora da un giocatore dei Gemini. I Taurus nel campo intervennero per difendere il loro fidato compagno, ancor prima che l'arbitro potesse anche solo rendersi conto di quel casino.

Il mio sguardo all'improvviso si incatenò a un paio di occhi verdi poco distanti e Hyade, tenebroso, strinse i denti. La furia che gli vidi crescere sul volto mi fece tremare come una foglia e allo stesso tempo mi suggerì che io avessi in un qualche assurdo modo alimentato quell'istinto primordiale che lo animava, ma non avrei saputo dire con precisione se il problema fosse Blake seduto al mio fianco o semplicemente la mia espressione sconvolta. Dopo aver interrotto il contatto visivo con me, il numero diciotto, con grosse falcate, raggiunse in un attimo il ragazzo che poco prima aveva affrontato Ben, caricandolo con una moltitudine di pugni feroci che mandarono la folla in delirio.

Gli arbitri tentarono invano di fermare la zuffa che si era venuta a creare sotto le grida e gli incitamenti del pubblico, mentre mio padre si sgolava chiedendo ai ragazzi di fermarsi per evitare di farsi male e tutto quello che riceveva in risposta era solo Hyade che, al centro del mucchio, sferrava pugni e strattonava magliette che non erano rosse come la sua.

Dovetti trattenere l'urlo che mi uscì dalla gola con le mani, quando uno dei Gemini afferrò Hyade per le trecce tirandolo indietro e permettendo poi a uno dei suoi compagni di tirargli un pugno che gli fece sputare sangue con così tanta forza da creare una cascata di gocce rosse lungo il parquet.

Hyade cadde a terra, si rialzò inferocito in un lampo e agguantò l'avversario che lo aveva preso per i capelli, tenendolo per la maglia, mentre infervorato come un toro cominciò a tempestargli la faccia con il suo destro sotto lo sguardo dei presenti, i quali assistevano quasi estasiati a quel massacro.

Con il respiro affannato, Hyade non si fermò quando il resto dei giocatori venne spinto fuori dal campo, e neanche quando l'arbitro si mise a fischiargli contro. Tantomeno quando il ragazzo si accasciò sotto la sua presa, svenuto per via dei pugni contro la testa.

Ci vollero due uomini della sicurezza per bloccarlo. Hyade si liberò con uno strattone dalla loro presa una volta lontano, e poi tornò furioso sui suoi stessi passi. Quando notò alcune guardie mediche farsi avanti verso il corpo ormai privo di sensi dell'avversario, voltò le spalle alla sua vittima e lasciò il campo con il volto chino, sputando un'ultima volta sangue sullo stemma dei Taurus, ignorando mio padre e i suoi richiami e il resto del pubblico che lo acclamava come un eroe, oltre all'arbitro che stava già stilando una lunga serie di punizioni.

Fu quando lo vidi passarmi accanto per imboccare l'uscita che mi resi conto del fatto che non sarei riuscita a guardare ulteriormente la partita, tanto senza lui e Ben, che si era ferito, non avremmo sicuramente vinto. Per questo mi sfilai dalla presa di Blake che stava tentando di rassicurarmi e mi costrinsi invece a correre dietro a Hyade sulle mie gambe gracili, che in quel momento sembravano più deboli del solito, mentre il mio petto faceva fatica ad accogliere tutta l'aria di cui necessitavo.

«Aspetta...» James, che era lì vicino, comprese il mio intento e mi afferrò il braccio, cercando di fermarmi. Lo guardai spazientita, sentendo semplicemente il bisogno di fuggire da lì e dai suoi occhi preoccupati. «Lui non è... non è in sé, Chloe. È meglio lasciarlo solo», provò a spiegarmi, ma io mi voltai e me ne andai via senza voltarmi.

«Hyade!» urlai, quando vidi la sua figura scomparire dietro l'angolo del corridoio vuoto. Mi ringraziai mentalmente per aver dimenticato la macchina fotografica, perché questo mi permise di prendere la carica e velocizzare la mia corsa per raggiungerlo, felice di non averne il peso sul collo.

«Hyade!» lo chiamai ancora, così affannata che sembravo io quella che era appena stata pestata a sangue.

Hyade si voltò di scatto nel bel mezzo del corridoio, il suo sguardo inferocito si posò su di me con una violenza tale che parve un fulmine pronto a colpirmi. «Che cazzo vuoi, Chloe?»

ringhiò, con il sangue ancora a imbrattargli i denti e l'occhio che iniziava a gonfiarsi.

Lo osservai sorpresa, con le labbra dischiuse per via del modo in cui mi si stava rivolgendo. Comprendevo che era arrabbiato per come stava andando la partita, ma non potevo accettare che mi trattasse così, non più, non dopo quello che era successo alla clinica veterinaria.

Raddrizzai quindi la schiena e la mia espressione sbalordita venne presto sostituita da una cattiva quanto la sua. «Smettila di fare lo stronzo», gli risposi pacatamente, ma con le parole che mi uscivano dalla bocca forti e chiare.

Hyade mi guardò ancora, mentre io lo affrontavo con il mento alto. Mi trattenni dal fremere dalla paura quando fece un passo avanti e arrivò così vicino al mio volto che riuscii a sentire l'odore ferroso del sangue, mentre mi intimava, senza urlare, ma con fervore: «Lasciami stare».

E io fui incapace di rispondere, trattenni persino il fiato per paura che potessi infastidirlo. I suoi occhi verdi erano rossi e il modo in cui tremarono su di me, analizzandomi con indifferenza, quasi con odio, come se fossi io la causa del suo malessere, non fece altro che farmi ritrarre indifesa. Non riuscii a fermarlo, mentre si voltava e riprendeva a camminare, con lo stesso andamento lento e pesante di poco prima.

Lo vidi poi sbattersi dietro le spalle la porta degli spogliatoi e solo quando fui certa di essere sola, dopo lunghi minuti in silenzio, mi concessi un respiro così profondo e realizzai che non sarei rimasta lì a far finta di niente.

Mi incamminai quindi verso gli spogliatoi, incurante del fatto che la mia presenza avrebbe potuto causare problemi. Non appena chiusi la porta dietro di me in un tonfo sonoro, mi pentii immediatamente di aver preso quella decisione guidata da chissà quale istinto suicida.

Hyade era seduto su una delle panche in legno a cavalcioni, senza la maglietta della divisa, che era finita a terra, e con le spalle ricurve, e osservava il kit medico che stringeva tra le mani.

Mi sembrò incredibile che per trovare il coraggio necessario per aprirmi con Blake mi ci fosse voluta una serie di lunghe chiamate con Tonya, mentre in quel momento traboccavo così tanto di coraggio che non ebbi alcun ripensamento mentre mi avvicinavo decisa e mi sedevo sulla panca di fronte a Hyade, costringendolo così a prestarmi attenzione.

Sembrò spazientito, ma lo ignorai. Allora, prese a trafficare con la scatola bianca che stringeva tra le mani e io raddrizzai la schiena per fargli comprendere che non me ne sarei andata via tanto facilmente.

«Chloe», sussurrò in un sospiro intenso, ma con espressione ancora arrabbiata.

Lo scrutai timidamente, mentre facevo ricadere alcune ciocche di capelli sulle guance per sentirmi nascosta, quasi al sicuro. Hyade inspirò ancora quando non risposi e si morse il labbro spaccato in un gesto così sensuale da farmi perdere di vista il punto della situazione per qualche attimo.

«Non mandarmi via», dissi semplicemente, abbassando poi lo sguardo incapace di sostenere ancora il suo, mentre lui si affrettava a prendere alcuni batuffoli di cotone per impregnarli con il disinfettante.

Rimase impassibile, mentre io rialzavo la testa per controllare le ferite che gli deturpavano appena il volto, rendendolo invece che inguardabile, semplicemente più vissuto di quanto già non fosse.

Non avrei saputo dire per quale ragione fossi lì a cercare di avere un dialogo con lui, nonostante mi avesse trattata come se non valessi niente e nonostante lo avessi appena visto tirare fuori così tanta rabbia da far perdere i sensi a un ragazzo.

Hyade sembrò intuire il corso dei miei pensieri. «Se lo meritava», disse flebilmente, facendomi contorcere le membra per via del suo tono rabbioso.

Iniziò a tamponare le ferite sul suo volto, osservandosi allo specchietto riposto nella scatola tra di noi.

«Anche tu», ribattei, mentre si lasciava andare a un'espressione di dolore per via del bruciore causato dal disinfettante a contatto con il taglio sullo zigomo.

Le sue sopracciglia si aggrottarono e sembrò per qualche attimo più leggero e meno inferocito. «E come me lo sarei meritato?» mi chiese e io dovetti racimolare una gran forza per trovare la risposta giusta alle sue parole, temendo di poter sembrare una bambina gelosa.

«Pensavo fossimo amici», fu tutto quello che dissi, mentre lui finiva di ripulirsi il volto dal sangue.

Poi passò alle nocche deturpate e alle dita che erano diventate persino violacee. Prese la bottiglietta di disinfettante, consapevole che versarcela sopra avrebbe fatto decisamente più effetto.

Hyade mi dedicò un ghigno sentito. «Non posso essere tuo amico, Chloe», confessò, stringendo i denti tra di loro mentre annaffiava le mani con il liquido trasparente e poi afferrava un secondo batuffolo per poter ripulire la pelle sfregiata, tutto sotto il mio sguardo sconcertato.

«Non vedo perché no», replicai, incapace di trovare una buona ragione per cui non avremmo semplicemente potuto condividere un normale rapporto d'amicizia.

«Perché ogni volta che ti vedo perdo la testa», disse senza peli sulla lingua, facendomi arrossire violentemente; i suoi occhi furono subito nei miei, calamite pronte a trascinarmi nella parte più oscura della sua personalità. Cercai di nascondere l'espressione sorpresa sul mio volto, nella speranza di riuscire a far finta che non avesse alcun effetto su di me.

«È per questo che ti sei portato a letto la segretaria alla clinica?» Alzai un sopracciglio, prendendo poi un rotolo di garza dalla confezione bianca che ci separava per porgerglielo.

«Sì.» Ancora una volta fui sbalordita della sua schiettezza. «Non avevo alternative.» Scrollò le spalle, come se non mi avesse appena confessato di provare una certa attrazione per me.

«Non mi sembra una buona giustificazione per avermi lasciata ad aspettare», replicai, tentando di ignorare il punto del suo discorso.

Trattenne un sospiro gutturale, poi si decise a parlare. «Ti ho appena confessato che sono attratto da te e questo è tutto ciò che ti interessa?» Alzai gli occhi al cielo, mentre lui prendeva a srotolare la garza sulla sua mano con una precisione che non avrei mai immaginato potesse appartenergli.

«Non riesci a essere, non lo so… gentile per tipo cinque minuti?» domandai esasperata, mentre realizzavo di trovarmi in una posizione scomoda a causa delle sue rivelazioni.

Hyade sbuffò. «Gentile come Davis?» ghignò poi, finendo di sistemarsi la garza con degli adesivi appositi in modo tale che non si sarebbe sfilata.

«Puoi smetterla?» Incrociai le braccia contro il petto.

Rimasi con il fiato sospeso, mentre ci lanciavamo in una sfida di sguardi che assomigliava terribilmente a una danza. Le sue labbra si mossero lentamente quando prese un respiro profondo per parlare. «È difficile…» esordì in un sussurro che mi arrivò ai timpani come solletico. Trattenni il fiato e poi dischiusi le labbra quando la sua mano si mosse per raggiungere il mio volto. «Se mi guardi così.» Il suo indice si posò sotto il mio mento, facendomi richiudere la bocca con dolcezza. Deglutii a fatica, mentre sbattevo le palpebre più volte del necessario per digerire l'intensità che animava Hyade. «Mi dispiace, non so fare tutte quelle cose da bravo ragazzo.» Riportò la mano al suo posto. «E non farò finta di esserti indifferente come il resto dei ragazzi sulla faccia della terra solo per metterti a tuo agio. E mi dispiace anche per averti lasciata ad aspettare, ma tu non fare finta che io ti sia indifferente, perché lo so che per te è lo stesso, anche se non vuoi ammetterlo.» La sua mano si mosse ad afferrare una ciocca dei miei capelli per sistemarmela dietro l'orecchio in un gesto quasi premuroso. «Non posso darti ciò che desideri, non è nella mia natura, ma questo non significa che io non riesca a vederti.»

Lo guardai esterrefatta, mentre sembrava quasi rassegnato a quella situazione in cui era finito. «Io… non so cosa dire», farfugliai indifesa, con il cuore che batteva così forte da farmi girare la testa.

Sembrò per qualche attimo insicuro, mentre i suoi occhi scrutavano il mio volto in ogni suo lineamento e le dita gli ballavano sulle cosce sode. Per un breve secondo ebbi pena di lui, del fatto che non fosse in grado di comportarsi con le ragazze nel modo giusto e che non sarebbe mai stato capace di comprendere quanto in realtà si stava perdendo.

«Chloe…» mi richiamò, sfoggiando un'espressione quasi furiosa, con il respiro che gli tornava affannato e le guance che si incavavano ulteriormente.

Mi spostai all'indietro, prendendo le distanze dal suo petto nudo e tatuato, e cercando di fargli capire che ero troppo sconvolta per via del suo atteggiamento per lasciarmi intenerire.

Per fortuna, fummo interrotti all'improvviso, perché non ero certa che avrei saputo resistere alla sua voce melliflua più a lungo di quanto non avessi fatto.

«Che cazzo ti succede, Hyade?» gridò mio padre, irrompendo negli spogliatoi con ferocia. Mi resi conto che era la prima volta che lo chiamava con il suo nome.

Trascorse qualche attimo di silenzio, in cui la rabbia innescò una serie di reazioni nucleari. Hyade esplose.

«Succede che ho bisogno di una cazzo di vacanza, coach!» Non aggiunse altro, diede uno schiaffo violento al kit di primo soccorso, richiudendo la confezione, per poi alzarsi e dirigersi verso le docce senza voltarsi indietro.

Mio padre era innervosito e compresi dalla sua espressione che la partita era persa; poi sconfitto levò la sua voce affinché Hyade potesse sentirlo nonostante fosse scomparso oltre l'angolo. «Hai quarantotto ore, un minuto di più e ti multo!» tuonò, ma l'acqua aveva già preso a scorrere e non avrei saputo dire se Hyade avesse afferrato il messaggio.

12
Quello che succede a Las Vegas

Chloe

MARLA aveva preparato una camomilla, perché mio padre era nel pieno di una crisi isterica e non si poteva di certo biasimarlo, dal momento che la squadra stava rischiando parecchio; ma preparargli una camomilla era come piantare un singolo albero dopo che l'Amazzonia era andata a fuoco.

A ogni modo, Marla gli fece scivolare la tisana sotto il naso e poi prese ad accarezzargli la spalla allenata e tesa, tentando di rassicurarlo con il suo tocco gentile. Mi intenerii a guardarli, perché nonostante stessero sempre a litigare, c'erano comunque l'uno per l'altra nei momenti difficili.

Mio padre però stava troppo male per realizzare che doveva quantomeno tentare di essere gentile e sorseggiare la camomilla che Marla gli aveva preparato con tanta premura; la scansò via con uno sbuffo, incurante del dispiacere che si fece spazio sul volto della donna.

«Quel figlio di puttana…» mormorò, componendo sul suo telefono lo stesso numero per la millesima volta. La chiamata nemmeno partì, perché la segreteria fu attivata all'istante. «Lo caccio dalla squadra, giuro che lo caccio dalla squadra», borbottò rabbioso, tenendosi i capelli tra le mani.

Non avevo mai visto mio padre tanto disperato, ma comprendevo per la prima volta, da quel suo atteggiamento, che Hyade era non solo necessario nella squadra, ma l'anello che legava il resto dei giocatori alla vittoria. Nonostante avesse avuto la brillante idea di andarsene via, senza guardarsi indietro e superando senza ritegno il limite delle quarantotto ore concesse da mio padre, restava comunque il miglior giocatore della sua generazione.

I Taurus avevano una partita da giocare e se Hyade non si fosse fatto vivo, non sarebbero stati in grado di vincerla. Guardai ancora mio padre esasperato e, sebbene avessi preso già da tempo la decisione di non intromettermi nelle questioni della squadra, quella volta mi fu difficile ignorare il problema che rischiava di far venire un infarto all'uomo che mi aveva donato la vita.

«Chiamo James», dissi allora decisa, afferrando il cellulare dalla mia tasca e stringendo le spalle nella grossa felpa scura, mentre mio padre alzava lo sguardo su di me speranzoso. Compresi allora che era arrivato per me il momento di sfruttare l'effetto che avevo su quei ragazzi, se non per aiutare loro stessi, quantomeno per evitare a mio padre di dover sopportare il fallimento per via di Hyade.

James rispose immediatamente, ma non gli diedi nemmeno il tempo di salutarmi con la sua solita allegria che il mio tono intollerante lo fece bloccare immediatamente. «Dimmi dove è andato», gli ordinai, sperando non facesse troppe storie. Mio padre aveva tentato di chiamare lui e gli altri, ma erano stati tutti omertosi e questo non aveva fatto altro che farlo arrabbiare ulteriormente.

Il suo respiro pesante mi colpì il timpano. «Non faccio la spia», fu tutto quello che rispose. Spazientita, mi ritrovai a stringere il telefono con così tanta forza da far diventare la pelle delle mie nocche estremamente tesa.

«James, tra meno di venti ore avete la partita con i Pisces. Se Hyade non torna in tempo, siete andati. Fuori dai play-off, fuori dal campionato, fuori da tutto. E vi sta bene, voi e la vostra solidarietà. Vi ha abbandonati e voi lo state coprendo!» sbottai, con gli occhi puntati sulla figura di mio padre che era evidentemente troppo furioso per fare qualsiasi cosa.

«Chloe, sta' tranquilla... Hyade fa così, ma poi torna sempre», mi rassicurò.

«Quindi tu mi dai la certezza che Hyade, adesso, ovunque si

trovi, abbia il tempo di fare le valigie e tornare qui a Chicago per la partita di domani pomeriggio? Allora non è andato lontano se gli bastano venti ore, no? Vuol dire che non si presenterà con una sbronza o i postumi di una sbronza credendo di poter giocare?» Le parole uscirono a raffica dalla mia bocca, arrabbiate, taglienti, furiose.

James restò per qualche attimo in silenzio, realizzando quello che avevo appena detto. «Cazzo...» mormorò, probabilmente rendendosi conto che, anche volendo, Hyade non sarebbe mai riuscito ad arrivare in tempo. «Porca puttana! Chloe, porca puttana!»

«Dimmi dove è andato James o giuro su Dio che...»

«Las Vegas. È andato a Las Vegas, al *Marmount Desire*. Ma come diavolo hai...» Riattaccai, incurante di sapere che altro avesse da dire.

«Lo vado a prendere», riferii a mio padre, iniziando a camminare verso il soggiorno per afferrare la mia borsa, la mia giacca e iniziare a cercare le chiavi della macchina di mio padre.

«Aspetta, cosa?» Phil Millais decise finalmente di alzarsi, dopo aver passato ore a crogiolarsi nella disperazione sullo sgabello della cucina, per seguirmi mentre, come una furia, organizzavo mentalmente tutto ciò che mi serviva per raggiungere Las Vegas. «Chloe, fermati un secondo!»

«È a Las Vegas, lo vado a riprendere. Mi ci vorrà un'ora di macchina per arrivare all'aeroporto, all'incirca cinque ore di aereo per arrivare lì, non so dove sia questo hotel, ma se tutto va bene dovrei tornare qui per domani mattina.»

«Chloe Millais, non puoi andare fino a Las Vegas da sola a riprendere quel ragazzo! Ti rendi conto che è pericoloso o no?» mi sgridò infervorato. «Non lascerò che ti metta in pericolo!»

«Ascolta, papà...» tentai di mantenere la calma, mentre puntavo i miei occhi nei suoi, così simili, ma allo stesso tempo così diversi dai miei. «Ce la faccio. So badare a me stessa. E poi chi vuoi che ci vada? Tu e i ragazzi siete impegnati con la partita e non possiamo rischiare che tu, o un altro di loro, manchi per un volo in ritardo o per il traffico. E Hyade riderebbe in faccia a Marla se si azzardasse ad andare lei. Io ce la faccio. Posso convincerlo a tornare, anzi costringerlo. Solo, fidati di me. Domani scenderà in campo, te lo prometto, papà.»

Mio padre, titubante, mi guardò ancora insicuro, mentre io sistemavo il cellulare nella borsa e tentavo di racimolare le forze per affrontare la lunga nottata che mi attendeva. «Vieni qui», sospirò alla fine, stringendomi in un grosso abbraccio spaccaossa, mentre io ricambiavo, beandomi di quel piccolo gesto d'amore che mi dedicava raramente. «La mia ragazza… che cosa farei senza di te?»

Ridacchiai imbarazzata, distanziandomi per fargli capire che ero pronta ad andare. Lo facevo per lui, perché si meritava di arrivare ai play-off e si meritava di guidare la squadra verso la vittoria. Hyade gli stava togliendo questa possibilità e non glielo avrei mai permesso.

«È meglio che vada, ti mando un messaggio per farti sapere gli orari dei voli.»

Mio padre annuì. «Va bene, Chloe. Sta' attenta! E se ti fanno storie, tu di' che sei mia figlia e che sono io mandarti. È andato al *Marmount* quello stronzo, vero?» Lo guardai stupita.

«Non è la prima volta che succede qualcosa del genere, non è così?» gli chiesi, mentre salutavo Marla con un bacio.

«È la prima volta che non rispetta il tempo.» Queste furono le ultime parole che mi disse, perché mio padre e io non ci salutavamo mai, nemmeno quando avevo un volo da prendere per Las Vegas per poter riportare indietro Hyade Reyes.

Guidare fino all'aeroporto nel buio della sera in una città che conoscevo ancora troppo poco si rivelò una delle cose più terrificanti che mi fossi mai ritrovata a fare in vita mia, ma gli occhi rassegnati di mio padre erano rimasti impressi nei miei pensieri e mi portarono a seguire il navigatore e a ignorare la moltitudine di chiamate di Blake.

Sapevo che gli dovevo una spiegazione, perché gli stavo dando buca al nostro primo appuntamento senza neanche avvertirlo, ma il navigatore sul cellulare mi stava suggerendo la strada e non potevo interromperlo per rispondergli.

Fu quando fui certa di essere su un aereo diretto a Las Vegas che gli mandai un messaggio, nella speranza che avrebbe capito l'importanza della mia assenza.

Chloe
Sto andando a Las Vegas, credo tu sappia già perché.
Mi dispiace, prometto che mi farò perdonare!

E non riuscii a ricevere in tempo la sua risposta, perché l'aereo partì e fui costretta a spegnere il telefono per le seguenti cinque ore. Pregai che non si fosse offeso per il mio comportamento. Lo facevo per mio padre.

Trovare un taxi che mi portasse al *Marmount Desire*, un costoso hotel che affacciava su una lunga serie di casinò e che ospitava esso stesso grandi sale da gioco e palchi pieni di ballerine, fu una delle cose più stressanti che avessi mai dovuto affrontare in vita mia. In primo luogo, perché avendo l'aspetto di una diciassettenne, soprattutto per via del mio abbigliamento casual molto in contrasto con quello delle ragazze in giro per Las Vegas, fu difficile convincere i tassisti che fossi abbastanza adulta per bere, figuriamoci per entrare in un hotel che sembrava famigerato per il suo modo estroso di intrattenere gli ospiti. E in secondo luogo, perché, quando dicevo di essere la figlia di Phil Millais venuta a recuperare Hyade Reyes, mi scoppiavano a ridere in faccia, come se fosse impossibile che la figlia dell'allenatore dei Taurus fosse lì a Las Vegas per recuperare il cestista del momento, soprannominato il Minotauro, che il giorno dopo avrebbe dovuto affrontare i Pisces.

Alla fine, l'unico tassista che accettò la corsa fu un tizio losco che continuava a lanciarmi occhiate dallo specchietto retrovisore, tanto che seguii la strada verso l'hotel sul telefono, nella speranza che non mi portasse in una qualsiasi altra destinazione per ragioni impronunciabili. L'uomo, sulla cinquantina, magrolino e con la testa calva, dopo una lunga serie di tentativi di intavolare una conversazione a cui non avevo dato seguito, comprese che ero indisposta nei suoi confronti e probabilmente per questa ragione mi fece pagare il viaggio più del necessario.

Comunque lo pagai e scesi dal taxi in fretta e furia, raggiungendo l'entrata di quell'hotel che aveva tutto l'aspetto di una reggia. O meglio: un palazzo. Forse un castello.

Persino i muri esterni erano ricoperti di marmo, con grosse colonne a sorreggere il porticato che incorniciava l'entrata. L'insegna pacchiana era dorata e luminosa, così vivace e abbagliante che era impossibile non notarla.

Ero così sollevata di essere arrivata in quel posto, che non ebbi nemmeno l'energia mentale per permettere alle statue dei leoni in marmo all'ingresso di intimidirmi.

Mi avvicinai stremata, sorpassando la porta girevole che avrei giurato fosse di cristallo, sotto lo sguardo scettico di un buttafuori grosso tre volte mio padre. Ignorai la sua occhiataccia e mi concentrai a raggiungere la reception: forse non avrei trovato Hyade nella sua stanza, ma confidavo che avrebbero saputo indirizzarmi nel posto giusto.

«Salve, come posso aiutarla?» domandò a fatica la receptionist con una divisa piuttosto sensuale; era evidente dal modo schifato in cui mi guardava che provasse una certa superiorità nei miei confronti.

«Sto cercando Hyade Reyes», dichiarai, con voce solida, al che la ragazza si tirò indietro i capelli scuri mentre allungava distrattamente la mano verso il telefono.

«Mi dispiace, ma qui non c'è nessun Hyade Reyes», replicò con voce monotona, come se fosse stata pagata per ripetere quella frase all'infinito, così mi spazientii.

«Mi dica dove si trova e facciamola finita!» sbottai, esausta, incapace di trattenermi per via del lungo viaggio che avevo appena dovuto affrontare.

Lei mi sorrise fintamente, con una cordialità elaborata, mentre portava la cornetta all'orecchio e diceva sotto il mio sguardo arrabbiato: «Sicurezza. C'è una fan».

Aggrottai le sopracciglia sconvolta. «No! Cosa? Non sono una fan! Devo solo vedere Hyade!» esclamai, ancora prima che potessi rendermene conto, un paio di buttafuori erano venuti ad afferrarmi per le braccia per trascinarmi via.

Mi divincolai come una bambina, con le gambe che nemmeno toccavano per terra per via del modo con cui i due mi stavano trasportando. Gridai, attirando l'attenzione di alcune persone lì nella hall, poi, improvvisamente, ricordai le parole di mio padre.

«Mi manda Phil Millais!» urlai, tentando di far arrivare loro il messaggio. «Sono sua figlia e giuro che se non mi mettete immediatamente giù andrò dalla polizia a denunciarvi.»

E come se avessi pronunciato una formula magica, tornai presto con i piedi per terra e le braccia libere. Mi voltai così a guardare i due uomini alti, che adesso mi osservavano confusi e intimoriti.

«Signorina Millais?» biascicò uno di loro.

«Sì, sono io», confermai. Scrutai i due, alzando il mento furiosa nella speranza di far comprendere loro che con me non si scherzava.

«Ci dispiace tanto, vado a chiamare il capo.» Uno dei due abbassò la testa, dileguandosi poi silenziosamente, mentre mi sistemavo il cappotto sulle spalle e indirizzavo nuovamente lo sguardo sulla receptionist la quale, morta dall'imbarazzo, non ebbe il coraggio di ricambiare.

Qualche minuto più tardi mi fu presentato un uomo sulla quarantina dai capelli scuri e gli occhi chiari, vestito con un completo elegante e con un sorriso gentile sul volto.

«Salve, signorina Millais. Credo ci sia stato un inconveniente», mi sorrise cordiale, ma sapevo che, se non avesse avuto la certezza di chi ero, non si sarebbe mai comportato in quel modo.

Alzai la testa. «Se vuole chiamare inconveniente l'essere stata accolta in questo modo in un hotel a cinque stelle, bene, chiamiamolo anche inconveniente, ma non credo che mio padre sarà felice di sapere che sua figlia tornerà a casa con dei lividi sulle braccia.»

L'uomo deglutì a fatica, ostentando un altro sorriso gentile. «Ci dispiace infinitamente, le faremo avere un regalo per farci perdonare e faremo tutto il possibile per aiutarla. Ci dica, di cosa ha bisogno?»

«Sto cercando Hyade Reyes. So che si nasconde qui», spiegai, mentre la rabbia tornava ad animarmi il petto e sentivo le mani fremere per via della moltitudine di schiaffi che avrei voluto rifilare a quello scapestrato.

Dopo circa dieci minuti, il proprietario dell'hotel, Christian Meadow, mi accompagnò in una delle sale immersa nella musica soffocante e in un buio travolgente, spezzato appena dalle luci dei giochi da tavolo e dei diversi palcoscenici su cui una lunga serie di ballerine si esibiva in danze sensuali e colorate.

Non era decisamente un posto adatto a me, nonostante questo seguii il proprietario lungo una serie di rialzi che portavano a grosse cabine con i vetri oscurati: chiunque ci fosse dentro poteva ammirare al di fuori, ma chi era fuori non sarebbe stato in grado di vedere cosa accadeva all'interno nemmeno in controluce.

«Il signorino Reyes è qui.» Allungò la mano verso la porta scorrevole di una delle cabine. «Vuole che la aspetti o che mandi qualcuno?»

«La ringrazio, ma può andare. È tutto», lo congedai, prima di afferrare la maniglia e far scorrere la porta, ritrovandomi davanti la scena più patetica che avessi mai avuto la decenza di vedere.

Hyade, così ubriaco da non riuscire nemmeno a tenere le palpebre sollevate, se ne stava sdraiato su un divanetto rosso rivolto verso una serie di ballerine intente a intrattenerlo.

Mi chiusi la porta alle spalle, attirando prima l'attenzione delle tre ragazze e poi quella di Hyade, il quale però non sembrò meravigliato di vedermi mentre si rimetteva seduto con le gambe larghe.

Mio malgrado, dovetti apprezzare la sua bellezza anche in quello stato. Aveva una camicia bianca spalancata fino allo sterno a mostrare il suo petto, mentre a stringergli i fianchi c'erano un paio di jeans neri. I suoi capelli mossi erano rimasti indomati e gli occhi verdi mi guardavano languidi.

La musica che arrivava fioca in sottofondo mi permise di ascoltare attentamente la voce roca che fluì tra le sue labbra. «Cazzo», imprecò, passandosi una mano tra i capelli e inumidendosi le labbra. «Adesso ho anche le allucinazioni.»

Avrei voluto rispondere che non ero un miraggio, ma che ero reale, e che se non si fosse alzato immediatamente, lo avrei preso a calci in culo fino a Chicago io stessa. Ma non ci riuscii, perché le tre ballerine vestite con dei costumi di scena mi afferrarono divertite, credendo probabilmente che fossi una loro collega arrivata lì per continuare lo spettacolo, nonostante i miei vestiti fossero completamente in contrasto con i loro.

Una mi tolse dalle spalle il cappotto, mentre la seconda cercò di intavolare una danza con la sottoscritta, rendendomi improvvisamente imbarazzata.

Fu la terza ballerina ad accorgersi dello sguardo di Hyade su di me. «Ti piace la nuova ballerina, non è così?» gli chiese divertita. «Andiamo tesoro!» Si avvicinò, porgendomi la mano. Mi trascinò per qualche passo, fino a quando la consapevolezza di cosa stava accadendo non mi colpì in pieno.

Mi bloccai, tirando la sconosciuta per il braccio e intimandogli di fermarsi. Gli occhi ben truccati della ballerina si posarono su di me confusi, al che dovetti usare la mia miglior espressione risoluta per farle comprendere che non accettavo obiezioni. «Andate via», le intimai, poi mi voltai verso le altre due. «Tutte», ordinai. Le tre ragazze mi guardarono intimorite, probabilmente rendendosi conto solo in quel momento che non ero una di loro. Presero così a camminare timidamente verso l'uscita della cabina, richiudendosi la porta alle spalle mentre io mi voltavo nuovamente verso Hyade. Mi trascinai una mano sul volto dalla disperazione e mi presi qualche istante per trovare il coraggio di guardarlo in faccia.

Restai così in silenzio per un lungo attimo, tentando di ricordare la ragione principale per cui ero lì a fare da babysitter a un uomo più grande di me di un paio di anni.

«Leoncina...» disse in un sussurro, mentre io sentivo il peso delle responsabilità riaffiorarmi dentro e lo guardavo finalmente negli occhi. «Che cosa ci fai qui?» mi chiese.

«Sono venuta a prenderti», gli risposi flebilmente, mentre

realizzavo che Hyade era troppo ubriaco persino per camminare sulle sue stesse gambe.

«Questo che significa?» si inumidì le labbra, dedicandomi un'espressione confusa.

«Questo significa che ora torni con me a Chicago, Hyade.» Il mio tono duro e arrabbiato non sembrò scalfirlo minimamente, mentre io mi avvicinavo per afferrargli il braccio e costringerlo ad alzarsi.

Lui, però, era troppo forte per piegarsi sotto il mio volere e gli bastò fare leva sulla mia mano, tirandomi verso di sé, per farmi ricadere con un grido di sorpresa sulle sue gambe.

Tentai invano di divincolarmi, mentre il suo profumo al gelsomino tornava ad annacquarmi i sensi, ma Hyade fu svelto e mi strinse in un abbraccio forte per tenermi ferma, posizionandomi più saldamente sulle sue gambe. Mi ritrovai così con la schiena stretta contro il suo petto e il suo naso che si inoltrava tra i miei capelli.

La sua voce roca si diffuse dentro di me, come una dose di ossigeno indispensabile, facendomi rabbrividire sotto la forza del suo corpo. «Ti ho pensata così tanto che non posso credere tu sia realmente qui.» Il suo fiato che sapeva d'alcol si scontrò con la mia guancia, mentre io smettevo di agitarmi nella speranza che avrebbe presto lasciato andare lui stesso la presa.

«Hyade, per favore… andiamo a casa», tentai di dire, con il respiro spezzato mentre lui mi trascinava ancora di più verso il suo corpo, incrociando le sue mani intorno alla mia vita e liberando così le mie braccia.

«Non voglio», continuò, come se quello che gli avevo appena chiesto non contasse niente. Feci un lungo respiro, cercando di ignorare l'effetto che aveva su di me e di concentrarmi sulla mia missione.

«Hyade, smettila. Dobbiamo tornare a casa, hai la partita domani, contro i Pisces», gli ricordai, sperando di animare il suo spirito da vincente e farlo rinsavire da quello stato pietoso.

«Non ti avrò mai, non è così?» mi chiese in un sussurro flebile che mi fece trattenere il fiato, mentre le mie mani si poggiavano automaticamente sulle sue dita ingioiellate che stringevano la mia pancia.

«Non è il momento.» Desiderai che potesse mettere da parte quell'argomento.

«Non lo è mai, con te», mi fece notare.

«Hai bevuto troppo», tentai ancora, sentendo il forte bisogno di liberarmi da quella situazione.

«Questo non cambia niente.» Sentii la sua guancia liscia strofinarsi contro la mia, mentre io affondavo la testa sulla sua spalla. Avevo lo stomaco ingarbugliato e mi mancavano le energie necessarie per lottare contro di lui.

«Hyade… io non posso.» Cercai di farlo ragionare, anche se il mio corpo si protendeva ulteriormente verso il suo, per ottenere di più. Fu difficile mantenere i nervi saldi, mi richiese così tanta forza che avrei voluto sotterrarmi per l'imbarazzo all'idea di provare così tanta attrazione nei suoi confronti.

«Perché non puoi? Solo… solo una volta. Solo tu e io, per una volta soltanto. Sarebbe tanto malvagio?»

«Questo sconvolgerebbe la mia vita, Hyade. La mia autostima, mio padre… tu, Blake», sospirai, sentendomi una stupida per aver lasciato quest'ultimo a Chicago ad attendermi, mentre io ero seduta sulle gambe di qualcun altro.

«Blake», ripeté a denti stretti, poi, sorprendentemente, mi lasciò andare con una spinta gentile, permettendomi di tornare in equilibrio sulle mie gambe. «Ho bisogno di una doccia.» Fu tutto quello che disse, mentre si rimetteva in piedi e si riabbottonava la camicia.

Un quarto d'ora più tardi ero intenta a cercare il primo aereo per Chicago, mentre afferravo una lunga serie di vestiti sparsi sul pavimento della suite più costosa di quell'hotel di Las Vegas.

Hyade, per mia fortuna, si era deciso a seguire i miei ordini e, siccome era messo veramente male, gli avevo concesso una doccia per riprendersi, ma, visto e considerato che la notte stava scorrendo velocemente, non potevo concedergli di più. Nel frattempo, ne avevo approfittato per leggere la risposta di Blake, il quale mi faceva sapere che non c'era nessun problema e che capiva la mia assenza.

Quando Hyade uscì dalla doccia, mi sentii una stupida per aver accettato di restare lì ad aspettarlo. Avanzò nel salottino con indosso un semplice asciugamano stretto in vita e con i capelli e la pelle gocciolanti che lasciavano una scia d'acqua ovunque mettesse piede. Il suo petto alto attirò immediatamente la mia attenzione, facendomi sentire una bambina per via del modo in cui mi agitai.

Sperai che fosse ancora troppo ubriaco per rendersi conto del mio sguardo indiscreto, che si soffermò poi sul suo volto per tentare di ignorare la moltitudine di tatuaggi che gli coloravano il corpo. Le sue guance spigolose, il suo naso a punta, le sopracciglia folte e la sua fronte aggrottata mi trascinarono in una miriade di emozioni travolgenti, tanto che non lo rimproverai nemmeno per il fatto che si aggirava lentamente nella stanza, per evitare di darsi una mossa per poter tornare a casa.

«Ho bisogno di un caffè», disse indifferente, mentre si metteva seduto sul divano con una calma che mi fece innervosire più del dovuto.

«Vestiti.» Incrociai le braccia al petto, guardandolo dall'alto, mentre lui mi ignorava come faceva con il lago d'acqua che si stava formando sulla stoffa preziosa del sofà alle sue spalle.

«Voglio restare qui», replicò. Io invece volevo tornare a casa. «Non c'era bisogno che ti scomodassi per venirmi a cercare.» Ero così stanca che non ne potevo più. Esplosi in un nano secondo.

«Ma non ti senti in colpa?» lo attaccai, mentre la mia voce si alzava di tono parola dopo parola per tentare di fargli capire cosa non andasse nel suo comportamento. «Sono venuta fin qui, mi sono fatta sette ore di viaggio per raggiungerti. Hai abbandonato i tuoi compagni e il coach, hai abbandonato il tuo lavoro per venire in questo posto. Giuro, Hyade, che se tra dieci minuti non sei fuori da questa stanza pronto per prendere l'aereo, io ti lascio qui e mando i paparazzi a cercarti. Perché sono stanca ed esausta e non ho tempo o voglia di stare dietro ai tuoi modi di fare.»

E poi me ne andai, infuriata, afferrando il mio cappotto e la mia borsa. Mi diressi verso l'uscita di quella squallida suite. Mi accomodai nella hall e decisi di aspettarlo per quei dieci minuti promessi, sperando che lui si facesse vivo.

Gli ci vollero esattamente sette minuti per mostrarsi con un borsone appeso alla spalla, vestito di una felpa con il cappuccio a coprirgli il volto e di uno sguardo colpevole mentre mi osservava per la prima volta da quando lo conoscevo con un sorriso timido. I suoi occhi erano lucidi e gonfi per via del fatto che la sbronza gli stava passando. Hyade mi diede prova del fatto che non fosse poi così malvagio.

«Andiamo a casa?» mi chiese, flebilmente.

«Andiamo a casa.» E mi resi conto di un'altra prima volta: infatti, non avevo mai chiamato Chicago casa mia.

13
Portafortuna

Chloe

Mi meravigliai subito di quanto fosse più semplice andare in giro con un ragazzo al proprio fianco, soprattutto se il ragazzo in questione era quasi venti centimetri più alto di me e aveva due spalle talmente larghe da far paura.

Hyade e io riuscimmo infatti a prendere il primo taxi disponibile verso l'aeroporto, evitando persino di essere riconosciuti: Hyade si limitò a far parlare me e a nascondersi dietro il grosso cappuccio della sua felpa extralarge. Inutile dire che il tassista, diversamente da quello che mi aveva scortata all'andata, era stato estremamente gentile, ci aveva messo la metà del tempo e ci aveva fatto pagare una quota fortemente inferiore.

Presto fummo seduti sull'aereo, uno più stanco dell'altra, e realizzai che saremmo atterrati verso mezzogiorno e che quindi Hyade non avrebbe avuto più di tre o quattro ore per prepararsi alla partita. Sperai che sarebbe bastato a farlo riprendere del tutto, nonostante non fossi certa che sarebbe stato così semplice per lui scendere in campo senza problemi.

Mi voltai a osservare l'alba dall'oblò, poi dovetti chiudere la tendina per via del sole accecante.

«Che schifo la seconda classe», farfugliò il ragazzo al mio fianco, smanettando con i giornali posti nella tasca del sedile di fronte a lui, per poi rigettarli nell'apposito compartimento un po' infuriato.

«Già, be', per un posto in prima classe avremmo dovuto aspettare otto ore, direi che per oggi potresti anche far finta di accontentarti», lo rimbeccai, accettando di grazia il succo di frutta all'arancia che l'hostess mi porse. Fui felice che almeno per quella volta Hyade ignorò lo sguardo dell'ennesima giovane che sperava di adocchiarlo, prima di tutto perché non ne potevo più di ragazze mezze nude e poi perché non avrei saputo sopportare il fatto di vederlo rinchiudersi nel bagno dell'aereo con lei.

«Sto male, Chloe, sto male.» Lo guardai portarsi l'indice e il pollice agli occhi, strofinandoli violentemente, mentre ricadeva con la testa all'indietro.

«Ti sta bene.» Bevvi un sorso di succo di frutta e osservai Hyade, che sembrava estremamente tenero stretto nella sua felpa e con le guance gonfie.

Sospirò pesantemente, scrollando il capo con un suono gutturale che gli storse le labbra in una smorfia terribile. «Okay, ce la posso fare, ce la posso fare.»

«Ti piace ripetere le cose due volte perché credi serva veramente a qualcosa?» risi divertita, sentendomi decisamente appagata nel vederlo subire le conseguenze delle sue azioni.

«Sei una stronza.» Mi fulminò con lo sguardo ed espirò a fondo.

«Mi spieghi come ti è venuta in mente Las Vegas?»

«Be', l'alternativa era l'Inghilterra e visto che avevo solo quarantotto ore...» mormorò, mentre mi rubava il succo di frutta dalle mani per prenderne un gran sorso. Poi fece un'espressione di disgusto. «Chi diavolo prende il succo di frutta all'arancia normale? Che schifo! Almeno all'arancia rossa o all'ananas, ma quanto è amaro...»

«Ordina quello che preferisci, non smetterò di ordinare succo all'arancia perché a te non piace! E ridammelo.» Mi allungai verso di lui per afferrare il bicchiere che stringeva.

Hyade sorrise, con fare giocoso. Sollevò il braccio in alto, imponendosi ovviamente con la sua altezza e facendomi ricadere sul sedile rassegnata al fatto che alzarmi per afferrare il bicchiere mi richiedeva troppa fatica.

Una volta resosi conto che non avrei lottato oltre, si scolò il succo rimanente e ne ordinò un altro all'hostess sotto il mio sguardo indispettito.

«E comunque, considerando quanto durano le tue quarantotto ore avresti fatto in tempo a partecipare al funerale della regina Elisabetta», lo schernii, sentendo uno strano bisogno di chiacchierare con lui come se tra di noi le cose fossero sempre state normali.

«Ma la regina Elisabetta è immortale, come... ah... oh...» comprese così il senso della mia battuta, mentre gentilmente mi porgeva il succo di frutta che aveva ordinato per me.

Lo presi, un po' scettica. «È avvelenato?» gli chiesi, fingendo di annusare il bicchiere, mentre mi stringevo le ginocchia al petto per rannicchiarmi e cercare di stare più comoda su quel sedile imbottito da quattro soldi.

«Non sei simpatica. E poi mia madre mi ucciderebbe se lasciassi il lavoro tanto a lungo», commentò.

«Tua madre ti ucciderebbe? E così è una donna che ti fa paura, Reyes?» Tossicchiai per evitare di strozzarmi con la mia stessa saliva, mentre trattenevo a stento una risata vedendo le sue guance paffute che si imbronciavano a causa dell'imbarazzo.

«Due donne», ammise poi, scuotendo la testa. «Lei e la mia sorella maggiore.» Al che dovetti posare il bicchiere per portarmi le mani alla bocca e tentare di soffocare la voglia di ridere che mi invase.

Hyade mi guardò esterrefatto, probabilmente incapace di capire la ragione della mia ilarità. Ma era assurdo per me immaginare uno come Hyade Reyes venir sgridato da sua madre e da sua sorella, quando fino a qualche ora prima lo avevo visto disteso in mezzo a delle spogliarelliste.

Alla fine cedetti e la mia risata svanì solo quando fu sostituita dalle lacrime, un po' per via del divertimento e un po' per via del fatto che ero stanca, eccessivamente stanca.

«Smettila di prendermi in giro», disse, mentre asciugavo le guance con le dita perché erano ormai bagnate del tutto.

«Che carino», mormorai, afferrandogli la guancia in un pizzico, mentre lui si ritirava indifeso, ancora nel pieno del dopo sbronza, e mi schiaffeggiava la mano per allontanarmi.

«Non posso credere che proprio tu mi stia letteralmente trattando come un bambino.» Mi rivolse uno sguardo velenoso e mi morsi il labbro per evitare di ridere ancora.

Feci un lungo respiro per calmarmi, poi piantai i miei occhi nei suoi. «Be', ti ho dovuto sgridare come un bambino, direi a questo punto che lo sei.» Mi lasciai andare contro il poggiatesta, mentre mi perdevo a osservarlo ancora e i capelli mi facevano da cuscino, ricadendo disordinati sulle mie spalle.

Hyade mi imitò, posizionandosi come me, mentre le sue iridi si perdevano sul mio volto come solo lui sapeva fare. Il cuore mi arrivò in gola quando il suo respiro pesante prese a scontrarsi con la mia fronte. Alzai la testa per guardarlo meglio ed evitare di concentrarmi così solo sulle sue labbra lucide.

«Già, a proposito di quello...» Sospirò, chiudendo per qualche secondo le palpebre, probabilmente cercando di prendere il coraggio per dire le parole che seguirono. «Mi dispiace, Chloe. Mi sono comportato male con te e non avrei dovuto, sul serio. Anche per quello che è successo negli spogliatoi, io non... non sono stato corretto con te.» Fissò il sedile di fronte a sé, facendomi palpitare forte il cuore per il modo gentile con cui si stava rivolgendo a me.

Rimasi in ascolto, consapevole, per via di come si rigirava le dita, che avesse altro da aggiungere. Infatti, fece un lungo respiro, allargando le narici e gonfiando le guance, per poi tirare fuori altre scuse nei miei confronti. «Mi dispiace. Sul serio. Capisco che tu sia diversa dalle ragazze che frequento di solito, ma sono disposto a essere tuo amico, se ancora lo vuoi. Amico e basta.»

Lo guardai sconcertata, boccheggiando alla ricerca d'aria mentre realizzavo le sue parole. «Certo, certo che lo voglio.» Gli sorrisi appena, felice per la sua proposta premurosa.

Si lasciò andare sollevato contro il sedile, guardando verso l'alto probabilmente ancora imbarazzato, per poi ripuntare i suoi occhi su di me, mentre allargava le gambe e si posizionava più comodamente.

«Allora, da amici, chi è che ti ha fatta soffrire così tanto?» La domanda arrivò in un sussurro, ma mi parve una secchiata d'acqua gelata addosso; improvvisamente il mio volto si fece più triste, ma tentai subito di ricompormi, nascondendo il modo in cui quella domanda mi aveva fatta sentire.

«È... è tanto evidente?» gli chiesi, abbassando lo sguardo.

«Sei una bella ragazza, Chloe. Tuo padre è il coach di una squadra di pallacanestro, hai solo ventun anni... è difficile credere che tu non riesca a capire le opportunità che potresti avere. E non mi riferisco solo ai ragazzi.» Sventolò la mano in aria, facendomi sorridere appena. «Dico solo che te ne stai sempre con quella macchina fotografica in mano, come se preferissi guardare il mondo come spettatrice piuttosto che come protagonista.»

Lo scrutai intimorita, realizzando che forse avrei veramente potuto liberarmi del peso che mi portavo dentro con lui. «Se te lo racconto, non lo dirai a nessuno?»

«Promesso. Anzi, no. Non le mantengo le promesse, però farò finta di averlo scordato, va bene lo stesso?» Mi strappò una risata.

«Credo di sì. Soprattutto, non dirlo a Blake, non vorrei che...»

«Tanto io con Blake Davis non ci parlo.» Storse il naso. «Continua», mi invitò poi.

Sospirai. «Ho avuto una lunga relazione con un ragazzo... quando mia madre è morta avevo solo sedici anni e lui è stato tanto premuroso con me», esordii, prendendomi qualche attimo per elaborare meglio le parole giuste per raccontare quella storia. «Gli devo molto, mi è stato veramente accanto in quel terribile periodo. Poi... non lo so, io credo di aver messo da parte tutto il resto della mia vita per fare spazio a lui. Sai, quando sei ancora adolescente non te ne accorgi, anche se magari hai i tuoi dubbi, se però ti leghi così tanto a qualcuno da metterlo al primo posto, anche prima di te, a un certo punto non solo non riesci a vedere le sue colpe, ma non vuoi vederle.» Presi un lungo respiro, sentendo il cuore battere forte.

Guardai Hyade, che ascoltava curioso e interessato, e il suo volto duro, ma rilassato, mi spronò a continuare.

«Alla fine, mi ha tradita innumerevoli volte, mentre io credevo che fosse l'unico ragazzo possibile per me. Dopo più di quattro anni insieme, dopo tutto quello che ho passato, ho dovuto accettare il fatto che lui non teneva a me come io a lui…» dissi, facendomi sfuggire un sorriso malinconico.

Hyade rimase in silenzio e la sua incapacità di proferire parola mi fece sentire estremamente a disagio e pentire di avergli rivelato quelle cose su di me; poi, però, mi rasserenai quando un sorriso confortante gli piegò le labbra.

«Sei giovane, Chloe. L'amore è bello, ma non ne vale la pena. Eppure, ti ostini a cercarlo, non me ne capacito», ammise.

Mi sorpresi di quelle parole crude, che evidentemente lo accompagnavano tutti i giorni, e mi persi ancora nei suoi occhi verdi, che per qualche istante mi ricordarono il prato del giardino della casa in cui ero cresciuta a Los Angeles. Mi sembrò di rivivere quei momenti da bambina in cui la felicità era così grande e totale per la piccola Chloe che mi perdevo dentro di essa senza problemi e mi lasciavo avvolgere dalla spensieratezza.

Mi sembrò assurdo che un uomo come Hyade, così passionale, così trascinante, sempre così sensibile ai suoi istinti, non fosse in grado di comprenderne quello più primordiale: l'amore.

«Che cos'è la vita senza amore, Hyade?» gli chiesi allora, flebilmente, mettendomi per la prima volta a nudo davanti a lui. «L'amore è l'essenza della vita, è la ragione per cui viviamo e sì, a volte fa soffrire, ma se non si ha qualcuno con cui condividere la felicità, allora vale la pena provarla? È reale? È questo l'amore, Hyade: ti fa sentire le emozioni in un modo più forte e a volte capita che si stia parecchio male, ma quando sei felice, capisci che forse c'è un po' di senso in tutto questo.»

«È così che ti ha fatto sentire lui?» mi domandò poi, cautamente.

«No. Mi sono aggrappata a lui perché avevo bisogno di conforto ed ero giovane e facilmente condizionabile.» Scrollai le spalle, ammettendo per la prima volta ad alta voce quello che pensavo dell'unica relazione importante che avessi mai avuto in vita mia.

«Allora non sai di cosa parli, Chloe. L'avrai anche amato, ma se credessi realmente in tutto quello che dici, il suo tradimento avrebbe bruciato ogni briciolo di speranza rimanente. L'amore non esiste, è solo una reazione chimica, spero per te che almeno fosse bravo a letto…»

«Hyade!…» lo ripresi, ma poi scoppiai a ridere insieme a lui.

«Scusa. Scusa», ripeté, tornando serio, poi afferrò la mela che teneva sul suo porta oggetti e le diede un grosso morso.

Le sue labbra si mossero dolcemente sulla buccia verde, staccando un boccone, poi lui prese a masticare rumorosamente. Hyade riusciva a essere affascinante anche in un gesto così normale e consueto, e per qualche attimo mi ritrovai a pensare che saremmo stati perfetti l'uno per l'altra, se solo non avessimo avuto due concezioni completamente differenti delle relazioni.

Mi sentii più leggera alla consapevolezza che mi fossi liberata di quel peso, di cui avevo parlato solo con Tonya fino a quel momento, e il ragazzo al mio fianco non sembrò sorprendersi quando gli feci alzare il braccio per intrufolarmi sotto, anzi, mi permise di farlo senza commenti o risentimenti. Mi rannicchiai contro il suo petto, chiudendo gli occhi nella speranza di riuscire a dormire almeno un paio di ore prima di atterrare.

E mentre ascoltavo il suo cuore prendere un battito più veloce, non riuscii a fare a meno di chiedermi se avere Hyade come amico non fosse più letale dell'avere attorno il solito Hyade maleducato. Ma ero troppo stanca per ragionarci e inebriata dal suo profumo di gelsomino per chiedermi se fosse corretto abbracciare Hyade in quel modo, quando c'era Blake Davis ad attendermi al Centro.

La partita con i Pisces aveva una certa importanza perché designava definitivamente la nostra partecipazione ai play-off; dopo aver perso contro i Gemini, rischiavamo di crollare e dire addio al campionato, per questa ragione Hyade era fondamentale, anche perché i Pisces rientravano tra le squadre più fenomenali del momento.

Le grida del pubblico erano solo l'ennesima aspettativa che

pesava su quell'incontro; tuttavia, sebbene giocassimo in casa, non si poteva dire che gli avversari fossero intimoriti. E perdere in casa sarebbe stata una vera e propria umiliazione.

Poco prima, mio padre aveva guardato Hyade arrivare in campo con un'espressione di puro sollievo e aveva evitato di fargli una ramanzina per cui non avremmo avuto il tempo; poi il suo sguardo si era posato su di me e io gli avevo alzato il pollice con un sorriso rilassato, consapevole che raccontargli di come fosse andata quella nottata avrebbe solo danneggiato il rapporto con il numero diciotto.

Mi decisi così a far finta di niente, almeno davanti a lei, e a prendere posto sulla panca a bordo campo in attesa che la partita cominciasse, mentre i dodici giocatori al mio fianco si preparavano ad affrontare una delle partite più difficili dell'intera stagione.

Dopo l'atterraggio a Chicago, avevo portato Hyade a casa mia e gli avevo concesso di dormire sul divano, mentre avvertivo mio padre che saremmo corsi al Centro, dove lui e gli altri ragazzi ci aspettavano nella speranza che il Minotauro si riprendesse il più velocemente possibile. E ora che lo guardavo, pochi secondi dopo l'inizio del match, con le trecce ben tirate che gli avevo fatto e la divisa rossa, non potevo fare a meno di chiedermi se ce l'avrebbe fatta.

La folla lo acclamava, quando prendeva la palla in mano e si destreggiava tra le divise verdi con un'audacia impensabile, eppure riuscivo a vedere ancora la stanchezza che si portava dietro. Le palpebre calate, i movimenti lenti, gli scatti poco istintivi.

La partita si preannunciò subito uno scontro alla pari: con i Pisces e i Taurus che combattevano per prevalere gli uni sugli altri, ma senza riuscirci; non appena una squadra faceva punti, l'altra era pronta a recuperare.

E anche io, che ancora facevo fatica a capire i dettagli del basket, sapevo che era assurdo che due squadre fossero così complementari ed equilibrate da non riuscire a prevalere in alcun modo.

E forse era per il fatto che non avevo ancora avuto modo di parlare con Blake, il quale mi aveva salutata di sfuggita, forse era per il fatto che la folla intorno a noi aveva preso a chiamare il suo nome, forse per il fatto che mio padre contava su di lui… mi ritrovai a guardare Hyade giocare con occhi diversi.

Lo avevo visto palleggiare, fare canestro, muoversi sul campo con una maestria che non poteva essere paragonata a quella di nessun altro; ma quel giorno, mentre lo ammiravo, si risvegliò in me una certa consapevolezza che era stata dormiente per tutto quel tempo.

Si poteva dire che ormai anche io facevo parte della squadra e lo dimostrava il fatto che ero reduce da un viaggio a Las Vegas per recuperare il giocatore più importante, e che tifare era diventato per me un vero e proprio momento di preghiera. I Taurus erano diventati la mia famiglia, perché erano la famiglia di mio padre e io ero inevitabilmente parte integrante della loro energia.

In quel momento, Hyade evitò un giocatore avversario pronto a placcarlo, mentre, imponente, avanzava sul campo per passare la palla a Ben in uno dei loro schemi più importanti.

Quando il primo quarto terminò, guardai i ragazzi piegarsi su loro stessi, intenti ad asciugarsi il sudore e a bere acqua e bevande energetiche, cercando di rompere quel pareggio che non sembrava volersi smuovere.

Mi concessi un respiro profondo, mentre mi sistemavo i capelli dietro la schiena e mi stringevo le braccia al petto, in attesa di sapere come mio padre avrebbe voluto agire.

Ancora una volta mi soffermai su Hyade che ascoltava attentamente le sue indicazioni e mi fu difficile non notare di nuovo la sua bellezza: il rosso della divisa era in perfetta armonia con i colori della sua pelle abbronzata e gli fasciava il corpo risaltandone i pregi.

Le sneakers ai suoi piedi fasciavano le caviglie alla perfezione, le sue gambe erano sode e allenate, e all'altezza delle ginocchia cominciavano i tatuaggi. La canotta stretta dentro l'elastico dei pantaloncini faceva risaltare il suo fondoschiena alto; poco sopra, le sue braccia erano muscolose e ricoperte da una moltitudine di inchiostro.

Il suo volto era attento e corrucciato, mentre si pizzicava con le dita il labbro inferiore e si perdeva a fissare il parquet ai suoi piedi, assorbendo gli incitamenti del coach e tutte le sue dritte.

Ripensai all'improvviso a quella mattina, quando mi aveva avvolto il braccio attorno al collo, cullandomi in un sonno profondo. Mi sembrò quasi di sentire ancora il suo petto muoversi sotto la mia guancia, e le mie dita pizzicarono all'idea di toccarlo di nuovo.

Per fortuna la partita ricominciò e mi distrasse. Il secondo quarto non fu tanto diverso dal primo, se non per il fatto che i Pisces riuscirono a superarci nonostante i ragazzi ci stessero mettendo tutta la forza e l'energia che avessero.

Non si poteva però dire che Hyade stesse dando il meglio di sé: gli fu rubata la palla dalle mani un paio di volte senza che nemmeno se ne accorgesse, mentre il suo volto, solitamente imbestialito da quegli affronti, sembrava perso, stanco e stremato. Incapace di reagire.

Era evidente che aver passato gli ultimi tre giorni in modo sregolato lo avesse scalfito, che il lungo viaggio fatto quella mattina gli pesasse ancora addosso, nonostante fosse riuscito a dormire più di quanto avessi fatto io. Per non parlare del fatto che aveva saltato gli ultimi due allenamenti e l'allenamento prepartita. Inoltre la mancanza di carica come suo solito aveva portato anche il resto della squadra a buttarsi giù.

Perché lui era pur sempre il capitano, il leader, e se non fosse riuscito a risollevare il suo morale, non sarebbe mai riuscito a farlo con quello degli altri undici giocatori.

«Che cosa ti prende, Diciotto?» gli chiese mio padre, quando arrivammo alla pausa di metà partita.

Hyade si strofinò il volto con le mani. «Io… non lo so», mormorò.

«Sei diventato per caso un perdente?» gli urlò contro il coach, sovrastando la folla in delirio e guadagnandosi il silenzio dei suoi giocatori, i quali contavano tutti su Hyade.

Era chiaro che era stremato, che non poteva reggere tutta quella pressione da solo, non dopo aver passato una nottata insonne a ubriacarsi. In fondo, era pur sempre umano.

Quando rientrarono in campo, mio padre sostituì Blake, che ormai era guarito dal suo infortunio, e un altro giocatore con Chase e Zack, dando vita al suo quintetto dei favoriti e indirizzandoli verso una miriade di schemi che avevano come protagonista la guardia tiratrice, ovvero Hyade.

L'adrenalina che percepivo lungo il mio corpo quando uno degli avversari faceva l'ennesimo canestro o quando Hyade mancava la traiettoria dei suoi tiri per via della stanchezza divenne tanta da portarmi a imprecare come una vera fan. Al quinto tiro mancato di Hyade, ero certa che la partita fosse ormai andata, che non ci sarebbero stati i play-off e quindi nessuna vittoria.

Mio padre, furioso, sembrava della stessa idea e non si poteva dire che non ci stesse provando, che non ci stesse sperando e mettendo tutto se stesso, ma mancava la scintilla che invece caratterizzava di solito i Taurus. Erano state probabilmente la sconfitta contro i Gemini, la mancanza agli allenamenti di Hyade, l'incapacità della squadra di restare unita per via dell'abbandono del capitano a segnare l'inizio della discesa e potevo sentire il mio stomaco ingarbugliarsi dalla rabbia nel vedere i giocatori avversari esultare come non mai non appena le cose si facevano più difficili per noi.

A quel punto non ci erano rimaste molte possibilità. Avremmo potuto cambiare completamente le carte in tavola e rischiare, sostituendo Hyade con un giocatore nettamente inferiore ai suoi livelli, oppure sperare che Hyade riprendesse le forze, ma non sembrava far altro che continuarle a perdere, con il fiato corto e il sudore gocciolante che gli ricopriva le tempie e gli rendeva i capelli umidicci.

Era a pezzi, glielo si leggeva in faccia che gli mancava qualcosa, forse una spinta, forse la sua solita sete di vittoria, forse si era rassegnato all'idea che non ce l'avrebbe fatta.

E fu questo pensiero a farmi comprendere perché avesse scelto di scappare; improvvisamente lo capii e fu strano, perché lui e io in passato non c'eravamo scambiati parole tanto vere da permetterci di avvicinarci, fatta eccezione per quella mattina.

Mi resi conto infatti che lui portava su di sé ogni tipo di responsabilità quando si trattava della squadra, che la perdita contro i Gemini gli aveva tolto tutte le certezze ed era così disperato all'idea di vincere, che doverlo fare senza speranze lo faceva stare male. Non potevo biasimarlo per aver abbandonato i suoi compagni o il coach, perché lo aveva fatto per non rimetterci la testa e il fegato, e io, che sapevo perfettamente cosa significava scappare da una città all'altra, compresi che gli riusciva difficile mettersi in gioco senza il minimo appoggio da parte del resto della squadra, che non faceva altro che prendersela con lui per via del suo atteggiamento.

La magia che mancava al Minotauro, quella che lo faceva trasformare in un toro, era dormiente e lo era perché Hyade non sapeva se concentrare le sue forze sulla partita o sull'affrontare un'imminente sconfitta.

Mi alzai in piedi, guardando esterrefatta il modo in cui si era accasciato su se stesso a riprendere fiato, piegato in due con i palmi sulle sue ginocchia, e poi incrociai il suo sguardo; i suoi occhi verdi si immersero nei miei in un grido di aiuto. Come se io potessi realmente scendere in campo e mettergli sotto i piedi le rondini che liberava di solito.

Fui così presa da quel momento che mi fu difficile non sentire il forte legame che ci teneva saldi l'uno all'altra e il modo in cui lui si stava aggrappando a me.

Si aggrappava a me, perché si fidava di me, perché mentre il coach, i suoi compagni e i fan della squadra pretendevano, io davo. Gli davo sostegno, gli davo seconde possibilità, gli davo lo spazio di cui necessitava.

Il terzo quarto terminò con i Pisces che erano dieci punti sopra e si poteva quasi respirare l'aria della loro prossima vittoria, mentre io, incapace di guardare chiunque altro se non lui in quella folla di persone, fissavo Hyade, che veniva sgridato animatamente da mio padre e dai suoi compagni, i quali gli ricordavano cosa aveva sbagliato nei passaggi o nei tiri e cosa non avrebbe più dovuto fare.

Hyade si lasciò andare contro una sediolina a bordo campo, ascoltando passivamente le critiche e portandosi i palmi agli occhi; cercava di racimolare le forze dopo aver giocato per ben tre quarti d'ora ed era consapevole che perderle a rispondere agli altri ragazzi non avrebbe aiutato.

E così, mentre tutti attendevano una sua reazione ai loro richiami, alle loro disapprovazioni, ai loro rimproveri, io mi feci spazio tra la calca di giocatori, con in sottofondo i cori del pubblico, che ancora speranzosi lo acclamavano.

Avrei potuto dare la colpa di quel momento a tante cose, come allo sguardo rassegnato di mio padre o alla pressione della folla in delirio. La verità era però che io sentivo la forza di poter sistemare le cose dentro di me e credevo di essere in grado di riaccendere la scintilla in Hyade.

I suoi occhi si poggiarono su di me, sorpresi, quando avanzai tra James e Chase. Ricambiai appena il suo sguardo e poi mi voltai verso mio padre timidamente. Lui parve sconcertato perché era la prima volta che mi avvicinavo così tanto a loro quando c'era una partita in corso.

«Papà, forse è meglio se non guardi», lo avvertii, stringendo le labbra tra loro per evitare di ridere, mentre lui assumeva un'espressione stupita, probabilmente non consapevole di quello che avrei fatto di lì a poco.

Non mi curai però né di lui né degli altri ragazzi e né di Blake né di una possibile telecamera pronta a riprenderci, per non parlare della miriade di persone che ci guardava dall'alto e attendeva che il Minotauro facesse la sua entrata.

Perché tutto quello su cui mi concentrai fu raggiungere Hyade, compiere quei pochi passi che ci separavano e puntellare le mie mani aperte sulle sue spalle possenti. Lui, sconvolto e sorpreso, dischiuse le labbra e mi guardò, incapace di proferire parola, mentre mi sedevo a cavalcioni su di lui, che posò automaticamente le mani, quasi timorose, sui miei jeans.

Puntai i miei occhi nei suoi, sentendo il resto del mondo sparire alle mie spalle, in una nube indefinita che ci isolava. Rubai quel momento con tutte le forze che avevo, nella speranza che avrebbe veramente potuto cambiare le cose.

«Che fai, Chloe?» mi chiese Hyade in un sussurro.

Per tutta risposta, io affondai una mano nella sua guancia e lo costrinsi a guardarmi bene. Il mio palmo pizzicò nel sentire la sua barba incolta e, ammaliata, decisi che le conseguenze avrebbero atteso, se questo significava dargli la carica giusta per la partita.

Sentii i suoi muscoli irrigidirsi sotto di me, pronti a scattare al minimo contatto, confermandomi che tutto quello che stavo facendo era giusto.

«Adrenalina», mormorai a un centimetro dalle sue labbra piene, mentre mi lasciavo trasportare dall'intensità del suo respiro che si mischiava con il mio.

Il resto accadde istintivamente, in un richiamo improvviso che fece allineare gli assi dell'universo, trasformando in entropia quello che lui e io eravamo in quell'istante e in noioso ordine tutto il resto, rendendoci così i protagonisti del mondo.

Mi avvicinai vorace, piegai il mio volto sul suo e lasciai che la mia bocca si confondesse con la sua.

Chiusi le palpebre, perdendomi nel modo travolgente in cui Hyade ricambiò il bacio, non appena si rese conto di quello che stavo facendo. Mi ritrovai così a trattenere il respiro, mentre le sue labbra erano il nettare che sembrava darmi tutto ciò di cui avevo mai avuto bisogno.

La morbidezza della sua bocca fu presto in contrasto con la durezza della sua presa su di me, che via via aumentò, rendendomi pienamente consapevole dell'effetto che avevo su di lui e, più di tutto, di quello che lui aveva su di me. Le sue mani si mossero meno gentilmente quando aprii le labbra contro le sue, intimandogli di farsi avanti. E così, mentre la sua lingua irrompeva dentro di me prepotente, con un braccio mi avvolse la vita, mentre l'altra mano si inoltrava tra i miei capelli a stringerli in un pugno che eliminava qualsiasi distanza tra noi.

Il mio petto si ancorò al suo intransigente e incapace di resistere alla scarica che mi fece fremere.

Continuammo a baciarci cauti e allo stesso tempo voraci; sembrava che entrambi sapessimo che quello sarebbe stato il primo e l'ultimo momento di completa irrazionalità che avremmo mai avuto a disposizione. Le mie mani gli strinsero il collo teso non appena lui piegò la testa per avere migliore accesso alla mia bocca; solleticò con destrezza ogni centimetro della mia lingua timida e, in un certo senso, inesperta in confronto alla sua, deliziandomi.

Solo quando, dopo lunghi attimi, lui decise di allontanarsi e di interrompere il bacio, mi ritrovai a respirare di nuovo a pochi centimetri dal suo volto che, arrossato per via della fatica del gioco e anche di quel contatto, mi parve più affascinante che mai.

Il modo in cui si perse a osservarmi, lentamente e con desiderio, mi fece sentire l'unica ragazza esistente al mondo.

«E questo per cos'era?» La sua voce roca soffiò contro le mie labbra umide di lui, che lo bramavano ancora, ma erano consapevoli che da adesso in poi fosse vietato.

«Prendilo come un portafortuna», gli suggerii, mentre un sorriso sbilenco gli adornava la bocca e un sospiro gutturale gli scivolava sulla lingua.

«Cazzo, Chloe», sospirò pesantemente.

Ero conscia del fatto che solo quella mattina avessimo deciso per davvero di essere amici, quindi, comprendevo che quel mio gesto avrebbe potuto mandare segnali contrastanti, ma c'erano delle priorità ora e sapevo che, in ogni caso, avremmo trovato il modo di parlarne.

«Cerca solo di vincere.» Mi alzai e scivolai via dalla sua presa adesso leggera. Si mise in piedi a sua volta e mi fissò dall'alto.

«Cazzo, Chloe», ripeté, con gli occhi languidi che mi inchiodavano e mi facevano tremare le gambe. «Cazzo, se vinco...» Le sue mani si poggiarono sul mio volto, stringendo le mie guance, e con mia sorpresa mi lasciò un violento bacio a stampo.

Hyade non aggiunse altro, si voltò e prese a correre verso il campo, pronto a giocare l'ultimo quarto della partita.

Solo allora mi resi conto della moltitudine di sguardi che mi osservavano sorpresi. Mio padre e Blake erano i più allibiti.

«Che c'è?» li sfidai, tentando di ricomporre le mie emozioni per sembrare più forte e audace di fronte al loro giudizio. «Su, andate a giocare, potete ringraziarmi più tardi», borbottai ai giocatori, facendo loro segno di muoversi con le mani, mentre loro distoglievano lo sguardo sbigottito per tornare a concentrarsi sulla partita.

Tirai un sospiro di sollievo non appena riportarono l'attenzione sul campo e fu piuttosto appagante il modo in cui Hyade si ritrovò presto a battere il record di quella stagione, segnando ben venti punti in un solo quarto, i quali determinarono la vittoria contro i Pisces e il continuo del nostro viaggio verso i play-off.

Baciare Hyade era stata una delle cose più liberatorie che avessi fatto negli ultimi tempi.

Dopo la partita ero tornata a casa, con la testa leggera e gli occhi che si chiudevano da soli per via della stanchezza. Mio padre era rimasto con il resto dei Taurus a festeggiare e fui contenta di ritrovarmi a girovagare da sola per le stanze, perché altrimenti non avrei proprio saputo come spiegare il sorriso che mi dipingeva sul volto un'espressione sciocca, sebbene una parte di me non riuscisse ad accettare l'idea di provare tutte quelle emozioni.

Più tardi, dopo una lunga doccia calda, mi misi a letto e osservai il soffitto, pensando che Hyade era probabilmente intento a rimorchiare una ballerina in un qualche locale insieme ai suoi amici. Eppure, i miei pensieri tornavano costantemente al nostro bacio.

Era passato talmente tanto tempo dall'ultima volta che mi ero avvicinata a un ragazzo, che mi sembrava una stupidaggine considerare quel gesto una cosa da niente. Non gli stavo di certo dando l'importanza che non aveva, ma era per me difficile non sentire le guance accaldarsi e gli occhi inumidirsi dalla gioia al ricordo delle labbra di Hyade sulle mie.

Mi sentii una stupida, perché era evidente che se avessi continuato in quel modo non sarebbe andata a finire bene; pensare a Hyade come a qualcosa di più che un amico lo rendeva un'arma a doppio taglio e avevo avuto prova che tutto ciò che mi chiedeva fosse il semplice e puro piacere.

Ma io non riuscivo a liberarmi da quella sensazione di euforia che mi faceva sentire persa tra le mie lenzuola pulite che si ammucchiavano e ammassavano tra di loro quando mi muovevo alla ricerca di una posizione che mi permettesse di dormire. Ero stanca, molto stanca, ma mi ritrovai a guardare il soffitto, all'una di notte, con il petto che mi si riempiva d'aria e di uno strano bisogno di tornare a vivere.

Sussultai quando il cellulare sul comodino vibrò, liberando la luce dello schermo nella mia stanza e costringendomi così a voltarmi e ad afferrarlo per controllare chi fosse. Il mio primo pensiero volò a mio padre, che probabilmente mi avvisava che sarebbe rimasto a dormire a casa di Marla, poi pensai a Tonya, a Blake che mi chiedeva spiegazioni o a James, ma quando mi ritrovai a stringere tra le coperte il display luminoso, strinsi le labbra con i denti nel tentativo di evitare di scoppiare come un palloncino dalla gioia.

Sconosciuto
Grazie per oggi, ti devo molto.

E sapevo che era Hyade, anche se non avevo il suo numero salvato. Decisi comunque di stuzzicarlo, perché mi sembrava impensabile che in mezzo alla calca di un locale e tra i bicchieri vuoti di alcol lui mi stesse messaggiando.

Chloe
Buonasera, ci conosciamo?

Attesi con ansia una risposta, stringendomi ancora tra le lenzuola e percependo un certo vuoto intorno a me.

Sconosciuto
Sì, sono Blake Davis. Volevo dirti che le cose tra noi non possono funzionare, non parlarmi mai più. Dovresti provarci con Hyade, lui sì che ha degli addominali da paura!

Mi ritrovai a ridere come una stupida, da sola, tentando di

soffocare contro il cuscino le risate e ringraziando la mia buona stella che la casa fosse vuota.

Chloe
Com'è la ballerina con cui ti stai intrattenendo, Hyade?

Digitai questo per ricordargli che non avrei flirtato con lui. Perché eravamo amici e io sul serio ce la stavo mettendo tutta per non pensare a lui in modo diverso, ma era troppo difficile, oltre che inutile, soprattutto se lui mi messaggiava all'una di notte, credendo che per me non avrebbe significato niente.

Hyade
Non ci crederai mai, ma è James quello con la ballerina sulle gambe in questo momento.

Chloe
Infatti, non ci credo.

Hyade
E comunque io ci provo a essere distaccato, sono loro che sentono il bisogno di toccarmi. Che faccio? Le mando via?

Chloe
Sei senza speranze.

Hyade
E tu sei noiosa.

Chloe
Non sembravi pensarla così oggi!

Hyade
Chloe Millais, lo vedi? Io ci provo a essere tuo amico, ma poi tu mi scrivi queste cose e mi baci... Cosa devo fare con te?

Chloe
Ti ho baciato per mio padre, non potevate perdere in quel modo!

Hyade
Non credo che il coach sarebbe d'accordo con questa versione dei fatti.

Chloe
E comunque non cambia niente, ho deciso che sono una donna libera e che bacerò tutti i ragazzi che mi pare, non deve per forza significare qualcosa. Sono solo baci.

Hyade
E a Blake Davis non darà fastidio?

Chloe
Se vuole può avere anche lui un bacio.

Hyade
E io?

Chloe
Tu lo hai già avuto!

Hyade
Sì, ma credo mi sia arrivata una pallonata in testa e l'ho scordato, non si può rifare?

Chloe
Puoi smetterla di provarci con me, mentre probabilmente qualcun altro ci sta provando con te?

Hyade
Sei per caso gelosa?

Chloe
Non sono gelosa, cerco solo di capire come funziona la tua testa.

Hyade
Potrei mostrartelo, ma hai detto che siamo solo amici.

Chloe
Sì, be', gli amici non flirtano.

Hyade
Sì, invece. Io flirto con James e siamo grandi amici.

Chloe
Non puoi essere serio!

Hyade
Perché mi hai baciato, Chloe?

Chloe
Perché in quel momento mi sembrava la cosa giusta da fare e credevo ti avrebbe aiutato a giocare.

Hyade
Solo questo?

Chloe
Vuoi che ti dica che sei un bel ragazzo?

Hyade
Sì, qualcosa del genere...

Chloe
Non lo so perché ti ho baciato e lo sai che anche a me piace stare con te, ma io sono troppo fragile, Hyade. Mi piacciono i fiori, le cene romantiche e i baci sotto le stelle. E lo so che tu non sei il tipo che fa queste cose, ma ciò non ti rende una persona cattiva, solo non la persona per me, perché i ragazzi come te non fanno per quelle come me.

Hyade
Eppure le ragazze come te fanno proprio per quelli come me.

Chloe
Amici?

Hyade
Buonanotte, Leoncina. Grazie per oggi, sei stata una buona amica.

Chloe
Buonanotte, Simba.

14
Un ballo con il toro

Chloe

TUTTO il coraggio che avevo messo da parte per affrontare un appuntamento con Blake Davis, lo avevo alla fine incanalato per trovare il modo di parlargli di come mi sentivo davvero.

Io, veramente, credevo che lui fosse un bravo ragazzo e sapevo che si meritava una possibilità, per queste ragioni avevo deciso di essere onesta e gli avevo confessato il motivo per cui avevo baciato Hyade in diretta nazionale.

Gli avevo spiegato, in una conversazione sugli spalti vuoti dopo un allenamento, che avevo bisogno di tempo. Che per me era difficile catapultarmi in una relazione seria senza avere dei ripensamenti e il bacio che avevo dato a Hyade aveva acceso in me un certo bisogno di imparare a stare da sola, cosa che avevo sempre saputo fare, ma in cuor mio con la speranza di incontrare qualcuno un giorno che potesse starmi accanto.

Adesso, invece, comprendevo in parte le parole che Hyade mi aveva rivolto durante il viaggio in aereo e, sebbene non approvassi alcuni suoi comportamenti, non potevo dire che non mi avessero toccata.

Ci avevo ragionato così tanto sopra che mi sembrava assurdo non essere giunta a quella conclusione prima e improvvisamente tutti i discorsi di Tonya avevano assunto un significato dentro la mia testa, tanto che avevo capito che dovevo vivere la mia vita con la consapevolezza che non c'era per forza bisogno di un amore ad accompagnarla.

E con questo non negavo tutti i miei irrimediabili e romantici desideri, semplicemente avevo deciso che l'amore fosse una cosa in più e che dovevo prima imparare ad amare la mia vita così com'era, senza il forte bisogno di condividerla per forza con qualcuno.

Blake era rimasto ad ascoltare il mio discorso interessato, poi mi aveva sorriso e mi aveva detto: «Capisco quello che dici e sono d'accordo, ci sono passato anche io. Quando ne avrai voglia, io sono qui». Ero stata più limpida possibile con lui, ma dovevo ammettere che non riuscivo a distanziarmi da Hyade e che questo influiva su quella mia decisione. A Blake, la presenza di Hyade non sembrava dar fastidio e mi ero sentita sollevata all'idea che qualsiasi cosa ci fosse tra me e lui non lo ferisse.

Il mio cuore aveva pianto al pensiero che mi stavo facendo scivolare dalle mani un ragazzo come Blake, ma il fatto che saremmo rimasti amici aveva alleviato la tristezza. Mi ero anche convinta che fosse la cosa giusta mettere in pausa qualsiasi cosa ci fosse tra noi ancor prima che potesse prendere forma, soprattutto se non avessi trovato la certezza di volergliene dare una.

C'era stato un altro grande cambiamento: ormai ero un Taurus a tutti gli effetti, nonostante non scendessi in campo se non per scattare qualche foto ai giocatori intenti a riprendersi dalla fatica. Ogni volta che stavo con loro avevo la sensazione di essere circondata da una serie di amici che trovavo affascinanti e interessanti. Sebbene la maggior parte delle volte io non avessi molto da aggiungere ai loro discorsi riguardo le partite, sapevo che in fondo, almeno un po', stavo loro simpatica e non solo perché ero la figlia del coach. Anche Hyade era cambiato molto nei miei confronti. Incredibilmente riusciva a tenere a bada non solo la lingua lunga, ma anche i suoi bollenti spiriti. Avevo notato con grande felicità che essere un gentiluomo gli veniva molto più naturale di quanto volesse far credere.

Non avevo ovviamente più infierito con commenti sulla sua vita personale o su come preferiva spendere il suo tempo libero, perché lui non aveva più fatto nessuna delle sue battutacce su di me. Inoltre, mi aveva veramente ascoltata, mentre seduta sugli stessi spalti su cui avevo deciso di parlare con Blake, raccontavo a lui e James proprio della conversazione con il loro compagno di squadra. Sia Hyade che James mi avevano dato degli ottimi consigli e in seguito avevano fatto una serie di battute esilaranti su Blake che speravo lui non fosse mai venuto a sapere.

E poi c'era Tonya, che si era risparmiata su mia richiesta i commenti riguardo il bacio con Hyade, di cui aveva ottenuto alcuni scatti dalle sue care fonti e che mi ero rifiutata di guardare. Mi imbarazzava l'idea che potessero girare su internet foto di me e di Hyade avvinghiati a baciarci, nel pieno di una partita, per non parlare di tutte le speculazioni e gli insulti da parte delle sue fan… avevo quindi silenziato le notifiche delle news sul cellulare e avevo preso l'abitudine di usarlo solo per messaggiare e chiamare, senza aprire social o altri tipi di media che avrebbero potuto intaccare la mia già carente autostima.

A ogni modo, si poteva dire che mi stavo prendendo cura di me stessa. Inoltre, dato che avevo bisogno di una spalla destra con cui condividere il mio crescente buon umore, ero stata contenta quando Tonya si era finalmente decisa a firmare il contratto tra il manager della squadra e il *Time Journal*, rendendo definitivo il suo coinvolgimento nelle restanti partite del campionato.

Non avevo però tenuto in considerazione il fatto che avere Tonya al mio fianco voleva dire ricevere più inviti agli eventi a cui Hyade, Blake e il resto dei ragazzi partecipavano, il che per me non era ideale. Al mio terzo rifiuto, infatti, lei si era infuriata da morire.

Per questa ragione, nonostante fossimo ormai quasi a dicembre e l'aria natalizia avesse preso a farsi più netta, quella sera mi ritrovai a dover indossare un paio di scarpe con i tacchi alti e un vestito, scelto ovviamente da Tonya, che mi lasciava le gambe scoperte, per andare a festeggiare una vittoria.

Rimasi a bocca aperta quando incontrammo i ragazzi in un piccolo luna park che era stato aperto per le feste imminenti sulla costa del Michigan e che il manager della squadra aveva affittato appositamente per noi e per alcuni dipendenti del Centro, con l'intento di celebrare non solo la vittoria dell'ultima partita, ma anche il bellissimo team che si era venuto a formare quell'anno.

Anche mio padre e Marla erano presenti e i dipendenti del luna park non sembravano per niente offesi dal fatto che erano stati costretti a ospitare solo noi per quella sera, bensì ci accolsero con cordialità.

Dopo pochi minuti, mi pentii amaramente di aver assecondato l'idea di Tonya di mettere quel vestito bianco e aderente, ma cambiai opinione non appena, dopo aver sistemato alcune cose nella mia borsa, alzai lo sguardo e mi resi conto che l'aria pressante che aveva preso a pizzicarmi la pelle era fatta dello sguardo di Hyade e dei fotoni lanciati dalle sue iridi verdi.

Mi accorsi che avrei dovuto ponderare bene le mie mosse, letteralmente, perché era stato lui stesso a suggerirmi quanto gli fosse difficile pensare a me come a una semplice amica.

Forse in quei giorni era riuscito a far fronte a quel dilemma, in ogni caso il suo atteggiamento nei miei confronti era cambiato; era pur vero che non ci eravamo visti spesso, a parte al Centro, e che, nonostante i brevi messaggi che ci eravamo scambiati, non c'erano stati contatti eccessivi. Mi sentivo quindi a disagio all'idea che il mio vestito sensuale avrebbe in un qualche modo potuto complicare le cose, dal momento che un bacio era già stato abbastanza. Eppure, mentre i miei occhi incontravano i suoi e si perdevano poi a osservare il suo corpo longilineo, realizzai che anche io trovavo difficile considerarlo solo un amico nel ritrovarmelo di fronte in quelle vesti.

Io, che di ragazzi belli ne vedevo a miriadi quasi tutti i giorni, fui estasiata dalla sua camicia nera satinata, con il petto allenato che gli spuntava dal colletto sbottonato, tanto che potevo vedere i tatuaggi delle due rondini e l'incavo del suo sterno su cui ricadeva una collanina con la croce.

Per non parlare della sua giacca categoricamente extralarge, di un grigio scuro macchiato che si abbinava con le sneakers bianche ai suoi piedi, o dei pantaloni eleganti e larghi che stava indossando.

In quel momento, Hyade fumava una sigaretta ed era troppo preso da me per rendersi conto che forse, di fronte al coach, sarebbe stato meglio spegnerla.

Mentre osservavo la sua bocca che si protendeva ad assaggiare il fumo, risucchiandolo nei polmoni per poi permettere alle sue narici di allargarsi e liberarlo nell'aria, mi sembrò di sentire ancora le sue labbra sulle mie, perse in una morsa di piacere inconfondibile, trattenute dal mio desiderio di lui. Le immaginai improvvisamente farsi spazio sotto l'orlo del vestito, mentre il fresco della sera mi pungeva, ma non mi scalfiva, perché il calore che irradiavo mi faceva da scudo.

In quell'istante, ricordai che lui mi aveva detto che non dovevo guardarlo in quel modo sensuale perché lo avrei istigato a pensare a ciò che avrebbe potuto compromettere il nostro rapporto, ma mi risultava troppo difficile non farlo, come se non fossi persa nella sua bellezza a chiedermi se fosse davvero reale.

A chiedermi se non avesse frammenti stellari a ricoprirgli le palpebre di luci, che allo stesso tempo gli incupivano con delle ombre lo sguardo languido che scendeva sulle mie gambe nude. Fu in quell'attimo che mi accorsi che la responsabile della situazione creatasi tra noi ero io. Io, che ero così incoerente da chiedere amicizia, quando bramavo ardentemente il suo tocco. Io, sempre io, che ero una sciocca a osservarlo come se avessi potuto cambiare la sorte dei miei sentimenti scovando il difetto più banale che gli apparteneva. Ma non ci riuscivo: più studiavo i suoi tratti, più mi attraevano.

Per questo non avevo accettato gli inviti, perché vedere Hyade fuori dal campo era sempre un colpo al cuore. Come un ammasso stellare capace di illuminare la mia piccola frazione di universo, ma costantemente sul punto di implodere e distruggere tutto quanto.

Camminai verso di lui, mentre Tonya alle mie spalle si perdeva in chiacchiere inutili con altri ragazzi. I miei tacchi affondarono nell'erba fino al rialzo in legno su cui si trovava.

Mi sentivo inaspettata e sorprendente, e la consapevolezza di esserlo mi rendeva audace e propensa a tentare di ottenere più di qualche briciola, come se non mi nutrissi di lui da giorni.

«Ciao», lo salutai, scorgendo sul suo volto stupefatto qualche pelo di barba in più rispetto al solito. E le mie dita tremanti fremettero dal desiderio di tracciargli il profilo della mandibola e del mento.

Non accadde, mi trattenni, mentre i miei occhi non sapevano cosa fosse più appagante guardare, se le sue gote alte o i capelli mossi che gli ricadevano sulle spalle.

«Ciao.» Soffiò fuori dalla bocca il fumo, lanciando la sigaretta lontano, mentre le luci del luna park oscuravano il lago tranquillo che faceva da cornice all'ambiente. «Sei venuta.» Non lo chiese, lo affermò.

«Sì, Tonya ha detto che non potevo mancare.» Scrollai le spalle, distogliendo i miei occhi timidamente. Le gambe presero a vacillare e più mi rendevo conto che la sua vicinanza era reale, più sapevo di essere sull'orlo del precipizio.

«Proprio non potevi», lo disse burberamente, con la sua voce roca a graffiargli la gola in una sorta di rimprovero. Capii che non mi voleva lì, non vestita in quel modo, non dopo che gli avevo chiesto così tanto di starmi lontano.

E io ero davvero incoerente, perché non facevo altro che desiderarlo più vicino.

Poi si riprese, si ricompose più consapevole che ciò che mi animava fossero solo buone intenzioni. «Allora, lascia che ti offra almeno un drink.» Si infilò le mani nelle tasche dei pantaloni e mi concesse un sorriso divertito, ammiccando verso l'angolo bar sotto un porticato in legno. E io non riuscii a fare a meno di sorridere, come una bambina felice.

«Mi faccia strada, signor Reyes.» Mi spostai, facendogli cenno di precedermi e lui obbedì al volo.

Dopo essere riuscita a distogliere l'attenzione dallo charme di Hyade Reyes, mi ero finalmente persa ad ammirare il luna park che ci circondava: era fatto di tendoni e attrazioni di ogni genere, con un sottofondo di musica tanto allegra e chiassosa da rendere il tutto ancora più piacevolmente divertente. Da bambina mi facevo portare dai miei genitori al luna park sulle spiagge di Los Angeles e fremevo dal desiderio di fare tutti i giochi, anche se alla fine non ci riuscivo mai e impiegavo tempo inutile per quelli più noiosi.

Adesso, al secondo Sex on the beach tra le mani e con la risata animalesca di James nelle orecchie, mi parve impensabile raggiungere sui tacchi la casa degli orrori o il carosello sul quale avrei probabilmente rimesso ogni cosa ingurgitata fino ad allora.

«Prova questo.» Hyade mi rifilò sotto il naso un altro drink, dopo aver notato che il mio bicchiere era quasi vuoto.

Hyade era sulla sedia in legno al mio fianco. Eravamo in compagnia di James, Tonya e di tutti gli altri intorno a un gruppo di tavoli uniti che avevamo fatto assemblare dai due camerieri a nostra disposizione, mi risultò impossibile comprendere di cosa parlottavano gli altri quando Hyade mi guardò alla ricerca della mia attenzione.

«Che cos'è?» chiesi, afferrando il bicchiere. La sua mano continuò a sorreggere il vetro condensato e seguì i miei movimenti, mentre spostavo la bevanda per poterla annusare. Storsi la bocca in una smorfia per via dell'odore forte, mentre Hyade non fece altro che ridere a quella mia reazione. «Forse dovrei smetterla», constatai, spingendo indietro il bicchiere verso di lui, mentre a fatica trovavo la forza di interrompere il contatto con le sue dita lunghe.

«Di già? Non pensarci neanche, Leoncina. Tuo padre se ne è appena andato, non puoi fermarti proprio adesso.» E allungò il bicchiere di nuovo sotto il mio naso.

Mi sentii una bambina, mentre tiravo fuori la lingua umida alla ricerca della cannuccia scura e prendevo poi a succhiare avidamente il contenuto del bicchiere stretto nella sua mano salda. Fu quando l'alcol mi bruciò in gola che alzai gli occhi al cielo per il sapore dolciastro di quel drink.

E mi resi allora conto che sul suo volto non c'era più la stessa spensieratezza di prima, ma che ora boccheggiava in cerca d'aria, colpito da quel mio gesto che voleva essere innocente ma che lui aveva trovato sensuale. Avrei dovuto allontanarmi e fare finta di niente, avrei dovuto suggerire a me stessa che Hyade non mi avrebbe mai portato i fiori il giorno del mio compleanno e che, se mai fossimo stati insieme, non si sarebbe ricordato del nostro anniversario.

Invece, allungai nuovamente le mie mani sul bicchiere che lui stringeva ancora, afferrando le sue dita e impegnandomi a rendere un gesto distratto il modo in cui il mio mignolo prese ad accarezzarne il dorso leggermente ricoperto di peluria. Affondai ancora le labbra sulla cannuccia e succhiai più avidamente di come avevo fatto in precedenza, mentre il mio sopracciglio si alzava involontariamente nella sua direzione.

Tremendamente complicata e incoerente e agitata. Ero tutte queste cose insieme, mentre bramavo le sue attenzioni e lo istigavo, consapevole che il suo sguardo famelico non faceva altro che alimentare il mio bisogno malato di lui.

Hyade non disse niente, mentre mi allontanavo dalla cannuccia e mi leccavo le labbra. «Buono», mormorai, con le guance che probabilmente iniziavano ad arrossarsi.

Gli tolsi il drink e tornai a parlare con il resto del gruppo, nella speranza che nessuno avesse visto la scena. Ma quando il mio sguardo si posò su Tonya, sapevo che il suo occhiolino non fosse casuale. Non compresi però, dal modo in cui Hyade rise al mio fianco, rimettendosi composto, se fosse indirizzato a me o a lui.

All'improvviso, a dissipare la tensione ci pensò James che si alzò in piedi su uno dei tavoli liberi vicini per prendere a ballare una canzone che lui e la sua compagnia di drag queen avevano interpretato. Il suo show piuttosto bizzarro ed elaborato finì con il botto in una pozzanghera di vomito che, imbarazzati, i camerieri si erano trovati a dover pulire.

Dopo quella scena pietosa, smettemmo tutti di bere e ci spostammo verso il resto degli stand, dove alcuni dipendenti ci attendevano curiosi.

Tonya e io ci dirigemmo subito verso quello del tiro a bersaglio, mentre James, ripresosi dopo un bicchiere d'acqua allungato con il whisky, Ben, Zack e altri giocatori della squadra raggiunsero lo stand dei canestri. Che banali.

Blake e altri suoi compagni entrarono invece nel percorso nell'orrore e altri ancora, più coraggiosi, puntarono sul carosello. Chase e Hyade ovviamente persero tempo a chiacchierare con la gentile ragazza che serviva lo zucchero filato, la quale era stata presto affiancata da un'amica per aiutarla con i bastoncini, che proprio non riusciva a tirare fuori dalla busta.

Ascoltai passivamente la loro conversazione con le due, perché lo stand era proprio di fianco a quello che avevamo scelto Tonya e io. Toccava a lei tirare sulle lattine vuote con la pistola finta e io dovevo restare ad attendere il mio turno.

«Ah-ah! Beccati questa!» Tonya mi alzò il terzo dito sotto lo sguardo sbigottito del ragazzo che osservava la nostra gara da dietro il bancone, facendomi sbuffare sommessamente.

«Mi piacciono i tuoi anelli», disse in quel momento Sarah, l'addetta allo zucchero filato, a Hyade.

Cercai di ignorarla mentre Alex, il responsabile dello stand del tiro a bersaglio, mi dava la pistola e un paio di occhiali di protezione.

«Tonya Cooper, preparati a mangiare la mia polvere», l'avvertii, fulminandola con lo sguardo prima di abbassare sul naso i miei occhiali di plastica. Feci finta di non sentire lo sghignazzare delle venditrici di zucchero filato per concentrarmi sulle lattine.

Allargai le gambe, incurante che il vestito potesse alzarsi sulle cosce più del dovuto, e poi tesi le braccia, chiudendo un occhio per prendere la mira. Mancai il primo tiro, sentendo il proiettile rimbalzare sulla parete di stoffa alle spalle dei bersagli. E mi sembrò assurdo che Tonya non avesse già preso a urlare che ero una pappa molle, ma presto ne compresi la ragione.

Perché mi sentii avvolgere completamente la schiena, mentre un paio di braccia si allungavano sulle mie per sorreggere la pistola giocattolo. Ancor prima di notare i tatuaggi lasciati scoperti dalle maniche della camicia di Hyade tirate fino ai gomiti, percepii la sua catenina impigliarsi tra i miei capelli. Improvvisamente mi irrigidii e non riuscii a trovare la forza di chiedere aiuto a Tonya, perché non ero nemmeno certa di volerne.

Sentii poi Hyade piegarsi per raggiungere il mio orecchio e ringraziai che le sue mani fossero tese a sorreggere la pistola insieme alle mie, altrimenti sarei stata certa che si sarebbe frantumata al suolo.

«Una gamba avanti», mi suggerì, spingendo con il suo ginocchio sulla mia coscia e costringendomi così a riequilibrare il mio peso in una posizione che mi faceva percepire distintamente i bottoni della sua camicia contro la mia schiena lasciata scoperta dal vestito.

«Non ho bisogno del tuo aiuto», dissi debolmente, ma il fatto che non mi mossi dovette fargli comprendere che non sarei comunque riuscita a oppormi se non solamente a parole. Hyade rise, divertito, deliziandomi del dolce soffio del suo sorriso a scompigliarmi i capelli.

«Alza le braccia. Il proiettile ha un andamento curvilineo, dovresti saperlo.» Usò un tono di rimprovero, mentre alzava le mie braccia sotto le sue per indirizzare meglio la canna del giocattolo. «E rilassati.» Forse consapevole del fatto che era lui la ragione principale per cui ero tanto tesa, si allontanò, permettendomi di visualizzare l'obiettivo.

Il freddo lasciato dal corpo di Hyade mi travolse, ma la consapevolezza che ci fossero Tonya e Alex ad attendere il colpo mi diede la carica per far partire il primo proiettile. Poi il secondo. Poi il terzo. E in pochi attimi tirai giù tutte le lattine, battendo di gran lunga Tonya che ne aveva mancate tre.

Scoppiai a ridere nel vederla lamentarsi, mentre goffamente mi toglievo gli occhiali e li porgevo insieme alla pistola ad Alex. «Così non vale! Non è giusto, io non sono stata aiutata da nessuno!»

«Fattene una ragione, Tonya!» la presi in giro, ridendo come una bambina con lo sguardo rivolto verso Hyade, il quale, alle mie spalle, osservava la scena divertito da dietro il suo zucchero filato, con Chase fermo al suo fianco che sogghignava.

«Puoi scegliere un pupazzo per la vittoria», mi informò Alex e i miei occhi corsero sulla lunga serie di peluche posti ad adornare lo stand, fermandosi su ciascuno di essi.

«Posso prenderne uno qualsiasi?» chiesi contenta, sentendomi improvvisamente super motivata a trovarne uno che avrebbe ricordato il divertimento di quella serata.

«Certo», sorrise cordiale Alex.

E io, con il cuore che batteva forte, allungai il dito verso un angolo preciso. «Voglio quello lì. Il leone.»

Strinsi teneramente il peluche a forma di leone sotto il mio braccio, unendomi con Tonya, Hyade e Chase alla folla che si era venuta a creare attorno a un gioco che fino a quel momento non avevamo degnato di uno sguardo.

I miei occhi strabuzzarono dal terrore nel notare la struttura e istintivamente mi ritrovai a fare un passo indietro, scontrandomi involontariamente con Hyade che era rimasto per tutto il tempo alle mie spalle. Così, mentre stringevo il mio peluche al petto in un atto di conforto, lui si piegò su di me a sussurrarmi ancora all'orecchio, come se fosse Lucifero e io una povera anima vagabonda.

«Non dirmi che hai paura.» Il suo ghigno venne soffocato dal rumore assordante che fece il toro meccanico, accendendosi sotto il peso di Ben che, impavido, si era catapultato a provare per primo quell'attrazione che chissà per quale ragione mi terrorizzava.

Dal canto suo, Tonya prese a gridare entusiasta, aggrappandosi al collo di James con un braccio e sventolando l'altro in aria come un cowboy.

Rimasi immobile, con Hyade ancora alle mie spalle che mi diede prova di quanto fosse rischioso giocare con lui: il tono della sua voce si abbassò, ma mi arrivò forte e chiaro, nonostante l'eccitamento generale delle persone intorno a noi. «Non l'hai mai montato un toro?»

La mia testa ricadde sulla sua spalla, mentre voltavo il collo per guardarlo dal basso, con le mani incrociate dietro la schiena e un sorriso sghembo in viso. Non mi accorsi nemmeno che Ben cadde dopo pochi secondi.

«Non è il genere di attrazione che punto di solito», mormorai, tentando di mantenere la calma.

«Dovresti provare.»

«Hyade...» tentai di rimproverarlo, ma mi uscì fuori come una supplica, tradendo ogni mio nervo saldo.

Lui si raddrizzò, allungando lo sguardo verso il centro della scena. Poi riprese a parlare, catturando i miei occhi con le sue labbra che ricordavo dal nostro bacio come morbide e idratate. «Sai, credo che potresti concedermi un ballo con il toro, che ne dici?» ammiccò verso quell'attrazione infernale e, quando seguii la direzione dei suoi occhi, mi resi conto con mia grande sorpresa che Tonya fosse intenta a salirci con Zack.

Rimasi a bocca aperta quando la vidi posizionarsi tra le gambe del giocatore di basket, mentre lui le sussurrava qualcosa all'orecchio prima che il ragazzo addetto a far partire la giostra la mettesse in moto, anche lui divertito dall'euforia generale.

«Ballare con i tori è pericoloso», gli risposi, titubante. Non avevo proprio voglia di finire a fare una figuraccia, anche per via dei miei tacchi alti e del mio vestito troppo corto.

«Chloe.» La sua voce melliflua accarezzò le mie ciocche bionde. «È solo un giro, non preoccuparti.»

Sorrisi e, mio malgrado, acconsentii. Tonya cadde insieme a Zack dopo sette secondi e così arrivò il nostro turno.

La fatica che impiegai a salire sul toro fu terribilmente imbarazzante: lasciai le scarpe con il tacco a terra, accanto al peluche del leone. Poi, afferrai i lembi della macchina e mi diedi una spinta con i piedi, ma non sarebbe bastato se Hyade non si fosse preoccupato di stringermi violentemente le cosce e tirarmi su. Mi ritrovai appesa al toro e piegata a metà. A quel punto, scavalcai l'animale elettronico e mi misi seduta compostamente, mentre Hyade rideva per via della mia goffaggine.

Lui mi raggiunse con un balzo molto più aggraziato, posizionandosi alle mie spalle audace e incurante del fatto che mi sarei ritrovata a sballottare molto presto contro il suo petto.

«Vai, Chloe!» gridò James. Anche gli altri ragazzi presero a incitarci animatamente, mentre Tonya e Zack, che nel frattempo ci avevano sfidati a resistere più di loro, ci fischiavano con i pollici all'ingiù.

«Aggrappati», mi sussurrò Hyade all'orecchio e io afferrai le corna del toro.

Hyade si avvicinò a me, facendomi ritrovare bloccata tra il suo torso muscoloso e la macchina elettronica.

«Siete pronti?» ci chiese l'addetto, in procinto di premere il bottone.

«Siamo pronti», rispose Hyade e io chiusi gli occhi, con il cuore che mi scoppiava nel petto mentre il toro sotto di me prendeva a muoversi prima lentamente e poi in modo frenetico.

Nessuno quella sera riuscì a resistere sul toro più di me e Hyade: solo al diciottesimo secondo caddi sopra di lui e la mia risata esplose contro il suo petto, mentre lui premurosamente si preoccupava di attutire la mia caduta, stringendomi tra le sue braccia forti.

15
Euforia

Chloe

Il luna park aveva iniziato a chiudere e a silenziarsi attimo dopo attimo, lasciandoci sommersi nelle nostre risate, tra le luci di quei pochi giochi ancora rimasti accesi. Probabilmente era più tardi di quanto fossi abituata a fare, ma mi stavo divertendo e non avevo per niente voglia di tornare a casa.

Poggiai distrattamente la mano sul braccio di Hyade, mentre mi sorreggevo a lui per ridere all'ennesimo aneddoto raccontato da James, che, chissà perché, ci ritrovavamo sempre tutti in cerchio ad ascoltare attenti. Presi persino a lacrimare e cercai di tenermi la pancia.

Hyade però si irrigidì sotto la mia presa, facendomi trasalire. La mia risata si interruppe, affievolendosi in un leggero sorriso, nonostante la storia di James sulla sua amica Jude fosse esilarante. Alzai lo sguardo sul ragazzo al mio fianco e incontrai gli occhi verdi di Hyade che erano già puntati su di me.

Il momento fu talmente intenso che non mi accorsi nemmeno che Tonya si univa a James in un numero sul carosello che diceva di aver visto in una serie televisiva e che poteva tranquillamente replicare se James l'avesse accompagnata. Lasciai andare Hyade come se la sua pelle avesse preso fuoco, perché realizzai che fosse inopportuno il modo in cui mi ci ero aggrappata, quasi istintivamente.

Lui liberò le fossette che gli incavarono dolcemente le guance morbide. «Non credo che Tonya ce la faccia a guidare», commentò Zack cautamente, lanciando un'occhiata alla ragazza che evidentemente aveva bevuto troppo anche solo per ricordare come si girassero le chiavi.

«Non fa niente, guido io.» Scrollai le spalle, certa di aver trovato la soluzione migliore.

Invece lui e Hyade si scambiarono un'occhiata eloquente. «Chloe, ci saranno almeno tre pattuglie sulla strada di ritorno, ti leverebbero la patente senza pensarci due volte.» Fu Zack a parlare, ma sapevo che Hyade era d'accordo.

«Non mi sembra che per voi ci sia lo stesso problema.» Incrociai le braccia al petto, sentendomi trattata come una bambina.

Fu Hyade questa volta a sospirare e a dar finalmente voce ai suoi pensieri. «Scherzi, vero? Lo sai che qui, appena ci vedono, ci chiedono una foto e un autografo?»

E mi resi conto che avevano ragione, estremamente ragione. «Be', non posso chiamare mio padre per dirgli di tornare a prendermi, quindi credo proprio che ce lo faremo andare bene», tentai di impormi.

«Il coach ci ammazzerebbe», replicò Hyade.

«Mio padre non è così apprensivo, smettila di dire così.» Ed era vero, ma era anche vero che non mi era mai capitato prima di quella sera di ritrovarmi a dover guidare dopo ben tre cocktail. Anche se stavo bene, non si poteva dire che fossi totalmente lucida.

«Chloe…» mi richiamò Zack, con un'occhiata a Tonya che adesso stava decisamente troppo male persino per stare composta. Sarebbe stato difficile anche solo tenerla ferma sul sedile del passeggero.

«Okay. Va bene», mi arresi. «Qual è il piano?»

«Posso guidare io la macchina di Tonya fino a casa sua, tanto sono venuto con Hyade, poi lui potrebbe riportarci entrambi», propose Zack. Mi sembrò un piano ben elaborato, quindi, annuii consapevole che fosse la cosa migliore.

«Va bene, facciamo così», acconsentii, anche se l'idea di restare sola con Hyade e Zack mi stava già mettendo a disagio per qualche strano motivo.

Alla fine, quando ormai la festa finì definitivamente, salii sul sedile posteriore della macchina di Tonya e cercai di tenerla buona al mio fianco, con la speranza che sarebbe bastato a Zack per avere una guida pressappoco decente.

Gli diedi indicazioni per casa di Tonya, mentre Hyade ci seguiva con la sua auto. Tonya, nel frattempo, non faceva altro che ridere e chiedere a me e Zack se ci fossimo divertiti, ricordandoci che lei si era divertita molto e ripetendo che le piaceva parecchio il tatuaggio che il ragazzo alla guida aveva sulla nuca rasata, che poi si allungò a toccare con la mano.

Alla fine, dopo un viaggio che mi parve infinito, Zack parcheggiò l'auto fuori dal condominio di Tonya. Io mi preoccupai di riaccompagnarla fino al suo appartamento, consapevole che, se fosse stata sola, si sarebbe probabilmente fermata a suonare i campanelli di tutti i suoi vicini. Una volta dentro casa sua, dovetti persino cercarle il pigiama dentro l'armadio, decidendomi a lasciarla solo una volta certa che l'euforia le era passata e che la stanchezza aveva preso il sopravvento.

Dopodiché, salii sul sedile del passeggero della macchina di Hyade, con la solita fatica per via della mia statura minuta, dato che mi ero resa conto che Zack era stato così gentile da lasciarmi il posto. Zack si era comportato da vero gentiluomo con Tonya quella sera: non si era solo preoccupato di riportarla sana e salva a casa, ma si era assicurato che sarebbe stata bene senza invadere la sua privacy, mandando quindi me ad aiutarla a mettersi a letto.

Mi ritrovai così a chiedermi quanti ragazzi al mondo ci fossero così premurosi e pronti a fare tanto per una ragazza che nemmeno conoscevano bene, con l'unico piacere di farlo e non di rimediare qualcosa. Quando Zack scese dalla macchina, proprio di fronte a una villa ben nascosta dalla città, lo salutai allegramente, contenta che Tonya potesse avere al suo fianco uno come lui.

Una volta rimasti soli, guardai Hyade al mio fianco mettere

in moto la macchina per raggiungere casa mia, che nel tragitto verso la sua era più vicina, per questo aveva riportato prima Zack.

Fu piacevole restare in silenzio in macchina con lui per una lunga serie di motivi che non avrei saputo spiegare. Lo osservai muovere la mano ingioiellata tra volante e cambio, e pensai che qualche momento prima mi aveva stretta tra le sue braccia per non permettermi di farmi male sul toro.

Le sue ciocche scure gli ricadevano ancora indomate sulle spalle e aveva un'espressione composta, probabilmente perché si era reso conto che quella sera avevamo entrambi esagerato per essere dei semplici amici. Tuttavia, dovetti ammettere con me stessa che ero tremendamente attratta dalla sua persona, dalla sua aria minacciosa quando si passava l'indice tra le labbra di fronte a un semaforo rosso e dalle guance morbide che ogni volta che sorrideva mi facevano venire voglia di toccarle.

Mi sembrò assurdo il fatto che non mi fossi già concessa a lui senza esitazione e, mentre stringeva ancora il cambio per aumentare la velocità, mi chiesi se avrebbe poi potuto fare tanto male entrare in stretto contatto con Hyade Reyes.

La macchina si fermò, spegnendosi sotto di noi, facendo sfumare ogni mio pensiero su quanto Zack fosse stato premuroso e portandomi a bruciare del bisogno che sentivo per Hyade.

Agitata, lo studiai e lui si voltò e si perse per qualche attimo ad ammirarmi, per poi riprendersi un secondo dopo nella speranza che io non lo avessi notato. Ma più lui mi guardava, più io volevo che mi guardasse.

Non mi importava che fossimo giunti fuori casa mia e che fosse così tardi che avrei probabilmente dovuto fare molto piano nel rientrare.

«Chloe...» mi chiamò, con le sue labbra morbide che si muovevano lentamente e la sua voce dannatamente attraente che mi faceva venire i brividi al solo pensiero che si sarebbe potuta scontrare con la mia pelle.

Eppure, eravamo ancora così estranei, così diversi che l'idea di espormi con lui mi parve un tremendo sbaglio. Io volevo il romanticismo, come le rose a San Valentino, la proposta di matrimonio a sorpresa e i viaggi infiniti in giro per il mondo.

Però volevo anche le sue mani su di me, la sua lingua nella mia bocca e i suoi occhi ad affondare nei miei in contemporanea con il suo corpo.

«Grazie, per il passaggio», mormorai timidamente e le mie labbra tremarono, facendo uscire quella frase come un sospiro.

Hyade mi osservò, con la testa china e il polso poggiato sul cambio. E lo guardai a mia volta, con le gambe a sirena e il peso su un braccio.

«Chloe…» ripeté e soffiò nell'aria la sua disperazione. Io ero la sua disperazione, ma lui era la mia.

Mi domandai ancora quanto fossi disposta a soffrire per poter affondare i polpastrelli tra i suoi capelli e la lingua nella sua fossetta, beandomi del dolce bruciare della sua barba leggera sulle mie papille gustative.

«Hyade…» Il suo nome uscì dalle mie labbra in modo indecente.

E Hyade se ne accorse perché i suoi occhi si illuminarono, mi cercarono ancora, ricordandomi quanto gli risultasse difficile mantenere la calma in mia presenza.

Ma in effetti a Hyade risultava difficile mantenere la calma con qualsiasi ragazza. Mi sorrise e apparve proprio la fossetta, facendo riemergere ancora in me il profondo bisogno di affondarci la lingua.

Poi azzardò, lo fece con una discrezione e una calma ponderate, allungando la mano dal cambio alla mia gamba. La poggiò dolcemente sulla mia coscia fredda che fu presto riscaldata dal suo palmo cocente. Il metallo dei suoi anelli prese a spingersi contro la mia carne e il mio sguardo si impregnò di quell'immagine estasiante. Prima fu insicuro, poi acquistò più audacia e forza, mentre i brividi mi percorrevano la pelle e il cuore prendeva a battere più forte per sorreggere la mancanza emotiva che quel gesto mi aveva causato. Una mancanza piena. Eppure, non mi sentivo affatto come se mi mancasse qualcosa.

«Non… non posso essere solo io.» Le sue narici si allargarono in un flebile sbuffo, che trasmetteva tutta la sua sofferenza.

Probabilmente si era reso davvero conto della differenza tra me e lui: io con quel gesto mi ero riempita, sentendomi crescere da piccola piccola com'ero, mentre lui aveva solo percepito quanto irrimediabilmente impossibile fosse avermi alle sue condizioni.

E io, che ero così romantica e impacciata e tremendamente attratta da lui, non riuscivo a darmi pace all'idea che fossi a un passo dall'averlo. Ma non come lo volevo io. Ne valeva la pena soffrire di nuovo?

Quando rialzò lo sguardo su di me, abbandonai il pensiero che potesse semplicemente andare come desideravo. In fondo, stavo già soffrendo, ma avrei sofferto di più a condividere il mondo con lui senza poterlo toccare. E mi parve straziante rientrare a casa senza aver sentito le sue labbra sulle mie ancora una volta.

Non ce la facevo a credere che quel momento sarebbe potuto morire così, senza appigli di felicità momentanea.

Scansai la sua mano, trascinando via le sue dita sotto la sua espressione sconsolata. Il freddo che avvertii fu terrificante, ma mi diede l'ultima spinta necessaria per fare quello che avevo deciso di fare.

Mi mossi sul sedile, togliendomi in fretta i tacchi alti e arrampicandomi con le ginocchia sulla pelle lucida e costosa. In un attimo, sotto il suo sguardo sbigottito e sorpreso, le mie mani si poggiarono sulle sue spalle muscolose, dopo che scavalcai tutto ciò che ci separava. Mi posizionai sulle sue gambe a cavalcioni e mi accomodai sulle sue cosce.

Nell'istante in cui toccai il suo naso con il mio, pensai che era incredibile che qualcuno di così bello potesse esistere al mondo.

«Chloe…» mi chiamò di nuovo, chiedendomi implicitamente spiegazioni per quel mio gesto azzardato.

Io mi presi qualche secondo per permettere al mio flebile cuore di abituarsi alla sua vicinanza, mentre mi veniva la pelle d'oca per il modo in cui le sue mani si intrecciarono indiscrete all'orlo del mio vestito, chiedendomi di non andare via.

«Ho… ho bisogno solo di questo», spiegai, passando i polpastrelli tra le sue spalle coperte dalla camicia e abbassando lo sguardo.

Hyade fece un respiro profondo e gutturale che si scontrò con le mie labbra. Il mio petto spinse contro il suo involontariamente.

«Nessun bacio?» mi chiese.

«Nessun bacio», confermai.

Lui annuì, poco convinto, ma annuì. «Mi stai mettendo alla prova?» mi chiese, mentre mi mettevo comoda su di lui.

Mi incantai a guardare il suo volto duro e adulto, privo di qualsiasi tratto bambinesco che invece accompagnava ancora il mio.

«No.»

Si rilassò sotto di me, più leggero, meno in guardia. Poi si inumidì le labbra. «Va bene… allora posso fare questo?» domandò e percepii le sue dita allungarsi sotto l'orlo stretto del mio vestito, facendolo rialzare oltre le mie cosce con un gesto fluido e lento. Toccò curioso quei centimetri nuovi della mia pelle.

«Sì», lo rassicurai.

«Quanto oltre posso spingermi, Chloe?» La speranza nei suoi occhi mi fece tremare.

«Abbastanza da non farmene pentire.» E anche se era una risposta generica, sapevo che lui aveva capito cosa intendessi. Annuì, stringendo le labbra in una linea sottile.

«Quanto oltre posso spingermi, Hyade?» gli chiesi allora flebilmente, imitandolo, con la notte fuori che annebbiava il resto del mondo e ci rendeva uniti nella solitudine.

Mi fissò, imponente e imponendosi. «Puoi avermi tutto.» A dire il vero, avrei desiderato un limite qualsiasi per contenere i miei desideri assurdi e insensati.

Invece, potevo averlo tutto. Tutto. Non era il tutto che desideravo io, ma me lo sarei fatto bastare, perché non gli avrei mai chiesto di cambiare per me.

«Voglio un sorriso», ammisi, stringendomi ancora sotto la sua presa che calcava ancora le mie cosce nude.

«Vuoi un sorriso?» Rise, accontentandomi senza rendersene conto. «Potresti avere tutto e tu mi chiedi un sorriso?»

Annuii speranzosa, perché quello che mi aveva appena fatto era sfiorito subito in uno sbuffo divertito e non mi aveva dato la possibilità di cogliere l'attimo.

«Dovrai guadagnartelo, allora.» Mi sembrò quasi di aver aspettato quel via libera da sempre: le mie mani presero a scorrere sul suo collo, i palmi si fermarono nell'incavo e poi risalirono, permettendo ai miei polpastrelli di infilarsi tra le ciocche dei suoi capelli.

Li avevo toccati tante volte per fargli le treccine, ma mai in quel modo: erano morbidi e di seta, puliti e profumati. Non mi ci soffermai e un attimo dopo presi a baciargli la guancia.

Gli lasciai un tenero bacio a stampo prima vicino all'orecchio. Poi un altro sullo zigomo, sotto l'occhio. E un altro sul lato del naso liscio.

Hyade sorrise, allontanando le sue mani dalle mie cosce solo per stringermi la vita in un abbraccio, mentre lasciava andare la testa all'indietro e il suo pomo d'Adamo si muoveva. E io intanto continuavo a posargli baci a stampo sulla guancia, sentendo la sua barba incolta pizzicarmi le labbra e il loro contorno sensibile.

Poi la vidi, la fossetta apparsa grazie al suo sorriso sincero e mi ci fiondai con la bocca, realizzando solo una della miriade di fantasie che mi percorreva la mente quando lo guardavo. La sua fossetta sinistra divenne così marcata che mi ritrovai presto a riempirla di baci.

Era assurdo. E tremendamente romantico che lui me lo lasciasse fare. Che lasciasse che le mie labbra venissero bruciate dalle sue guance ispide, che la sua pelle si bagnasse del mio sapore, che mi permettesse di appropriarmi di qualcosa che non mi apparteneva e che mai avrebbe potuto appartenermi.

Poi smise di sorridere e mi allontanai con un ultimo bacio accanto alla sua bocca, tentando di riassorbire con le labbra la scia bagnata che avevo tracciato.

I suoi occhi mi cercarono e li accontentai, catturarono sinceramente e profondamente ogni mio bisogno, rendendolo loro. Tuttavia, Hyade ebbe la forza di rinunciare anche a quel poco che gli stavo offrendo, gravandosi di tutte le responsabilità e i pericoli che ne sarebbero derivati.

«Dormi con me», mi chiese assertivo, ma con espressione dolce. Un controsenso con il tono e le sue parole. «Nessun bacio, niente sesso. Solo… solo dormi con me.»

E il mio petto esplose di gioia nel sentire il suo bisogno di avermi al suo fianco, che era complementare al mio. Trattenni il respiro, con gli occhi sognanti. Mai avevo percepito così tanto vicino qualcuno. Lui non mi era solo vicino, mi stava sfiorando le cellule neuronali e se ne stava appropriando come una tossina.

«Sì.» Avrei voluto dire sì, sì, sì come una bambina, ma rimasi zitta, stringendo le labbra a trattenere un sorriso. «Sì.» Me ne concessi alla fine un altro, perché lui non sembrava aver realizzato la mia risposta.

Sospirò bruscamente, scuotendo tutto il mio corpo ancora sopra di lui. Mi accorsi che volevo davvero regalargli quello che lui desiderava, perché lo desideravo anche io.

Così mi sfilai dalla sua presa per tornare a sedere sul posto del passeggero e, in attesa, con le labbra sanguinanti per via del modo nervoso con cui avevo preso a morderle, che mettesse in moto l'auto per raggiungere casa sua.

Scoprii presto che, al contrario di Zack, Hyade viveva in un appartamento, evidentemente costoso perché si trovava al centro di Chicago, ma piuttosto umile per una stella del basket come lui.

Una volta dentro, calpestai con i piedi nudi il parquet, in un soggiorno dall'arredamento moderno e minimale, che comprendeva, oltre ai soliti ed essenziali mobili, anche un pianoforte e una libreria.

«Vuoi qualcosa?» mi chiese gentilmente, dopo aver chiuso la porta d'entrata alle sue spalle e mentre si liberava della giacca.

Mi voltai a guardarlo, con i tacchi a penzoloni in una mano e la mia pochette e il peluche del leone nell'altra. «Un po' d'acqua, per favore», gli risposi flebilmente, sentendomi improvvisamente un'estranea.

Hyade, con grande gentilezza, mi tolse dalle mani tutte quelle cose che stringevo stancamente, poggiando le scarpe ai piedi del divano e il resto su di esso.

«Vieni.» Mi fece strada verso il bancone in marmo che separava il soggiorno dall'angolo cottura e mi ci volle qualche attimo per decidermi a seguirlo, perché mi persi a osservare la sua schiena tendersi sotto la camicia e le sue gambe animare le pieghe dei pantaloni passo dopo passo.

Mi sedetti su uno sgabello e mi sembrò assurdo che Hyade Reyes fosse intento a riempirmi un bicchiere d'acqua fresca, quando tutto quello che aveva fatto fino a poco prima era stato toccarmi come se fossi io l'acqua e lui un assetato.

Le mie mani circondarono il vetro condensato del bicchiere, mentre Hyade si accomodava di fronte a me con un'espressione curiosa, con la guancia poggiata sul pugno e con il gomito contro il marmo a mostrare il suo avambraccio ricoperto di tatuaggi.

Sorseggiai l'acqua, intimorita dal suo sguardo allegro e allo stesso tempo intimidatorio.

«Così dormi con tutti i tuoi amici, eh?» mi prese in giro, dopo lunghi attimi di silenzio, beffardo.

Sbuffai divertita. «Capita», gli risposi.

Hyade scosse la testa, poi, non appena terminai di bere, si mise in piedi e mi fece strada verso la sua camera da letto. Quando vi entrai, mi parve così grande da eguagliare quasi il soggiorno: conteneva un grosso letto matrimoniale e quella che sembrava a tutti gli effetti una cabina armadio.

Lui si mosse sicuro, come se non fosse la prima volta che si trovava in una situazione del genere, mentre io prendevo a sentirmi sempre più intimorita attimo dopo attimo, anche a causa del fatto che il viaggio in macchina aveva fatto tornare una certa lucidità nel mio cervello.

«Questi dovrebbero andare.» Mi poggiò sul bordo del letto alcuni vestiti a cui badai poco, perché prese a sbottonarsi la camicia incurante della mia presenza. Le sue dita ancora piene degli anelli si mossero agili e lui, con nessuna malizia o intento di attirare la mia attenzione, si fece scorrere la seta sulle spalle scolpite, piegando poi il tessuto sopra una sedia posta contro il muro.

Guardai i suoi addominali tirare, mentre distrattamente allungava il braccio dietro la schiena per grattarsi una scapola, scrutando la stanza in un probabile gesto abitudinario con cui catalogava mentalmente le varie cose da fare.

«Vado un attimo in bagno.» Riportò la mano lungo il suo fianco, rivolgendomi un sorriso sbilenco quando si rese conto dell'effetto che aveva su di me. Annuii appena, tornando a mordermi il labbro per smaltire la tensione del momento.

Un secondo dopo, Hyade aprì la porta che collegava al suo bagno personale, lasciandomi sola nella sua stanza. Ne approfittai per guardarmi intorno, perché non ero certa che mi sarebbe ricapitata un'occasione del genere e, sebbene solitamente non fossi così ficcanaso, aprii i vari cassetti del mobile posto sotto la finestra con l'intento di frugare.

In uno dei cassetti in cui guardai, trovai una fotografia di quelle che immaginai essere sua madre e sua sorella maggiore. Poi passai al suo comodino, dove c'erano altri anelli che probabilmente spingeva nel cassetto quando si coricava a letto e si dimenticava di toglierli e una scatola di preservativi di cui non rimasi sorpresa.

Una volta conclusa la mia indagine, mi decisi a cambiarmi, visto che era piuttosto tardi e che la stanchezza iniziava a farsi sentire. Mi voltai con le spalle verso la porta oltre la quale Hyade era scomparso e mi affrettai a togliermi il vestito, lasciando che ricadesse ai miei piedi. Non mi importava di riportarlo a casa in condizioni decenti che mi avrebbero permesso di indossarlo ancora, perché fondamentalmente non credevo che avrei più sentito il bisogno di metterlo. Dopodiché afferrai i vestiti puliti che mi aveva prestato Hyade.

Infilai immediatamente la maglia bianca che già da sola avrebbe potuto farmi da camicia da notte, dato che mi arrivava alle cosce, lasciandole però scoperte.

Fu mentre alzavo in aria i pantaloncini da basket che Hyade mi aveva procurato per osservarli meglio, che la porta alle mie spalle si spalancò, facendomi sussultare.

«Se ti serve uno spazzolino, lo trovi nel primo cassetto in bagno, nel caso in cui…» Hyade si interruppe improvvisamente e il suo sguardo scorse sulla mia figura, soffermandosi sulle mie gambe nude.

Trattenni il respiro e gli lanciai un'occhiata da sopra la spalla, sentendo i capelli ricadermi dietro la schiena. Boccheggiai nel notare le sue iridi perse su di me ad avvolgermi come se avessero potuto emanare luce propria. Nessuno mi aveva mai guardata in quel modo.

«Scusami.» Si schiarì la gola, riportando il suo sguardo sul mio volto e io sospirai pesantemente, mentre realizzavo che non ero capace di muovermi perché non mi sentivo stabile. «Ti… ti serve qualcosa?» Si voltò, infilando le mani nelle tasche della sua tuta e stringendosi dentro la maglietta bianca che stava indossando.

«Sì, il mio cellulare nella borsa», gli risposi e fu tutto ciò che ebbe bisogno di sentire, prima di catapultarsi fuori dalla stanza per andare a recuperare il mio telefono e concedermi il tempo di terminare di vestirmi, infilando i pantaloncini da basket rossi e bianchi con lo stemma dei Taurus e il suo numero. Per mia fortuna aveva un elastico regolabile all'interno che mi permise di stringerli alla vita, nonostante fossero evidentemente di una sua vecchia divisa e quindi comunque troppo grandi.

Quando Hyade tornò in camera, stringeva tra le mani il mio smartphone. Titubante, si avvicinò a me, richiudendosi la porta alle spalle, mentre io terminavo di piegare il vestito sul comodino.

«Credo tu abbia un messaggio da leggere», mi avvisò, e si avviò verso l'altro lato della stanza per raggiungere quella che sarebbe stata la sua parte di letto per quella notte.

Intanto, sul display del telefono vidi l'ennesimo messaggio da parte di Derek, che aveva preso a scrivermi costantemente nelle ultime settimane, probabilmente in preda a momenti di malinconia. Ormai, le sue parole non mi facevano nemmeno più effetto ma, sebbene potesse sembrare da masochista, bloccare il suo numero non rientrava nella lista delle mie priorità. Prima di tutto perché questo non avrebbe fatto che spronarlo a insistere e poi perché magari sfogandosi con una serie di messaggi avrebbe presto capito che non ci sarebbe stata alcuna speranza per noi.

Perciò, non risposi a Derek e mandai solo un messaggio a mio padre per avvertirlo che non sarei tornata a dormire a casa, dopodiché lasciai il mio cellulare sul comodino. Mi resi conto solo quando mi voltai che Hyade si era già infilato sotto le coperte e stringeva sotto gli occhi il suo, di cellulare. Ancora una volta mi ritrovai a essere curiosa di sapere qualcosa della sua vita, ma, quando pensai al tipo di messaggi che poteva ricevere, compresi che era meglio per me tenere a bada la curiosità se non avessi voluto rovinare quel nostro improvviso e minimo avvicinamento. Così raggiunsi un lembo delle coperte e le tirai per infilarmici dentro.

«Che fai?» gli chiesi spavalda, poggiandomi su un gomito mentre mandavo all'aria i miei buoni propositi e allungavo lo sguardo sullo schermo.

Hyade rise appena, con la testa premuta contro il cuscino tra il letto e la testiera. «Guarda», mi disse, mostrandomi poi il display.

Sbigottita, mi avvicinai e ammirai la serie di foto che prese a far scorrere sotto il mio sguardo e che ci ritraevano insieme sul toro meccanico. «Le ha fatte Chase», mi spiegò, mentre io non riuscivo a fare a meno di ripensare al modo in cui il suo petto si era spinto contro la mia schiena nel trattenermi e poi avevo gridato il suo nome per la paura di cadere. C'era anche quella in cui eravamo finiti a terra, io sopra Hyade che ridevo come una stupida e lui intento a sorreggermi.

«Quanto sono imbranata», mormorai, lasciandomi andare contro il cuscino, mentre Hyade posava il cellulare sul suo comodino.

Spense l'abat-jour e in un attimo ci ritrovammo nella penombra della luce lunare che filtrava dalle tapparelle della finestra. Guardai Hyade imitare la mia posizione, mentre poggiava la guancia sul cuscino e si distendeva su un fianco.

«Sei imbranata, ma in modo, diciamo... non so se mi è concesso dire queste cose da amico...» Storse il naso, divertito.

«Dopo che ho trovato il tuo pacco di preservativi credo che sarà difficile scandalizzarmi.» Lo presi in giro, realizzando di avergli confessato di aver frugato tra i suoi averi.

«Be', sono un ragazzo preciso. Su certe cose non potrei proprio chiudere un occhio.»

«Ti ci vedo a crescere una squadra da pallacanestro di mini te.»

Ma Hyade sospirò. «Non mi riferisco solo a quello.» Compresi allora che era molto più maturo di quanto volesse far credere. Non era da tutti gli uomini con le sue stesse abitudini e possibilità preoccuparsi di cose del genere.

«Sei fortunato a essere uomo», mi ritrovai così a pensare ad alta voce. Hyade mi guardò confuso e allora mi decisi a spiegarmi. «Mi riferisco al fatto che in ogni caso puoi sempre scegliere di mettere un preservativo. Per noi ragazze non è così semplice.»

«Non vedo perché non dovresti pretendere una cosa tanto banale.» La sua voce roca mostrò per la prima volta un tono ingenuo e non riuscii a sostenere il suo sguardo.

«Molte volte, soprattutto per noi ragazze, non è una scelta», tentai di spiegare e lui sembrò finalmente comprendere cosa intendessi, osservandomi più interessato.

«Resta il fatto che dovresti avere dei preservativi nella borsa, possono sempre tornare utili», mi fece l'occhiolino, tentando di allentare la tensione.

Così mi ritrovai a ridere, nel pieno della notte, con gli occhi gonfi dalla stanchezza, mentre senza rendermene conto gli rivelavo un particolare molto intimo di me. «Non mi servirebbero comunque», farfugliai.

Il suo sguardo scattò su di me come un fulmine. «Cosa vuoi dire?» chiese cauto.

Trattenni le labbra tra di loro, tentando di trovare le parole giuste. «Io… prendo la pillola, sai è imbarazzante parlarne con te», mormorai, mentre le mie guance si riscaldavano.

Hyade aggrottò le sopracciglia. «Tu e Blake?…» chiese in un sussurro, timoroso.

«No», scossi la testa. «No. Mio padre e Tonya mi hanno convinta, certe precauzioni è sempre meglio prenderle.» Mi sembrò per qualche attimo assurdo dover parlare di una cosa del genere con lui.

«Lo capisco, ma ora mi rendo conto che forse avrei preferito non saperlo», disse in un tono quasi supplichevole. Realizzai che quella mia confessione aveva esercitato su di lui un effetto che avrebbe potuto compromettere tutto quello che si era creato tra di noi.

«Forse hai ragione.» Mi lasciai trasportare dal suo sguardo profondo.

«Chloe», mi chiamò appena, facendosi più vicino, mentre la sua mano scorreva sotto le coperte sul mio fianco. «È meglio se dormiamo.»

Annuii appena, ma decisi comunque di riprendermi quello spazio di cui mi ero appropriata sull'aereo, mettendomi sotto il suo braccio e con la guancia contro il suo petto. Avevo finalmente il contatto che tanto desideravo.

Mentre Hyade cominciava a massaggiarmi la schiena da sotto la maglietta con le sue dita lunghe, non riuscii a fare a meno di chiedermi quanto ci avrebbe ancora messo il mio cuore a calmarsi prima che potessi finalmente cadere addormentata sul suo torace muscoloso e caldo. Prima che la stanchezza avrebbe preso il sopravvento sull'euforia che lui mi faceva provare.

«Buonanotte, Leoncina.»

«Buonanotte, Simba.»

16
La sua stessa natura

Chloe

Mi sembrò ancora di star sognando, quando con gli occhi immersi nel sonno, mi ritrovai intorpidita a cercare, a tastare, a comprendere cosa avvolgesse il mio corpo.

Fu strano non sentire il cuscino tendersi sotto il peso della guancia, mentre la mia schiena era scoperta perché la maglietta si era alzata, facendomi rabbrividire dal freddo. Provai con la mano, non realmente comprendendo dove stessi andando a parare, ad acciuffare l'orlo delle lenzuola per poterle tirare su.

Mi accucciai ancora di più contro il cuscino più rigido rispetto al solito e alla fine afferrai quello che sembrava avere tutta l'aria di un lenzuolo, tirandolo con gli occhi chiusi, realizzando solo dopo pochi minuti che era impigliato e troppo difficile da spostare per esserlo.

E così continuai a tastare lì attorno, con la bocca impastata che sospirava burberamente perché volevo proteggermi dal freddo che avevo preso a sentire, ma le mie dita, alla ricerca di ciò che evidentemente non c'era, si persero presto su una distesa di pelle tesa sulla forza di alcuni addominali bassi, e i miei polpastrelli incontrarono timidamente una leggera peluria che mi fece improvvisamente ricordare dove mi trovavo.

«Chloe, non so cosa tu abbia in mente di fare, ma ti consiglio vivamente di non scendere oltre.» La voce rauca e ancora assonnata di Hyade mi fece sussultare, mentre finalmente aprivo gli occhi per guardarmi intorno e ritiravo la mia mano vergognosa.

Hyade mi osservava con un ghigno sul volto e realizzai così definitivamente che quello sotto la mia guancia non era un cuscino, ma il suo pettorale, e che quello che avevo creduto essere un lenzuolo era in realtà la sua maglietta che avevo alzato a liberare il suo torace, il quale fortunatamente scompariva sotto le vere lenzuola ancor prima che potessi vedere quello che nascondevano.

«Scusa», mormorai imbarazzata, decidendomi a guardarlo timidamente.

Hyade rise, beffardo, con un ghigno sul suo volto rilassato, contornato dai ricci disordinati. Non aggiunse altro, ma sapevo che cosa stava pensando: che di certo a lui non sarebbe dispiaciuto se mi fossi fatta avanti.

«Dormito bene?» mi chiese allora, cambiando argomento.

Annuii e mi sistemai di nuovo sul suo petto. Non avevo voglia di alzarmi tanto presto. «Sì», soffocai la risposta contro la sua maglietta, con le labbra atteggiate in una smorfia di piacere sul cotone bianco. «Tu?»

«Sì.» Prese ad accarezzarmi i capelli, facendomi sentire improvvisamente una bambina. Sospirai, ancora intontita dal sonno, mentre mi concedevo di abituarmi a quel posto a me estraneo.

Mi sembrava assurdo il fatto che fossi riuscita a dormire in un letto diverso dal mio, per di più con uno come Hyade, che con una come me non c'entrava proprio niente.

«Preferisci colazione salata o dolce?» mi domandò dopo alcuni attimi di silenzio. Poggiai il mento sul suo petto caldo e percepii il mio cuore iniziare a pompare a una velocità innaturale mentre mi riempivo dell'immagine di uno Hyade sognante.

Se ne stava con gli occhi puntati sul soffitto e un braccio alzato dietro la nuca a fargli da cuscino, evidentemente pensieroso e intento a mettermi a mio agio con domande come quella che mi aveva appena fatto.

«Dolce», risposi. «Tu?»

«Dolce, ma stamattina la mia dieta prevede due albumi e un

tuorlo.» Storse il naso, evidentemente non contento che ci fossero le uova ad aspettarlo per colazione.

«E non puoi fare un'eccezione? Solo per oggi?» provai a tentarlo, riscontrando la solita emozione che prendeva vita dentro di me quando lo istigavo a fare ciò che non avrebbe dovuto. Era strano, ma interessante il modo in cui mi sentivo quando gli proponevo alternative insolite, come una colazione dolce o come toccarmi senza baciarmi.

Mosse la testa, poggiando la guancia sul cuscino in un sorriso divertito; i suoi occhi verdi corsero a incontrare i miei in un gioco di sguardi. «Non posso fare strappi, è la regola.»

«Be', c'è sempre un'eccezione. Mettiamola così...» mi animai improvvisamente, poggiando un braccio sul suo petto per poter puntare il mento sulla mano. «Se potessi mangiare qualsiasi cosa, che cosa mangeresti?»

Le parole uscirono dalle mie labbra con innocenza, soffiate via in un gioco di sincera curiosità; ma Hyade non sembrava pensarla allo stesso modo, perché le sue iridi si illuminarono di una malizia che mi fece brevemente tremare.

«Chloe...» borbottò appena con voce profonda, facendomi intendere che la risposta alla mia domanda non fosse consona al nostro patto tra amici.

La consapevolezza che il suo desiderio mischiato al mio fosse rimasto sospeso nell'aria mi fece sprofondare tra quelle lenzuola pulite in preda all'imbarazzo. Le mie gambe si mossero, stringendo tra di loro le cosce nel vano tentativo di trattenere l'emozione che mi suscitava Hyade.

Deglutii a fatica, mentre gli occhi tremanti lo analizzavano con vigore, intenti a ripercorrere i suoi tratti e i suoi lineamenti singolari e attraenti. Anche appena sveglio restava di una bellezza unica, con i capelli mossi e gli occhi leggermente gonfi e arrossati anche a causa dell'alcol bevuto la sera prima; le sue labbra piene erano solamente la ciliegina sulla torta.

La sua mano, quella non posata con leggerezza sulla mia schiena e i miei capelli, iniziò a risalire l'addome, raggiungendo poi il mio braccio in un tocco leggero e allo stesso tempo possente. Affondò le dita tra le mie ciocche, avvolgendo il mio collo con un palmo mentre mi costringeva ad alzare la testa per raggiungere la sua altezza. Strusciai contro il suo fianco, facendomi forza sulle braccia.

Hyade immerse il volto tra i miei capelli, lasciandomi senza fiato e incapace di comprendere a pieno il significato dei suoi gesti, mentre affondava il naso contro il mio collo, tenendo la mia testa alta per permettersi di incastrarsi meglio tra il cuscino e la mia guancia.

Da quella posizione, che durò alcuni lunghi respiri, mi ritrovai presto a dovermi tirare su o avrei rischiato di perdere l'equilibrio. Hyade fece allora pressione sulla mia schiena, voltando il busto per costringermi a seguirlo con il mio corpo e a sdraiarmi quindi su di lui.

In pochi istanti, fui con il petto contro il suo e le gambe sollevate a cavalcioni lungo i suoi fianchi per evitare al mio bacino di incontrare il suo.

Avrei voluto ribattere, avrei voluto dire a Hyade di fermarsi, ma non ci riuscii perché le mie dita si persero tra il cotone della sua maglietta e lui prese a baciarmi il collo con la sua lingua umida e calda, trascinandomi i capelli dietro la schiena e facendomi sentire intrappolata e allo stesso tempo libera tra le sue braccia.

«Hyade…» sussurrai, ma lui ignorò il mio richiamo, alzando le ginocchia da sotto le lenzuola e stringendomi a sé. Le sue labbra continuarono a percorrere la mia pelle sensibile con schiocchi decisi, senza darmi la possibilità di muovermi.

Mi lasciai allora cullare dalla sua dolce tortura, fatta di baci lenti e profondi, che non si fermavano nemmeno quando incontravano l'orlo della maglietta. Hyade mi stuzzicò la clavicola causandomi una serie di brividi che sfociarono presto in un gemito contro il suo orecchio.

In balìa delle sue attenzioni, non mi ero neanche accorta di aver affondato la testa tra i suoi capelli e la sua guancia spigolosa. Lo sentii sorridere in uno sbuffo prima di tornare a baciarmi più assiduamente la spalla.

Lo chiamai ancora per rimproverarlo, ma il modo in cui le mie mani si strinsero sul suo collo era decisamente contraddittorio rispetto a tutto ciò che stavo vanamente cercando di dire.

«Leoncina», mi chiamò con la bocca premuta adesso sul lobo del mio orecchio; la sua voce si riverberò nella mia mente come un'eco, mentre io cercavo di sbrogliare il nodo delle mie emozioni.

Quello che però Hyade fece in seguito mi destabilizzò ulteriormente: dopo un suo profondo mugugno, le sue mani presero a scorrere sotto l'orlo della mia maglietta e, quando si accorse del modo in cui la mia schiena si inarcava sotto le sue dita trascinanti, Hyade si fece coraggio e mi tolse ogni possibilità di tirarmi indietro. «Giuro che mi fermo tra un attimo», mi assicurò, racchiudendo in due pugni la stoffa della mia maglietta alzata.

E io, che ero debole e non sarei riuscita a tirarmi indietro nemmeno se lo avessi realmente voluto, annuii appena, aggrappandomi al suo collo e al suo bicipite, mentre lui mi afferrava più saldamente per farmi scivolare in una giravolta sotto di lui.

Senza scrupoli si inoltrò tra le mie gambe permettendomi di comprendere quanto gli fosse costata quella notte con me. «Hyade…» lo richiamai con poca convinzione, mentre si adagiava completamente su di me, sorreggendosi con un avambraccio accanto alla mia testa.

L'altra sua mano corse sulla mia coscia e alzò il mio ginocchio verso l'alto per affondare ulteriormente il suo corpo contro il mio.

«Chloe… mandami via, adesso, altrimenti non mi fermo più.» Le sue parole riempirono quel poco spazio che rimaneva a separarci, rendendomi acutamente consapevole del dilemma interiore che non riuscivo a placare.

Sarebbe stato da sciocchi dire che Hyade non esercitava alcuna influenza su di me, perché riuscivo a sentire le mie mani aggrappate alla sua vita fremere e le mie gambe tremare, perché i miei occhi si socchiudevano dal piacere di sentirlo così vicino. Ma restava tremendamente complicato il modo in cui lo volevo e soprattutto in cui mi voleva lui.

Hyade rimase in attesa, con il respiro spezzato contro la mia guancia e il bacino affondato nel mio. «Non fermarti», mormorai e non gli servì sapere altro per tornare a baciarmi la pelle.

A quel punto accettai che ragionare con Hyade premuto completamente contro di me non era una cosa umanamente possibile e mi rassegnai all'effetto che lui aveva su di me, indubbiamente alimentato dal suo aspetto fisico e dal suo carattere spigliato, ma anche dai suoi gesti e dal suo modo di rivolgersi a me.

Si mosse con decisione sopra di me, in un paio di lente spinte di bacino che fecero strusciare i nostri vestiti. Sospirai pesantemente contro la sua guancia, mentre mi aggrappavo di nuovo al suo collo travolta da una moltitudine di emozioni troppo forti per essere liberate tutte insieme.

«Cazzo, Chloe», ansimò e mi ritrovai a sciogliermi sotto di lui, per via dei baci insistenti sulla mia spalla nuda. «Dillo di nuovo», mi chiese.

Ma io, che avevo perso la parola e avevo invece iniziato a sentire un forte desiderio, feci più di quanto mi aveva chiesto: afferrai le sue dita, che stringevano il mio ginocchio, per trascinarle lungo la mia coscia e dargli il via libera per qualcosa che sapevo stava attendendo da tempo. I suoi occhi, infatti, si illuminarono nei miei e, quando riportai la mia mano al suo petto, la sua non perse un solo secondo ad affondare nella mia carne.

Quello chiuse l'ultimo spiraglio di speranza che le cose tra di noi avrebbero mai potuto essere normali. Un secondo dopo, Hyade strattonò violentemente i pantaloncini da basket che mi vestivano e prese ad accarezzarmi.

Sempre con le labbra affondate sul mio collo, mi diede un leggero schiaffetto che mi fece sussultare ed eccitare, mentre lui prendeva a massaggiare la pelle probabilmente arrossata. «Ho detto: dillo di nuovo.»

Arrossii alle sue parole, ma, anche se avrei voluto, non riuscii a rispondergli. Il campanello prese a suonare in una serie di piccoli trilli che ci fece bloccare, come se fossimo appena stati colti in flagrante.

Lo scampanellio si fermò per qualche attimo, ma poi riprese

assiduamente sotto lo sbuffo sonoro e irritato di Hyade, che lasciò andare la presa su di me a malincuore. «Non finisce qui», mormorò, lasciandomi un leggero bacio sulla guancia per poi decidersi a mettersi in piedi.

Lo osservai, con il petto pesante, sistemarsi i vestiti addosso, imprecando sottovoce quando il campanello riprese a suonare. Uscì dalla camera a passo svelto e nervoso.

Rimasi così a guardare il soffitto per qualche istante, mentre le mie mani si adagiavano sulle guance nel tentativo di freddarle. Ero certa che l'aria non fosse l'unica cosa a mancarmi, adesso che Hyade si era allontanato, ma mi ricomposi nella speranza che la ragione non riprendesse presto a torturarmi. Tirai su l'elastico dei pantaloncini da basket, rialzandomi con l'intento di andare a vedere chi avesse deciso di suonare il campanello di Hyade Reyes con tanta frenesia.

Mi accostai appena alla porta che Hyade aveva lasciato socchiusa, sbirciando dallo spiraglio una chioma bionda farsi avanti nel suo soggiorno. «Ciao, Hyade», cinguettò la ragazza, con un sorriso felice sul volto, mentre lui si richiudeva la porta alle spalle ancora sconvolto per via del sonno e di quello che era appena accaduto tra di noi.

«Ciao, Casey.» Le sorrise flebilmente, facendomi intuire che ci fosse una sorta di strana sintonia tra di loro. «Ti serve qualcosa?»

Casey alzò maliziosa i suoi occhi marroni su Hyade. «Hai per caso dello zucchero? Sto provando alcune varianti della torta per Natale e l'ho finito», sospirò sconsolata. Compresi allora che doveva essere una sua vicina, ma il suo modo di porsi provocante mi fece intuire che ci fosse qualcosa di più tra loro.

Mi bloccai, stregata da quella visione, un po' per curiosità e un po' per gelosia. Era difficile da digerire il fatto che fino a cinque minuti prima Hyade stava guardando me nello stesso modo in cui adesso guardava la sua vicina di casa.

«Sì, certo. Quanto te ne serve?» Hyade iniziò a cercare tra gli scaffali, tirando fuori il suo barattolo dello zucchero.

«Non molto. Se ti va più tardi puoi passare da me ad assaggiare le mie prove.» La ragazza continuò il suo evidente spettacolo programmato ma notai che Hyade era un po' a disagio per il suo invito.

«Non posso mangiare certe cose, Casey.» Fece scorrere lo zucchero in un grosso bicchiere di carta, in modo attento e premuroso. «Lo sai che non rientrano nella mia dieta.»

Hyade la stava rifiutando con gentilezza, ma io mi sentii estremamente fuori luogo, soprattutto dopo quanto era accaduto tra noi.

Non avrei dovuto dormire nel suo stesso letto, non avrei dovuto lasciarmi andare con lui come se fossi una delle sue corteggiatrici. Io non mi meritavo di ritrovarmi a chiedere dello zucchero per ottenere le sue attenzioni. Non volevo finire come Casey o come Ashley, la ballerina di cui non si era ricordato il nome ed era finita nel dimenticatoio.

Io ero Chloe e mi rendevo conto che forse era impossibile poter avere anche Hyade alle mie condizioni. Ma, in effetti, Hyade alle mie condizioni non sarebbe stato lo stesso, quello che mi piaceva, che si comportava secondo la sua natura e non sarebbe mai cambiato.

Afferrai il mio cellulare e il mio vestito sul comodino, poi, incurante del paio di sguardi che mi travolse non appena feci irruzione nel soggiorno, raggiunsi il divano per riprendermi il mio peluche e le mie scarpe, che però non indossai perché sarei probabilmente sembrata una stupida ad andare in giro con un paio di tacchi e dei pantaloncini da basket evidentemente troppo grandi per me. Non che andare in giro scalza sarebbe stato meno imbarazzante, ma mi sembrò al momento la soluzione migliore.

«Chloe», mi chiamò Hyade, facendosi avanti per aiutarmi a tenere tutte quelle cose tra le mani. «Che fai?» I suoi occhi preoccupati incontrarono i miei e mi sentii morire al pensiero che volesse che io rimanessi. Tuttavia, quando vidi Casey alle sue spalle, mi accorsi che l'idea di farmi umiliare in quel modo mi repelleva troppo per essere ignorata.

«Vado… vado a casa. Non preoccuparti, chiamo Tonya o mio padre, mi sono ricordata che ho una cosa importante da fare», tentai di giustificarmi, mentre Hyade aggrottava le sopracciglia e si passava una mano tra i capelli dopo essersi accertato che riuscissi a tenere le mie cose da sola.

«Sei... sei sicura?» mi domandò flebilmente.

Annuii, distogliendo lo sguardo perché non riuscivo a reggere il suo, mortificato. Probabilmente Hyade si era reso conto di essersi spinto troppo oltre tra le lenzuola, dopo avermi promesso che non l'avrebbe fatto. Ma non era questo il problema, il problema era che io glielo avevo lasciato fare, quasi pregandolo.

Il problema era che ero troppo orgogliosa per permettere a un ragazzo di ridurmi a dover elemosinare le sue attenzioni. Ero semplicemente stufa di aspettare, di chiedere, di ritrovarmi a soffrire.

Lui e io eravamo solo i rimasugli di un desiderio effimero, anche se probabilmente covavamo entrambi qualcosa di più profondo. O forse io ero troppo innamorata dell'amore, mentre lui era un narcisista convinto.

«Grazie per stanotte, Hyade», gli sorrisi, cercando di fargli capire che non ero arrabbiata e che non volevo in alcun modo offenderlo.

Hyade annuì appena e mi concessi come ultima tortura quella di lasciargli un bacio sulla guancia, per poi fare un passo indietro e dirigermi verso l'uscita dell'appartamento a passo svelto.

Non guardai Casey, non guardai più nemmeno Hyade, mi richiusi la porta alle spalle con la speranza che le lacrime attendessero almeno che arrivassi in ascensore.

Riuscii a trattenerle per fortuna, ma, non appena le porte in metallo si chiusero le mie guance presero a bagnarsi e, confusa, cercai nella rubrica del mio telefono il numero dell'unica persona che sarebbe potuta accorrere in mio soccorso.

Tonya mi rispose dopo alcuni lunghi squilli snervanti. «Cristo! È piena notte, che ti serve, screanzata?» La sua voce burbera mi fece sorridere, indicandomi che fosse decisamente a pezzi dopo la serata precedente. Ma, nonostante fossero le dieci del mattino, non me la sentii di controbattere.

Singhiozzai invece, cercando di coprirmi la bocca con l'avambraccio per evitare che qualcuno potesse sentirmi, anche se ero sola in un ascensore di lusso. Il sapore delle lacrime arrivò alle mie labbra prima di quanto avessi immaginato. «È un'emergenza.»

Hyade era maestoso come un toro e amare andava contro la sua stessa natura.

E lui e io non avevamo solo nature diverse, ma opposte. Che si incastrassero come i cocci rimanenti di due cuori infranti, era solo un cattivo gioco del destino.

«Dimmi dove sei. Arrivo.»

17
Dio... se solo

Hyade

UN'ALTRA partita era stata vinta e c'erano mille altre cose che avrei voluto fare in quel momento, invece di starmene sdraiato sugli scomodi sedili di quell'autobus.

Odiavo le trasferte vicine, perché ci dovevamo fare ore di autobus interminabili e poi tornavo a casa indolenzito. Avevo persino scordato il nome della squadra appena sconfitta, mentre incrociavo le braccia al petto e poggiavo la testa sul finestrino.

Ero stremato, esausto, completamente andato. La doccia postpartita non aveva fatto altro che farmi percepire i muscoli doloranti e per questa ragione, anche se eravamo quasi arrivati a Chicago, me ne stavo con gli occhi socchiusi e i capelli tirati indietro da un berretto, ad attendere semplicemente di potermene tornare nella mia casa vuota a dormire.

Il pensiero mi fece sospirare, mentre chiudevo le palpebre e mi perdevo nella mia enorme felpa, chiedendomi cosa ci fosse di più triste del rientrare in un appartamento vuoto. Mi mancava l'Inghilterra.

L'autista prese una buca e mi ritrovai a imprecare a causa della capocciata che diedi contro il finestrino, poi ricominciai a pensare a come mi sentivo.

Forse quello che mi mancava dell'Inghilterra a dire il vero erano mia madre e mia sorella, che mi accoglievano la sera e mi aspettavano per cenare insieme. Che avrei mangiato quella sera una volta tornato a casa? Ero troppo esausto persino per fare una chiamata e ordinare una pizza. Probabilmente sarei finito dritto a dormire.

Il mio materasso, in realtà, nelle ultime due settimane era stato più scomodo del solito. Avevo fatto fatica a cambiare le lenzuola dopo che Chloe se n'era andata, perché il suo profumo era rimasto a impregnarle. Mi ero concesso di dormire in quel retrogusto di fiori per altre due notti, poi avevo dovuto rinunciarvi. Dal canto suo, lei non rispondeva più ai miei messaggi ed ero stato costretto a legare i capelli in una crocchia prima delle partite.

Mi stava ignorando, Tonya ultimamente ci seguiva da sola per scattare foto al posto suo. Per me non c'era cosa più tremenda di ricordare la sera del luna park e la mattina seguente, mentre mi chiedevo se fossi stato tanto oltraggioso da costringerla a scappare in quel modo.

Era difficile non ritrovarmi a pensare alle sue labbra piene dischiuse dal piacere, mentre lasciavo languidi baci sulla sua pelle liscia e morbida. Al modo tranquillo in cui mi aveva guardato prima di addormentarsi, che mi aveva fatto restare sveglio tutta la notte a osservarla e a chiedermi che cosa significasse poterla avere completamente.

La sua bocca morbida, la dolcezza intrinseca nei suoi movimenti, le cosce frementi. Le avevo immaginate e avevo ripercorso con la fantasia ancora e ancora il suo corpo, chiedendomi che cosa sarebbe accaduto se Casey non fosse venuta a disturbare. Chissà se era stata lei a farle cambiare idea.

Non ne sarei stato sorpreso, ma non potevo fare a meno di domandarmi cosa avessi sbagliato; se ripensavo a quella mattina, la mano prendeva a tremarmi all'idea di come la sua pelle si era arrossata sotto la mia presa e al modo in cui mi aveva chiesto di non fermarmi. E mi ero fermato, come uno stupido. Avevo avuto la mia occasione e l'avevo lasciata svanire insieme alle mie speranze di poter tornare a casa e magari trovare lei ad attendermi.

Dio… se solo avessi potuto, avrei probabilmente scelto di rientrare a casa e trovarla tra le mie lenzuola. La stanchezza sarebbe svanita all'istante ed ero certo che, dopo averla baciata, avrei avuto la forza di ordinare la pizza o del cibo cinese. Poi mi sarei agitato ancora nel vederla mangiare dei noodles con aria impacciata e allora l'avrei baciata di nuovo, e avrei continuato tutta la notte, senza fermarmi, nemmeno quando lei me l'avrebbe chiesto. Dio, se solo…

«Amico, vedo il tuo cazzo da qui.» Chase King mi fece destare dai miei pensieri, costringendomi ad aprire gli occhi per guardarlo male.

Lo osservai ghignare divertito, mentre si girava verso di me dal sedile di fronte al mio per schernirmi ancora.

«Sta' zitto, pervertito», replicai, stringendomi nelle spalle.

Chase rise ancora, tenendosi la pancia. Poi si allungò oltre lo schienale del sedile per fare in modo che lo sentissi solo io parlare. «Sappiamo entrambi che sei tu il pervertito considerato quello che ti passa per la testa.»

Grugnii malamente, trovando frustrante il modo in cui si divertiva a prendermi in giro per quella che sapeva essere la mia cotta impossibile.

«Stronzo», feci in tempo a riprenderlo, prima che un secondo sguardo si posasse su di me.

Il coach poggiò una mano sul sedile in cui avevo malamente buttato le mie gambe e una su quello dove si trovava Chase ancora intento a ghignare, poi mi fissò per lunghi attimi, imponendosi con la sua espressione dura; i suoi bicipiti allenati erano visibili anche sotto la sua giacca elegante.

Che uomo. Aveva ancora l'aria del giocatore di pallacanestro, con le sopracciglia folte e i capelli brizzolati che gli donavano un'aria solenne. La mascella così tesa e l'espressione sempre cattiva erano pura facciata: nella vita il coach beveva più tisane che altro e mangiava i grissini integrali al posto del pane.

«Bella partita, Reyes», commentò.

«Grazie, coach. Dovere», mi pavoneggiai, portando le mani dietro la mia testa e sistemandomi più comodamente, mentre un sorriso soddisfatto mi arricciava le labbra.

«Anche tu, King, hai giocato bene», continuò, rivolto verso la mia spalla destra e per qualche attimo mi sembrò sul punto di aggiungere altro, ma Chase lo fermò.

«Grazie, coach. Dovere», mi imitò con una vocetta sciocca, facendo ridere il coach e facendo invece imbronciare me. Ma come si permetteva di prendermi sempre in giro in quel modo?

«Sta' zitto», lo rimbeccai, lasciandomi andare a uno sbuffo burbero.

Phil Millais allora mi analizzò caparbio e severo, senza lasciarsi sfuggire alcun dettaglio della mia figura; se non fosse stato che probabilmente la sua intenzione era quella di mettermi in difficoltà, avrei giurato di vedergli sul volto la stessa espressione che faceva Chloe quando si perdeva a guardarmi. Chloe… e le sue labbra, morbide e gonfie, i suoi capelli mossi e disordinati… Le mie mani pizzicavano al ricordo del contatto con la sua carne e il suo calore.

«A cosa pensi, Hyade?» mi chiese Phil, facendomi tornare alla realtà.

Penso a sua figlia e a quanto mi piacerebbe…

«Alla partita, è stata faticosa.» Deglutii a stento.

E poi penso ai suoi capelli dorati a colorare le mie lenzuola e alle sue ciglia lunghe che sbattono come le ali di una farfalla contro le gote, quando, presa dall'emozione, mi scruta agitata, mentre mi chiede di non fermarmi.

«Molto faticosa», aggiunsi.

Il coach mi studiò ancora, mentre Chase, che attendeva con ansia quella conversazione da tempo, sogghignava. «Sai, Hyade… mia figlia mi racconta tutto», esordì, facendo tendere ogni mio muscolo. A quel punto iniziai a sentire una certa ansia che mi mordeva i pensieri.

«Le racconta… tutto?» domandai flebilmente, accertandomi che stessimo parlando della stessa cosa.

«Tutto.» Il coach si strinse le braccia al petto, beffardo, poggiandosi poi con la schiena contro uno dei sedili alle sue spalle. «Io e lei ci confidiamo spesso.»

«Bene. È bello sapere che ha un bel rapporto con sua figlia», dissi, tentando di mantenere saldi i nervi al pensiero che avesse potuto raccontargli cose troppo intime su di me, su di noi.

Phil rise, estremamente divertito. Era evidente che quella situazione lo faceva sentire potente. «Alla fine sei andato ad assaggiare la torta di Natale?» mi domandò cauto, sotto lo sguardo sbigottito di Chase. Nemmeno lui sapeva di quel dettaglio, non capivo come facesse Chloe a parlare di certe cose con suo padre, ma ero decisamente fottuto, se lui sapeva quel che avevo fatto.

«Mi sta mettendo alla prova? Vuole sapere se ho fatto strappi alla dieta?» gli chiesi allora, con il petto che mi si gonfiava dalla paura.

Phil Millais era furbo, quindi rise ancora prima di tornare a fulminarmi con lo sguardo. «Voglio sapere che intenzioni hai», replicò bruscamente, duro, per incutermi paura.

«Nessuna intenzione, coach. Sua figlia e io siamo grandi amici.» Cercai, ancora, di mantenere un tono normale nel tentativo di rendere la questione meno tremenda di quanto già non fosse. Che cosa diavolo gli aveva raccontato?

«Anche io sono un grande amico di sua figlia», aggiunse King, ghignando, mettendomi ulteriormente in difficoltà con il coach.

«Ah, sì?» Il coach alzò un sopracciglio nella sua direzione e mi sentii felice per qualche attimo di non essere più il suo bersaglio.

«Già. L'ho anche invitata alla mia festa, ha detto che verrà», sorrise Chase, divertito più che mai, facendomi perdere per qualche attimo la cognizione delle cose mentre mi chiedevo se non avessi sentito male.

«Lei… lei verrà?» gli domandai speranzoso, con il cuore che prendeva a battermi troppo forte all'idea di vederla alla festa di compleanno di Chase, dopo che mi aveva ignorato per settimane.

Chase annuì e la mia testa iniziò a lavorare alla ricerca di buone idee per poterla avvicinare di nuovo.

«Hyade…» mi richiamò il coach sconsolato e mi costrinsi allora a guardarlo negli occhi. Il coach sospirò, passandosi una mano sul volto, un po' esasperato per qualcosa. «Cerca solo… come te lo spiego? Non voglio fare il padre apprensivo, ma Chloe è fragile e potrebbe restarci male anche per le piccole cose.»

«Sua figlia non è fragile, coach. Sa badare bene a se stessa», controbattei, perché fino a prova contraria ero io quello che veniva ignorato.

«È sensibile, Hyade. Non so cosa stiate combinando e non mi interessa, ma se dovesse avere un attacco di ipersensibilità voglio che tu non ti faccia problemi a cercare me o Marla. Va bene?» La voce gli uscì flebilmente, mentre, meravigliato, mi chiedevo che cosa nascondesse realmente dietro quelle parole.

«Un attacco?» chiesi allora.

«Sì, un attacco dei suoi. Quando prova troppe emozioni tutte insieme scoppia a piangere come una bambina per il nervosismo ed è difficile farla tornare in sé. Non succede spesso, ma potrebbe nel caso in cui… voi due passiate molto tempo insieme.» Scrollò le spalle, poi si guardò intorno distrattamente, mentre io realizzavo le sue parole e mi sentivo improvvisamente un gran coglione per tutte le cose che avevo fatto senza realmente comprenderne gli effetti collaterali. «E cerca di essere meno inopportuno, certi dettagli è meglio che un padre non le sappia», sbuffò infastidito, prima di allontanarsi per raggiungere la toilette e farmi scoppiare a ridere per via della sua faccia inorridita.

La mia risata cessò però all'improvviso, quando mi resi conto che Chloe era porcellana tra le mie mani e che io, con il mio temperamento animalesco, avrei probabilmente rischiato di romperla in mille pezzi. Non si trattava per lei solo di desiderare una relazione seria, un amore vero, ma di trovare qualcuno che le restasse accanto ogni giorno. E io non mi ero accorto che trattandola in quel modo non avevo fatto altro che spingerla sempre più verso l'orlo del dirupo che stava percorrendo. Era chiaro: quando la porcellana cadeva a terra, era inevitabile che si sfracellasse contro il suolo.

«Non puoi andarci a letto», mi disse Chase, trafiggendomi con i suoi occhi azzurri. Non potevo, proprio non potevo.

«Non lo farò», replicai allora, consapevole che era l'unica cosa che avrei voluto fare al mondo e che non mi era ancora stata concessa.

«Hyade, sul serio… capisci che lei è… ti prego, non dirmi che ci hai già pensato.»

Alzai gli occhi al cielo. «Buongiorno, detective.»

«Non puoi. Datti una svegliata, amico», continuò.

«Ho detto che non lo faccio.» Tentai di rassicurarlo, ma questo non bastò a metterlo a tacere.

Chase si tolse la felpa, lanciandomela addosso con l'intento di coprirmi il bacino, mentre sotto il mio sguardo di rimprovero aggiungeva un'ultima volta: «Non puoi!» Poi mi lasciò da solo a riflettere su quanto doloroso fosse non poterla avere.

Dio, se solo…

Se solo non si fosse messa quel maledetto vestito, probabilmente ci sarei anche riuscito a fare finta di niente.

La Vigilia di Natale mi recai a casa di Chase per aiutarlo con i preparativi del suo compleanno, che per scherzo divino cadeva esattamente lo stesso giorno, e mi preoccupai anche di sistemare la stanza che solitamente occupavo quando organizzava una delle sue mega feste e io ero troppo ubriaco per tornare a casa, chiedendomi se non fossi un illuso a rifare il letto con tanta accuratezza, come se qualcun altro a parte me avrebbe potuto vedere le lenzuola di flanella quella sera. Dopodiché, scesi al piano di sotto per andare da lui.

Casa di Chase era enorme, un vero affronto alla povertà nel mondo, con ben cinque piani, una piscina esterna, ovviamente non accessibile in quel periodo dell'anno ma illuminata per fare scena, e una serie di grosse terrazze che garantivano una certa intimità grazie ai porticati, con una vista mozzafiato sul lago Michigan e sulla vegetazione che lo contornava in quell'angolo della città.

Il suo salone era grosso il doppio del mio appartamento e si poteva dire che quell'anno non aveva risparmiato su nulla, nemmeno sul numero degli invitati che per qualche ragione comprendeva gente che non avevo nemmeno mai sentito nominare in vita mia, o sugli addobbi natalizi sgargianti.

Non solo, aveva stabilito per noi giocatori un dress code: ci aveva costretti a vestirci con giacca e cravatta, e gli unici coglioni con il colletto inamidato eravamo noi Taurus.

Fu impossibile non allungare le dita verso il nodo della cravatta nel tentativo di allentarla, quando vidi Chloe seguire Tonya al nostro tavolo sotto il porticato accanto alla piscina illuminata, facendosi largo tra la folla.

Con un'occhiata truce, comunicai a Zack di liberare il posto accanto a me sulla panca e lui non esitò a raggiungerne un'altra vuota che fu presto occupata anche da Tonya.

Fu tremendamente disonorevole da parte mia lasciare Chloe Millais a guardarsi intorno, dopo aver salutato Chase e avergli fatto gli auguri, ma non me pentii. Quando il suo sguardo si posò su di me, incerto e consapevole che ci fosse una questione tra di noi da risolvere, sospirò rassegnata all'idea che non le restasse poi molto altro da fare se non affrontare la situazione e mettersi seduta nell'unico posto libero rimasto: quello accanto a me.

Quindi allungai il braccio sullo schienale della panca e picchiettai con le dita il legno massiccio ricoperto dall'imbottitura, facendole segno di farsi avanti con un mezzo sorriso sul volto. Mi resi subito conto che la mia non era stata una mossa astuta, perché il suo vestito, mentre lei si metteva seduta, si sollevò oltre le sue cosce e mi mostrò una gran quantità di pelle. E che vestito…

Mentre prendeva a parlare con James seduto di fronte a noi, il quale le aveva immediatamente offerto un drink, non riuscii a fare a meno di chiedermi se non si fosse abbigliata in quel modo per me.

Non puoi portartela a letto, mi aveva detto Chase, e aveva ragione. Non potevo. Però potevo guardarla e immaginarla.

A ogni modo, lei mi stava apertamente ignorando. Nemmeno quando mi lasciai andare contro lo schienale della panca per fumarmi una sigaretta, Chloe si decise a dedicarmi le sue attenzioni. Rimase a debita distanza, parlando con tutti tranne che con me, stretta nel suo vestito di seta rossa. Fu difficile non imbambolarmi a fissare le sue labbra tinte del medesimo colore, che si muovevano leggere e piene contro la cannuccia del bicchiere che mordicchiava tra una risata e l'altra.

I suoi capelli erano stati acconciati con maestria. Non erano disordinati come al solito, ma le ricadevano dietro la schiena scoperta in onde lucide e dai riflessi dorati, facendomi per la prima volta realizzare quanto mi piacessero di più naturali, quando la facevano sembrare un piccolo leone dalla criniera folta e dagli occhi teneri.

I suoi occhi blu si spostarono su di me solo quando feci un gran sospiro, tra un tiro di sigaretta e l'altro. Chloe strinse le palpebre in due fessure, curiosa e intransigente, forse anche un po' timorosa. Io le rivolsi un sorriso beffardo, gioioso e giocoso, per farle capire che ero dalla sua parte e che non volevo metterla a disagio, a meno che lei non avesse voluto che io lo facessi.

In quel momento, le parole del coach tornarono a infestarmi la testa prepotenti, ricordandomi quanto fossi tossico per quella ragazza che si stringeva timidamente nelle spalle, mentre il resto dei presenti continuava a parlottare tra di loro.

«Vuoi?» le chiesi, allungandole la sigaretta.

Chloe fece un lungo sospiro, che svanì nell'aria, e allungò le sue dita verso le mie, trattenendo quel che restava della sigaretta e portandoselo alla bocca con estrema lentezza e sensualità. Le sue dita immacolate, con le unghie pulite e prive di gioielli, mi fecero ricordare quanto fosse bambina, anche stretta in un vestito accattivante come quello, mentre fumava la stessa sigaretta che avevo fumato anche io.

Fece un tiro profondo, inspirando a pieni polmoni e liberando poi il fumo dal suo nasino dolce. Quando si allungò per ridarmi la sigaretta, non riuscii a fare a meno di notare che l'aveva colorata con il suo rossetto. La riafferrai con le mie dita e sorrisi al pensiero che avrebbe potuto lasciare lo stesso segno sul mio corpo.

«Possiamo parlare?» le chiesi allora, avvicinando il volto al suo orecchio e sentendo quel suo profumo ai fiori tornare a inebriarmi le narici.

James scoppiò a ridere per qualcosa che aveva detto Ben, ma lei e io eravamo ormai finiti in una nube di incomprensioni tutta nostra. «Non ho niente da dirti», mormorò flebilmente.

«Andiamo, Chloe… per favore», tentai ancora.

Ma la sua risposta fu quella di mettersi in piedi e ignorarmi ancora, mentre si risistemava l'orlo del vestito e allungava il suo sguardo verso Tonya, poco distante da noi.

«Andiamo a ballare?» le chiese. E a Tonya non servì un sollecito per raggiungerla e afferrarle la mano, scortandola poi verso l'interno della casa, dove la musica era più forte e si respirava di meno.

Per questo, mi ritrovai ad afferrare Zack per il colletto della camicia e a costringerlo a spegnere la sigaretta appena iniziata per seguirmi dentro, sotto lo sguardo di rimprovero di Chase, del quale, sinceramente, non mi interessava.

Zack mi fece strada nel grosso salone del festeggiato e, dopo aver preso uno shot a testa, ci sedemmo entrambi sui divanetti più consoni a tenere d'occhio le due ragazze per cui avevamo realmente lasciato perdere ogni cosa.

Dopo qualche attimo, mi tolsi la giacca, incurante che avrei trasgredito il dress code imposto da Chase, e puntai il mio sguardo sull'unico vestito rosso che riuscivo a vedere muoversi in mezzo alla folla, nel buio interrotto dai faretti colorati appesi al soffitto.

Per la prima volta ero felice di non avere Chase al mio fianco, ma Zack, perché, sebbene nella maggior parte dei casi si rivelasse un grande compagno di avventure, sapevo che c'erano certi limiti che per lui non andavano oltrepassati.

Probabilmente le ragazze nemmeno si accorsero di noi: Chloe si lasciò prendere per i fianchi da Tonya, che era stretta in un tubino nero, e le afferrò poi il collo come aveva fatto con me solo qualche settimana prima. Mandai giù l'ennesimo sorso di alcol, nella speranza che avrebbe calmato il mio spirito, ma fu difficile restare a osservare con le mani in mano una Chloe tanto selvaggia.

La fissai, inerme, con il petto che mi si gonfiava e i capelli che mi si scompigliavano per via del modo in cui continuavo a passarci le dita in mezzo.

«Che cosa ci sta succedendo, amico?» mi chiese Zack, evidentemente scosso quanto me da quella scena.

Osservai Tonya piegare il volto contro l'orecchio di Chloe, probabilmente per sussurrarle qualcosa, e quest'ultima sembrò per qualche attimo destabilizzata mentre ascoltava curiosa le sue parole. Un secondo dopo, si mosse in una giravolta per tornare a guardare la sua amica negli occhi e poi le afferrò la mano, sostenendola in aria, mentre canticchiava la canzone in sottofondo e alzava la testa al cielo, scuotendo i suoi capelli dorati.

«Non so te, ma io sto perdendo la testa», mormorai, agguantando lo shot che Zack non aveva ancora bevuto per scolarmelo tutto d'un fiato.

18
Come un diavolo

Chloe

HYADE e le sue fossette erano rimasti impressi nella mia testa per giorni, pungendomi la pelle come tanti piccoli chiodi a sorreggere un quadro di disperazione.

Non piangevo così tanto da quando Derek e io ci eravamo lasciati e la ragione per cui avevo trascorso giornate intere rinchiusa in camera mia, a cercare di comprendere che cosa mi tormentasse così tanto, era stata proprio quel ragazzo che stavo cercando di evitare a ogni costo.

Adoravo Hyade e i suoi occhi verdi, perché unicamente lui, con tutti i suoi pregi e i suoi difetti, si dimostrava sempre sincero e interessante. Avevo però capito che aveva su di me un effetto troppo deleterio e ciò che temevo di più era restare ferita senza che lui se ne accorgesse.

Mi ci erano voluti giorni per ritrovare la forza di uscire dopo la nottata a casa di Hyade e anche tanto aiuto da parte di mio padre, Marla e Tonya. Forse era bastato quell'episodio a far capire a mio padre che non ero ancora pronta per ritornare alla vita di tutti i giorni, a lasciarmi andare completamente.

Gli avevo raccontato tutto ciò che mi pesava sul cuore, perché, nonostante gli argomenti fossero intimi e difficili da trattare con un genitore, soprattutto se del sesso opposto, lui restava comunque l'unico punto fermo nella mia vita, se non la persona più importante, e aprirmi con lui era sempre stata una cosa che mi aveva permesso di superare i momenti peggiori, inclusa la morte di mia madre.

Mio padre era un uomo come pochi, mi aveva ascoltata calmo e sereno mentre gli raccontavo tutto quanto. Poi, con un sorriso, si era infilato tra le pieghe del mio piumone e mi aveva stretto contro il petto solo una volta certo che avessi terminato di spiegargli la questione. «Va bene tesoro, va bene così», mi aveva detto, quando mi ero aggrappata alla sua maglietta e le lacrime erano tornate a spingersi tra le mie ciglia. «È la vita... e a volte si soffre. Ci sono persone che soffrono tanto e persone che nella sofferenza ci annegano, questo non ti rende meno capace degli altri, ma solo più felice quando vivi le cose belle. Chloe...» Mi aveva poi guardata negli occhi e asciugato le guance arrossate. «Non sentirti in colpa per provare le cose tanto intensamente. A volte è più bello così.»

E poi mi ero ritrovata ancora da sola a chiedermi se fosse vero che percepire le cose più profondamente degli altri fosse una virtù invece che una disgrazia, ma era bastato quel dubbio a farmi tornare la voglia di riacquistare la mia serenità.

E ora che avevo rimesso insieme i pezzi, seppure ancora traballanti e incastrati male tra di loro, mi restava difficile ignorare Hyade sapendo che era seduto su un divanetto a mangiarmi con lo sguardo. Vestito in un completo elegante, con la cravatta scura e i capelli disordinati, era davvero stupendo. Faticavo a credere che non si sarebbe avvicinato prima o poi.

Tuttavia, non volevo sul serio ridurmi come una delle sue conquiste, a pregare per ricevere le attenzioni che, una volta stufatosi di me, avrebbe indirizzato a un'altra ragazza e quello era il momento di rispettare me stessa, di mettere fine a qualunque cosa ci fosse tra di noi prima che potesse spingersi oltre e farmi troppo male.

Ma Hyade era pur sempre Hyade e sarei stata una stupida a negare che non mi avesse colpita ancora, con la barba incolta e gli occhi vispi a controllare ogni mio movimento. Dopo un po', mi sentii così intimorita che chiesi a Tonya di andarcene via dalla pista, perché non ne potevo più di sentirmi una preda, la sua preda.

Avevo bisogno di un altro drink e anche di restare da sola per un po', magari cercando di riacquistare abbastanza lucidità per ritrovare le mie ragioni per stare alla larga da Hyade, che improvvisamente sembravano essere sfumate.

Dopo esserci procurate due drink dal nome sconosciuto, dissi a Tonya che mi sarei allontanata per un po' e lei annuì, permettendomi di trovare un posto quieto in cui bere il mio drink.

Alla fine, attraversando una lunga serie di portefinestre, mi affacciai su uno dei tanti terrazzi della casa che sembrava essere vuoto. Mi sedetti sul parapetto in cemento e osservai la boscaglia espandersi fino a giungere alla riva deserta del lago, animata dalla fioca luce lunare e dalla musica che arrivava in lontananza, da altre feste natalizie poco distanti.

Il Natale era una festività che mio padre e io avevamo smesso da tempo di festeggiare, ma sapevo che Marla avrebbe architettato qualcosa per il giorno seguente, perché lei era sempre pronta a fare di tutto per rendere ogni momento indimenticabile e apprezzavo che coinvolgesse mio padre, ma spesso per me diventava un peso tentare di stare dietro a tutta quella energia che emanava.

Buttai giù un sorso del drink, chiudendo gli occhi per il sapore forte che mi innaffiò la gola, facendola germogliare di acidità e rilassando invece i miei muscoli tesi. Quando riaprii le palpebre, sussultai nel trovarmi davanti un paio di iridi verdi che prima non c'erano.

Cominciai a tremare, consapevole che la mia calma fosse appena stata interrotta, e poggiai a fatica il drink sullo stesso muretto su cui ero seduta per non rovesciarlo sulle mie gambe.

«Hyade, per favore...» mormorai, sperando che comprendesse che non ero in vena di parlare di certe cose. «Non ce la faccio.»

«Chloe, devi solo ascoltarmi.» Fece un passo in avanti, stretto nel suo completo adesso senza giacca, mentre mi osservava ancora affabile, ma intimorito.

«Tu... tu non capisci. Io non ce la faccio a sopportare tutto quello che mi fai.» Ed era vero: il fremito che mi percorse le cosce mi fece sentire esausta, troppo stanca e troppo debole per affrontare le solite emozioni che mi attraversavano quando ero con lui.

«Io lo capisco», disse fermo, serrando la mascella. Hyade fece un altro passo verso di me. «Lo so che vuoi qualcuno che ci sia per te, una persona stabile su cui fare affidamento e con cui condividere i momenti importanti della tua vita. Io lo capisco, Chloe. Non sono insensibile. Solo perché io non voglio più certe cose, non significa che non le abbia mai desiderate.» Hyade poggiò dolcemente i suoi palmi sulle mie cosce nude, guardandomi intensamente negli occhi e offrendomi tutto il suo bisogno di aprirsi con me. «Lo so che cosa stai passando e mi dispiace esserne la causa, ma io non ti sono indifferente, Chloe. Non lo sono mai stato e questa cosa continuerà all'infinito, per me e per te. Perché siamo troppo attratti l'uno dall'altra.»

«Non sono attratta da te, Hyade», replicai, tremante, consapevole che non mi avrebbe creduto nemmeno se non fossi stata così insicura nel pronunciare quelle parole.

Infatti, Hyade rise, trascinando le sue mani più su sulle mie cosce, mentre io incrociavo le braccia al petto nel tentativo di mettere un po' di distanza tra di noi.

«Chloe, smettila di mentire a te stessa.» Il suo volto si prese come al solito lo spazio che voleva, intrufolandosi tra i miei capelli, alla ricerca del mio orecchio. «Pensaci bene: una notte, tu e io. Una notte sola e ci saremo liberati dell'unica cosa che ci tormenta.»

Mi persi ad analizzare le sue parole, aggrappandomi con le mani alla sua camicia calda, e mi chiesi se non fosse quello il modo giusto di affrontare la questione. In fondo, non era questo che mi stava portando all'esasperazione: l'attrazione per Hyade?

Cedere alla tentazione, ora che lui e io non eravamo legati da altro se non dal desiderio reciproco, avrebbe potuto essere il modo migliore di vincerla. Avremmo entrambi avuto ciò che desideravamo, e poi lui sarebbe passato alla ragazza successiva e io avrei avuto modo di concentrarmi su ciò che volevo davvero.

«Io, non lo so, Hyade. Non mi sembra una buona idea.» Non seppi come, ma trovai la forza di rifiutarlo, perché il pensiero che ci fosse la possibilità di soffrire ancora c'era e non potevo ignorarlo.

Hyade annuì e si fece lontano, sfregandosi i palmi sul volto esasperato. «Hai ragione. Scusami», mormorò. «Sono un coglione, cazzo.» Si passò le mani tra i capelli per tirarli indietro e poi tornò a guardarmi mortificato.

Era un diavolo fatto di sogni, i suoi occhi luminosi e le sue guance alte erano di una bellezza incandescente. Mi bruciava e alimentava il fuoco che c'era in me, spegnendolo poi all'improvviso e chiudendomi in una nube di fumo tossico che mi avvolgeva nello stesso modo con cui facevano le sue mani forti.

Così gli sorrisi. «Forse dovremmo solo smetterla di comportarci come se fossimo più di semplici conoscenti.» Cercai di separarci definitivamente, rendendoci solo due persone che alla fin fine non sapevano molto l'uno dell'altra. Ma lui sapeva di Derek e mi capiva.

«Mi ignorerai ancora?» mi chiese e restai allibita di fronte alla sua espressione delusa, evidentemente provocata dal mio comportamento.

Sospirai e scesi così dal muretto, risistemandomi il vestito sotto i suoi occhi adesso puntati sul mio corpo. «No.» Lo guardai ancora in volto, sperando di fargli capire che volevo solo evitare tutto ciò che potesse rendermi pezzi di vetro infranto.

«Bene. Allora conoscenti.» Allungò la mano, per farmi segno di rientrare a divertirci. Gli sorrisi flebilmente e mi incamminai così sui miei tacchi per raggiungere l'entrata e perdermi nella folla.

La consapevolezza di aver appena respinto Hyade mi piombò addosso non appena tornai al tavolo, dove Chase, evidentemente troppo ubriaco, era impegnato in uno spettacolo che comprendeva il suo piede sulla coscia di Ben e il suo fondoschiena a muoversi come quello di un ballerino. In altre circostanze avrei riso volentieri, ma vedere Hyade fare cambio di posto con James per permettermi di prendere le distanze mi fece talmente male da farmi sospirare sconsolata.

Mi sedetti quindi accanto al biondino che tentò invano di tirarmi su di morale, ma io non feci altro che ascoltare le sue storie senza interesse. Mi persi a guardare invece Hyade di fronte a me che, frustrato, non ricambiò il mio sguardo nemmeno per un secondo. Prese d'assalto il suo pacchetto di sigarette e io mi costrinsi a voltarmi verso James quando vidi Hyade volgersi nella mia direzione con un ricciolo che gli cascava sul volto, anche per evitare di apprezzare il modo in cui le sue labbra si plasmavano attorno alla sigaretta.

«Chloe, tutto bene?» mi chiese James, premuroso.

Annuii, sorridendogli per rassicurarlo nella speranza che comprendesse che non avevo voglia di parlare in quel momento, ma solo di tornare a casa a nascondermi. Ero ancora troppo debole.

Mi decisi comunque a cercare di non rovinare l'atmosfera della festa, perché la ragione principale per cui mi ero in effetti costretta a vestirmi in quel modo e raggiungere l'enorme villa di Chase era stata proprio tentare di non farmi tornare il malumore e di trovare distrazioni.

Così mi impegnai a seguire i discorsi di James e smisi di rimuginare troppo sulle cose. Dovevo cercare di vivere la mia vita con più spensieratezza, proprio come stava facendo Tonya, che era aggrappata al collo di Zack mentre gli mormorava chissà cosa all'orecchio.

Era anche vero che Zack si era dimostrato decisamente più galante nei confronti di Tonya di quanto avesse invece fatto Hyade nei miei. Era evidente che avesse intenzioni serie e vederli insieme mi fece solo rendere conto del fatto che probabilmente non sarei mai riuscita a trovare qualcuno adatto a me, perché nemmeno Blake, seduto poco più in là, con tutta la sua gentilezza e la sua galanteria era riuscito a farmi sentire come mi davano l'impressione di sentirsi loro.

Dopo un po', si aggiunsero a noi due ragazze che Chase aveva salutato con confidenza, facendomi intendere che fossero delle loro grandi amiche. La prima si chiamava Joyce e le sorrisi cordialmente quando, con la sua scollatura imponente, si chinò su di me per presentarsi con una stretta di mano. Lei aveva i capelli rossi e gli occhi azzurri, mentre la seconda, Marissa, aveva una chioma corvina e un paio di iridi scure come la pece. Quest'ultima mi salutò di sfuggita e, facendo oscillare la sua coda alta, tornò poi a prestare attenzione ai ragazzi che le interessavano sicuramente più di me. Anche Tonya venne un po' snobbata, ma fu meno gentile di me di fronte a quell'atteggiamento superficiale.

Decisi comunque di non dare importanza a certe cose, perché non mi interessava granché combattere per le attenzioni di dodici giocatori di pallacanestro. Questo finché Marissa, come a voler marchiare il territorio, si sedette accanto a Hyade e lo salutò più animatamente di come aveva fatto con gli altri, sempre ammesso che si potesse in un qualche modo superare tanto ardore. Io non riuscii a non percepire lo stomaco ingarbugliarsi a quella consapevolezza.

Hyade ricambiò presto le sue moine, agganciando un braccio alla sua vita snella mentre prima si avvicinava per lasciarle due grossi baci sulle guance e poi rispondeva alla sua risata civettuola con un sorriso sornione.

«Hyade, è da tanto che non ci vediamo!» La ragazza fece finta di sistemarsi il vestito scuro, ma l'intenzione era evidentemente quella di mostrare ulteriormente il suo corpo.

Joyce prese posto accanto a James e il tavolo si riempì più del dovuto, mentre Chase continuava a raccontare di quella volta che Trevor era stato rinchiuso negli spogliatoi. Ma io ero troppo intenta a osservare da dietro il bordo del mio bicchiere Hyade, che rispondeva affabile alla ragazza al suo fianco, per badare a James.

«È vero. Sei tornata da molto?» le chiese premuroso, allentando la presa sul suo bacino solo per accendersi un'altra sigaretta, mentre si lasciava ricadere in modo sensuale contro lo schienale della panca con le braccia incrociate e le dita sollevate a sostenere il filtro consumato.

Mordicchiai la plastica del mio bicchiere, sentendo una strana sensazione costringermi ad accavallare le gambe mentre realizzavo che Hyade aveva smesso di prestare attenzione al resto del gruppo per concentrarsi su Marissa. «Una settimana. È stata dura tornare dopo tutti questi mesi, ma Chicago è pur sempre casa.» E mentre lei prendeva a raccontare del suo safari in Africa, Hyade le riempiva il bicchiere con dello champagne; la ascoltava attento e si concedeva di ridere quando lei spiegava di come le si fossero impigliati i pantaloni nella portiera della jeep mentre scappava cautamente da un leone che avevano adocchiato lei e la sua crew.

Marissa si rivelò di una spigliatezza unica che, se non fosse stato per il modo in cui si era posta nei miei confronti, avrei probabilmente adorato.

«Chloe, vuoi per caso un altro cocktail?» mi chiese James, guardandomi per la prima volta da quando lo conoscevo con un'espressione dubbiosa.

Scossi la testa, consapevole che continuare a bere in quel modo indecente non avrebbe aiutato la mia momentanea fase di lieve depressione. James, però, non si fece scoraggiare dal mio rifiuto, si levò in piedi e gridò con il bicchiere in aria: «Giochiamo a 'non ho mai'!»

«Cristo, sul serio?» si lamentò Chase. «C'è la musica, ci sono le ragazze, c'è l'alcol. E tu hai bisogno di uno stupido gioco per adolescenti?»

«Andiamo! È divertente», si lamentò James. Io non commentai, mi limitai a sbuffare infastidita. Tuttavia, solo Chase e io sembravamo contrari alla sua proposta e James ricevette più approvazioni di quante mi sarei immaginata.

Così, uno dei camerieri del catering ingaggiato da Chase liberò il tavolo da tutti i bicchieri vuoti e ci concesse una lunga serie di shot da ingurgitare per lo stupido gioco di James. «Devi giocare anche tu, nessuno escluso!» mi impose James.

E io, furbamente, lo accontentai perché in ogni caso ero certa che le poche esperienze nella mia vita mi avrebbero permesso di cavarmela alla grande senza risultare una noiosa guastafeste.

Il gioco partì da Chase, il festeggiato, il quale, dopo l'iniziale disappunto, si gasò e, mentre alzava il bicchierino in cielo, prese a parlare. «Non ho mai… passato una notte di fuoco con una ballerina!» E ingurgitò il liquido marrone.

Io osservai prima sconsolata il bicchierino di fronte a me e poi alzai lo sguardo per vedere cosa facevano gli altri. Persino Blake bevve il liquido tutto d'un sorso, ma il colpo al cuore mi arrivò quando, voltandomi verso Hyade e la sua amica, vidi entrambi guardarsi negli occhi e ingurgitare l'alcol con un sorriso compiaciuto, come se stessero rivivendo dei vecchi ricordi silenziosamente.

Dopo aver allungato le mani per afferrare due nuovi bicchierini per lui e Marissa, Hyade si degnò di guardarmi.

Probabilmente sembravo una bambina, con le braccia incrociate al petto e il bicchierino di fronte a me ancora pieno. A ogni modo, rifuggii il suo sguardo e puntai il mio su James, che voleva lanciare un «non ho mai» perché ne aveva uno troppo forte.

«Non ho mai… fatto fallo!» gridò compiaciuto e mi sorpresi nel vederlo ridere così energico.

«Amico, non è poi così divertente…» gli fece notare Ben, aggrottando le sopracciglia.

«Oh, andiamo!» Mandò giù il contenuto del suo bicchierino, invitando gli altri a fare lo stesso.

E io, ancora, rimasi ferma a osservare Hyade e la sua amica buttare giù l'alcol complici, sospirando amaramente nel rendermi conto che non mi ero mai sentita così esclusa in vita mia e chiedendomi se non fosse anche lei la componente di qualche squadra femminile di pallacanestro della città.

«Non ho mai… ballato in un locale con delle spogliarelliste!» gridò Trevor, beccandosi un paio di pacche da parte dei suoi amici.

A quel punto, mentre James al mio fianco beveva, studiai incerta quel bicchierino troppo colmo per una come me.

La voce di Hyade si levò cauta e profonda, mentre con la mano metteva giù il suo bicchierino di nuovo vuoto e poi alzava il sopracciglio. «Non bevi?» mi chiese, evidentemente consapevole che avrei dovuto farlo, perché era stato proprio a causa sua se mi ero ritrovata in una certa situazione, e lui ne era testimone.

Sospirai, decidendomi a buttare giù il mio primo «non ho mai» e l'ultimo per un po', perché tutti presero a dire cose che io certamente non avevo fatto.

Fu quando James mi guardò divertito che iniziai a preoccuparmi. «Dai, Chloe! Tocca a te!» mi incoraggiò, stringendomi in un abbraccio momentaneo, troppo ubriaco per accorgersi che non fossi dell'umore.

«Sì, dai, Chloe! È giusto che le ragazze abbiano la loro rivincita!» mi incitò Joyce divertita, facendomi sorridere appena.

E così mi ritrovai a pensare alla lunga serie di cose che avevo fatto nella mia vita, trovandone poche tanto interessanti come quelle che avevano invece elencato gli altri prima di me. Ma alla fine, scovai qualcosa che si potesse considerare degno di un tale gioco.

Afferrai allora il bicchierino, guardandolo timidamente per evitare tutte le paia d'occhi che attendevano che parlassi. «Non ho mai... baciato un giocatore di pallacanestro.» E buttai l'alcol giù in gola, sotto lo sguardo divertito dei presenti.

Come predetto, solo le ragazze presenti si ritrovarono a bere. Quando posai il bicchierino sul tavolo e mi pulii la bocca con il dorso della mano, tentando di non rovinare il mio rossetto, il mio sguardo atterrò inevitabilmente su Hyade che curioso mi osservava, rigirandosi il bicchierino tra le mani pensieroso.

A quel punto, dopo un altro paio di «non ho mai», l'eccitazione per il gioco svanì e i Taurus si allontanarono quasi tutti per trovare nuovi interessi, lasciando quindi il tavolo molto più silenzioso di prima. Hyade e Marissa erano troppo presi l'uno dall'altra per rendersi conto che fossimo ormai rimasti in pochi.

Non avrei saputo dire se fossi unicamente gelosa del fatto che Marissa riusciva a intavolare discorsi con Hyade che non riguardassero solo l'attrazione fisica o anche del fatto che lui sembrava prestarle talmente tanta attenzione da non curarsi del resto dei presenti, però sapevo che il modo in cui si allargava il colletto della camicia con due dita e poi si passava la mano tra i capelli aveva iniziato a farmi innervosire.

Era impensabile che, dopo tutto quello che avevo passato, stessi ancora annegando nel pensiero delle sue mani sul mio corpo e delle sue labbra sul mio collo. Improvvisamente la mia sofferenza si trasformò, passando dal farmi dimenticare ciò che era successo tra di noi al farmi ricordare ciò che non era successo e che sarebbe potuto succedere quella mattina dopo la serata al luna park.

«Facciamo un altro gioco!» propose James e tutti sembrarono non dargli corda questa volta.

«Che gioco?» chiese Chase, esasperato.

«Strip canestro!» James alzò le sopracciglia divertito e allungò lo sguardo verso il campo poco lontano che Chase aveva fatto costruire nel giardino di casa sua, completamente vuoto.

Ero certa di non aver mai sentito un gioco del genere, così mi guardai intorno: Tonya aveva la mia stessa espressione confusa sul volto e Zack al suo fianco alzava gli occhi al cielo.

«Io faccio da arbitro», intervenne Hyade, mettendosi in piedi e indossando la giacca con un mezzo sorriso sul volto.

Allora Ben, che era rimasto in silenzio, si sentì tradito da quella presa di posizione. «Non vale, non puoi sempre scampartela così.»

«Ehilà?» fu Marissa a intervenire. «Potreste spiegarci le regole?»

Allora James gonfiò il petto e l'espressione maliziosa che assunse ero certa che non avrebbe portato a nulla di buono. «Semplice», rispose. «Ci dividiamo in due squadre e tutti i canestri mancati sono un indumento in meno per chi tira. Perde la squadra che si ritrova per prima un giocatore nudo.»

Inutile dire che la presenza di quattro ragazze non fece altro che mandare su di giri i giocatori. Tuttavia, Tonya e io decidemmo di non partecipare e restare solo a guardare considerando le nostre scarse capacità sul campo, che avrebbero sicuramente finito per farci perdere.

«Dai, sarà divertente!» tentò di convincerci Joyce, mettendosi in piedi per poter seguire James, ma Tonya e io ci accomodammo a bordo campo in attesa che le due squadre si formassero.

E così mentre la notte oscurava il cielo sopra di noi e il resto degli invitati si dilettava al centro della festa, rimasi a osservare James, Zack, Chase, Ben, Marissa e Joyce dividersi in due squadre per poter giocare, mentre Hyade prendeva posto come arbitro.

Il gioco iniziò con la spensieratezza di cui quei ragazzi avevano bisogno e per un istante mi ritrovai a tastarmi il petto alla ricerca della mia macchina fotografica, rendendomi conto che ovviamente non l'avevo portata. Fu un gesto istintivo, che quasi mi fece sentire fuori luogo, ma vederli posizionarsi e dare il via al lancio della palla in una situazione del tutto diversa dalle solite partite al Centro mi fece desiderare di poter immortalare quel momento.

Marissa confermò subito la mia teoria secondo cui anche lei era una cestista, ma quando vidi Joyce sfoggiare una tecnica altrettanto valida supposi che probabilmente in passato erano state compagne di squadra.

Inutile dire che, anche non partecipando attivamente al gioco, riuscii a divertirmi lo stesso nell'osservare i ragazzi togliersi prima le scarpe e poi le camicie, marcandosi e facendosi canestro a vicenda.

Tonya e io come nostro solito facemmo il tifo, esibendoci in una standing ovation tutte le volte che qualcuno era costretto a togliersi un indumento. Il bello però arrivò alla fine, quando James, ormai rimasto vestito solo dei suoi boxer, mancò l'anello dichiarando definitivamente la sua sconfitta e quella della sua squadra.

«Va bene, ho perso, cambiamo gioco.» Alzò le mani, fingendosi rassegnato.

«Amico», intervenne Hyade. «Le regole non sono queste e in quanto arbitro il mio dovere è quello di farle rispettare.»

«Dammi una punizione e finiamola qui», gli propose allora James.

Restammo tutti ad assistere alla scena divertiti, mentre il resto dei giocatori indossava nuovamente i vestiti persi.

«La mia punizione è...» lo tenne sulle spine Hyade. «Quella di rispettare le regole, andiamo.»

«Dai, James!» gridò Tonya, in segno di approvazione. «Lo sai che non vediamo l'ora di vederti nudo!»

Mi tenni la pancia dalle risate, mentre James si voltava a guardare Tonya con una finta espressione di sorpresa sul volto. «Se me lo chiedi così, dolcezza», replicò e in un attimo prese a correre verso la piscina, nonostante facesse un freddo glaciale; si tolse l'ultimo indumento rimasto per strada e si buttò immediatamente nell'acqua per evitare che qualcuno lo vedesse.

Guardai la scena da lontano, mentre tutti prendevano a correre per andare a vedere il tuffo che aveva animato l'altro lato del giardino.

A quel punto, anche Tonya si affrettò per raggiungere Zack. La partita poteva dirsi ormai conclusa: solo Hyade era rimasto al centro del parquet con la palla tra le mani, osservando il canestro di fronte a sé mentre si rigirava la sfera tra un palmo e l'altro, pensieroso.

Il cielo notturno sulle nostre teste si era annuvolato; nonostante facesse freddo, l'alcol aveva contribuito a riscaldare anche il lembo più nascosto della mia pelle e i brividi che mi percorrevano la schiena avevano solo a che vedere con la sua bellezza, come succedeva sempre.

Più lo guardavo, con i capelli mossi fino alle spalle e l'immancabile espressione burbera, meno mi rendevo conto che i miei piedi avevano preso a camminare automaticamente verso di lui.

«Non vai a vedere James?» La domanda mi uscì spontanea, mentre lo affiancavo.

Ora che gli altri se ne erano andati, il silenzio intorno a noi sembrava sovrastare la musica in lontananza, ma questo mi dava modo di ascoltare meglio il mio cuore irruente rispondere alla sua presenza.

Hyade si lasciò sfuggire un ghigno. «Ti sfido», mormorò, piantando le sue iridi nelle mie.

Le mie labbra si schiusero sorprese. «Stai scherzando?» domandai in automatico.

«Certo che no», ribatté, prendendo la mira e facendo canestro. «Ma siamo tu e io, concedimi questo ballo.»

«Ti piace questa metafora, non è vero?» gli chiesi divertita, piegandomi ad afferrare la palla che era rotolata fino ai miei piedi.

«Questo siamo, tu e io. Giusto?» A quel punto mi voltai per fronteggiarlo, mentre lui posava i palmi delle sue mani sul pallone, proprio sopra le mie. Si inumidì le labbra, attirando la mia attenzione e poi riprese a parlare: «Destinati a combattere, senza possibilità di esistere. Come un toro in una corrida».

Mi lasciai sopraffare da quella consapevolezza.

«E chi sarebbe il torero?» gli domandai, i miei occhi ancora fermi nei suoi mentre mi immergevo nella loro profondità alla ricerca di una via di fuga che non sarebbe mai arrivata.

Hyade si lasciò sfuggire un sorriso, alzando l'angolo della bocca e liberando una delle sue fossette.

«Il tempo», lo disse flemmaticamente, puntando lo sguardo sulla palla che ancora stringevamo insieme. «Magari potremmo anche vincere sai, tu e io.»

«Ma non è questo il bello, giusto?» Mi lasciai sfuggire un sorriso. «Sarebbe solo morte per il toro, se si preoccupasse unicamente di vincere o perdere.»

In quel momento avvertii il sibilare profondo di un legame che ci teneva ancorati l'uno all'altra, indissolubilmente. L'attrazione che provavamo reciprocamente era palpabile anche a miglia di distanza e, se le parole e il raziocinio avrebbero potuto far fronte al potere di un'energia così carnale, non c'era modo di fermare la complementarità nel nostro modo di vedere le cose.

La verità era che credevamo di sapere cosa volevamo essere, ci eravamo costruiti entrambi intorno una corazza per proteggerci dalla sofferenza, trincerandoci ciascuno nella propria individualità. Lui aveva scelto di essere il cattivo ragazzo che tutti si aspettavano che fosse, perché era l'unica via d'uscita che gli restava dalle aspettative che riponevano in lui, e nella parte ci si era calato alla perfezione, così tanto da convincersi di non poter a sua volta riporre aspettative su se stesso.

Io avevo indossato una corazza fatta di apatia, perché era l'unica cosa che contrastava il fatto che percepivo i sentimenti straripare ogni volta che li provavo. E, se per me era più facile non provare nulla, invece che provare le cose tutte insieme, per lui forse era più facile convincersi di essere per metà toro, un animale, senza umanità.

«Già», mi rispose.

Mi resi conto che tutte le volte che mi lasciavo attrarre da lui, mi sentivo risucchiata da un buco nero. Ogni buco nero però è composto dai rimasugli di stelle grandi e antiche.

«Non gli resta quindi che ballare», gli sorrisi di nuovo.

A quel punto, la complicità che si scatenò tra me e Hyade mi fece vibrare il petto. Così, prendendolo di sorpresa, esercitai forza sulla palla e gliela sfilai via, sorpassandolo per poter raggiungere l'anello e fare canestro con la misera agilità che avevo.

Lo sentii ridere alle mie spalle. «Non ci posso credere.» Fu tutto ciò che gli riuscì di dire, prima che riprendessi la palla e mi mettessi in posizione per ripetere il passaggio. Questa volta, però, lui si preparò in tempo e, quando tentai di nuovo il tiro, mi disturbò per farmi mancare l'anello. Fui così costretta a togliermi le scarpe e a lasciarle a bordo campo mentre lui rideva di me.

Dopo un attimo, fui io a dover proteggere il canestro, ma in un istante lui mi superò e fece entrare la palla, facendomi già iniziare a temere una sconfitta; considerando i pochi indumenti che stavo indossando, ero certa che sarebbe andata a finire male.

Le mie previsioni si rivelarono corrette, perché Hyade prese a fare una serie di canestri senza lasciarmi scampo. Solo dopo essere riuscita malamente a evitare che facesse entrare la palla per l'ennesima volta, toccò di nuovo a me.

E mi sembrò veramente di ballare, per un breve istante. Di fronte a me, c'era lui con le ginocchia piegate, vestito del suo completo e del suo sguardo intransigente, pronto a farmi sbagliare e a proteggere il canestro alle sue spalle. E poi c'ero io, ingenua, che credevo di poterlo veramente sopraffare.

Mossi i piedi sul parquet, riuscii a evitare le sue braccia intente a fermarmi e nell'attimo di un brivido feci il passo sbagliato, in una coreografia non programmata.

Lanciai la palla velocemente e questa arrivò a toccare l'anello, ma poi cadde fuori dal canestro. L'adrenalina mi travolse tutta insieme, facendomi voltare esterrefatta a guardare Hyade che aveva alzato le sopracciglia curioso.

E se avevo imparato una cosa da quando lo conoscevo, era che non si poteva venir meno alle sfide.

C'erano stati momenti in cui tutto ciò che avevo desiderato era stato poter rinchiudermi in me stessa per sempre, senza dovermi aprire, attendendo che la vita semplicemente passasse. Ma lì, insieme a lui, che con il mento alto mi invitava a rispettare i patti, non riuscii a fare a meno di farmi avanti.

Le regole erano chiare. Peccato che io avessi addosso solo il mio vestito scollato sulla schiena, che quindi non implicava l'utilizzo di un reggiseno, e che tutto ciò che indossassi al di sotto fossero unicamente i miei slip.

Tuttavia, il fatto che fossimo rimasti lui e io soltanto non fece altro che alimentare la mia bramosia di dimostrarmi per niente intimorita da quella situazione.

«Le prendi da solo o devo venire a infilartele dentro la camicia?» gli chiesi, incrociando le braccia al petto con sfrontatezza.

«Me le prendo da solo», mormorò sbottonandosi la giacca elegante per affrettarsi a raggiungermi.

Allora, esasperata, senza distogliere lo sguardo da lui, afferrai l'orlo delle mie mutandine da sotto il vestito facendo in modo che non si intravedesse nulla e le tirai giù, percependole scendere prima lungo le mie cosce e poi per tutte le mie gambe, fino a poggiarsi sulle caviglie.

Le mani di Hyade furono presto tra i miei piedi, e mi appoggiai alle sue spalle imponenti per scavalcare senza problemi l'indumento. E così, mentre lui mi guardava dal basso con un sorriso sghembo sul volto, con il respiro affannato mi aggrappai a lui e trascinai a fatica una gamba dopo l'altra fuori dai miei slip, che poi Hyade rubò.

Li infilò nel taschino della giacca come se fossero un fazzoletto o un fiore da portare, incurante persino del fatto che saltassero fuori dalla piccola fessura.

Hyade allungò le mani sulla mia vita, si alzò e si avvicinò per sussurrarmi qualcosa all'orecchio anche se eravamo soli. Il mio corpo si protese verso di lui istintivamente, calamitato dal suo.

Le sue labbra morbide e umide per via dell'alcol attirarono a loro, ancora una volta, i miei capelli, mentre caparbio, nonostante quello che ci eravamo detti, le muoveva contro la mia pelle.

«Queste me le tengo, dovrai faticare per riaverle», mi sfidò, solenne, consapevole che nemmeno l'appellativo conoscenti ci avrebbe resi realmente tali.

E io, che ancora una volta vivevo le emozioni in modo troppo forte per tirarmi indietro, non riuscii a non dimostrarmi la regina degli incoerenti.

«Una notte, Hyade. Tu e io. E poi abbiamo chiuso.»

Come un diavolo, Hyade sorrise… ma si sa che a fare patti con il diavolo, ci si perde l'anima.

19
Notte per sempre

Chloe

La pelle ruvida e tesa di Hyade si era ammorbidita sotto il mio tocco, mentre, tremante, avevo stretto più forte le sue spalle e l'incavo del suo collo, e l'avevo guardato negli occhi.

I ricci gli ricadevano ancora indomiti sulla fronte, mentre le fossette sul suo volto mi facevano tornare alla mente ricordi di una serata passata e l'impellente bisogno di affondarci con tutta me stessa tornava a farsi sentire.

Poi il suo sorriso si spense e la sua mano si trascinò tra i miei capelli per tirare via dal mio viso una ciocca fuggiasca, con grande cautela. «Sei sicura?» si inumidì le labbra.

«Sì. È questo che siamo, no? Solo attrazione.» Le parole mi morirono in gola: un cimitero di sentimenti inespressi.

Mi concessi di sorridere, pensando a quello che eravamo e non a quello che avremmo potuto essere, mentre lui, ancora, si inumidiva le labbra con la lingua morbida e lasciava trasparire il desiderio che provava.

Esplose in un movimento fulmineo: mi sollevò dal bacino per caricarmi sulla sua spalla, mentre io gridavo sorpresa il suo nome e dimenavo le gambe. Probabilmente avevamo di nuovo attirato tutte le attenzioni su di noi, ma non riuscii a vedere altro se non i miei capelli cedere alla forza di gravità e la schiena soda di Hyade, che si premurò di tirare giù l'orlo del mio vestito per coprirmi. Poi, prese a camminare per ritornare alla festa e abbandonare il campo.

«Bella festa, Chase. Noi ce ne andiamo!» gridò. Una delle sue mani si levò in aria probabilmente per salutarlo, perché la sentii allontanarsi dalla mia coscia solo per un istante.

«Mettimi giù, Hyade!» tentai di divincolarmi, ma lui si limitò a ridere mentre mi sistemava meglio sulla sua grossa spalla.

«Amico, che stai facendo?» Fu Chase a tentare di chiedere giustificazioni, ma ormai Hyade aveva già preso a farsi strada tra la folla di persone troppo ubriache per rendersi conto di noi. In un attimo compresi che dimenarmi non sarebbe servito a niente.

Mi aggrappai allora alla sua giacca, con i capelli che dondolavano verso il suolo a ogni suo passo brusco. La paura prese ad assalirmi quando Hyade percorse una rampa di scale e a quel punto gli circondai completamente il bacino con le braccia per essere certa che non sarei caduta. Anche se la fermezza della sua presa sulle mie cosce non mi avrebbe mai permesso di scivolare via.

Presto la musica si fece più distante e, quando sentii una serratura scattare, compresi che eravamo arrivati in una stanza. Le mie gambe presero a tremare, probabilmente consapevoli di quello che sarebbe successo di lì a poco.

Hyade si posizionò di fronte a quello che intravidi essere un letto e, mentre si toglieva le scarpe, sfilandosele in un gesto automatico, la sua bocca si perse sensualmente sulla parte posteriore delle mie cosce. Le sue labbra umide percorsero dolcemente la mia pelle con un paio di baci.

Mi lasciò poi cadere sul letto e affondai in una serie di coperte e cuscini estremamente morbidi, mentre una delle visioni più belle di sempre mi si presentò di fronte.

Hyade prese a gattonare sul materasso con il labbro stretto tra i denti e gli occhi intenti a divorare ogni centimetro del mio corpo; si fermò poi tra le mie gambe, che tenevo piegate affinché non vedesse sotto l'orlo del vestito, senza però ancora toccarmi, per sfilarsi via la giacca e lanciarla lontano.

«Hyade…» lo chiamai per chiedergli spiegazioni della sua avventatezza.

Però mi interruppi e fremetti nel vederlo passarsi una mano

tra i capelli e imbambolarsi a guardarmi con meraviglia, come se fossi la protagonista dei suoi sogni. Sospirai pesantemente e parlai ancora.

«Hyade… io pensavo che saremmo andati a casa tua», gli rivelai, cercando di stabilire un contatto tra di noi che non fosse solo attrazione.

Hyade sbuffò e si sdraiò accanto a me sul letto fresco. «Ho bevuto troppo per guidare, questa è la mia stanza da Chase, spero non ti dispiaccia», sorrise flebilmente, trascinando poi il suo naso nell'incavo del mio collo e facendomi così lanciare la testa all'indietro per via del piacere di sentirlo nuovamente così vicino.

«Okay…» mormorai. «Non ti chiederò perché tu abbia una stanza tutta tua da Chase, sono certa che la risposta potrebbe farmi cambiare idea rapidamente su quello che stiamo per fare», ridacchiai, afferrando la sua cravatta ancora ben allacciata non appena lui si allontanò di un millimetro.

«Sempre troppo intelligente, Leoncina», sussurrò. Il suo naso iniziò a solleticarmi la guancia, mentre lui respirava pesantemente il mio profumo e io mi arrotolavo la sua cravatta tra le dita tremanti.

«Adesso posso baciarti?» mi chiese, con il desiderio che fioriva sul suo volto maturo.

«Non pensavo ci fosse bisogno di chiederlo», replicai, facendogli realizzare che non aveva bisogno del mio consenso esplicito per farsi avanti. Hyade fissò per un momento le mie labbra colorate, si piegò su di me con una tale dolcezza che il mio cuore prese a fremere ulteriormente, e si impegnò a rovinarmi definitivamente il rossetto.

Accolsi le sue labbra con la gioia di poterlo finalmente sentire nuovamente mio e, quando si mise sopra di me e le sue mani si trascinarono accanto alla mia testa affinché potesse sorreggersi con gli avambracci, le distanze tra di noi erano diventate così minime che sentivo il mio naso graffiato dalla sua barba incolta, mentre lui affondava con la lingua dentro la mia bocca senza freni, liberando l'animale che era in lui.

Un animale fatto di energia indissolubile, carica e pregna dei suoi bisogni, e che conosceva bene la sua preda, perché evidentemente mi aveva studiata più di quanto mi sarebbe piaciuto ammettere.

In un istante tutte le problematiche che mi avevano accompagnata fino a quel momento si dissolsero, dando sfogo alla mia natura sensuale che non tiravo fuori spesso. Mentre la lingua di Hyade mi percorreva la bocca e la sua mascella dura si apriva per intensificare il bacio, con le mani febbricitanti mi aggrappai alla sua cravatta e chiusi gli occhi dal piacere, attendendo che lui si rivelasse per quello che era.

Quando si allontanò per riprendere fiato e guardarmi negli occhi, emozionato nel vederli brillare di lui, mi caricò a mia volta di desideri che non avrei lasciato silenti. Così la mia bocca si allungò sul suo mento e poi sulla sua mascella per ricoprirla di macchie rosse, per marchiarlo; fu bello vederlo affogare in un'espressione d'estasi, cercare aria, con il segno dei miei baci sul suo volto. Mi morsi le labbra, compiaciuta e questa sembrò essere l'ultima conferma implicita di cui aveva bisogno.

Hyade si allontanò, facendomi mancare l'aria per qualche istante, e mi ribaltò come un giocattolo tra le sue dita e poi sul letto, costringendomi a distendermi a pancia in giù. Assecondai le sue richieste, guidate dai movimenti delle sue mani prepotenti, mentre con la guancia affondavo nel cuscino per poterlo guardare oltre la spalla.

Hyade era improvvisamente mutato, mettendo da parte ogni tipo di galanteria avesse probabilmente creduto di dover usare con me. Infatti, senza troppe cerimonie, le sue mani piene di anelli afferrarono l'orlo del mio vestito, tirandolo su con uno strattone che fece bruciare la mia pelle per via dell'attrito. Mi ritrovai completamente scoperta dalla vita in giù. Sussultai, sorpresa, mentre lui mi faceva piegare le ginocchia e alzare completamente il bacino per godere di una visione che, era evidente, suscitava in lui un piacere travolgente.

Ero sempre stata una ragazza calma e tranquilla e, anche se non andavo in cerca di avventure, quando mi ci trovavo mi restava difficile non prendere in mano la situazione e agire passivamente.

Mi sistemai così meglio con le braccia, e allargai le ginocchia per concedergli una migliore visuale della ragione dei suoi incubi.

Hyade, che era sempre stato un po' trattenuto nei miei confronti, era troppo attratto da me per lasciarsi sfuggire un'occasione del genere. Perciò, decise di sfruttare la situazione fino all'ultima goccia.

Si piegò su di me, sfregando la stoffa del cavallo dei pantaloni sulla mia intimità nuda, poi raggiunse il mio orecchio, con il petto che gli si gonfiava sulle mie scapole.

«Chloe...» mormorò con il fiato corto, ricordandomi che non ero l'unica a provare tutta quella eccitazione. «Ti ricordi che cosa mi hai detto prima?» La sua mano prese a percorrere il mio fianco, scendendo oltre il mio bacino per ancorarmi meglio al suo.

Tentai di focalizzarmi sulle sue parole, cercando di ignorare la moltitudine di sensazioni che corsero lungo il mio corpo, e con fatica ripetei probabilmente la bugia più colossale che avessi mai detto. «Che... che non sono attratta da te», balbettai, mentre Hyade ghignava e riprendeva le distanze.

Lo cercai con lo sguardo, timorosa che avesse potuto in qualche modo cambiare idea, invece, spavaldo, allungò una mano ricoperta dei suoi anelli tra le mie gambe, costringendomi a socchiudere gli occhi dal piacere quando due delle sue dita presero ad accarezzare la mia intimità.

Il mio respiro divenne pesante e poi si fermò, quando Hyade fece scorrere le due dita dentro di me e avvertii i suoi anelli spingere. Tornò a piegarsi su di me, raggiungendo ancora il mio volto accaldato per ricordarmi chi dei due fosse il torero in quella partita.

«Sembra che tu sia una grandissima bugiarda.» Le sue dita scivolarono fuori di poco, per poi rientrare più forti e costringermi a stringere le palpebre per via dell'intensità di quel momento.

«Hyade...» Sospirai, mentre lui si impegnava a lasciarmi alcuni baci sulla guancia morbida e strofinava ancora il naso sul mio collo, assaporando ogni mio fremito.

All'improvviso, tolse le dita, lasciandomi vuota e più desiderosa di prima. Mi fece voltare nuovamente e, sotto il mio sguardo febbricitante, tirò fuori la lingua e leccò le dita che erano state dentro di me. Rimasi a guardarlo bearsi del mio sapore, mentre succhiava via ogni residuo dai suoi anelli. Dopodiché, mi fece esplodere il petto per via del modo frenetico in cui prese a sciogliersi la cravatta troppo stretta.

Ridacchiai, con le guance rosse e il vestito ormai diventato un ammasso sul mio petto; non mi importava di essere nuda sotto di lui e allungai le mani per fargli segno di avvicinarsi. «Lascia, faccio io», mormorai e mi aggrappai alle sue spalle per mettermi seduta su quel materasso morbido.

Dopo pochi istanti, con la mano premuta sul suo petto, lo convinsi a sdraiarsi al posto mio e mi misi a cavalcioni su di lui. Le sue mani curiose risalirono le mie cosce nude e i suoi occhi mi guardarono estasiati.

Mi concentrai ad allentare la sua cravatta nera, senza però sciogliere il nodo. Quando gliela feci scorrere su per il collo come una collana, Hyade non si tirò indietro, anzi, alzò la testa per permettermi di togliergliela. Invece di lanciare la cravatta lontano, la sistemai sul mio, di collo, sotto la sua espressione evidentemente eccitata. E dovevo probabilmente sembrare una stupida, ma Hyade rimase in silenzio a fissarmi ancora e tutto ciò che fece poi fu alzare il busto per raggiungere i miei piedi con le sue mani.

«Ti voglio, adesso», mi ordinò con frenesia.

Fui costretta ad aggrapparmi alle sue spalle, perché Hyade prese a cercare la zip del mio vestito, tastando la mia schiena impaziente, e la tirò giù violentemente una volta che l'ebbe trovata.

Non mi restò molto altro da fare, se non accontentare le sue richieste, e così gli permisi di far scivolare il vestito oltre la mia testa. Rimasi completamente nuda su di lui, fatta eccezione per la sua cravatta.

Non mi ritirai come avrei probabilmente fatto di solito, bensì i miei palmi si poggiarono in un gesto istintivo sul suo petto incamiciato e allungai il volto verso il suo per poterlo baciare con insistenza. Le nostre labbra si scontrarono ancora, adesso piacevolmente familiari. I nostri baci si portarono via ogni traccia di rossetto, mentre lui, incapace di trovare un punto del mio corpo che lo stimolasse più degli altri, mi toccava in ogni dove con le sue dita piene di anelli e con le sue mani grandi e possenti, evidentemente abituate a tenere tra le mani una palla da basket.

Le sue labbra scesero a inumidirmi il collo e si persero tra i miei seni minuti, abbandonandosi con un piacere tale che l'audacia mi crebbe dentro. Così afferrai il colletto della sua camicia, sentendo improvvisamente il bisogno di spogliarlo e di bearmi di lui così come lui stava facendo con me.

Ma Hyade era pur sempre Hyade, e non appena si rese conto delle mie intenzioni, capovolse ancora la situazione, facendomi scontrare con il materasso morbido e costringendomi a guardarlo mentre si spogliava da solo e frenetico tra le mie gambe.

Un bottone dopo l'altro, si sfilò via la camicia con un gesto brusco, tanto che i gemelli caddero chissà dove nella fretta. L'indumento finì giù dal letto e io osservai ammaliata i tatuaggi che gli ricoprivano il torso, fremendo alla vista dei suoi muscoli allenati e della peluria che lo rendeva più virile di quanto già non fosse.

Il suo sguardo divenne però intimidatorio, evidentemente specchio dell'impazienza che si era irradiata intorno al suo corpo come una scarica di elettricità, rendendolo succube di un bisogno che andava oltre le mie comprensioni.

Hyade si sbottonò i pantaloni, con i capelli che gli ricadevano sul volto a coprirgli la visuale, e se ne liberò insieme ai boxer con una maestria unica, mentre io lo osservavo, adesso svestito tra le mie gambe.

Solo una volta completamente nudo, rimase con le ginocchia puntellate sul materasso e ci guardammo con intensità, tanto che la mia emozione crebbe ancora.

Hyade prese a respirare con affanno, con gli occhi socchiusi per via del piacere e la testa inclinata.

Poi, scattò come un toro, si piegò su di me per puntellarmi con il suo petto contro il materasso, inoltrandosi tra i miei capelli per baciarmi la testa distrattamente.

Non ebbi il tempo di suggerirgli di far piano per via del fatto che non avevo un rapporto da molto, perché Hyade mi alzò il ginocchio e con un movimento fulmineo allungò l'altra mano per indirizzare la sua intimità dentro di me.

Il mio cuore perse un battito nel sentirlo riempirmi di poco, mentre lui cambiava posizione per aiutarsi e poi mi spingeva a circondargli il bacino con la mia gamba libera.

A quel punto, si immerse dentro di me con furia, tanto che il fulmine di sofferenza che corse nel mio basso ventre mi fece gemere dal dolore. Hyade si fermò allora per riprendere fiato, prima di spingersi ancora dentro di me, ricordandomi quanto incompatibili fossero le nostre nature. Respirai a fatica, sentendolo imprecare contro il mio orecchio, mentre, con la fronte sul cuscino accanto alla mia testa, appoggiava tutto il suo peso su di me e sul mio petto.

Avevo capito nell'esatto momento in cui lui si era mostrato interessato a me che non sarei mai riuscita a seguire i suoi ritmi, che il nostro approccio alle relazioni era completamente differente. Ero stata consapevole, quando avevo accettato quella notte con lui, che le cose non sarebbero state tanto semplici. Perché lui e io non eravamo solo attrazione fisica, eravamo due poli opposti che si sarebbero respinti anche in un momento come quello.

Mi ritrovai a fissare il soffitto, con gli occhi a fatica aperti per via del dolore che la terza spinta mi causò, rammentandomi quanto tempo fosse passato dal mio ultimo rapporto. Poi, con tono sofferente provai a chiamarlo, baciandogli l'orecchio. «Hyade… Hyade… piano, per favore, piano.»

Mi rendevo conto che anche se avesse rallentato, anche se avesse rispettato i miei bisogni, avrei continuato a percepire quel forte bruciore. Perché non erano solo le sue spinte avventate o la sua pienezza a causarmi dolore, ma la nostra incapacità di seguire lo stesso ritmo.

Lui rimase fermo per un po' dentro di me, cercando forse di farmi abituare a quella sensazione. Le sue spalle avevano preso a sudare e io a tremare; così Hyade si mise a lasciarmi dei leggeri baci sul collo nel tentativo di rassicurarmi.

Dopo un po', decise di riprendere a muoversi dentro di me in spinte più delicate, tentando di tenere sotto controllo la sua usuale frenesia.

E io non riuscii a far altro che affondare la guancia contro la sua spalla e stringere forte la sua carne con i polpastrelli. Guardai il suo fondoschiena seguire quei movimenti audaci, evidentemente familiari per i suoi muscoli. Mi ritrovai a respirare tra i suoi capelli, mentre lui chiamava il mio nome e sorreggeva la mia coscia con una forza tale da farmi bruciare la carne.

«Scusami.» Mi baciò la guancia, tra un movimento e l'altro, intanto che io chiudevo gli occhi assaporando il piacere irradiarsi a tratti dentro di me.

«Hyade… Non ti fermare.» Sospirai ancora, stringendo le labbra, e poi, quando lui si liberò con una spinta più profonda che travolse tutta la mia intimità, mi vibrò la gola in un gemito di piacere.

Mi ritrovai così a mordergli la spalla, con lui che non faceva altro che aumentare il suo ritmo.

Solo a quel punto riuscii a percepire le mie pareti distendersi e un leggero formicolio di piacere accendermi i nervi. Finalmente mi rilassai.

Ogni mio senso si lasciò annebbiare dalla sua presenza e i nostri corpi si mossero danzanti in un sinergismo sempre più coordinato.

Per tutta la vita ci convinciamo che esista il colpo di fulmine, ma la verità è che ognuno di noi segue i propri passi e non basta l'attrazione fisica per ballare insieme, bisogna imparare a non pestarsi i piedi a vicenda.

Quello era stato il nostro ballo. Eravamo partiti scoordinati, lui aveva un ritmo più rock e io più da musica classica. Eravamo due opposti, ma complementari, che avevano solo bisogno di trovare il modo di combaciare.

Anche quando il piacere mi devastò le membra dall'interno, portandomi ad aggrapparmi a lui mentre eseguiva le ultime note di quella danza, io non riuscii del tutto a stare dietro al suo ritmo. Perché lui era troppo frenetico, veloce, impulsivo. Mi resi conto, però, che mi avrebbe presto insegnato a divertirmi in quella danza, in un incastro che convergesse nel suo senza snaturare ciò che ero.

«Scusa», mormorò ancora, quando l'ultimo spasmo lo fece sciogliere tra le mie pareti brucianti. E allora mi concessi di alleggerire la mia presa su di lui, afferrandogli la testa in un abbraccio nel sentirlo lasciarsi andare contro la mia spalla e massaggiandogli i capelli.

«Va bene.» Parlai con il cuore in gola e la voce che moriva contro la sua fronte, ancora bisognosa di arrivare al culmine.

«Mi dispiace», si scusò di nuovo, abbandonando la presa dalle mie gambe per abbracciarmi dopo essere uscito definitivamente da me. «Mi faccio perdonare», sussurrò, dopodiché mi tirò a sé e si voltò sul letto in modo tale che adesso fosse lui quello con la schiena contro il materasso. Appoggiai la guancia sul suo petto. «Giuro che mi faccio perdonare.» Mi lasciò un bacio tra i capelli e io presi coraggio e mi sollevai per guardarlo negli occhi.

«Oh, eccome se dovrai farti perdonare», lo schernii, con una risata catartica. Hyade fece una smorfia.

Si passò poi una mano sul volto, stremato. «Ho solo… ho solo bisogno di riprendermi prima», mi disse, con gli occhi pacifici e il volto rilassato.

Mi allontanai da lui, mi tolsi dal collo la sua cravatta e mi sedetti in ginocchio sopra una delle sue gambe nude.

«Che fai?» mi chiese flebilmente nel vedermi lanciare via la cravatta.

«Mi assicuro che tu riprenda tutte le forze per concedermi quello che mi devi», mormorai, mordendomi le labbra; consapevole del mio effetto su di lui, ignorai le gambe ancora doloranti e portai le mie mani al collo, stringendo la pelle tra i polpastrelli sotto i suoi occhi estasiati.

«Leoncina», mi chiamò, con il petto che gli si alzava più veloce adesso, mentre il suo sguardo si abbassava sulle mie cosce bagnate dai suoi liquidi.

Trascinai le mani a toccarmi il petto languide e poi strinsi i miei seni, mentre mi sedevo su una delle sue cosce e lo sporcavo di tutto quello che mi aveva lasciato.

«Hyade…» dissi in risposta, mordendomi il labbro nel vederlo eccitato, con il volto pieno della moltitudine di segni lasciati dal mio rossetto.

Hyade affondò la testa nel cuscino quando le mie dita presero a scorrere sul mio ventre. Ed era strano che mi stessi aprendo in quel modo proprio di fronte a lui, ma la visione dei suoi occhi persi su di me mi animava di una tale vivacità che mi era impossibile da ignorare e trattenere.

Così, una mia mano si mise a toccare il suo addome, permettendomi di scivolare sulla sua coscia per trovare equilibrio, mentre l'altra prendeva a segnare dei movimenti circolari sulla mia intimità, che mi fecero socchiudere gli occhi dal piacere.

Lui rimase a guardarmi, compiaciuto, esterrefatto, incredulo. Il suo sguardo corse dai miei seni, separati dal mio braccio, fino alle mie cosce premute contro la sua, così grande e possente rispetto alle mie.

E, quando notai che era pronto al secondo round, mi concessi di muovermi contro il tatuaggio sulla sua coscia, mostrandogli quanto agognassi la promessa che mi aveva fatto. «Hyade…» mormorai ancora, strusciandomi sul suo muscolo teso e sentendo il mio petto animarsi mentre buttavo la testa all'indietro per tenere i capelli, ormai disordinati, oltre le mie spalle.

«Cazzo, Chloe.» La sua voce rauca mi fece gemere e gli fece notare quanto poco gli bastava per farmi eccitare tanto violentemente.

D'un tratto, mi sfiorò il palmo che tenevo premuto tra i tatuaggi sul suo ventre, mentre a fatica tenevo gli occhi aperti per via del piacere che mi stavo procurando da sola.

Quella era la nostra notte, potevo concedermi quella libertà finché non sarebbe sorto il sole.

«Sono fottutamente pazzo di te.» Si sollevò per raggiungere il mio orecchio, mentre mi baciava la pelle distrattamente con le sue labbra umide e mi costringeva poi a tornare sotto di lui.

«Questa volta non verrà nessuno a interromperci.» La sua voce liberava adrenalina come pioggia di meteoriti a scalfirmi la pelle, facendomi rabbrividire per via del suo indecente modo di essere.

E io, che ero pur sempre Chloe Millais, mi lasciai travolgere da lui mentre affondava il naso nella mia guancia e mi baciava sommessamente l'angolo della bocca più volte. Hyade si fece spazio dentro di me lentamente e gentilmente.

«Non sai quanto ho sognato questo momento», mi rivelò, facendomi abituare alla sua presenza, mentre il suo petto si adagiava sulle mie scapole.

Socchiusi gli occhi, sospirando pesantemente. «Non essere romantico», replicai, per fargli comprendere che non volevo che lui mi illudesse.

Hyade uscì fuori e ritornò dentro di me con una seconda spinta ancora più piacevole della prima. «Non sto cercando di essere romantico», ci tenne a specificare.

Mi morsi allora le labbra. «Forse è ciò che credi, ma non si direbbe», dissi, e Hyade mi diede un'altra spinta più forte, facendomi alzare gli occhi al cielo dal piacere.

«Se lasciamo le tapparelle abbassate sarà notte per sempre qui dentro e io potrò avere il tempo necessario per fare tutto ciò che desidero», mi confessò alla fine.

Mi fu perfettamente chiaro ciò che intendeva, soprattutto quando si spinse ancora dentro di me e prese a giocare con il mio clitoride, facendomi gemere indecentemente il suo nome. Perché capivo profondamente il desiderio di condividere con lui tutto quello che mi era concesso, ma c'erano cose per cui non bastava l'attrazione fisica.

E allora fui certa che accettare quella nottata con lui era stata la decisione migliore e allo stesso tempo peggiore che avessi mai potuto prendere in vita mia.

20
Mia dolce Marla

Hyade

Il corpo di Chloe Millais sbucava da un mucchio di lenzuola ancora calde che lo contornavano come la cornice di un quadro prezioso e mi persi a guardarlo mentre la luce filtrava dalle tapparelle, cospargendolo di lunghe strisce solari che intensificavano il colore dei segni con cui l'avevo pitturato; la visione della sua pelle irritata mi fece tornare in mente la notte appena passata, costringendomi a trattenermi dall'allungare le mani sulla sua figura assonnata.

Avevo perso il conto delle volte in cui ci eravamo baciati e alla fine ci eravamo addormentati chissà a che ora, ancora avvinghiati in un abbraccio.

La sua testa era poggiata contro il mio petto nudo e osservarla stringermi la vita in quel modo tenero mi fece avvertire un'emozione differente da quella che avevo percepito la notte prima, ricordandomi che non mi accadeva tutte le mattine di svegliarmi tanto rilassato.

Chloe era bellissima, anche con gli occhi gonfi e chiusi e la guancia piena premuta sul mio pettorale, mentre respirava silenziosamente riempiendomi la pelle di brividi. Era strano poterla stringere contro di me senza paure, ma il pensiero che avrei presto dovuto lasciarla andare mi faceva già girare la testa.

Mi rendevo conto solo adesso che non mi era più rimasta alcuna possibilità, che tutto quello che avevo sempre desiderato da Chloe lo avevo ormai ottenuto e che quindi non c'era più ragione perché la infastidissi. Eppure… non mi sentivo appagato e soddisfatto come invece mi capitava di solito, perché realizzavo che forse avrei voluto avvicinarmi ancora a lei.

«Hyade», farfugliò, con la bocca impastata e gli occhi ancora chiusi. «Che ore sono?» Avrei voluto allungare la mano per tirarle dietro l'orecchio la ciocca che le si era impigliata tra le labbra, ma trattenni l'istinto e afferrai il cellulare sul comodino per guardare l'ora.

«Sono le dieci passate.» Mi schiarii la gola, riportando la mano sul mio petto, ma fui presto costretto a cambiare posizione perché Chloe si alzò all'improvviso.

«Oh, mio Dio!» Strabuzzò gli occhi, con i capelli che le si ammassavano sulle spalle in dolci onde scompigliate. «È tardi!» Iniziò a togliersi di dosso le lenzuola, gattonando completamente nuda fino alla base del letto per poter guardare oltre.

Per qualche istante fui incapace di ragionare, perché la posizione che assunse richiamò tutta la mia attenzione: se ne stava seduta sulle ginocchia, con il volto e le braccia rivolte verso il pavimento per recuperare i suoi vestiti, incurante del fatto che mi stesse regalando una delle versioni più sensuali di se stessa.

«Chloe.» Cercai la forza per mettermi seduto, con le sole lenzuola a coprirmi. Mi stropicciai gli occhi, completamente a pezzi. Ero stanco da morire e vederla rigirarsi l'abito tra le mani nel tentativo di sistemarlo nel giusto verso mi fece sospirare pesantemente. «Sta' tranquilla, ce ne possiamo andare quando ci pare.»

«Tu non capisci!» Mi guardò finalmente, mentre si infilava il vestito di corsa e se lo srotolava sulle gambe, puntando le ginocchia nel materasso e privandomi definitivamente della visione del suo corpo nudo. Ma ormai ero troppo perso nelle sue iridi blu per potermi accorgere di qualsiasi altra cosa. «Marla mi ucciderà.» Si portò una mano tra i capelli per toglierseli dal volto, con un mugolio esasperato, poi si rese conto di non riuscire a tirare su la zip del suo vestito da sola.

«Vieni.» Le feci segno con la mano di raggiungermi per permettermi di fare per lei qualcosa di tanto banale come tirare su una zip.

Quando si sedette di fronte a me per concedermi la sua schiena parzialmente scoperta, realizzai di non essermi mai ritrovato a fare una cosa del genere con una ragazza prima di quel momento. Così mi impegnai ad afferrare dolcemente i suoi lunghi capelli, passandoci le dita in mezzo mentre glieli lasciavo ricadere su una spalla, e le alzai la lampo.

Avrei voluto affondare ancora le labbra tra le sue scapole, baciare la curva della sua schiena e accarezzarla con le mie dita violente, ma mi trattenni, perché la nostra notte insieme era finita e non ne avevo più il diritto. Con leggerezza, le sollevai la spallina che era caduta, vedendola rabbrividire sotto il mio tocco rubato, e dovetti fare ricorso a tutto il mio autocontrollo quando si voltò con un leggero sorriso sul volto.

«Grazie, Hyade.» E mi sembrò di scorgere nei suoi occhi gratitudine anche per qualcos'altro, ma non avrei saputo dire di che cosa potesse mai essere grata una come Chloe Millais dopo una notte con uno come me.

«Andiamo, ti riaccompagno a casa.» Fu l'ultima cosa che le dissi. Poi aspettai che raccogliesse le sue cose, mentre nascondevo, per la prima volta imbarazzato, le mie ennesime fantasie.

Feci una gran fatica per tirare via dal letto le lenzuola sporche, risistemare la camera di Chase e indossare la mia giacca dopo essermi completamente rivestito. Feci una gran fatica nel vedere Chloe, impacciata, risalire sulla mia auto, sapendo che avevo ancora le sue mutandine nel taschino. Feci una gran fatica a porgergliele timidamente e a distogliere lo sguardo, mentre mettevo in moto e lei se le rinfilava sotto il vestito.

E feci una gran fatica a tentare di ignorare il formicolio alla base del collo, mentre Chloe si allungava istintivamente ad accendere la radio, appropriandosi di una confidenza che mi fece estremamente piacere. Quando restammo in silenzio ad ascoltare la musica, mi rilassai sul sedile con un respiro pesante, mentre il sole già alto su Chicago mi ricordava che la nostra notte interminabile era ormai svanita.

Tenni la mano sul cambio ed evitai di afferrarle la coscia quando si perse a guardare fuori dal finestrino pensierosa, chiedendomi se non fossi io il centro dei suoi pensieri come lei lo era dei miei.

Parcheggiai l'auto fuori dal cancello di casa Millais e scattai sull'attenti quando Phil Millais fece la sua comparsa dalla porta d'entrata, alzando la mano in un saluto e avvicinandosi. Guardai ovunque tranne chè il coach, estremamente imbarazzato all'idea che avrebbe potuto comprendere presto cosa fosse accaduto tra di noi.

Chloe spalancò istintivamente la portiera, come se per lei non ci fosse alcun problema a farsi vedere da suo padre con il vestito stropicciato, seduta sulla mia macchina, dopo una notte passata fuori. «Papà, scusa se non ti ho avvisato», disse, senza però scendere dall'auto.

«Tranquilla, tesoro. Avevo immaginato che la festa ti avrebbe trattenuta.» Si poggiò al cancello con le mani congiunte. «Ciao, Hyade! Buon Natale!» mi salutò.

E allora fui costretto ad alzare lo sguardo su di lui. «Anche a lei, coach!» Tentai di sembrare il più naturale possibile, ma l'idea che lui potesse vedere i segni che avevo lasciato sul corpo di sua figlia quella stessa notte mi fece rabbrividire.

Chloe sembrò pensarla allo stesso modo, perché istintivamente si trascinò i capelli su un lato ben preciso del collo, dove la sua pelle chiara mostrava le tracce del mio assalto.

«Ti va di restare a pranzo da noi? Ho invitato anche il resto della squadra, ma verranno più tardi. Tu potresti restare direttamente, no?» Il modo amichevole in cui il coach mi invitò a casa sua mi fece sentire per la prima volta, da quando ero stato costretto a trasferirmi a Chicago, come se non fossi perso in una grande città, ma finalmente in un posto famigliare.

«Non lo so, coach, avrei proprio bisogno di una doccia.» Mi grattai distrattamente la nuca. Avevo bisogno di trascinarmi sotto il getto freddo per lavare via il rossetto rimasto sul petto e sugli addominali, guardando l'acqua colorata scivolare su tutto il mio corpo e pensando a come Chloe mi aveva baciato per tutta la notte.

«Andiamo, Hyade! Puoi fartela qui, ti presto io qualcosa», sorrise raggiante Phil. E così mi resi conto di quanto fosse triste passare l'ennesimo Natale da solo, quando potevo rubare altro tempo insieme a Chloe con una scusa più che valida.

Così indirizzai il mio sguardo su di lei, la quale, seduta ancora sul sedile, mi osservava con leggerezza, con il volto felice e con un'aria da dopo sesso addosso che la rendeva ancora più sensuale del solito. «Dai, Hyade...» mi incalzò, facendomi riempire il petto di gioia. «Non puoi veramente costringermi a sopportare lui e Marla fino a quando non arriverà James a ubriacarsi. Per favore. Ti piace il pollo arrosto? Le patate al forno?»

Mi piaci tu.

«Dove devo parcheggiare?» chiesi, fingendomi rassegnato.

Dieci minuti più tardi, dopo che Chloe si era richiusa la porta della sua camera alle spalle e mi ero ritrovato al centro della sua stanza colorata, tirai un sospiro di sollievo perché ero riuscito finalmente a sgattaiolare via dalle grinfie del coach e dai complimenti esagerati di Marla, spesso accompagnati da pizzichi sulle guance e pacche sulle spalle.

Chloe, che evidentemente aveva notato il mio disagio, ridacchiò stringendo il suo nasino e riempiendomi gli occhi della sua dolcezza, completamente in contrasto con la sensualità che l'avevo vista assumere quella stessa notte.

«Capisci perché ti ho costretto a restare?» disse, poggiando la sua borsa sulla scrivania in vetro rosa, dove notai la sua macchina fotografica e un laptop.

Studiai curioso la sua camera, non eccessivamente grande, ma confortevole. C'era un armadio, un letto matrimoniale dal piumone rosa e una lunga serie di fotografie incorniciate appese al muro a colorare le pareti beige. Il tappeto peloso che finiva sotto il letto era abbinato alla scrivania, al piumone e a una poltrona posta accanto a uno specchio appeso alla parete vicino a una porta socchiusa, che lasciava intravedere dallo spiraglio quello che doveva essere il suo bagno personale.

Chloe incarnava perfettamente quell'ambiente infantile e allo stesso tempo audace e sensuale, fatto di ricordi, come la foto di lei da bambina, e di presente, come il mucchio di vestiti abbandonati sulla poltrona.

«Lascia almeno che mi rilassi un po', sennò come faccio?» dissi, raggiungendo il suo letto per buttarmici sopra senza indugio.

Chloe rise, mentre mi sistemavo tra la moltitudine dei cuscini morbidi che ricoprivano il piumone e mi fermavo a osservarla mentre apriva il suo armadio per prendere alcuni vestiti puliti.

«Mi faccio una doccia, poi se vuoi puoi farla anche tu, ti va bene aspettare?» mi chiese premurosamente e mi fu difficile trattenere nella mia testa alcuni commenti poco eleganti mentre si toglieva le scarpe alte e poggiava i piedini nudi sul parquet.

«Certo.» Annuii, vedendola poi scomparire, un po' incerta, dietro la porta del bagno.

Chloe non chiuse la porta a chiave e fu probabilmente questa la ragione per cui mi persi a immaginarla spogliarsi e a infilarsi nella doccia, quando iniziai ad ascoltare il getto dell'acqua. E in quel momento il bisogno di spalancare la porta anche solo per ammirarla si fece sentire con forza. Ma non potevo.

Il soffitto bianco richiamò i miei occhi, socchiusi per via della stanchezza che mi stava divorando, mentre ripercorrevo le curve del corpo di Chloe nella mia testa. Il modo brutale con cui avevo affondato dentro di lei mi tornò in mente, ricordandomi la mia incapacità di trattenermi, il mio andare fuori di testa ogni volta che si trattava di lei. Era strano che ne fossi così attratto, che fossi legato a lei così tanto, come se non avessi mai visto nessun'altra donna in vita mia. «Cazzo», mormorai, passandomi le mani sul volto, stremato.

Lei aveva avuto ragione, tremendamente ragione, nel dirmi che non mi sarebbe bastata una notte per averla tutta. Ora che era stata mia, ero certo che non sarei riuscito a desiderare nessun'altra in futuro.

«Ho fatto.» La sua voce mi risvegliò, quando tornò nella sua stanza con i capelli bagnati che le gocciolavano sulla schiena.

Si era già vestita con un paio di jeans aderenti e una maglietta a collo alto. Sorrisi, consapevole che si fosse specchiata e avesse ammirato l'opera d'arte che gli avevo lasciato nell'incavo della clavicola.

«Ti vado a prendere i vestiti di mio padre.» Uscì dalla stanza con un sorriso e io mi impegnai a mettermi in piedi nella speranza che una doccia mi avrebbe aiutato.

Mi tolsi lentamente la giacca, lasciandola ricadere sulla sedia posta di fronte alla scrivania, e ci posai sopra anche la cravatta che avevo arrotolato nella tasca dei pantaloni nella fretta di andar via da casa di Chase, che per fortuna non avevamo incontrato; poi iniziai a sbottonarmi la camicia, sentendo un certo piacere nel togliermela definitivamente.

Quando Chloe ritornò, stringeva tra le mani alcuni vestiti puliti ed evitò di guardarmi, mentre io riponevo la camicia sopra la giacca. «Se ti serve qualcosa e non la trovi chiedi pure», mi sorrise flebilmente, spalancando la porta del bagno mentre mi porgeva i vestiti. «Io credo che andrò ad aiutare Marla.» Mi sembrò assurdo che si vergognasse di guardare il mio petto nudo, dopo quello che era successo tra di noi.

Afferrai gli indumenti, sospirando. «Dovresti asciugarti i capelli», le suggerii, dal momento che avevano preso a bagnarle la maglietta e non ero sicuro che la visione del suo seno sotto il tessuto umido fosse una buona idea.

«Sì, lo farò quando avrai finito.» Finalmente si decise ad alzare lo sguardo su di me, più rilassata, ma comunque in difficoltà.

«Non è un problema per me, puoi asciugarli mentre sono sotto la doccia», le proposi. Perché l'idea di dover restare senza di lei mi faceva stare già male, anche se sapevo che era per un breve periodo di tempo.

Chloe mi guardò un po' incerta, poi si portò una mano tra i capelli fradici e sbuffò prima di annuire, probabilmente consapevole che restare con i capelli bagnati in pieno inverno non fosse la migliore delle cose.

Richiuse la porta alle sue spalle non appena fummo entrambi nel piccolo bagno e sorrisi vedendo le mattonelle di un rosa chiaro, abbinato ai mobili della sua camera. Mi sentii avvolto completamente dalla dolcezza che la caratterizzava, soprattutto nel suo ambiente quotidiano, e non trovai sciocco il fatto che le importassero cose come il tappetino della doccia rosa coordinato alla spugna rosa appesa al doccino, anzi, mi accorsi che io invece non prestavo mai attenzione a queste cose ed era solitamente la donna delle pulizie che si preoccupava di comprarle e sistemarle.

Poggiai i vestiti sul lavandino, mentre lei frugava nel ripiano sottostante alla ricerca dell'asciugacapelli. Senza dire nulla, iniziai a spogliarmi degli ultimi vestiti che mi erano rimasti addosso. I pantaloni e le mie mutande caddero per terra e, compiaciuto, scorsi Chloe che mi fissava dal riflesso dello specchio con l'asciugacapelli stretto tra le mani.

Le sue labbra socchiuse trattennero un sospiro, mentre i suoi occhi tracciavano il mio corpo. La lasciai fare senza battere ciglio, ma l'idea di avere il suo sguardo su di me era tremendamente coinvolgente.

Non si meravigliò, non rimase stupita dal mio atteggiamento.

Chloe sussultò appena e arrossì, ma la mia espressione maliziosa fu abbastanza per convincerla a lasciarsi un po' andare. Mi morsi le labbra lentamente, trascinante, immerso in lei anche se non la stavo nemmeno sfiorando.

Era ciò che lei mi faceva e volevo che lo sapesse. Volevo che sapesse che mi struggevo per lei, mentre pensava ai suoi messaggi con Blake Davis e ai fiori a San Valentino.

Io pensavo a lei e a nient'altro. Solo a lei.

«Hyade...» mi chiamò, costringendomi a trattenere il respiro per via del modo sensuale in cui il mio nome suonava tra le sue labbra. «Una notte. È andata», mi ricordò.

Ignorai il suo riferimento al nostro patto. «Non ti sto toccando, Leoncina.»

«Lo so, ma...» Si inumidì le labbra, in difficoltà. «Non puoi fare così.» La voce le morì in gola, mentre il petto le si alzava più veloce del normale e il suo sguardo saettava dal mio corpo nudo al mio volto.

Compresi allora che dovevo proprio smetterla o avrei finito

con il pretendere da lei qualcosa che non era disposta a darmi. Annuii alle sue parole, lanciandole un ultimo sguardo prima di entrare nella doccia e azionare il getto d'acqua in modo che fosse più freddo possibile. L'ultima cosa che sentii fu il suo respiro pesante, mentre accendeva l'asciugacapelli e io imprecavo a bassa voce nella speranza che non mi sentisse.

Un quarto d'ora più tardi ero vestito con la tuta del coach e i miei capelli asciugati malamente erano trattenuti in una crocchia. Probabilmente sembravo a tutti gli effetti uno scappato di casa, mentre mi meravigliavo di quanto fosse strano stringermi in una delle felpe di Phil Millais. Ero stato solo felice che fosse abbastanza grande da permettermi di presentarmi in sala pranzo senza sentirmi a disagio. Chloe mi aveva abbandonato subito dopo aver terminato di asciugarsi i capelli e ora era intenta a sistemare il cibo sulla tavola apparecchiata.

Mi fermai a guardarla: i jeans le stavano talmente bene da far sembrare le sue gambe disegnate, scoprendo le caviglie sottili che ricordavo di aver trattenuto tra le dita quella stessa notte, mentre la trascinavo sul letto.

Quando ci sedemmo a tavola, Phil e Marla erano evidentemente troppo presi l'uno dall'altra per rendersi conto del modo in cui Chloe e io avevamo iniziato a ignorarci, pur essendo seduti uno di fianco all'altra, ma ne fui contento. Presto il coach prese a parlare delle partite e intavolare un discorso sul basket che mi permise di distrarmi dalla situazione con sua figlia.

Nonostante l'evidente disagio che Chloe provava nello starmi accanto, fui felice di passare il pranzo di Natale a casa Millais, perché ero certo che se fossi stato a casa avrei finito con il mangiare del cibo surgelato in solitudine, attendendo la chiamata di mia madre che faceva ancora confusione con il fuso orario. Marla si era rivelata veramente un'ottima cuoca e mi accorsi che era la prima volta che Chloe e suo padre festeggiavano il Natale dopo tanto tempo; immaginavo che la causa fosse la morte della madre di Chloe, ma vedere entrambi lasciarsi ammaliare dall'atmosfera di festa che Marla si era preoccupata di creare mi fece tanta tenerezza e mi fece soprattutto sentire a casa.

Apprezzai il fatto che il coach mi avesse invitato a restare, soprattutto quando il resto della squadra si fece spazio nel grosso soggiorno giusto in tempo per i dolci che Marla aveva preparato per l'occasione.

Mi misi a chiacchierare con James, appena sopravvissuto al suo solito pranzo di Natale con tutta la famiglia, e con Zack che era felice di stare insieme a noi, perché anche lui non festeggiava il Natale. Le cose tra me e Chloe divennero presto più tranquille e parlare fu più facile in mezzo agli altri, nonostante un paio di occhiate eloquenti di Chase che mi impegnai a ignorare.

Poi, a un certo punto, Phil si mise al centro del soggiorno dopo aver riempito un calice di spumante a tutti quanti e richiamò l'attenzione chiedendoci il silenzio.

Seduta al tavolo, Marla interruppe la sua conversazione con Ben per ascoltare il compagno, mentre Chloe, accanto a me sul divano, rimase imbambolata a fissare il padre che si muoveva quasi impacciato sulle sue stesse gambe.

«Volevo ringraziarvi per essere venuti», esordì, schiarendosi la voce e aprendo il petto per prendere coraggio. «Voi, la mia squadra. Quest'anno sta andando bene e voi ragazzi siete speciali, sono sicuro che arriveremo ai play-off e alla vittoria. Sono fiducioso, anche se non ve lo dico spesso. Vorrei ringraziare anche mia figlia Chloe, la mia bambina senza la quale non potrei vivere. E vorrei ringraziare Marla per aver organizzato questa festa.» Fece un lungo respiro, guardò lo spumante tra le sue mani e poi si voltò completamente verso la sua compagna, che lo guardava con dolcezza.

«Marla...» Il coach si grattò il mento sbarbato. «Lo so che abbiamo due nature diverse, tu e io. Ma ti amo, ti amo così tanto che bevo tutte le tue tisane del cazzo senza mai lamentarmi.» Ci lasciammo tutti sfuggire un sorriso divertito, me compreso. «Quando Chloe e io abbiamo perso Cindy, ho creduto che non avrei mai potuto amare qualcun altro, ma poi ho trovato te e la vita è stata generosa, perché anche se litighiamo sempre, io darei tutto per averti ancora. Quindi Marla, mia dolce Marla, sposami.» Tremante, Phil poggiò il bicchiere pieno sul tavolo e si inginocchiò, tirando fuori dalla tasca dei pantaloni una scatolina in velluto. La aprì rivelando un anello sotto lo sguardo sbalordito di Marla. «Sposami, Marla. Perché voglio vivere il resto della mia vita al tuo fianco.»

Avrei voluto vedere Marla urlare un grosso sì e saltare di gioia tra le braccia del suo futuro marito, mentre i ragazzi esplodevano in una serie di richiami animaleschi e si assicuravano che il diamante fosse sull'anulare della futura sposa prima di travolgere il coach con cori e grida. Ma tutto quello che feci fu voltarmi verso Chloe, che aveva iniziato a piangere.

Oh, Leoncina. Le iridi blu le si erano annebbiate e lei cercava di asciugarsi le guance con i polpastrelli. La gioia sul suo volto fu talmente travolgente che mi fece sorridere. Era evidentemente felice per la notizia e mi si strinse il cuore al pensiero che anche lei avrebbe voluto una proposta di matrimonio come quella, con il diamante e il discorso importante.

La osservai alzarsi per congratularsi prima con Marla, che aveva iniziato a sua volta a piangere dalla felicità, e poi con suo padre finalmente libero dai giocatori che lo acclamavano.

Io, invece, mentre Chloe abbracciava il coach, pensai a quanto fosse terribile legarsi a qualcuno per tutta la vita, condividere la propria quotidianità con una persona per sempre. Tuttavia, mi resi conto in fretta della mia incoerenza: mentre riflettevo sulla mia incapacità di comprendere il matrimonio, mi ingelosii del fatto che Phil Millais avrebbe sempre avuto al suo fianco sua figlia e del fatto che Chloe, distanziandosi da suo padre, aveva posato il suo sguardo pensieroso su Blake Davis che le sorrideva già dolcemente.

E a Blake Davis importava dei baci sotto le stelle, delle proposte in grande stile e dei fiori a San Valentino.

21
Cheerleader

Chloe

La proposta di matrimonio fatta da mio padre mi aveva scossa più di quanto mi sarebbe piaciuto ammettere. Non avrei saputo dire se in modo negativo o positivo, però sapevo che oltre all'immensa felicità che avevo provato per lui e per Marla, si era riaccesa in me una certa speranza.

Forse era stata la nottata passata con Hyade e il netto contrasto tra i suoi modi irruenti e quelli gentili di mio padre che mi aveva fatta ricredere, ma ormai ero pronta per guardare avanti.

E sapevo che c'era un ragazzo in particolare che stava ancora attendendo mie notizie, rendendomi ancora più pressante questo pensiero. Adesso che Hyade e io avevamo messo da parte tutto quello che c'era stato tra noi, potevo permettermi di riprendere fiato dal turbine di emozioni che lui e io eravamo. E le cose sembravano essere diventate più facili.

Almeno così mi piaceva credere durante il giorno, perché la notte, prima di andare a dormire, mi ritrovavo spesso a ricordare le sue mani sul mio corpo e a immaginare il suo petto allenato cullare il mio sonno profondo. Ma ormai era andata, tutto di noi era andato. Lui e io eravamo andati.

Dovevo abbandonare quello che c'era stato e focalizzarmi sul presente, chiedendomi che cosa volessi veramente da una relazione, ora che ero nuovamente pronta ad averne una. Dovevo dare spazio a nuove possibilità e a nuove persone, con la speranza che non mi sarei ritrovata nuovamente a piangere tra le lenzuola.

Pur con sentimenti contrastanti, accettai di seguire i Taurus nella loro trasferta in Florida per la partita dell'ultimo dell'anno contro gli Aries, con l'idea di scattare qualche foto del match e anche del dopo. Tonya si era ovviamente unita a me, per fare qualcosa di differente a Capodanno, oltre che per scrivere un articolo sulla squadra.

Fu difficile far finta che non ci fosse stato nulla tra noi quando rividi Hyade che, stretto in uno dei suoi grossi cappotti color cammello, si trascinava con il borsone all'interno del jet privato. Lo osservai, mentre mi sistemavo sul sedile accanto a Tonya. Lui lasciò vagare lo sguardo per tutto l'aereo, alzandosi gli occhiali da sole tra i capelli ricci, e quando si soffermò su di me, si incamminò nella mia direzione. Si bloccò di fronte a me e mi diede un leggero bacio sulla guancia come saluto, senza permettermi di realizzare o di rispondere adeguatamente perché si sbrigò poi a raggiungere il suo posto alla fine dell'aereo e a lasciarmi con l'espressione interrogativa di Tonya addosso e con il mio cuore che tornava a battere veloce per lui.

Ero spiazzata da quel suo semplice gesto, in parte perché non me lo sarei mai aspettato, non dopo esserci ignorati nei giorni precedenti, e in parte perché mi fece un immenso piacere. Quello che provavo per Hyade era infatti un sentimento fatto di tanti piccoli pezzi che però non si incastravano tra di loro e inoltre sapevo che ormai lui aveva ottenuto da me tutto ciò di cui aveva avuto bisogno; quindi, immaginai che quel piccolo bacio fosse il suo modo di dirmi che, nonostante non ci fossimo visti o sentiti per un po', le cose tra di noi andavamo bene e che potevamo finalmente essere amici.

Ignorai i vari tentativi di Tonya di estorcermi dettagli che non avrei voluto raccontare a nessuno, non tanto perché me ne vergognassi, ma perché avevo preso l'abitudine di custodirli con gelosia. Mi infastidiva l'idea di condividere con altre persone la mia notte con Hyade, perché era ormai diventata una cosa tra me e lui, l'unica cosa che probabilmente ci accomunava, e non volevo che qualcun altro potesse farne parte. E poi, conoscendo Tonya, non avrebbe fatto altro che farmi venire altri dubbi riguardo le decisioni che avevo preso e io avevo solo bisogno di tempo per fare chiarezza in me stessa, non di nuovi elementi su cui riflettere.

La partita contro gli Aries fu difficile fin dall'inizio. Gli avversari diedero presto filo da torcere ai Taurus, i quali restarono concentrati, senza farsi scoraggiare. Non fui molto attenta a quello che stava succedendo in campo e scattai solo qualche foto con svogliatezza, perché Tonya, seduta al mio fianco, anziché appuntarsi informazioni sulla partita, mi mostrava sul cellulare la foto del costume che aveva comprato per la festa in piscina che un amico di Chase di Miami aveva organizzato per festeggiare l'inizio del nuovo anno, invitando quindi automaticamente tutti noi altri.

«Zack impazzirà», dissi, studiando il triangolo e un tanga striminziti di colore bianco, a crochet.

«Sì, be', sempre ammesso che stasera abbia la forza di provarci con me dopo una partita del genere», commentò, mentre io lo individuavo per scattargli una foto con la palla tra le mani.

«Tonya Cooper e l'astinenza, questa mi mancava», ridacchiai, divertita, riguardando poi le foto.

«Le ho provate tutte, giuro. Non capisco cosa gli costi, voglio dire… che cosa sta aspettando?» sbuffò sommessamente, lasciandosi andare contro lo schienale della panca a bordo campo su cui eravamo sedute.

«Magari vuole procedere con calma, magari vuole farti capire che certe cose vanno condivise solo quando si è realmente presi l'uno dall'altra», tentai di giustificarlo, perché Zack mi sembrava veramente uno perbene ed ero certa che si stesse impegnando per sembrare agli occhi di Tonya il ragazzo ideale. Peccato che a Tonya, di queste cose, non importava poi molto.

«Sì, certo, carino. Molto tenero, davvero. Ma io ho dei bisogni, non so se è arrivato il messaggio.» I capelli ricci racchiusi in una coda alta si mossero come molle, mentre, infastidita, tornava con lo sguardo sul suo giocatore preferito. La sua espressione si ammorbidì e compresi allora che non le pesava poi così tanto aspettare, perché in fondo sapeva che lui ci teneva e stava cercando di conquistarla nel modo migliore possibile.

«Sei incorreggibile», scherzai, divertita.

«Zitta tu. Lo so che cosa mi nascondi», mi rimbeccò, mentre il primo quarto terminava tra gli applausi del pubblico e con un quasi pareggio dei Taurus.

«Tu non sai proprio niente.» Scrollai le spalle. «Ma sono curiosa di sapere chi ti sei permessa di importunare per avere informazioni su di me.» La guardai fintamente contrariata.

«Chase. Ha la lingua lunga», ridacchiò, facendo però ridere anche me.

«Chase non sa niente», replicai, stringendo le labbra tra loro e sentendo le guance arrossire.

«Chloe, ti abbiamo tutti vista mentre venivi portata via di peso da un certo toro che non nominerò perché sono certa che il solo sentire il suo nome ti farà arrossire anche di più.» Proprio in quel momento, un attimo dopo la ripresa del secondo quarto, Hyade fece canestro e dovetti trattenermi dall'esultare, mentre Tonya, resasi conto del mio sguardo puntato su di lui, sospirava sommessamente. «Chase mi ha solo detto di avervi visti dalla finestra di camera sua sgattaiolare via.»

«Be', non è come sembra», mi difesi, con il petto in fiamme e gli occhi stanchi.

«Immagino… allora non ci sei andata a letto?» mi chiese beffarda, con il sorriso sul volto e l'espressione furba a ricordarmi quanto fossi una stupida a credere di poter fregare una come Tonya Cooper.

«Non è colpa mia se tu devi aspettare i fiori e le cene romantiche, vai a rosicare da un'altra parte», le risposi a tono, ma Tonya e io eravamo troppo in sintonia per offenderci a vicenda. Infatti, scoppiammo entrambe a ridere.

«Sai, forse dovremmo scambiarceli», commentò, adocchiando Hyade tra i vari giocatori.

La guardai scettica. «Scordatelo», ribattei istintivamente, con il cuore che già mi esplodeva all'idea che lui potesse avvicinarsi a un'altra ragazza.

«Frena gli artigli, tigre.» Mi ricomposi nel vederla sorridente.

«Dico sul serio, Hyade non è come gli altri. Lui sa come spezzarti il cuore.» Sospirai ancora, decidendomi a scattargli una foto mentre placcava uno degli Aries.

«È questo che è successo, tra di voi?» mi domandò cautamente Tonya, facendomi sentire per qualche attimo incerta riguardo la moltitudine di pensieri che fiorivano nella mia testa.

«No. Ma potrebbe, se continuo a stargli vicino.» E per fortuna Tonya sembrò comprendere che era arrivato il momento di cambiare discorso.

«Tu che costume metterai, stasera?» mi chiese furbamente, rubandomi dalle mani la macchina fotografica per scorrere le foto di Zack Reed.

«Io non vengo. Non mi piacciono le feste in piscina.» Feci una smorfia.

«Sì, certo. Come se le feste di altro tipo fossero le tue preferite.» Tonya alzò gli occhi al cielo. «Devi venire! È Capodanno! Andiamo, Chloe… pensa a come ti guarderanno Hyade e Blake in contemporanea quando farai la tua entrata in bikini.»

«Questo mi fa solo venire ancor più voglia di restarmene in camera.» La fulminai.

«Non puoi fare così, Chloe. Non puoi aspettare sempre il momento giusto, a volte devi anche crearlo, no?»

«Non ho portato nessun costume da bagno con me, quindi credo proprio che me ne resterò in hotel a mangiare sushi.» Scrollai le spalle.

«E a guardare le repliche di qualche serie tv?»

«Può darsi.» Mi ero scaricata sul laptop tutte le puntate della mia serie tv preferita proprio per l'occasione.

«Non costringermi a costringerti», mi sfidò e ammiccò, poco elegantemente, verso Hyade che fece l'ennesimo canestro sancendo la rimonta dei Taurus contro gli Aries.

«Che ne dici se nessuno costringe nessuno?» La mia voglia di festeggiare era ormai sparita completamente, soprattutto dopo quella conversazione.

«Touché», mi rispose la ragazza al mio fianco, facendo cadere definitivamente l'argomento.

Quando la partita terminò con la vittoria definitiva dei Taurus, dopo aver festeggiato con grande gioia sul campo, Tonya mi trascinò negli spogliatoi con la scusa di scattare delle foto. Era ovviamente scontato che stesse solo cercando Zack Reed, sperando di trovarlo sudato e intento a spogliarsi, ma forse si sarebbe accontentata anche di vederlo sbrodolarsi con la sua bottiglia d'acqua seduto su una panca.

Ci sedemmo in un angolo degli spogliatoi e a nessuno sembrò dare fastidio, mentre i ragazzi smaltivano l'adrenalina e si risistemavano attendendo l'entrata del coach prima di poter andare a farsi una doccia.

«È stato James a far partire lo schema nell'ultimo quarto, giusto? E poi Hyade e Chase hanno fatto una lunga serie di passaggi per fare canestro da tre», mi stava chiedendo Tonya, con la penna in una mano e il block notes nell'altra, mentre io guardavo distrattamente la foto di quel momento che stava raccontando, con la testa poggiata contro il muro.

«Sì. Hyade ha fatto canestro, il numero sette degli Aries ha tentato di placcarlo, ma lui gli ha fatto una finta», aggiunsi e lei si appuntò questi ultimi dettagli.

«Bene. Ora posso tornare a guardare addominali», sorrise soddisfatta, richiudendo il block notes, completamente a suo agio anche in mezzo a tutto quel testosterone e quella puzza di sudore.

In quel momento, mio padre fece la sua entrata trionfante, con il petto gonfio e gli occhi felici. I Taurus, che avevano chiacchierato allegri fino ad allora, si ammutolirono per ascoltarlo.

«Grandi. Siete stati grandi. Tutti quanti, dal primo all'ultimo. A volte fate un po' le fighette, tipo tu, Norton, potevi risparmiarti lo spogliarello per il canestro di Reed, ma comprendo che, se chiedo una prestazione fisica di alto livello, non posso ottenere anche quella mentale.» Scoppiammo tutti a ridere, fatta eccezione per James che mise il broncio, fingendosi offeso. «Però, siccome mi sposo ed è l'ultimo dell'anno e voi ragazzi avete fatto bene il vostro lavoro, ho deciso di farvi una sorpresa. Spero che non abbiate una fidanzata ad attendervi a casa. Ci vediamo in hotel!» Mio padre fece un cenno con la mano, prima di andarsene sotto lo sguardo confuso di tutti.

Osservai Tonya incerta, che alzò le spalle per indicarmi che lei ne sapeva quanto me. E poi accadde tutto in pochi istanti: la porta degli spogliatoi si spalancò con un tonfo, rivelando una lunga serie di ragazze vestite in completi abbinati dei colori dei Taurus.

Con i pom pom bianchi e rossi e le code alte, le ragazze – dieci per la precisione – erano evidentemente pronte a esibirsi per i giocatori. L'ultima di loro si chiuse la porta alle spalle, per poi posizionare lo stereo a terra e cercare la canzone giusta, mentre le altre si sistemavano al centro degli spogliatoi sotto lo sguardo interessato di tutti.

«Porca puttana», mormorò Chase, mettendosi comodamente seduto per dedicarsi completamente allo spettacolo, mentre una delle ragazze in prima fila gli faceva l'occhiolino.

«Hai capito il coach?…» farfugliò Ben, ridacchiando nel guardare senza ritegno il fondoschiena ben esposto di una delle ballerine.

Mi si strinse lo stomaco quando vidi Tonya indirizzare lo sguardo su Zack che, consapevole che gli stava puntando gli occhi addosso, si era messo in disparte a frugare nel suo armadietto. Il resto dei ragazzi aveva iniziato a fischiare non appena la musica era partita e il suo dilemma era chiaro: da un lato, non voleva ferire Tonya, dall'altro doveva mantenere la propria virilità di fronte ai compagni di squadra.

In quel momento, le ragazze presero a cantare un inno ai Taurus, con tanto di passi seducenti e salti per aria, seppur ridotti dallo spazio ristretto in cui si trovavano; molte di loro, divertite, si avvicinarono ai giocatori, a James, che aveva preso a battere le mani, e a Blake, che si lasciò andare a un'espressione euforica che mi fece ridere.

«Wow, Chloe. Non sei gelosa?» mi chiese Tonya, probabilmente stupita dal fatto che fossi così a mio agio in quella situazione, al contrario di lei.

«No, Blake e io...» Tentai di spiegarle che non avevo alcun diritto di essere gelosa di Blake, ma quando alzò gli occhi al cielo mi fu tutto più chiaro. Non era di Blake che stava parlando.

«Non mi riferivo a Blake», disse, infatti. E il suo sguardo insistente ricadde su Hyade, il quale se ne stava seduto stravaccato su una delle panche, con le treccine che gli avevo fatto prima della partita ancora umide dal sudore e le labbra che gli formavano due grosse fossette mentre Chase, al suo fianco, gli parlava nell'orecchio.

Non mi fu difficile comprendere di cosa stessero confabulando: lo sguardo di Hyade si posò su una delle ragazze, che aveva i suoi capelli biondi raccolti in una coda ben fatta, mentre sventolava in aria i suoi pom pom in mosse seducenti, rendendosi presto conto dello sguardo interessato di Hyade su di lei.

Trattenni il fiato nel vedere Hyade inumidirsi la bocca, incurante che ci fossimo Tonya e io a osservare la scena. La cheerleader gli lanciò addosso uno dei suoi pom pom, che lui afferrò saldamente come se fosse una palla da basket, e poi la bionda gli fece segno con la mano di raggiungerla.

Hyade sembrò titubante, ma poi Chase, al suo fianco, lo spinse praticamente in piedi e lui lasciò che la ballerina gli si muovesse intorno. Presto, anche altri giocatori si alzarono e godettero delle attenzioni delle ragazze, ma io avevo occhi solo per Hyade e la tizia con cui si intratteneva.

«Chloe, io non ce la faccio», mormorò Tonya al mio fianco, osservando Zack ridere per qualcosa che gli aveva riferito James. Sicuramente non stavano parlando di come James avrebbe voluto immischiarsi tra le cheerleader per far vedere loro come si ballava sul serio, perciò comprendevo la frustrazione di Tonya perché era la stessa che stavo provando anche io, con la differenza che lei ne aveva tutto il diritto.

«Sono solo cheerleader, sta' tranquilla», dissi. Ma quando Hyade si lasciò toccare le treccine dalla stessa ragazza di prima, mi si strinse un po' il petto e mi sentii patetica.

«No, Chloe. Sono furiosa.» I suoi occhi scuri mi fissarono roventi e mi parve assurdo che una come Tonya Cooper potesse sentirsi insicura per delle ballerine che il ragazzo che le piaceva non stava nemmeno realmente apprezzando. «Come fai a essere così calma?» mi chiese poi.

Scrollai le spalle, incapace di rispondere perché non me ne capacitavo neppure io. Forse era il fatto che Tonya fosse gelosa e non si poteva dire lo stesso di me.

«Siamo noi le cheerleader, non possono rimpiazzarci così!» si lamentò ancora. «Siamo sempre pronte a fare foto, a fare il tifo per loro, a guardarli mentre si prendono a botte. Dovrebbero ricordarsi chi sono le loro ragazze.»

«Tonya...» la ripresi, ridendo nella speranza che il magone che si era formato nel mio stomaco si dissipasse.

«Va bene, sono molto belle. Però, Chloe, dobbiamo fare qualcosa.»

«E cosa avresti intenzione di fare?» La guardai scettica.

«Ricordargli che ci siamo anche noi.» Scrollò le spalle e io alzai gli occhi al cielo al pensiero che volesse mettersi in gioco. «Devi assolutamente andare a comprare un dannato costume.»

Non replicai subito. Prima mi voltai verso Hyade. Era ancora con la cheerleader, con il volto a pochi centimetri dal suo e le mormorava qualcosa che non riuscii a sentire, ma che immaginai essere una delle sue frasi da rimorchio. Dal canto suo, lei rise sommessamente, portando la mano su uno dei bicipiti tatuati di Hyade e facendomi tremare al pensiero che solo qualche giorno prima io stessa avevo compiuto lo stesso gesto.

Così, decisi di assecondare Tonya. Le afferrai la mano, costringendola a seguirmi attraverso gli spogliatoi e poi fuori, per evitare di assistere a cose che mi avrebbero fatta scattare più di quanto già non sentissi di voler fare.

Una volta fuori dall'arena, cercai con il cellulare un taxi che potesse portarci a un centro commerciale, con Tonya al mio fianco che mi scrutava divertita notando quanto fossi estremamente e improvvisamente arrabbiata.

«Giuro che la prossima volta quelle treccine gliele taglio», mormorai tra me e me, sperando che far ingelosire Hyade Reyes non mi avrebbe fatto perdere la dignità.

In fondo, non si trattava più di me e Hyade, ma di rimetterlo al suo posto, perché questa volta aveva esagerato. O forse ero io che ero stata troppo illusa... da lui e dalla convinzione che, in fondo, ci fosse qualcosa di buono nella sua persona.

A Miami faceva caldo, per questo una festa in piscina per Capodanno era probabilmente l'idea migliore che si potesse avere. Niente vischio appeso al soffitto o alberi di Natale, ma shottini di gelatina verdi e rossi, cocktail allo zabaione e luci simili a stelle che pendevano dal gazebo sotto cui l'angolo bar era già gremito di persone.

Fare un giro al centro commerciale non mi aveva fatta riprendere dalla gelosia che avevo iniziato a percepire nei confronti di Hyade, mi aveva solo fatto rimuginare ulteriormente su come si fosse lasciato andare sotto i miei occhi. Perciò, quando avevo provato il costume per la serata, fatto di un tessuto leggero che mi fasciava il corpo, mi ero sentita carica di audacia e adrenalina. Tonya lo aveva approvato e aveva insistito per regalarmelo.

Ero certa che a Hyade sarebbe piaciuto il mio nuovo costume intero bianco, chiaro e leggero, che, con le spalline sottili e lo scollo rotondo, sottolineava il mio seno solitamente poco evidente.

Prima di uscire, avevo poi infilato i pantaloncini di jeans e un paio di converse del medesimo colore del costume da bagno. Tonya, invece, si era limitata al costume e a uno scialle che le ricadeva sulle spalle, optando anche lei per delle scarpe da ginnastica dal momento che, in ogni caso, ci saremmo ritrovate quasi sicuramente molto presto scalze.

James aveva fischiato ammirato e si era complimentato con

entrambe per la nostra bellezza non appena ci era passato a prendere nelle nostre stanze in hotel. Ma ora che mi trovavo alla festa, l'idea di essere un pesce fuor d'acqua tornò a farsi strada dentro di me, perché la musica già forte e la moltitudine di persone già intente a tuffarsi nella piscina di quell'immensa villa avevano iniziato a intimorirmi.

Ci mettemmo a cercare gli altri in giro per il giardino alla luce dei fari sparsi sul breve tratto di cemento che contornava la piscina. D'un tratto, James dovette probabilmente rendersi conto che mi stavo tirando indietro e mi sorrise dolcemente. «Non provarci o sarò costretto a portarti in braccio», mi riprese.

«È così evidente?» gli chiesi, maledicendomi perché non riuscivo mai a celare il mio stato d'animo.

«Sono lì.» Tonya indicò uno dei numerosi tavolini posti sull'erba, contornato da una serie di poltrone e divanetti occupati da alcuni dei Taurus, più precisamente quelli che avevano accettato di passare il Capodanno a quella festa.

Non riuscii a vedere oltre perché James si posizionò di fronte a me, afferrandomi le braccia per saldarsele accuratamente intorno al collo. Con una forza bestiale, mi costrinse a saltargli sulla schiena. Mi sfuggì un grido che lui però ignorò. In un attimo mi aggrappai a lui per evitare di cadere dato che prese a correre tra la gente per raggiungere i suoi compagni di squadra. Io, che mi ero ormai decisa ad abbandonare definitivamente l'idea di tornare indietro, scoppiai a ridere quando mi posò su uno dei divanetti e iniziò a farmi il solletico sotto lo sguardo sbigottito di tutti.

Non mi curai di altro se non delle mani voraci di James, che intransigente mi pizzicava i fianchi, torturandomi. «Giuro su Dio, Chloe, che se stasera mi fai il broncio per più di trenta secondi di seguito non la passerai liscia!»

Provai a sfuggire al suo ennesimo attacco, spingendomi con le mani all'indietro, e la mia schiena nuda venne presto a contatto con un lembo di pelle tesa. Mi ci volle un attimo prima di realizzare che mi ero scontrata con l'unico ragazzo seduto su quel divanetto, il quale mi guardò sorridente dall'alto non appena James smise di importunarmi. Era Blake.

Mi accoccolai così contro la sua coscia, mentre i suoi occhi scuri tracciavano la mia figura languidi e il suo sorriso sbilenco mi ricordava quanto fosse attraente. «Ciao», mi salutò.

Il mio petto era ancora ansante, avevo le guance rosse per via della fatica e i capelli scompigliati, mentre cercavo di riguadagnare un po' di contegno. «Ciao e... scusa», dissi, afferrando lo schienale del divanetto con una mano per rimettermi seduta sulle mie gambe e allontanarmi così da lui.

«Buttati su di me quando vuoi.» Mi fece l'occhiolino e io mi sedetti composta accanto a Tonya per lasciare il posto vicino a Blake libero per James.

Mi accorsi che Chase, Ben, Zack e un altro paio dei Taurus mi stavano osservando, ma più di tutti furono un paio di iridi verdi a richiamarmi impazienti. Hyade se ne stava infatti seduto su una poltroncina tutta sua, con un bicchiere stretto in una mano. Quella visione mi ricordò quanto poco gli bastava per farmi sentire la terra tremare sotto i piedi.

Indossava un costume blu e una maglietta bianca aderente, con sopra una camicia fiorata lasciata aperta. I suoi capelli ricci restavano indomati e le sue narici si aprirono lievemente quando vide che lo stavo osservando. Ancor prima che potessi pensare ad alcunché, Tonya si avvicinò al mio orecchio per ricordarmi la ragione per cui mi ero impegnata così tanto a sistemare i miei capelli e a sembrare più che carina. «Non avere pietà», mi disse. E non ne avrei avuta. Afferrai un cocktail che James mi stava porgendo, mentre ripensavo agli occhi febbricitanti di Hyade pizzicare sul corpo della cheerleader.

Succhiai dalla cannuccia scura quello che sembrava un Sex on the beach e risi sommessamente per il modo in cui Tonya aveva preso a ignorare Zack, intavolando una conversazione con Chase, il quale sembrava piuttosto felice di poterle dedicare le sue attenzioni.

«Allora, le cheerleader quando se ne sono andate?» chiese furbamente lei, e prese il suo cocktail dal tavolo, in modo da regalare una buona visione dello scollo del suo costume a Zack, il quale rimase a guardarla mentre si raddrizzava per continuare la sua chiacchierata con Chase.

«Non molto più tardi di quando ve ne siete andate voi», rispose Hyade, beffardo. Strinsi le labbra sulla cannuccia e mi colpì il fatto che si fosse accorto di quando ce ne fossimo andate.

«Cavolo, Chloe. Che caldo che fa qui in Florida, non ti danno fastidio quei pantaloncini?» Tonya mi accarezzò i capelli, mentre io le lanciavo un'occhiata divertita e mi decidevo a buttare giù un altro sorso d'alcol nella speranza di perdere la testa prima di potermi preoccupare di quello che sarebbe accaduto subito dopo.

«Non lo so, non credo sia una buona idea andare in giro con solo il costume addosso», replicai. L'idea di starmene mezza nuda non era propriamente una delle mie preferite.

«Tanto tra poco ci tuffiamo», intervenne James. «E poi siamo già tutti in costume», aggiunse, con un sorriso. E in effetti lui non aveva esitato a togliersi la maglietta non appena arrivato, così come gran parte dei ragazzi.

Il mio sguardo cadde nuovamente su Hyade, che mi osservava pensieroso con il mento poggiato sulla mano e il gomito a sorreggerlo contro il bracciolo della sua poltrona. Sapevo che stava gongolando perché mi aveva dimostrato di non avere più bisogno di me, adesso che lui e io non eravamo più niente.

Così mi misi in piedi. «Sì, forse avete ragione», mormorai e le mie mani corsero sul bordo degli shorts. Li sbottonai e tirai giù la zip. Tonya un attimo dopo mi fermò. «Aspetta, togliti le scarpe.» Mi fece segno con la mano di voltarmi per posizionare un piede sul divanetto e aiutarmi a slacciare entrambe le scarpe. Dopodiché, le sfilai, per lasciarle ricadere al fianco del divanetto.

Quando i miei piedi toccarono l'erba fresca che li solleticò, mi risvegliai, trovando la forza di continuare quella messinscena che in altri momenti non avrei mai interpretato. Spinsi con lentezza i pantaloncini oltre i miei fianchi, lasciandoli ricadere sulle caviglie sotto il chiacchiericcio generale. Sapevo che gli altri ragazzi avrebbero semplicemente avuto la decenza di ignorarmi, però i suoi occhi me li sentivo addosso, a osservare la pelle ancora leggermente livida per via dei suoi baci.

Dopo un istante, scavalcai i jeans e mi piegai per raccoglierli, prima di voltarmi e lasciarli ricadere al mio fianco sul divanetto. A quel punto, quando tornai seduta e riafferrai il mio cocktail tra le mani, mi sentii stranamente soddisfatta nel vedere che Hyade non stava più ghignando come pochi istanti prima, ma che aveva un'espressione pensierosa.

Quando Blake si alzò per raggiungere la piscina insieme ad altri compagni di squadra, ci dedicammo nuovamente alla lunga serie di drink che ci era appena stata portata da un cameriere. Nella fretta di afferrarne uno, James se lo rovesciò addosso bagnandosi completamente l'addome allenato e il costume colorato.

Oltre a noi tre, al tavolo erano rimasti Hyade, Ben, Zack e Chase, i quali presero presto a parlare sia della partita sia del modo in cui mio padre era corso via per tornare a casa a festeggiare il Capodanno con Marla, sbeffeggiandolo come un uomo ormai andato, inconsapevoli che, quando mio padre aveva avuto la loro età, era certamente stato più pieno di ragazze di quanto lo fossero tutti loro messi insieme.

Mi ritrovai così a difenderlo, un po' perché era mio padre e un po' perché consideravo mediocre schernire un uomo per essere innamorato. «Mia madre era una cameriera in uno strip club che si pagava gli studi da sola quando si sono conosciuti», raccontai divertita la storia che avevo sentito mille volte. «Mio padre era un pezzo forte negli Scorpius. Ma che volete saperne voi… non c'erano le ballerine di adesso o le cheerleader. Gli strip club erano molto più indecenti e bisognava essere importanti per entrarci. Circondato da donne nude, papà se ne stava seduto al bancone a farsi preparare cocktail analcolici con la scusa che avrebbe dovuto guidare e riaccompagnare i suoi amici, quando l'unica ragione per cui si trovava lì era mia madre.»

«Wow», commentò Zack. «Notevole. Non ce lo vedo a fare il romantico l'uomo che durante gli allenamenti mi sputa in faccia di stringere le chiappe.» Scoppiammo a ridere per quel commento divertente. Io stessa trovavo esilarante il contrasto tra il coach e la persona che era fuori dal campo.

«E come è andata a finire, poi? Voglio dire… lei le ha lasciato il numero, cose così?» mi chiese Ben, gesticolando.

«Non credo ci fossero i cellulari o comunque non credo mia madre potesse permetterselo, perciò no», sorrisi, un po' sognante. «Mio padre si fece rivelare furbamente i suoi turni e appena poteva la raggiungeva, ma lei non era molto propensa a uscire con lui. Sapete… lo studio, il lavoro. Un giocatore di basket donnaiolo le avrebbe probabilmente moltiplicato i problemi. Però mio padre ci sapeva fare e infatti poi sono arrivata io, dopo ben tre appuntamenti falliti. Praticamente sono rimasti insieme a causa mia ed è strano perché solitamente non vanno mai a finire bene queste cose, ma loro hanno imparato ad amarsi così, con me tra i piedi. Marla è completamente diversa da come era mia madre, ma immagino che con lei ci sia il tipo di relazione ponderata e ben ragionata che mio padre non ha mai avuto.» Scrollai le spalle, dando voce a quei pensieri che spesso mi ero ritrovata ad avere, ma che mai avevo confidato a qualcuno.

Assunsi un'espressione imbarazzata, perché a un mucchio di uomini forzuti non importava sapere certe storielle d'amore, ma poi Zack si fece avanti. «Tonya, possiamo parlare?» le chiese di fronte a tutti, grattandosi la nuca, a disagio.

Tonya lo guardò un po' scettica. «Tu vuoi parlare? Parlare? Scusa se te lo chiedo, ma è per capire bene… hai detto 'parlare'?»

«Sì.» Zack parve imbarazzato e confuso perché non comprendeva per quale ragione Tonya si stesse comportando in quel modo.

«Be', non mi va di parlare, adesso.» Scrollò le spalle e, anche se non avrei voluto intromettermi, mi venne un'idea nel vedere alcuni ragazzi passarsi degli shottini.

«Potreste fare un gioco», proposi, studiando il bancone accanto al bar che era gremito. Lì, una ragazza, sdraiata, teneva un bicchierino da shot in equilibrio sul seno, mentre un tizio cercava di berlo insieme al sale e il limone sistemati in altri punti del suo corpo.

«Oh, mio Dio! Sì! Facciamolo!» gridò James entusiasta, saltando in piedi.

«Questo mi andrebbe, che ne dici, Zack?» commentò Tonya, spogliandosi del suo scialle e fissandolo con aria di sfida.

Zack ricambiò lo sguardo un po' incerto. «E dopo possiamo parlare?»

«Forse», rispose Tonya e gli afferrò la mano costringendolo ad alzarsi e a seguirla verso la lunga fila che attendeva il proprio turno per partecipare al gioco.

«Andiamo, Chloe!» mi esortò James. «Dobbiamo assolutamente andare a vederlo.» Mi trascinò verso la folla.

Rimasi sorpresa dalla marea di persone che ci lasciò passare senza problemi, probabilmente per via del fatto che i Taurus fossero più influenti di quanto mi sarebbe piaciuto ammettere.

Sbalordita, osservai Tonya stendersi con audacia sotto lo sguardo di Zack, mentre un'addetta le sistemava uno shot con della gelatina in bocca e le bagnava il torso con una lunga striscia di vodka, a partire dal suo ventre per terminare sul suo collo.

Zack non si tirò indietro. Prese a leccare via l'alcol dalla pelle liscia e scura di Tonya e poi affondò la lingua nel bicchiere per rompere la gelatina. A quel punto, cercò di mangiarla senza afferrarlo con le mani e la scena fu abbastanza esilarante anche per il fatto che Tonya faceva fatica a non ridere.

Quando i due si sollevarono dal bancone, avevo ormai perso di vista James. Mi guardai intorno alla ricerca di qualcuno di familiare, pentendomi un secondo dopo di essere rimasta da sola perché un profumo al gelsomino iniziò a pizzicarmi le narici.

«Cerchi Blake?» La voce roca di Hyade giunse al mio orecchio anche in mezzo alla folla che incitava due nuovi ragazzi che si stavano preparando al posto di Tonya e Zack, e persino la musica svanì quando il suo respiro pesante si scontrò con la pelle sensibile del mio collo.

Le mie gambe improvvisamente vacillarono come la gelatina di quegli shot che tutti continuavano a ingurgitare e a stento mi trattenni dall'aggrapparmi a lui mentre mi voltavo verso il ghigno sul suo volto e gli occhi verdi lucidi per via dell'alcol. «A dire il vero cercavo te», gli sorrisi, pur ricordandomi la ragione per cui ce l'avevo con lui.

«Ah, sì?» Piegò il collo, sorpreso, osservandomi dall'alto con fare curioso.

«Sai, pensavo...» dissi, trattenendomi dall'afferrare il colletto della sua camicia aperta per poter toccare il suo petto che, compresi solo in quel momento, mi era mancato. «...che ti devo un giro», gli proposi, mordendomi il labbro, mentre con un cenno della testa indicavo il bancone alle mie spalle.

Hyade guardò un po' scettico prima me, poi alle mie spalle. Infine, i suoi occhi tornarono su di me. «Vuoi giocare?» mi chiese cautamente.

«Hai paura, Reyes?» lo sfidai, con lo strano bisogno di metterlo alla prova. Mi chiedevo quanto avrebbe resistito.

«Bevo io o bevi tu?» domandò semplicemente.

«Sono io quella meno vestita dei due.» Gli feci l'occhiolino, intrecciando le mie dita alle sue per trascinarlo in mezzo alla folla e poi dritto al bancone.

Lasciai andare la mano di Hyade solo quando mi venne dato il via libera e mi sdraiai così sulla superficie fredda, voltandomi poi a pancia in giù e osservando Hyade da sopra la spalla.

A quel punto, non c'erano molti posti in cui incastrare l'alcol che Hyade avrebbe dovuto bere e ne ebbi la certezza quando l'addetta in piedi mi sorrise divertita, prima di posarmi il bicchierino di tequila tra le scapole, cospargermi le vertebre con il sale e in seguito infilarmi un limone tra le labbra.

Non appena gli venne dato il via libera, Hyade succhiò avidamente via con la lingua morbida il sale dalla mia pelle, lasciandomi persino alcuni baci leggeri che mi fecero rabbrividire dal piacere di avere nuovamente le sue labbra su di me. Sì, mi era mancato.

Lo sentii ridere, mentre afferrava tra le labbra il bicchierino tra le mie scapole. Lo sollevò per mandare giù la tequila, incitato dalla folla.

Quando la sua bocca arrivò a succhiare il limone, io avevo

già incominciato a sentire il basso ventre formicolare e non fui contenta quando si allontanò senza nemmeno sfiorare le mie labbra. Mi sollevai così a fatica prendendo la mano che mi porse per aiutarmi a rimettermi seduta.

Ero certa che tutti intorno a noi avessero assistito divertiti al nostro spettacolo e notai di sfuggita James e Tonya che si battevano il cinque soddisfatti, tuttavia, io fui troppo rapita dal volto di Hyade per rendermi conto di cosa stava accadendo intorno a noi. Intontita, mi spostai, lasciando spazio alle altre coppie che avrebbero voluto giocare.

Raggiunsi James e Tonya, la quale sorrideva ancora più di prima, probabilmente perché stavo abbandonando Hyade.

«Andiamo a fare un bagno?» chiesi ai due, nella speranza di poter attenuare il calore che mi stava facendo ribollire il petto.

«Qualcuno ha detto bagno?» ghignò James. «Hyade! Qui! Bagno!» lo richiamò e quando compresi che cosa intendeva fu ormai troppo tardi. I miei piedi si sollevarono da terra mentre Hyade mi afferrava per le spalle alla svelta e James mi prendeva invece le gambe.

Gridai, tentando di divincolarmi dalle loro strette. Probabilmente sarebbe bastato un solo Taurus per sopraffarmi, due si rivelarono capaci di lanciarmi in piscina senza permettermi di oppormi.

Quando risalii in superficie con il petto gonfio dalla rabbia, puntai subito gli occhi su James, il quale però fece in tempo scappare ancor prima che potessi fare un passo. Hyade, invece, rimase a guardarmi divertito, prendendomi in giro con il suo sguardo altezzoso mentre mi avvicinavo al bordo della piscina per uscire fuori.

Gocciolante, mi avvicinai a lui, che rimase impietrito con le braccia incrociate al petto ad attendere la mia mossa. Mi fiondai così su di lui, spingendolo nella speranza di farlo cadere in piscina.

Tutto ciò che fece fu afferrarmi i polsi e trattenerli contro il petto con una mano sola, mentre io, indispettita, gli pestavo i piedi nudi per costringerlo a lasciarmi andare, consapevole che non sarebbe accaduto tanto facilmente.

La sua fossetta si fece ancora più accentuata quando notò che stavo combattendo con tutte le mie forze, e puntò il suo sguardo da conquistatore su di me.

«Sei uno stronzo.» Tentai di dargli una ginocchiata in mezzo alle gambe, ma fece giusto in tempo a farsi indietro.

«Se vuoi fare un bagno insieme a me basta chiederlo, Leoncina», ghignò ancora.

«Fatti il bagno con le cheerleader, magari nell'acqua fredda così forse riesci a darti una calmata», gli risposi a tono, ma smisi di lottare, sapendo che non serviva ad altro se non a farmi stancare.

Hyade mi guardò sorpreso, poi si fece più vicino, senza però allentare la presa sui miei polsi. Il tempo mi sembrò fermarsi mentre piegava il suo volto sul mio collo per raggiungere il mio orecchio con le sue labbra piene e ancora umide dall'alcol che aveva appena bevuto. «Hai messo questo costume per me?» mi chiese, comprendendo il senso celato nelle parole che avevo appena pronunciato.

«No», risposi istintivamente e troppo velocemente per non rubargli un sorriso furbo, soffiato sulla mia pelle. «Cerca di essere meno egocentrico.»

«Chloe...» disse il mio nome bruscamente, facendomi sussultare quando la sua mano si poggiò rude sul mio fianco. «Ormai dovresti sapere che non mi piace sentirti dire le bugie», mormorò, alludendo al fatto che alla festa di Chase avevo affermato di non provare attrazione nei suoi confronti.

«Com'era il fondoschiena della bionda? Abbastanza sodo?» Alzai il mento, mentre tornava a ghignare sotto la mia espressione seria.

«Il tuo resta ancora il migliore.» Non lo disse come un complimento, ma come una semplice constatazione.

«Be', non mi importa.» Riuscii finalmente a strattonare via le braccia dalla sua presa e feci un passo indietro.

Hyade sospirò pesantemente, i suoi occhi lucidi erano ancora intenti a osservarmi impavidi. Fremetti e mi resi improvvisamente conto che il costume bianco mi fasciava il corpo ancora di più adesso che era bagnato.

«A me importa», ammise. «Mi importa che tu sia gelosa.»

«Non sono gelosa di te, Hyade.»

Lui fece per dire qualcosa, ma fu interrotto dallo schiocco di uno schiaffo sul mio fondoschiena. Mi voltai con un sussulto e vidi uno sconosciuto con espressione beffarda alle mie spalle.

I suoi occhi blu corsero su di me, ignorando la mia espressione sconvolta per via di quel suo gesto improvviso e molesto, e mi ritrovai ad arretrare. Il modo perverso in cui sorrise mi fece raggelare il sangue.

«Bel culo», commentò, ravvivandosi la cresta bionda.

Era sicuramente un ragazzo attraente, ma il suo approccio mi offese e indispettì. Ero pronta a rispondergli a tono, ma Hyade mi strattonò dietro di lui e gli gridò contro, furioso. «Che cazzo hai detto?»

«Ho detto che ha un bel culo.» Il tizio scrollò le spalle, infilando le mani nelle tasche dei suoi pantaloncini, senza mostrarsi pentito del suo atteggiamento. Io tremai all'idea che si fosse permesso di toccarmi in quel modo senza neanche conoscermi.

Hyade contrasse le spalle con violenza, mentre stringeva i pugni lungo i fianchi. «Hai tre secondi per andartene oppure ti spezzo quella mano lunga che ti ritrovi.» Hyade digrignò i denti, mettendomi paura per via del suo tono duro e feroce.

L'altro rise. «Non mi pare che lei si sia lamentata.» Mi ammiccò, ma non riuscii a sostenere il suo sguardo, quindi lo indirizzai sui capelli di Hyade, che gli ricadevano disordinati sulle spalle. L'idea che lui fosse lì a proteggermi mi fece sentire sollevata per qualche istante. Il sollievo però svanì subito.

Un secondo dopo, Hyade scattò e sferrò un pugno dritto sul naso del ragazzo, il quale, un po' sorpreso, si ricompose all'istante per contrattaccare. «Hyade…» lo richiamai, nella speranza che si fermasse senza far degenerare la questione, ma la voce mi morì in gola quando un pugno gli colpì lo zigomo alto e lo fece imprecare dal dolore.

Lo sconosciuto si prese altri due pugni in faccia e fu allora che venne affiancato da due ragazzi che intuii essere suoi amici. Compresi che le cose non sarebbero andate a finire affatto bene.

Tuttavia, Hyade restava pur sempre Hyade, e invece di spaventarsi, iniziò a fronteggiare i tre contemporaneamente, che presero a picchiarlo e ad afferrarlo per i vestiti. Cercai con lo sguardo tremante qualcuno che potesse venire ad aiutarmi e quando tra la folla che si era radunata intorno a noi vidi comparire Blake, lo raggiunsi impaurita.

«Blake!» lo chiamai.

«Chloe, che cosa succede?» Guardai Hyade rotolarsi a terra sotto i calci dei tre aggressori, incapace di comprendere perché nessuno dei presenti si immischiasse a fermare quella terribile scena.

«Lui mi ha... importunata.» Indicai il ragazzo biondo. «E Hyade è scattato.» A Blake non servì sentire altro: mi allontanò con un gesto gentile della mano e mi intimò di restare lì mentre si avvicinava alla rissa.

Immaginai che volesse fermare le botte, ma quando lo vidi afferrare per il collo della maglia il ragazzo che si era permesso di toccarmi senza il mio consenso, fui certa che non ci fosse più via di scampo. Infatti, anche Blake prese a lanciare pugni, permettendo a Hyade di rialzarsi e affiancarlo in quella lotta che se pur non equa, si ritrovarono presto a vincere sporchi del sangue dei tre tizi che non erano evidentemente allenati quanto loro.

Quando arrivarono anche Chase, Ben e Zack, si fecero indietro, scappando a gambe levate. Notai con stupore Hyade e Blake scambiarsi amichevoli pacche sulle spalle, ma ero ancora troppo scossa per il modo in cui si erano ridotti.

«Come stai?» mi chiese Blake, raggiungendomi, con grandi falcate.

«Io... io sto bene», balbettai e prima che potessi rendermene conto mi strinse in un forte abbraccio confortevole che ricambiai.

Mentre legavo le braccia al suo collo, sentii addosso lo sguardo di Hyade che aveva il naso colante di sangue e gli occhi tristi. Fui allora consapevole che se Blake non fosse stato così tempestivo, in quel momento avrei preferito stringere tra le mie braccia l'unico che mi aveva realmente sempre chiesto il consenso per tutto, anche per un abbraccio come quello che Blake mi stava rubando proprio adesso.

22
Pesce surgelato

Chloe

ERO un'insicura che non riusciva a capire che cosa le girasse per la testa.

Un attimo prima avevo bisogno di tenere Hyade lontano e l'attimo dopo mi ritrovavo a sospirare sommessamente nella mia camera d'hotel al pensiero di quanto fossero forti le sue mani mentre mi trascinava dietro di sé per difendermi. Dopo la rissa, la festa era continuata, ma Hyade era troppo arrabbiato per festeggiare e io mi ero sentita in colpa nel vederlo andar via prima della mezzanotte. A fatica avevo atteso che uno dei ragazzi si stufasse per non dover tornare completamente sola.

Dopo una lunga doccia, avevo asciugato i capelli e indossato abiti comodi. Ero tornata la Chloe di sempre, che non riusciva a guardarsi allo specchio senza chiedersi quante possibilità ci fossero che la sua dignità fosse ancora intatta.

Presi coraggio e mi richiusi la porta alle spalle, camminando con i piedi nudi sul parquet del corridoio illuminato, nonostante l'ora tarda, con l'intento di raggiungere quella che sapevo essere la stanza di Hyade.

Ci misi qualche secondo a decidermi a bussare, ma quando finalmente la porta venne spalancata provai sollievo nel poterlo vedere di nuovo, anche se aveva uno zigomo tagliato e il volto livido.

Mi sentii in imbarazzo quando il suo sguardo cadde su di me, sorpreso, come se fossi l'ultima persona che si sarebbe aspettato alla porta. «Ciao.» La sua voce roca mi fece rilassare e, insicura, abbassai gli occhi sui pantaloncini della tuta che avevo indosso.

«Posso entrare?» Non servì aggiungere altro. Hyade si fece da parte permettendomi di varcare la soglia. Presi un profondo respiro, prima di fare mente locale e decidere quali fossero le parole giuste da dire.

Avanzai nella camera e poi mi voltai. A pochi passi di distanza, lui richiuse la porta e si girò curioso. Era così bello che per qualche secondo mi sembrò assurdo credere di poter anche solo pensare a un altro ragazzo, e nonostante solitamente mi innamorassi più dei gesti che dell'aspetto, non avrei saputo dire per quale ragione in quel momento fossi nella sua stanza e non in quella di Blake.

«Mi dispiace.» Mi sentii una bambina in confronto a lui e mi chiesi se avrebbe mai capito la ragione del mio comportamento.

Aggrottò le sopracciglia confuso. «Non è colpa tua. Ti ha importunata, Chloe.» Compresi che non aveva intuito la vera ragione delle mie scuse e l'idea di dovermi spiegare mi fece tremare le gambe per qualche istante, costringendomi a dondolarmi sui talloni per calmare la mia ansia.

«Sì, lo so. Non mi riferivo a quello. Io...» Presi un lungo respiro e distolsi lo sguardo dal suo, perché mi sentivo sciocca ad ammettere di fronte a lui tutte le mie emozioni. «Sono stata una stupida stasera. L'ultima cosa che voglio è che tu ti senta in dovere di fare qualcosa per me.»

Hyade sospirò pesantemente, trascinandosi poi i palmi delle mani sul volto mentre cercava di fare chiarezza sulle mie parole. Poi fece un sorriso di circostanza.

«Chloe, mi mandi segnali contrastanti.» Fu tutto quello che rispose ed era la verità. Io però me li sentivo dentro i segnali contrastanti.

«È che io...» Trattenni il fiato, sentendomi esplodere all'idea che mi stessi aprendo ancora in quel modo con lui. «Io quando sono con te non sono più me stessa.»

Hyade trovò probabilmente assurda la mia affermazione. Così

mi decisi a dargli un'ulteriore spiegazione. «Credo di volere tante cose, ma poi ti vedo e non so più cosa voglio.»

«Che cos'è che vuoi, Chloe?» domandò poi. «Intendo adesso, che cosa passa per quella testolina?»

Le tue mani che mi toccano e le tue labbra che mi pizzicano il collo mentre mi ripeti quanto ti piaccio. «Io… non lo so.»

«Chloe», lo disse con rimprovero, invitandomi a essere sincera.

Sbuffai, alzando gli occhi al cielo. «Voglio te, okay?» A stento trovai fiato per parlare, presa dal nervosismo. «Ti voglio con tutti i tuoi difetti e le tue cheerleader. E poi voglio anche guardare le stelle con te e andare a cena fuori. Mi piacerebbe portarti a pranzo a casa mia a Los Angeles e vedere te e mio padre giocare a basket in giardino, mentre Marla e io prendiamo il sole. E poi voglio i fiori nelle occasioni importanti e voglio che pensi a quanto mi piacciono i girasoli così che me li regali solo quando devi farti perdonare qualcosa di imperdonabile. E poi, Hyade, voglio che la notte dormiamo insieme di nascosto, come due ragazzini, perché ti vergogni di mio padre e preferisci intrufolarti nella mia stanza invece che passare per la porta d'entrata. E voglio anche che, quando sei alle feste o nei locali con i tuoi amici, tu non riesca a guardare le altre ragazze perché pensi a me e a quanto ti manco e a quanto preferiresti stare con me piuttosto che a ubriacarti con loro. E sai che c'è? Lo sai qual è la cosa peggiore di tutte? Che forse non voglio che tu sia così. Non vorrei mai che tu cambiassi per me, perché questo ti renderebbe diverso da quello che sei, e io sono tremendamente attratta da quello che sei. Adesso sono qui a dirti come vorrei che tu fossi per placare il mio dilemma interiore, ma poi mi rendo conto che io non riuscirei ad apprezzare nessuno di quei gesti che ti ho elencato, sapendo che non lo faresti perché ti fa piacere, ma perché sei costretto.»

Feci un gran respiro dopo aver parlato a ruota libera e mi sentii meglio di quanto avessi potuto immaginare nel dare voce a tutti quei pensieri. Hyade mi studiò pensieroso, grattandosi distrattamente il mento. «Ascolta, Chloe…» esordì, facendo un passo avanti. «Io non ci riesco.» E ancor prima che potesse continuare, avvertii il mio cuore frantumarsi perché non aveva nemmeno preso in considerazione le mie parole, ma era già sicuro di che cosa non andasse in noi e che cosa non sarebbe mai cambiato. «Non posso darti tutto questo nemmeno volendo, non posso perché tu hai troppo effetto su di me e finirei con l'annullarmi per te. Finirei con il mettere te sopra a tutto e io mi prosciugherei. Non ce la faccio a vivere una relazione come quella che vuoi tu, Chloe, e pensavo che stare insieme una notte mi avrebbe aiutato a fare chiarezza tra di noi, ma adesso mi rendo conto che ti voglio così tanto che sarei disposto a fare tutto quello che mi chiedi. Ma Chloe, non posso, non di nuovo.»

«Di nuovo?» La penombra gli coprì per metà il volto, mentre Hyade si metteva seduto sul letto.

E allora lo seguii, posizionandomi accanto a lui mentre si piegava per poggiare i gomiti sulle ginocchia e per trascinarsi ancora una volta le mani sul viso.

«Soleil Adams», pronunciò appena, voltandosi poi per scrutare la mia espressione.

«La modella?» Ricordai di aver sentito quel nome più volte in televisione.

Hyade rise, amaramente. «Sì, be', non era una modella prima di essere la mia ragazza.» E non mi fu difficile comprendere allora il vero significato di quelle parole.

Hyade fece un lungo respiro. «Non mi va molto di parlarne, perché non credo meriti neanche i miei pensieri ora come ora, però, Chloe, è lei la ragione per cui non voglio relazioni, non adesso che ho finalmente una possibilità di vincere il campionato.»

«Capisco.» Annuii impercettibilmente, rassegnandomi all'idea che lui e io eravamo troppo rotti per combaciare perfettamente. C'erano troppi pezzi andati persi di noi.

Hyade mi guardò ancora, mentre io cercavo di combattere l'umiliazione di avergli chiesto implicitamente di farsi avanti per me, quando era evidente non se la sentisse nemmeno di parlarmi delle ragioni per cui non voleva più avere una ragazza.

«Mi dispiace, Chloe, ma non posso essere la persona che ti

meriti», mormorò. E fui certa che, se solo avesse voluto, lo sarebbe stato più di quanto mi sarebbe piaciuto ammettere.

Quella conversazione tra me e Hyade mise un punto definitivo tra di noi, dichiarandoci ufficialmente incapaci di venirci incontro senza farci reciprocamente del male. Il peggio era che comprendevo le sue ragioni, perché anche io mi sentivo così dopo aver sofferto tanto.

Fu doloroso abbandonare la sua camera senza poterlo toccare come avrei voluto e ritirarmi nella mia con la speranza che le cose sarebbero state diverse. Fu proprio mentre mi rimettevo a letto che il mio cellulare illuminò la stanza, avvertendomi di un nuovo messaggio da parte di Blake.

Blake Davis
Chloe, esci con me. Una sera di queste, qui a Miami, mangiamo pesce in un ristorante sulla spiaggia e poi facciamo una passeggiata insieme al porto. Ti va?

Chloe
Devo mettere i tacchi?

Blake Davis
Andranno bene anche un paio di sneakers.

Era arrivato il momento giusto per dare un'opportunità a Blake, una vera opportunità, perché lui sembrava l'unica via d'uscita all'irrimediabile turbine di sentimenti e pensieri che mi teneva legata a Hyade Reyes.

Avevamo in programma di restare più giorni a Miami, perché i Taurus dovevano giocare un'altra partita contro gli Aries e, nonostante fossimo tutti agitati per il secondo match, non si poteva dire che Miami dispiacesse a qualcuno di noi.

Mio padre aveva prenotato il volo di ritorno per la mattina prima della seconda partita che si sarebbe tenuta il pomeriggio e Blake e io decidemmo di uscire proprio la sera prima, che era l'unica rimasta libera a disposizione prima di tornare a casa.

Ingaggiai Tonya per aiutarmi con i preparativi, innanzitutto perché avevo bisogno di supporto morale e poi perché, sebbene mi piacessero le cene romantiche, non ero propriamente molto brava con il trucco.

«Tutto waterproof!» esultò, terminando di mettermi il leggero rossetto rosato.

«Non ne vedo la ragione...» dissi un po' scettica.

Tonya sbuffò, rimise il rossetto nella sua trousse e poi chiuse la zip con veemenza. «Devo proprio spiegarti tutto?»

Alzai gli occhi al cielo, pronta a mettermi in piedi. «Non andrò a letto con lui stasera», la avvertii. Non ero stupida, ci arrivavo a certe cose.

«Domani mattina ne riparleremo, va bene?» Scrollò le spalle. «Ora, passiamo al vestito...» Mi ci vollero più o meno venticinque minuti per convincerla che non avrei indossato il suo vestito con le paillettes.

Quando Blake mi passò a prendere, ero certa di essere un raggio di sole dal momento che non mi capitava spesso di mettermi in tiro. Mi sentivo profondamente emozionata per quel nostro primo appuntamento, ero decisa a dare una chance a Blake e non vedevo più ragioni per cui tra me e lui non avrebbe potuto funzionare.

Il vestito che avevo scelto, un semplice tubino nero che portavo sempre in valigia in caso di necessità abbinato con dei sandali alti e una pochette rubata a Tonya del medesimo colore, si rivelò più che adatto al ristorante lussuoso che Blake aveva avuto la premura di prenotare. Quando arrivammo, i camerieri ci accolsero con tanta gentilezza, e una piccola parte di me fu costretta a chiedersi se si sarebbero comportati allo stesso modo se non fossi stata accompagnata da un Taurus.

A ogni modo, prendemmo posto su una terrazza che affacciava sul mare scuro e sereno e il mio sguardo si posò immediatamente sul ragazzo di fronte a me che stava sorridendo apertamente.

Sembrava emozionato quanto me mentre mi riempiva il bicchiere di vino bianco e mi chiedeva se preferissi l'aragosta per antipasto o per portata principale, aggiungendo che non sarebbe stato un problema ordinarla in entrambi i casi.

Comunque, non mi importò molto di scegliere il cibo, perché mi persi presto a chiacchierare con Blake, tra un piatto e l'altro, di tutto ciò che mi passava per la mente ed era evidentemente piacevole per lui ascoltarmi mentre mi dava risposte intelligenti e istintive. Oltre al fatto che era molto disponibile nei miei confronti, Blake era tremendamente affascinante.

Rimasi lusingata nel notare che anche lui si era vestito elegante per me, rasandosi la barba e sistemandosi i capelli. Il suo petto muscoloso era fasciato da una semplice camicia bianca che risaltava a dovere le sue spalle larghe ed era inserita accuratamente nei pantaloni eleganti.

Blake era decisamente il tipo di ragazzo che avrei voluto nella mia vita: spigliato, premuroso, amorevole. Si preoccupava sempre di accertarsi che stessi sorridendo e mi domandò spesso quale mi piacesse di più delle mie portate, invitandomi anche ad assaggiare le sue e riempiendo il mio calice ogni qualvolta era vuoto.

Per dessert lo convinsi a dividere una cheesecake, perché a quel punto della serata ero piena, tuttavia sentivo una strana sensazione incominciare ad appesantirmi il petto. Non mi capitava spesso di provare ansia, ma in quel momento mi travolse lo stomaco separandolo in una voragine di inquietudine e mi sembrò assurdo stare tanto male in un momento così felice.

Mi piaceva Blake, tanto. Molto. Eppure, la coppia seduta alle sue spalle mi ricordò qualcun altro: un ragazzo biondo stava accarezzando i capelli della sua compagna, seduta al suo fianco, mentre affondava poi gli occhi nei suoi e le mormorava alcune cose incomprensibili alle mie orecchie che la fecero arrossire.

Blake, di fronte a me, probabilmente non si rese nemmeno conto del mio stato d'animo, ma il fatto che lui e io fossimo a debita distanza la diceva lunga. E con questo non volevo dire che necessitavo del contatto fisico da parte sua, ma solo che tra noi ancora non c'era nulla di sensuale. Mi resi conto che tenevo le gambe in una posizione scomoda nella speranza di non incontrare le sue sotto il tavolo.

Quando il cameriere ci portò la cheesecake, il mio cellulare vibrò nella borsa e, tentando di rasserenarmi, lo afferrai distrattamente, risistemando poi la mia pochette sulla sédia e sbloccandolo per guardare chi fosse.

Me ne pentii un istante dopo, perché il mio cuore perse un battito nel vedere il mittente.

Hyade
Il pesce è surgelato non mangiarlo.

Guardai Blake che stava già gustando il dolce e che non mi stava osservando con rimprovero per aver preso il mio cellulare mentre eravamo a tavola; nonostante questo, mi sentii comunque in colpa a rispondere a quel messaggio proprio davanti a lui.

Chloe
E tu che ne sai?

Hyade
Ho letto alcune recensioni.

Chloe
Ma sembra un buon ristorante!

Hyade
Non mi riferivo a quel pesce...

Dovetti fare una smorfia per trattenere una risata, mentre il mio sguardo si alzava su Blake e timidamente allungavo una mano sulla forchetta per prendere un pezzo della cheesecake posta al centro del tavolo. Nascosi il mio cellulare sulle gambe.

«Ti piace?» mi chiese, gentilmente.

«È buonissima», dissi con la bocca piena.

«Sai, conosco un posto a Chicago che ne fa alcune eccezionali!»

«Mi stai già chiedendo un secondo appuntamento?» gli domandai, beffarda, facendolo arrossire e allo stesso tempo ridere.

«Forse. Be'... quel posto è casa di mia nonna a Chicago, non so se sia una buona idea fartela già conoscere.»

Hyade
Scommetto che adesso ti sta parlando della nonna con il diabete, quella che fa le cheesecake e poi se le mangia di nascosto.

«Sai, lei non può mangiare dolci per via del diabete e quindi mi invita sempre per evitare di farsi del male, è difficile spiegarle che non posso quando sono sotto allenamento.» Ridacchiai nel sentirlo raccontare quella storia, ma più che per il racconto in sé, per il messaggio di Hyade, al quale mi decisi a rispondere non appena Blake terminò di dirmi quanto fosse adorabile sua nonna.

Chloe
Anche tu hai avuto un appuntamento con Blake?
Come fai a sapere tutte queste cose?

Hyade
Immagino che non tutti siano versatili nelle conversazioni come il sottoscritto.

Chloe
Già, be', non mi sembra che tu abbia molto da raccontare alle ragazze solitamente.

Hyade
Perché solitamente con le ragazze faccio altro.

Chloe
Chi è la sfortunata questa sera?

Rimasi in attesa, sorseggiando un po' di vino. Mentre ero concentrata a rispondere a Hyade, non ero riuscita a prendere il mio pezzo di cheesecake e Blake, evidentemente troppo preso a raccontarmi della partita dell'indomani, non si era reso conto di averla terminata tutto da solo.

Hyade non mi scrisse subito, ci mise qualche minuto e, mio malgrado, mi sentii un po' gelosa all'idea che stava realmente condividendo la sua stanza d'hotel con un'altra ragazza. La mia ansia però venne presto placata da un altro messaggio.

Hyade
Vorrei che fossi tu.

Quando Blake si occupò di pagare il conto, rifiutandosi, nonostante le mie lamentele, di dividerlo a metà, la sua galanteria mi risultò meno piacevole e i suoi capelli mi sembrarono meno luminosi sotto la luce della luna fuori dal locale. Forse fu questo o forse il fatto che rimisi il telefono in borsa senza rispondere a Hyade a farmi sentire più stanca del solito. Sebbene mi dispiacesse parecchio annullare la nostra passeggiata al porto, riuscii a convincere Blake a tornare in hotel con la scusa che fosse meglio non fare troppo tardi per via della partita.

Blake fu perfetto, mi riaccompagnò con il sorriso sul volto e senza nemmeno osare avvicinarsi per rubarmi un bacio, quando comprese che non lo avrebbe ricevuto in ogni caso.

Era evidente che i messaggi di Hyade mi avessero scombussolata parecchio. Improvvisamente quella sera aveva assunto dentro di me tutta un'altra importanza e non era stato a causa di Blake e della magnifica cena che avevamo condiviso, ma all'idea che Hyade fosse nella sua stanza a pensarmi.

Mi ritrovai così, per la seconda notte di seguito, a chiudermi la porta della mia camera alle spalle dopo aver atteso per ben dieci minuti che tutti i rumori nel corridoio fossero svaniti.

Fui lieta di notare che di Blake non ci fosse più nemmeno

l'ombra. Forse avrei dovuto riflettere sul mio stato d'animo, ma la mia testa stava viaggiando troppo per permettermi di ragionare. In un attimo presi a camminare velocemente, trascinando i tacchi nel tentativo di fare il minor rumore possibile, verso la stanza di Hyade.

Ero sul punto di bussare, quando uno degli addetti alla sicurezza dell'hotel che passava di lì si fece avanti: «Signorina, mi scusi, ma il signor Reyes non è in camera al momento».

«Oh…» mormorai, riabbassando la mano che era rimasta a mezz'aria. «E dove è andato?» domandai quasi timorosa. Per qualche attimo ebbi paura che fosse andato in un locale a cercare la fiamma di quella notte e mi sarei sentita ancora peggio nel saperlo dopo i messaggi che ci eravamo scambiati.

Il signore, sulla cinquantina e vestito di uno scuro completo elegante, mi sorrise con comprensione. «È in piscina, ha chiesto di non essere disturbato.»

«Questo hotel ha una piscina?» chiesi un po' sorpresa, focalizzandomi poi sul punto della questione. «Io… è un'emergenza! Non posso raggiungerlo?»

«Mi dispiace, ma dovrei prima avvisarlo e attendere una sua risposta. Se sta facendo il bagno ci vorrà probabilmente un po' di tempo prima che la veda.»

«La prego, sono sicura che non farà storie. Devo davvero riferirgli alcune cose importanti. E poi sono la figlia del coach, potrà pur fare un'eccezione per me, no?» Cercai di convincere il pover'uomo a darmela vinta.

Alla fine, si arrese, lasciandomi le chiavi della porta che si apriva sul tetto, dove si trovava appunto la piscina, e chiedendomi gentilmente di non riferire al signor Reyes che era stato proprio lui a farmi quel favore. Mi invitò poi a consegnarle alla reception il giorno seguente.

Presi l'ascensore per arrivare all'ultimo piano, seguendo i cartelli che indirizzavano alla piscina per poterla raggiungere.

Non ci misi molto, ma il modo in cui il mio petto prese a fremere all'idea di Hyade intento a nuotare da solo sotto le stelle rese quei pochi minuti un'infinità. Girai le chiavi nella serratura con la vista annebbiata e le gambe tremanti, avanzai di un passo e mi richiusi la porta a chiave alle spalle, appendendole lì accanto.

Quando mi voltai, la bellezza della piscina all'aperto, che era decisamente adatta a quel clima caldo, mi travolse; ne fui così ammaliata e meravigliata che il mio sguardo non sapeva bene dove posarsi, tanta era la magnificenza di quello che mi circondava.

Miami si estendeva oltre il tetto ben riparato in una lunga serie di grattacieli illuminati. Il mare buio si intravedeva in lontananza e, nonostante le luci della città, il cielo stellato restava estremamente limpido.

Lì sopra, oltre la moltitudine di sdraio stese accanto, nella bellissima piscina dall'acqua chiara e le luci colorate, c'era Hyade. Il mio sguardo si puntò solo su di lui.

Iniziai ad avvicinarmi al bordo, con le gambe ancora tremanti e gli occhi che non riuscivano ad averne abbastanza di lui e del suo corpo completamente nudo che nuotava libero, regalandomi una visione celestiale della sua schiena che restava solo in parte sommersa dall'acqua, quando la sua testa affondava sotto la superficie, e delle sue braccia muscolose che si muovevano imponenti.

Si accorse presto di me. Si avvicinò a sua volta al bordo dopo la nuotata faticosa e si tirò indietro i ricci con una mano, guardandomi dal basso vestito soltanto dei suoi tatuaggi.

«Già finito?» mi chiese, dedicandomi un sorriso.

«Ero stanca», replicai, ritrovandomi a pensare a quanto fossi incoerente. Ero stanca, ma ero lì con lui.

Hyade alzò un sopracciglio, beffardo, mentre i suoi occhi prendevano a scorrere sulla mia figura.

L'acqua, che in quel punto gli arrivava a metà addome, sembrò quasi richiamarmi, soprattutto quando Hyade parve apprezzare particolarmente il mio tubino.

«È durato così poco e ti ha anche fatta stancare?» La sua espressione divenne sbalordita e ci misi un po' a realizzare le sue parole, in parte perché non ero sulla sua stessa lunghezza d'onda e in parte perché ero concentrata sulle sue lunghe ciglia ricoperte da piccole goccioline.

«Non sono andata a letto con lui», mi affrettai a rispondere, incrociando le braccia al petto e sentendo le mie guance arrossire.

Hyade sembrò ancora più sorpreso. «Allora il pesce era surgelato come dicono?» ghignò, lanciandomi alcune gocce d'acqua sulla gamba che istintivamente mi ritrovai a evitare, indietreggiando anche un po' divertita.

«Non abbiamo fatto niente!» ammisi, un po' stufa del suo modo di prendere in giro Blake. In fondo era stato piuttosto carino con me.

«Niente?» ripeté ancora. «Niente, niente? Nemmeno un bacio?»

«No, non c'è stato.» Scrollai le spalle.

Hyade sembrò pensarci su, poi il modo in cui i suoi occhi si illuminarono mi fece rabbrividire e sentire l'improvviso bisogno di avere il bacio che mi ero negata quella sera. Il problema era che non era Blake il ragazzo che volevo baciare.

«Lasciatelo dire, Leoncina, credo che Blake abbia qualche problema se vedendoti con questo vestito addosso non ha nemmeno tentato di rubarti un bacio», commentò, appoggiando gli avambracci sul bordo della piscina e facendosi più vicino mentre a stento trattenevo il sorriso che invece lui non si stava vergognando di mostrare.

«Tu me lo avresti rubato?» gli chiesi allora, trovando assurdo che uno come Hyade potesse cenare tranquillo mentre immaginava di avvicinarmi a fine serata per potermi baciare.

«Non sarei riuscito nemmeno a farti arrivare al ristorante», ammise compiaciuto, gonfiando il petto.

Sospirai, incapace di pensare ad altro se non ai suoi occhi verdi che ancora percorrevano ogni centimetro della mia figura colmi di desiderio e mi sembrò incredibile che non si stancasse mai di guardarmi così, nemmeno quando arrossivo o mi imbarazzavo.

«Peccato che tu non sia un tipo da appuntamenti.» Feci un passo avanti e sfiorai con la punta dei sandali le sue braccia bagnate.

«Peccato che io non sia un tipo da appuntamenti», ripeté, mentre abbassava lo sguardo sulle mie caviglie e, con un polpastrello bagnato, tracciava il profilo del collo del mio piede, facendomi rabbrividire impercettibilmente. «Però sono un tipo da bagni in piscina», aggiunse.

Mi ci volle qualche secondo per rispondere, perché mi ritrovai a boccheggiare alla ricerca d'aria. Solo quando fui certa di riuscire a parlare senza mugugnare cose incomprensibili per via della forte attrazione che provavo nei suoi confronti, mi decisi a replicare. «Bene. Quali sono le regole di questa piscina?»

Hyade alzò l'angolo della sua bocca, ritirando la mano dal mio piede per farmi sentire la mancanza del suo tocco e convincermi che adesso volevo di più.

«Niente vestiti, altrimenti si bagnano.» E poi si diede una spinta, immergendosi in acqua, e si allontanò a nuoto, mentre io afferravo la spallina del mio vestito e la tiravo giù tremante.

23
Tempo siderale

Chloe

NON c'erano più ragioni perché mi tirassi indietro quando il vestito cadde sulle mie caviglie con un fruscio. Hyade si fermò al centro della piscina per guardarmi con il volto bagnato e i capelli gocciolanti, mentre io, mai stata così audace, sfilavo via i miei slip e, per ultime, le scarpe.

Non mi sentii a disagio nel restare nuda di fronte ai suoi occhi e non perché mi avesse già vista, semplicemente perché con lui mi sembrava tutto naturale.

Feci qualche passo indietro per prendere una breve rincorsa e mi tuffai per non pentirmi di quello che stavo facendo.

Quando risalii, tirandomi indietro i capelli bagnati, ritrovare il sorriso di Hyade proprio di fronte a me mi fece sentire improvvisamente libera. Non avevo più catene addosso. In fondo, cosa c'era di sbagliato in quello che stavamo facendo?

Tutte le problematiche che con un qualsiasi altro ragazzo mi avrebbero fatta battere in ritirata svanirono, così come la moltitudine di pensieri legati all'appuntamento di quella serata e alle parole che Hyade e io ci eravamo scambiati solo il giorno precedente. E ancor prima che potessi rendermene conto, anche io stavo sorridendo, con il collo sommerso dall'acqua e i miei occhi tremanti che ricambiavano il suo sguardo con la stessa intensità.

C'eravamo solo lui e io, immersi in una piscina d'acqua fredda, a cercare di sbrogliare i grovigli di emozioni che solitamente ci incendiavano, con un panorama fatto di stelle e grattacieli che ci faceva sentire minuscoli in confronto all'immensità dell'universo che ci avvolgeva.

Eppure, quando ero così vicina a Hyade e lui mi guardava in quel modo, mi sentivo tutt'altro che minuscola. Avevo il respiro affannato, perché mi sentivo grande, infinita, eterna. Era come se il tempo si fosse fermato per me, per noi, e non ci fosse più niente che avrebbe potuto farci male.

Hyade galleggiò per un secondo di fronte a me, poi mi schizzò dell'acqua e mi fece sussultare sorpresa. «Hyade!» mi lamentai, sentendolo poi ridere mentre mi stropicciavo gli occhi.

D'un tratto, prese ad allontanarsi e mi affrettai a nuotare nella sua direzione per ricambiare il suo affronto. Con la poca forza che avevo, gli lanciai la sua meritata manciata d'acqua che però schivò in modo ingegnoso mettendo la testa sotto e immergendosi completamente.

Rimasi a galla a fatica, troppo impegnata a capire attraverso lo specchio azzurro dove fosse diretto, e non appena lo compresi, tentai con tutta me stessa di scappare a tutta velocità, ma Hyade mi afferrò la caviglia tirandola violentemente, e riuscii giusto a fare un grosso respiro prima di finire anche io sott'acqua.

Odiavo e allo stesso tempo amavo quel suo modo di stuzzicarmi, e decisi di pagarlo con la stessa moneta: mi posizionai sulla sua schiena e tentai di spingerlo verso il fondo.

Ma Hyade era decisamente più forte di me, quindi non ci mise molto a risalire. Feci un gran respiro e mi aggrappai alle sue spalle. Ancor prima che potessi reagire, lui si era liberato dalla mia presa e mi aveva rilanciata in acqua, causando una lunga serie di schizzi che sentii spegnersi quando mi immersi ancora.

Quando tornai su, lui rise per via di quanto poco gli bastava per fare di me quel che voleva. Fingendomi arrabbiata, lo raggiunsi ancora per fargliela pagare, ma la verità era che stavo morendo dalla voglia di scoppiare a ridere anche io come stava già facendo lui.

Allora, afferrai le sue spalle dolcemente, cercando un contatto gentile piuttosto che un altro modo di stuzzicarci. Le fossette di

Hyade svanirono e le sue mani si legarono alla mia vita, trascinando il mio petto a toccare il suo sotto la superficie.

Osservai le goccioline scorrergli sul volto, incresparsi sull'accenno della sua barba, mentre i capelli scuri gli restavano attaccati al collo teso che terminava muscoloso sulle spalle. Mi meravigliai ancora di quanto fosse affascinante e tremendamente mio; mio perché faceva parte di me, mio perché io ero sua. Sua per sempre.

Il suo sguardo intenso in una moltitudine di sfumature aveva la capacità di farmi tremare e sentire come se mi mancasse la terra sotto i piedi, per questo mi ancorai ancora di più a lui, agganciando le gambe al suo bacino, incurante di quanto fosse contraddittorio quel mio gesto rispetto a tutto quello che ci eravamo detti e promessi.

Mi sentii terribilmente sensibile, con il petto nudo contro il suo, e allo stesso tempo forte, con le sue mani che mi circondavano ferme.

«Chloe...» Le sue labbra si mossero sensualmente, piene e bagnate, a ricordarmi quanto fosse bello il colore che le distingueva dalla sua pelle sempre un po' abbronzata.

Non dissi nulla, perché il mio cuore batteva tanto forte che ero certa riuscisse a sentirselo in gola per quanto i nostri petti erano attaccati. Sapevo che lui non mi avrebbe dato tutto quello che desideravo, ma in quel momento mi sembrò di avere tutto quello che avevo sempre voluto.

Non era solo il mio corpo che aveva bisogno di lui, era la mia mente che viveva ogni singolo istante del nostro stare insieme come una ragione di vita. Se la sera prima gli avevo confessato che quando mi trovavo con lui non ero più me stessa, mi rendevo conto che non ero mai stata Chloe Millais come in quel momento.

Non ero così me stessa dall'ultima volta che ero rimasta a guardare i ranocchi saltellare a casa a Los Angeles; forse era il clima di Miami che mi ricordava vagamente la California, o il fatto che l'acqua mi scorreva intorno come fili d'erba bagnata, o magari erano i suoi occhi verdi che mi ricordavano il laghetto stagnante.

Non avevo più paura e non c'erano responsabilità a pesarmi addosso, ero di nuovo una bambina felice che non credeva all'esistenza del male, e questa volta non avevo bisogno che mio padre restasse a guardare dalla finestra per prendersi cura di me, perché c'era Hyade che si era seduto al mio fianco e stava guardando le stelle insieme a me.

«Chloe... ti spezzerò il cuore», sussurrò così flebilmente che feci fatica a sentirlo, forse anche perché la testa mi stava girando per via delle forti emozioni che provavo.

Però in quel momento avevo voglia di provarle tutte: il piacere di essere con lui, la sofferenza che l'indomani non sarebbe stato abbastanza, il bisogno di sentire le sue mani tracciare le curve del mio corpo, la libertà di stare tanto tempo dentro l'acqua.

«Spezzamelo, Hyade. Ti do il permesso.»

Ancor prima che potessi rendermi conto di quanto il mio cuore fosse irrimediabilmente già frantumato, Hyade mi prese il viso tra le mani per tenermi salda mentre affondava la bocca nella mia.

Iniziammo a baciarci e fu un bacio che sapeva di cloro e di macchine che sfrecciavano in lontananza, un mix di sensazioni ed emozioni che si separavano e poi si riunivano in un sinergismo di vitalità. Morbide, possenti, violente: questo erano le sue labbra contro le mie.

Mi sembrò di star sognando per quanto mi era mancata la sua bocca, ed ero così presa dal piacere di poterla riavere che le palpebre mi si chiusero da sole.

Quando Hyade si fece spazio con la sua lingua umida, lo accolsi consapevole che non aveva nemmeno più bisogno di chiedermi il consenso, perché tutto di me sarebbe sempre stato disponibile per lui. Le nostre lingue si scontrarono bramose, violente, incapaci di essere dolci e pazienti. Nessuno mi aveva mai baciata così, né mai mi ero ritrovata a rispondere a un bacio in quel modo.

Le mie mani si incrociarono dietro il suo collo e trattenni il respiro quando sentii il nostro contatto farsi feroce e pieno di bisogno. La sua presa su di me si fece quasi dolorosa, ma non mi ritrassi perché avrei sentito la sua mancanza.

Hyade mi riteneva abbastanza forte da sopportare il suo desiderio incontenibile e io avrei sopportato qualsiasi cosa pur di averlo tra le mie braccia. Non volevo un Hyade diverso da quello che mi stava baciando in quel momento e nessun altro sarebbe mai stato in grado di farmi fremere in quel modo con un solo bacio.

«Hyade.» Ansimai contro le sue labbra e gemetti quando prese a baciarmi la pelle bagnata della guancia e poi del mento e poi del collo.

Così immersa e sommersa nel piacere, lo richiamai: «Hyade…» E il suo nome uscì dalle mie labbra in un suono che avrebbe dovuto farmi vergognare per quanto indecente era, ma dopotutto eravamo solo lui e io, e non c'erano più veli da tenere alzati.

Hyade si fermò a respirare contro il mio orecchio e io posai la bocca sulla sua spalla, lasciandoci dei baci distratti e sorridendo nel sentire che anche lui era così preso da me da doversi fermare alcuni istanti.

«Quanto sei bella…» mormorò. «Così bella.» Strofinò il naso dietro il mio orecchio, costringendomi a rialzare il volto per poter tornare a fissarlo negli occhi.

Mi sciolsi tra le sue braccia in brividi, una cascata di gioia e felicità, alchimia e sospiri tremanti.

«Non guardarmi così.» Si leccò le labbra, osservandomi con intensità.

«Così come?» chiesi, incapace di comprendere cosa intendesse, in preda all'estasi.

«Come se non te lo avesse mai detto nessuno», rispose, facendomi esplodere ancora il petto per il desiderio.

«Nessuno me l'ha mai detto come me lo dici tu», ammisi con il cuore leggero. Non mi importava di sembrare debole ai suoi occhi, perché io volevo che lui prendesse tutto di me, anche quello che provavo per lui.

Hyade inspirò a fondo e poi, quando le sue braccia si allontanarono, mi aggrappai più forte a lui, timorosa che mi stesse lasciando andare. Tutto ciò che fece, però, fu nuotare con me aggrappata al suo torso, mentre ridevo contro la sua guancia per via del movimento brusco che fece. In pochi attimi mi ritrovai a toccare con la schiena il bordo della piscina, mentre lui vi poggiava le mani sopra e si piegava nuovamente su di me per baciarmi ancora, con più frenesia.

Le mie mani iniziarono a vagare dal suo collo al suo petto, trascinandosi fuori e dentro l'acqua per toccarlo mentre quel bacio mi faceva mancare il respiro e sentire la testa persa. Accarezzai la sua pelle bagnata, la massaggiai con forza, incredula all'idea che lui potesse essere realmente così bello.

Hyade si distanziò dopo alcuni attimi e, con la sua forza da Minotauro, mi afferrò per i fianchi, facendomi risalire sul bordo della piscina, mentre io, sorpresa, non potevo fare a meno di accontentarlo, mettendomi seduta. Allargai le gambe per facilitarlo quando afferrò le mie cosce per separarle e infiltrarcisi in mezzo.

Non sentii nemmeno il freddo per essere uscita dalla vasca, perché il calore che prese ad attraversarmi il corpo quando, intransigente, posò le sue labbra sul mio ventre mi fece sentire in fiamme.

Hyade mi trascinò verso di sé, tra un bacio e l'altro, sorreggendomi sul bordo per farmi appoggiare le ginocchia sulle sue spalle.

Portai le mani all'indietro per trovare equilibrio quando il suo naso solleticò la parte di me più sensibile e, in un attimo, Hyade immerse la sua lingua calda dentro di me, facendomi istintivamente gemere il suo nome dal piacere.

Dopo che lui si fu accertato ancora una volta che fossi consenziente, mi affidai alle sue mani, che si allungarono per farmi distendere sulla superficie solida, mentre poi si allontanava e mi afferrava i fianchi per farmi voltare.

Mi ritrovai così distesa a pancia in giù, con le gambe che penzolavano oltre il bordo della piscina e le sue mani che affondavano ancora le dita nella carne delle mie cosce per allargarle. Poi, si immerse di nuovo nella mia intimità, facendomi tremare tra le sue dita e dovette persino tenere una mia coscia ferma perché istintivamente si era alzata a schizzarlo con l'acqua.

Così, presa dal contrasto tra il modo brutale delle sue mani che mi trattenevano e il modo gentile in cui invece mi baciava, premetti le dita sul bordo per placare il mio continuo bisogno di muovermi per scaricare la tensione che aveva iniziato a crescere dentro di me.

Per mia fortuna decise presto di interrompere la sua tortura e affondò due dita dentro di me, piegandole per stuzzicare le mie pareti alla ricerca dei punti più sensibili.

La mia pelle si riempì di una spruzzata di brividi. Mi lasciai andare sotto la magia del suo tocco, ansimando mentre il tempo si dilatava per permettermi di percepire ogni cosa di quel momento fin dentro le ossa.

La luna ci osservava timidamente, nascosta tra le luci della città e i corpi celesti che animavano quella notte. Hyade e io eravamo fatti dello stesso ammasso di energia. Una collisione di ombre e stelle, questo eravamo lui e io. Seguivamo un'orbita invisibile in una danza misteriosa, ma irresistibile.

Eravamo persone, fatte di vita e carne, ma insieme lui e io vibravamo a un tempo siderale.

La tensione esplose dentro di me e il sorriso sul volto di Hyade, compiaciuto e soddisfatto, mi fece sciogliere ancora al pensiero che si sentisse felice per avermi appena regalato un attimo tanto intenso.

Hyade si allontanò solo quando fu certo che l'onda del piacere fosse solo un'eco e mi ci volle qualche minuto per ritrovare la forza di rialzarmi e mettermi seduta, in modo tale da sistemarmi tra il bordo della piscina e le sue braccia.

«Bellissima», mormorò, mentre mi lasciava un bacio tenero sulla guancia che mi fece scoppiare il cuore.

Decisi allora che era arrivato per me il momento di ricambiare. Mi avvicinai per baciargli il collo e Hyade rimase semplicemente fermo a bearsi i miei baci leggeri. La mia mano scese automaticamente sul suo addome, tracciando la linea dei suoi addominali e stuzzicando poi la leggera peluria che gli ricopriva il corpo.

Hyade sembrò quasi sorpreso dalla mia audacia e vederlo irrigidirsi in quel modo, con i palmi delle mani puntellati sul bordo della vasca e i muscoli delle braccia tese che si gonfiavano, mi fece eccitare nuovamente.

Hyade piegò la testa contro il mio collo e prese a respirare pesantemente.

«Chloe…» sospirò. «Non qui», aggiunse. Mi fermai, ma senza allontanare la mia mano. «Non qui», ripeté.

«Hyade…»

«Allontanati, perché io non ci riesco», mi disse flebilmente e così decisi di dargli ascolto, trascinando via la mia mano per posarla sul suo volto bagnato.

Hyade tirò un sospiro di sollievo e poi i suoi occhi incontrarono i miei. Sembrò quasi accertarsi che fossi serena, poi spinse la guancia contro il mio palmo e mosse la testa per sfiorarmi con le labbra i polpastrelli, baciando la mia mano a mezz'aria più volte, dolcemente.

«Cinque minuti e ti porto in camera, ma non qui», disse poi, con le spalle più morbide, mentre mi toglieva i capelli che erano rimasti attaccati alla mia spalla.

«Perché?» chiesi.

«Perché adesso voglio solo guardarti.»

«Ma bagneremo tutte le lenzuola», gli feci notare.

«Vorrà dire che faremo prima una doccia», ghignò divertito.

«Andiamo in camera?»

«Andiamo in camera.» Mi lasciò un bacio sulla guancia, per poi sollevarmi i fianchi e aiutarmi a mettermi in piedi.

Hyade e io ci lasciammo dietro una lunga serie di gocce per tutto l'hotel. Ci eravamo infatti asciugati solo velocemente con l'unico asciugamano a disposizione, che Hyade stesso si era preoccupato di portare, poi ci eravamo infilati i nostri vestiti senza badare che fossimo completamente asciutti.

Hyade richiuse la porta della sua camera, svuotò le tasche sul comodino e mi spinse verso il bagno. L'attrazione tra noi era talmente naturale e istintiva, che, quando azionò il getto d'acqua calda dell'immensa doccia, io avevo già lasciato le scarpe da qualche parte sul pavimento e mi ero levata tutti i vestiti, bisognosa di togliermi il cloro dal corpo, ma anche di sentirlo di nuovo vicino.

Una volta di nuovo completamente nudo, Hyade mi spinse dentro la doccia, divertito dall'idea che fossero le due di notte e io fossi lì con lui.

Mi misi subito, senza esitazione, sulle punte dei piedi per baciarlo sotto l'acqua calda. Hyade avanzò e mi spinse poi contro il muro. L'intensità dei suoi baci crebbe persino: mi morse le labbra e la lingua e poi le guance e il collo. I suoi denti arrivarono a lasciarmi segni leggeri, che mi fecero fremere, e allora mi resi conto che nessuno di noi due sarebbe durato a lungo perché eravamo entrambi troppo eccitati per attendere oltre.

Quando mi prese in braccio per affondare dentro di me, con le mie gambe a circondargli i fianchi, non riuscii a trattenere un grido di piacere nel sentirlo finalmente e completamente dentro di me. Hyade rise contro il mio collo e io lo imitai, poggiando la testa contro il muro mentre l'acqua scorreva sulle sue spalle sode e lui mi riempiva, liberando una sensazione di piacere e follia dentro di me.

«Hai intenzione di far sapere a tutto l'hotel che sei qui con me?» commentò contro il mio orecchio. «Per fortuna che tuo padre torna domani mattina, altrimenti sarebbe stato un problema.»

«Hyade…» avrei voluto dire, ma le parole mi morirono in gola in un altro grido di piacere perché lui mi mise a tacere con un'altra spinta, facendo scontrare la mia schiena con il muro.

Prese a muoversi dentro di me e quella fu l'ennesima dimostrazione che mi conoscesse meglio di quanto pensassi. Prima di giungere al culmine, avevo gridato il suo nome più e più volte e non mi era importato di svegliare tutti. Raggiungemmo l'apice in contemporanea, fronte contro fronte, con i nostri respiri che si mischiavano e l'acqua che scorreva lungo i nostri corpi.

Hyade mi rimise giù dopo lunghi istanti passati a riacquistare fiato; il sorriso sul suo volto tornò a fare capolino e, ancor prima che potesse parlare, le mie guance arrossirono automaticamente al pensiero di cosa gli stava passando per la testa.

«Non ti facevo così… rumorosa.» Beffardo, afferrò lo shampoo, allungando la mano oltre me.

«Non dire niente.» Lo fulminai con lo sguardo e poi mi decisi a voltarmi, mentre lui iniziava a insaponarmi i capelli gentilmente, dopo avermi pizzicato una coscia con fare prepotente.

Ci volle una buona mezz'ora prima che entrambi fossimo asciutti. Quando mi sdraiai sul suo letto, con i suoi vestiti addosso, pulita e profumata, il mio stomaco prese a brontolare rumorosamente e Hyade rise nel vedermi imbarazzata per una cosa tanto banale.

«Non so se giù alla reception abbiano sentito più le tua urla sotto la doccia o il tuo stomaco in questo momento, nel dubbio ordino da mangiare.» Prese il telefono per chiamare il servizio in camera.

Ci ritrovammo così, alle tre di notte, a guardare repliche di un reality incentrato sul tira e molla delle coppie e a mangiare pizza piena di olio sul grosso letto matrimoniale, mentre io, ingelosita, gli pizzicavo la spalla ogni qualvolta il suo sguardo si perdeva troppo ad ammirare le inquadrature dei fondoschiena delle partecipanti.

Hyade abbassava la testa colpevole, ma il suo sguardo, tra un morso e l'altro di pizza, mi comunicava che il mio, di fondoschiena, restava comunque il suo preferito.

E quella notte, quando mi addormentai tra le sue braccia e con la sua bocca che mi sussurrava quanto gli ero mancata, mi sembrò assurdo che al mondo esistessero altri uomini, perché era evidente che, per me, nessuno di loro sarebbe mai stato all'altezza di Hyade Reyes.

24
La bestia nel castello

Chloe

Il mattino seguente mi svegliai già pronta a esplodere dalla felicità. Mi rigirai tra le braccia di Hyade e mi beai come prima visione di quella giornata del suo volto ancora immerso nel sonno.

Hyade aprì gli occhi sotto il mio sguardo, come se l'avessi chiamato, poi mugugnò qualcosa e mi strinse ancora di più a sé, facendomi ridacchiare quando si girò per riaddormentarsi.

I capelli scuri gli ricadevano intorno al volto arruffati e ricci, mentre la sua guancia poggiata sul cuscino gli faceva assumere un'espressione tenera, con le labbra che si aprivano morbide come un fiore e il naso che gli si arricciava. Lo guardai per alcuni lunghi istanti, desiderosa di custodire quell'immagine per me soltanto.

«Hyade...» lo chiamai, immaginando che fosse già piuttosto tardi, ma lui non rispose, semplicemente strinse più forte la sua presa sul mio fianco, facendomi avvicinare ulteriormente al suo petto con un sorriso pigro.

Il calore del suo corpo si mischiava al mio sotto le lenzuola arrotolate, le quali nascondevano prudentemente le nostre gambe incrociate. Presi coraggio e iniziai a muovere il piede contro il suo polpaccio, sentendolo respirare sommessamente. Ebbi così la prova del fatto che era in realtà sveglio e mi stava ignorando.

«C'è solo un modo per svegliarmi e non è questo», borbottò senza aprire gli occhi, facendomi arrossire e allo stesso tempo leccare le labbra per via dell'idea che mi aveva appena messo in testa.

Non ero però certa che avessimo il tempo per certe cose. «Hyade… ci perdiamo la colazione.» Gli strinsi una guancia con le dita, nella speranza di svegliarlo definitivamente, ma tutto ciò che ricevetti in cambio fu un pizzico sul fianco che mi fece sussultare contro il suo petto.

«Ti porto a fare colazione fuori più tardi», borbottò ancora.

Ci pensai su. «È un appuntamento?» gli chiesi, più per prenderlo in giro che altro.

Hyade sbuffò bruscamente, facendomi ridere. «Non farmi queste domande quando sto ancora sognando, perché potrei dare risposte sbagliate.»

«Ah, perché tu sogni? Pensavo russassi e basta», lo schernii, consapevole che questo lo avrebbe aiutato ad attivare il cervello.

«Io non russo.» Ed era vero, ma non gliel'avrei mai data vinta.

«E sentiamo, che hai sognato stanotte?» gli domandai curiosa, mentre la sua mano si inoltrava sotto la grossa maglia che mi aveva prestato per dormire ed entrava in collisione con la carne calda del mio fianco.

«Ho sognato un lungo bagno in piscina e una pizza», disse compiaciuto, ancora con gli occhi chiusi.

«Non vale, non era un sogno.» Gli diedi un pizzicotto sul braccio, facendogli digrignare i denti dal lieve dolore. «Hai gli allenamenti», gli ricordai allora, accoccolandomi però contro il suo petto, un po' gelosa del fatto che il nostro tempo insieme sarebbe finito presto.

«Mi do malato», mugugnò ancora.

«Non puoi, c'è la partita.»

«Chloe, per favore.» E allora compresi che non si sarebbe arreso tanto presto, così decisi di assecondare il suo piano che, dopo tutto, non si poteva dire mi dispiacesse. Se dovevamo perdere tempo, tanto valeva farlo con la sicurezza che si sarebbe svegliato.

Convinto che mi fossi data per vinta, Hyade sembrò rasserenarsi e allora allungai lentamente la mano tra i nostri corpi stesi entrambi di fianco.

Come previsto, quando il mio palmo si poggiò leggero sul suo addome, Hyade spalancò gli occhi in un istante. «A me sembra più che evidente che sei sveglio.» Le mie dita presero a percorrere le curve dei suoi muscoli al di sopra della stoffa dei suoi vestiti, mentre Hyade si rilassava sotto il mio tocco e socchiudeva gli occhi.

Divenne d'un tratto più teso e mi fu difficile trattenere un sorriso compiaciuto mentre richiudeva completamente gli occhi e si lasciava sfuggire un sospiro profondo, pronunciando poi il mio nome così flebilmente che mi sembrò di averlo immaginato.

Lo stuzzicai ancora un po', nel silenzio della camera, con la luce che filtrava a stento dalle tende tirate della finestra. Era praticamente ancora buio e lui e io eravamo ancora avvinghiati l'uno all'altra.

Allontanai di colpo la mia mano, percependo il suo petto alzarsi e riabbassarsi con veemenza, e poi, dopo avergli fatto credere per alcuni istanti che non gli avrei concesso altro, le mie dita si intrufolarono come ladruncole sotto il bordo della sua tuta e dei suoi boxer, seguendo la peluria e sfiorandolo, mentre il mio palmo si riempiva della sua virilità.

«Sono sveglio, non devi farlo», farfugliò, ma il tono della sua voce tradiva il suo desiderio.

Per tutta risposta, presi ad accarezzarlo mentre posavo la guancia contro la sua per raggiungere il suo orecchio, con la sua barba che mi pizzicava. «Hyade...» lo chiamai in un ansito che lo costrinse a stringermi tra le sue braccia più forte.

Poi, la mia mano acquistò una certa velocità quando il suo respiro si fece più pesante. Vederlo in preda al piacere, mentre le sue mani mi tenevano una il fianco e l'altra la coscia con una tale forza che immaginai sarebbe rimasto l'ennesimo segno, fece montare dentro di me una soddisfazione incontrollabile.

«Che ne pensi di trasferirti a casa mia?» mi chiese, sorridendo.

«Dio, Hyade... lasciami un po' di spazio», ridacchiai, consapevole che scherzare su quest'argomento fosse l'unico modo per noi di affrontarlo, soprattutto dopo aver passato insieme la notte che era appena trascorsa.

Hyade sorrise. «Sul serio, se devo sposarti per essere svegliato tutte le mattine in questo modo, sono pronto ad affittare un Elvis Presley a Las Vegas e a mettermi un anello al dito.»

«Molto romantico.» Lo sentii irrigidirsi ulteriormente sotto la mia presa.

«Cazzo, Chloe.» I suoi occhi si puntarono nei miei in preda all'estasi, mentre mi guardava con le palpebre che facevano fatica a rimanere aperte. Si lasciò andare contro il cuscino in preda agli spasmi e ansimando tanto da scompigliarmi i capelli.

Attesi fino all'ultimo istante che il suo respiro fosse tornato regolare prima di allontanare la mano; dopodiché, sospirò nel vedermi poggiare la testa contro il suo petto.

«Va bene, ora mi alzo», mi informò, ma restammo comunque ancora altri cinque minuti abbracciati, con gli occhi socchiusi, a respirare sincronizzati.

Alla fine, ci decidemmo a iniziare la giornata. Attesi paziente che Hyade si sistemasse, lavandosi la faccia e i denti e vestendosi con una tuta e una maglietta, e poi lui mi accompagnò in camera mia per fare lo stesso.

Tra noi sembrava esserci un tacito accordo che non ci permetteva di stare separati ed era come se avessimo stabilito di arrivare in sala da pranzo insieme per poter fare colazione, senza però rivelarcelo a voce. Mentre lui mi aspettava, mi tolsi i suoi pantaloncini per sostituirli con un paio dei miei che mi stavano decisamente meglio addosso, ma mi tenni la maglietta che mi aveva prestato per quella notte, perché, anche se era larga, mi piaceva particolarmente.

Quando scendemmo nella hall per fortuna nessuno ci vide insieme, altrimenti non avrei proprio saputo spiegare a parole quello che stava succedendo tra di noi. Tra uno sbuffo assonnato e un sorriso di tanto in tanto, dopo aver riconsegnato le chiavi della piscina, Hyade e io ci precipitammo al buffet per mangiare.

Mi guardai distrattamente intorno e notai la presenza solo di alcuni dei Taurus, sparsi lì attorno.

«Ti piace la marmellata?» mi chiese Hyade al mio fianco, mentre riempiva il suo piatto con un'attenzione che di certo non caratterizzava anche me. Infatti, ragionava parecchio su quello che doveva mangiare e su quello che invece sarebbe stato meglio evitare.

«Ciliegie», gli dissi, indicando con il dito il contenitore che riportava le varie confezioni di marmellate senza zuccheri.

«Bene.» Hyade afferrò la marmellata e se la mise nel piatto. «E i cornetti?»

Stavo per dirgli di pensare a sé, che avrei potuto tranquillamente arrangiarmi da sola, ma fu in quel momento che un grido d'esultanza mi fece sussultare e due braccia forti si strinsero attorno alle spalle di Hyade amichevolmente.

«Che animale, cazzo!» Quando mi voltai a vedere chi avesse esultato con tanto entusiasmo, vidi il sorriso spensierato di Blake, che mi rese improvvisamente inquieta.

«Cazzo, Davis, sta' fermo!» si lamentò Hyade, costretto a ritrarsi e a poggiare il piatto sul tavolo per evitare di farlo cadere.

«Ciao, Chloe», mi salutò con un bacio sulla guancia.

Mi sentii il petto scoppiare mentre Hyade lo fulminava, ma fui felice di notare che Blake non fece caso alla mia espressione angosciata. Tornò infatti in un istante a dedicare le sue attenzioni al cestista.

«Ti sei divertito stanotte, eh?» ammiccò, dandogli una grossa pacca sulla spalla.

E allora il mio sguardo impaurito corse su Hyade, timorosa che Blake ci avesse scoperti, ma lui strinse semplicemente le braccia al petto, gonfiando i muscoli, e la smorfia che fece fu per trattenere un sorriso. «Che ne vuoi sapere tu, Davis?» lo rimbeccò.

Blake dovette prendere con grande ironia quel suo commento, perché senza imbarazzo continuò quel discorso anche sotto i miei occhi. «Ti ricordo che abbiamo le stanze attaccate, ma cazzo, avrei sentito quelle grida anche se fossi rimasto a Chicago.»

Le mie guance divennero immediatamente paonazze al pensiero che Blake mi avesse sentita urlare sotto la doccia, ma ciò che mi sconvolse di più fu il fatto che non aveva realizzato che quella ragazza ero proprio io. Sebbene questo avrebbe dovuto farmi tirare un sospiro di sollievo, tutto ciò che sentii furono una moltitudine di sensi di colpa che si riversarono in un'espressione implorante verso Hyade.

Ma lui stava già ghignando divertito. «Che dire, amico? Magari un giorno ti spiego come si fa.» Gli fece l'occhiolino. E io mi ritrovai con le ginocchia molli, mentre abbassavo lo sguardo sul mio piatto nel tentativo di riacquistare un po' di lucidità.

«Sei un eroe, sul serio, sono sinceramente sorpreso», aggiunse ancora Blake, complimentandosi con Hyade. Se solo avesse saputo realmente come era andata, si sarebbe probabilmente sotterrato dall'imbarazzo. «Ti va se facciamo colazione insieme?» mi chiese poi, gentilmente.

Lo guardai un po' incerta. «Facciamo un'altra volta? Dovrei… ecco… parlare di una cosa con Hyade.» Strinsi le mie labbra tra di loro, ancora un po' a disagio.

«Oh…» Blake non sembrò restarci male per quel rifiuto. «Certo. Allora ci vediamo prima della partita?»

«Impossibile», fu Hyade a rispondere questa volta e a quel punto sia Blake sia io ci voltammo verso di lui. «È sempre mia prima della partita, sai… le treccine.»

Blake annuì sconsolato. «Be', ci si vede, Chloe, quando capita.» Gli sorrisi per rassicurarlo che sicuramente ci sarebbe stata occasione di incontrarci e sembrò per qualche attimo più sereno. «Raggiungo gli altri.» Fece un passo indietro e diede un'ultima pacca sulla spalla di Hyade, prima di voltarsi definitivamente e andarsene.

Quando tornai a guardare Hyade, lui stava di nuovo esaminando il cibo. «Ti piacciono i toast?» mi chiese.

Mi piaci tu.

«Sì, prendi quelli al formaggio», gli sorrisi appena, prima di raggiungere, ancora con il cuore in gola, un tavolo per due.

Quando Hyade si mise seduto di fronte a me, con un sorriso

soddisfatto sul volto e due caffè fumanti tra le mani, ero certa di essere entrata in uno stato di completa incapacità di realizzare quello che era appena accaduto.

«Non me la mangio tutta questa roba», mormorai, osservando i piatti colmi che aveva riposto sul tavolo poco prima.

«Infatti non è per te.» Addentò un toast con un morso così grosso da farmi restare stupefatta.

«Ma tu non sei a dieta?» gli ricordai, afferrando il mio caffè.

«Ho bisogno di energie», disse con la bocca piena. «Sai, dopo stanotte...» Il ghigno sul suo volto mi fece trasalire, mentre notavo quanto fosse bello anche di prima mattina, con i capelli legati in una crocchia e gli occhi verdi vispi a squadrarmi.

«Hyade...» lo ripresi, ancora imbarazzata per la conversazione avuta con Blake, e rubai una delle sue brioche per poterla riempire di marmellata.

«A quanto pare è proprio vero che ti hanno sentita per tutto l'hotel», ghignò ancora e sentii le mie guance avvampare persino di più. «Che cosa dirai a Blake?» chiese poi.

«Che ci sposeremo a Las Vegas.» Alzai gli occhi al cielo. «Lui e io non stiamo insieme, non gli dirò proprio un bel niente», dissi poi, addentando il mio cornetto.

«Bene.» Prese un sorso del suo caffè.

«E poi a te che importa?» Aggrottai le sopracciglia, mordendo distrattamente il mio cornetto ripieno.

Hyade si irrigidì per via della mia domanda e abbassò lo sguardo con la scusa di riempirsi un cornetto tutto suo. Sospirò un po' insicuro e poi si morse l'interno della guancia, arricciando le sue labbra in modo sensuale. Ero certa che stesse ponderando la giusta risposta alla mia domanda a trabocchetto.

«Stavo pensando che, quando torniamo a Chicago, potresti venire a cena a casa mia e non sarebbe bello se poi Blake prendesse a messaggiarti mentre sei intenta a mangiare il mio *fish & chips*.» Fece un'espressione divertita nel vedermi spalancare la bocca, sbalordita. Ci misi un po' a ricompormi, dopo quella sorpresa.

«Sei... sei sicuro?» gli chiesi, timidamente.

«Sì», rispose. «Vieni a cena e poi, se vuoi, puoi restare a dormire da me. Senza impegni, solo…»

«Va bene», lo interruppi, consapevole che chiamare quel suo invito un appuntamento lo avrebbe probabilmente intimorito.

«Davvero?» domandò stupito, come se non si aspettasse quella mia risposta, quando gli avevo praticamente confessato che avrei accettato tutto da lui.

«Sì, Hyade», replicai timidamente, nascondendomi dietro la mia tazza.

«Bene.» Hyade tornò a mangiare il suo cornetto e, quando lo vidi trattenere a stento un sorriso, sentii il mio cuore perdere un battito.

Restammo in silenzio per alcuni lunghi attimi, entrambi pensierosi riguardo la sua proposta. Tuttavia, mi sembrò difficile credere, mentre eravamo seduti a fare colazione insieme, che lui e io non fossimo perfetti l'uno per l'altra.

«Che fai, oggi?» mi chiese un attimo dopo.

«Credo che andrò con Tonya a fare una passeggiata in spiaggia mentre voi vi allenate e poi il pomeriggio sarò ovviamente alla partita», spiegai brevemente.

Proprio in quel momento fummo interrotti dallo stridere di una sedia che si spostava al nostro tavolo e in un attimo Tonya mise fine alla nostra colazione, poggiandosi con aria indiscreta con gli avambracci sullo schienale della sedia sulla quale si era seduta al contrario.

«Perché non hai risposto ai miei messaggi ieri sera?» mi chiese furiosa, ignorando completamente la presenza di Hyade.

Ero sul punto di replicare, ma venni preceduta dal ragazzo di fronte a me. «Zack ti concede il tempo di scrivere messaggi?» ghignò divertito.

«Tu sta' zitto! Ti abbiamo sentito tutti questa notte», sbottò Tonya. Avrei voluto sotterrarmi, ma notai un particolare: l'unica ragione per cui lei ci aveva sentito era che la stanza di Zack era attaccata a quella di Hyade.

Lui la guardò divertito, mentre si inumidiva le labbra. «Allora, perché non hai risposto?» Tonya tornò con i suoi occhi scuri su di me e non riuscii a reggere il suo sguardo.

Ancora una volta, fu Hyade a parlare, dopo aver tossicchiato per schiarirsi la gola. «È colpa mia», ammise, facendomi diventare, se possibile, ancora più rossa, tanto che nascosi il viso dietro le mani. Hyade si stava letteralmente godendo la reazione sbalordita di Tonya.

Tonya all'inizio arricciò le sopracciglia confusa, ma poi, quando realizzò il significato delle parole di Hyade, il suo volto si illuminò all'improvviso e il suo sguardo corse dall'una all'altro, fermandosi poi infine su di me.

«Credevo che fossi uscita con Blake…» sussurrò, sporgendosi in avanti per non farsi sentire.

«Sì, l'ho fatto.» Scrollai le spalle.

Poi accadde l'impensabile, Tonya si allungò verso Hyade e iniziò a schiaffeggiargli il bicipite con veemenza. «Brutto stronzo!» urlò. Hyade avrebbe dovuto sentirsi quantomeno offeso da quell'affronto, invece si limitò a scoppiare a ridere, e poi Tonya probabilmente gli stava facendo solamente il solletico con i suoi schiaffi.

«Tonya!» la richiamai, mentre Hyade si decideva finalmente ad afferrarle i polsi per fermarla prima che, nel protendersi verso di lui per infastidirlo, cadesse con tutta la sedia.

«Non posso crederci!» Tonya si ricompose, fulminando ancora con lo sguardo Hyade, mentre io ero ormai sull'orlo di una crisi per via dell'imbarazzo.

«Mi piacerebbe molto continuare questa discussione», commentò lui, mentre si metteva in piedi. «Ma ho un allenamento», annunciò. «Ci vediamo dopo?» mi chiese.

«A dopo», gli risposi.

Hyade si piegò sul tavolo per lasciarmi un bacio sulla guancia, poi, prima di andarsene, si piegò su Tonya per sussurrarle qualcosa all'orecchio che non riuscii a sentire. Sbigottita, vidi Tonya sbiancare all'istante, mentre Hyade faceva la sua uscita di scena con il suo solito ghigno sul volto.

«Che cosa ti ha detto?» le domandai curiosa.

Tonya cercò di ricomporsi, poi i suoi occhi mi scrutarono a fondo. «Mi ha detto di farmi gli affari miei», disse imitando con fare ironico la voce profonda di Hyade.

«Dai, Tonya…» tentai di rassicurarla. Le poggiai una mano sul braccio, accarezzandola lentamente in un gesto confortante. «Se può consolarti, alla fine il trucco waterproof mi è tornato utile», sorrisi.

«Non mi consola affatto.» Mi lanciò un'occhiataccia. «Però tu ora mi racconti tutto.» Feci un lungo sospiro, prima di decidere nella mia testa quali particolari fosse giusto omettere.

Il resto della giornata proseguì piacevolmente. I Taurus vinsero anche la seconda partita e la sera eravamo già sul jet privato pronti per tornare a Chicago. Miami era stata decisamente magica, soprattutto per me, che me la lasciavo alle spalle con una miriade di emozioni travolgenti. Quando tornai a casa, mi resi conto, rientrando stancamente nella mia stanza, che sulla sedia di camera mia era rimasta appesa la giacca di Hyade dal giorno di Natale. Vederla lì, dopo che per giorni interi l'avevo inconsapevolmente ignorata, mi fece scoppiare il cuore di gioia al pensiero che lui mi avesse realmente invitata a cena.

In piena notte, stanca dopo quel viaggio infinito, mi provai la giacca di Hyade e mi ci strinsi dentro era così grande che mi faceva da vestito. Mi sentii un'adolescente e solo in seguito, nostalgica, l'appesi a una gruccia nel mio armadio, con l'intenzione di non restituirgliela mai più.

Nei giorni successivi, non ebbi molte occasioni per rivedere Hyade, ma lui non dimenticò il suo invito. Quando mi arrivò il suo messaggio con i dettagli, l'ansia prese presto a scavarmi la carne e a farmi agitare in preda al panico.

Il venerdì sera della nostra cena mi preparai con ben due ore di anticipo, scegliendo accuratamente cosa indossare e riempiendo anche una borsa con le mie cose nella speranza che sarei rimasta a dormire da lui.

Una volta pronta, attesi di calmarmi abbastanza per poter guidare, mentre mi riguardavo allo specchio.

Fu in quel momento, però, che mi arrivò un messaggio da parte di Tonya. Lo aprii spensierata, credendo che fosse solo un altro dei suoi incoraggiamenti per quella serata che avevo atteso con trepidazione, invece mi comparve davanti il titolo di un articolo di un giornale.

Il capitano dei Taurus ha finalmente ritrovato l'amore:
Soleil Adams non ha mai lasciato il suo cuore.

Non sarei mai scoppiata a piangere disperata, se non fosse stato per le foto scattate dai paparazzi, le quali ritraevano Hyade avvinghiato a una ragazza dai capelli rossi proprio fuori da casa sua: si baciavano in quello che sembrava un caloroso saluto.

I miei sogni si infransero con un tonfo. Mi resi conto che lui non era solo una bestia incatenata all'interno del castello, Hyade era le stesse catene che la imprigionavano.

Epilogo

Hyade

Il liquido nel bicchiere ondeggiò sotto la presa della mia mano, lo portai alla bocca e, ormai già abituato al sapore, mandai giù l'ennesimo sorso senza fatica.

La tavola apparecchiata di fronte a me era rimasta intatta e la notte era ormai calata, tanto da oscurare l'intera sala da pranzo prima che potessi avere l'occasione di specchiarmi sul fondo del bicchiere. I miei occhi camminarono pigramente sulla vetrata che affacciava su tutta Chicago.

Guardai le luci, mentre la testa iniziava a pulsare dal dolore e la stanchezza a prevalere sul poco sollievo che l'alcol era stato capace di darmi.

Non avevo mai creduto nelle storie d'amore, spesso nascono per sbaglio e ci stravolgono la vita. E lo fanno nel modo peggiore che ci sia.

Il fatto che fossi solo, nel mio appartamento, a fissare un bicchiere svuotarsi a intermittenza e a pensare a Chloe… ne era la prova.

Ancora una volta, mi domandai dove diavolo fosse finita e per quale ragione non si fosse presentata al nostro appuntamento. E perché, soprattutto, non aveva ancora risposto a nessuna delle chiamate o dei messaggi che le avevo mandato.

Il telefono sul tavolino prese a squillare, mentre il display illuminava la stanza. Il mio primo pensiero fu che potesse essere finalmente Chloe, che, dopo essersi accorta di tutte le chiamate che le avevo lasciato, si era degnata di richiamarmi per dirmi che era successo qualcosa di abbastanza grave per giustificare la sua assenza di quella sera.

Ma quando realizzai che non si trattava di lei, fui quasi sul punto di rifiutare la chiamata e spegnere definitivamente il telefono. Però dovevo rispondere.

«Signor Reyes?» disse una voce maschile, appena accettai la chiamata e portai il cellulare all'orecchio.

«Sì?»

«Jonas Miller, investigatore privato. La chiamo per dirle che abbiamo disposto il pagamento e che le foto sono in circolazione.» Istintivamente portai una mano sul volto, facendo fatica a stare dietro alle sue parole.

Dopo essermi preso un momento per chiudere gli occhi e fare un respiro profondo, trovai la forza per replicare.

«Bene», mi schiarii la voce. «È riuscito a trovare qualcosa?»

L'uomo dall'altro lato della linea sospirò. «Abbiamo poche piste da seguire in realtà, non c'è molto.»

«Me ne dica qualcuna», lo esortai, consapevole di non essere nel pieno delle mie facoltà mentali a causa della sbronza, ma più che capace di intendere e volere quando si trattava di Chloe.

«Il primo sospettato è l'ex ragazzo, Derek Sullivan. Pare che abbia preso un biglietto di sola andata per Chicago.»

L'investigatore fece una pausa e sentii il fiato mancarmi nel rendermi conto che c'era una minima possibilità che lui si sarebbe presto presentato di fronte alla porta di casa di Chloe, ma ancora di più nel realizzare che se c'era un primo sospettato, doveva per forza essercene anche un altro.

«E poi?»

«Signor Reyes…»

«Me lo dica, Miller. Ho bisogno di saperlo.»

«Non vorrei…» tentò di prendere tempo. «Non vorrei causare discordie inutili, non ne sono certo. È solo un piccolo punto di partenza…»

«Mi dica quel cazzo di nome.» A quel punto non ero più in

me, se non avesse parlato all'istante sarei finito in preda a un'ira disastrosa.

«Lo faccio, ma lei mi promette che resterà una questione confidenziale e che non salterà alle conclusioni prima che io abbia eseguito tutte le dovute indagini?»

«Sì», affermai con decisione. «Adesso parli.»

Non ero affatto preparato alla risposta che seguì, ma per mia fortuna non ero mai stato bravo a mantenere le promesse.

Alcune storie nascono per sbaglio, ma non per questo sono destinate a restare solo storie. Spesso diventano danze incantate, dove sei costretto a ballare anche contro la tua volontà.

E dopo quella chiamata, compresi più di prima che io, in quella storia, c'ero già troppo dentro per potermene tirare fuori.

Ringraziamenti

ABBIAMO tutti una storia da raccontare.

Alcuni lo fanno a gran voce, con intrepido coraggio, altri con più modestia e timidezza e altri ancora sussurrano nella speranza di essere ascoltati.

Io ho sempre creduto di non avercela neanche una voce con cui narrare. Ho sempre pensato che non valesse la pena di pronunciare una parola dopo l'altra, perché ero convinta che nessuno fosse interessato a sentire cosa avessi da dire.

Ci sono storie che però scalpitano dentro di noi per uscire fuori e che non sentono ragioni. *Dance of Bulls* è stato questo per me: un incontenibile bisogno di dare vita a una storia.

E non posso fare a meno di ringraziare chi ha ascoltato questo racconto e ha deciso che doveva essere più di quel che già era.

Ringrazio quindi Sperling & Kupfer e in particolare Elena, la mia editor, per avermi aiutata a rendere giustizia a Hyade e Chloe; senza di lei non sarei stata capace di trovare le parole adatte.

Così come ringrazio Anita e il resto del team di Wattpad Webtoon Studios per avermi guidata verso questa opportunità.

Ringrazio i miei genitori e mia sorella per avermi sostenuta quando hanno scoperto la mia passione nascosta e il mio ragazzo per essermi stato accanto nei momenti di insicurezza e anche per avermi ispirato facendomi conoscere il mondo della pallacanestro.

E, più di tutti, ringrazio quelle persone che questa storia l'hanno già letta in una veste acerba. Quelle persone che per prime hanno teso le orecchie e hanno ascoltato ciò che avevo da dire. Quelle persone che hanno fatto eco diventando la vera voce di questa storia: i miei lettori.

Spero che Hyade e Chloe siano stati capaci di tenervi compagnia e che possano continuare a farlo ancora, perché *Dance of Bulls* non finisce qui…

Preparatevi. Sta per iniziare il secondo tempo.